BASTEI LÜBBE TASCHENBUCH

Weitere Titel der Autorin:

18 701 Mein rebellischer Verführer
18 725 Stürmisches Spiel der Herzen
18 733 Ein unwiderstehlicher Halunke
18 748 Der süße Preis der Sünde

Über die Autorin:

Liz Carlyles große Leidenschaft gilt dem England des 19. Jahrhunderts, den rauschenden Bällen und den festlich gewandeten Damen. Auf ihren zahlreichen Reisen nach England hat die Autorin ihr Korsett und ihre Tanzschuhe stets im Gepäck – auf eine Einlandung zu einem Ball wartet sie allerdings immer noch. Dafür kennt sie mittlerweile so ziemlich jede dunkle Gasse und jedes zweifelhafte Wirtshaus in London. Liz Carlyle lebt mit ihrem Ehemann und mehreren Katzen in North Carolina, USA.

Auf Liz Carlyles englischsprachiger Homepage www.lizcarlyle.com erhalten Sie weitere Informationen über die Autorin.

Liz Carlyle

DAS SÜSSE LIED DER LIEBE

Roman

Aus dem amerikanischen Englisch von
Susanne Kregeloh

BASTEI
LÜBBE
TASCHENBUCH

BASTEI LÜBBE TASCHENBUCH
Band 18 755

1. Auflage: Juli 2010

Vollständige Taschenbuchausgabe

Bastei Lübbe Taschenbuch in der Bastei Lübbe GmbH & Co. KG

Deutsche Erstausgabe

Für die Originalausgabe:

Titel der amerikanischen Originalausgabe: »Two Little Lies«
Originalverlag: Pocket Books, New York

Für die deutschsprachige Ausgabe:

Textredaktion: Kerstin Fuchs, Berlin
Titelillustration: © Franco Acconero via Agentur Thomas Schlück GmbH
Umschlaggestaltung: Rainer Schäfer
Satz: Urban SatzKonzept, Düsseldorf
Gesetzt aus der New Caledonian
Druck und Verarbeitung: GGP Media GmbH, Pößneck
Printed in Germany
ISBN: 978-3-404-18755-3

Prolog

In dem ein Heiratsantrag gemacht wird
Frühling 1821

Signorina Alessandri fühlte sich schlecht. Schon wieder wurde sie von heftiger Übelkeit geplagt. Sie hielt mit einer Hand ihr seidenes Nachthemd zusammen, als sie sich über den Leibstuhl beugte, und betete in flammendem Italienisch darum, dass der Tod sie erlösen möge.

»Oh bitte, Miss, sprechen Sie doch Englisch!«, bat ihre Zofe sie inständig. Sie hielt Signorina Alessandri das Haar zurück, damit es ihr nicht ins Gesicht fiel. »Ich verstehe kein Wort. Aber wir sollten besser einen Arzt holen.«

»Unsinn«, widersprach die Signorina und umklammerte die Rückenlehne des Leibstuhls, bis ihre Fingerknöchel weiß hervortraten. »Es liegt am Fisch, den Lord Chesley gestern Abend hat servieren lassen.«

Die Zofe schürzte die Lippen. »Ja, und was war es gestern, Miss?«, fragte sie. »Kein Fisch, möchte ich wetten.«

Viviana stützte die andere Hand in den Rücken, schloss die Augen und richtete sich mühsam auf. »*Silenzio*, Lucy«, sagte sie leise. »Kein Wort mehr davon. Das Schlimmste ist jetzt vorbei.«

»Oh, das bezweifle ich, Miss«, murmelte die Zofe.

Viviana überhörte diese Bemerkung und ging zum Waschtisch. »Wo ist die Morgenpost, *per favore?*«, fragte sie und verschüttete ungeschickt etwas von dem Wasser in der Schale.

Lucy seufzte, ging in den Salon und kehrte mit einem Tablett zurück. Darauf lagen ein Brief, adressiert in der fast unleserlichen Handschrift des Vaters der Signorina, und ein zusammengefaltetes Schreiben, das keine Adresse trug. »Die Nachricht hat der Diener von Mr. Hewitt gebracht«, erklärte sie ungefragt.

Mit noch zittrigen Händen beendete Viviana ihre Morgenwäsche und tupfte sich das Gesicht mit einem Handtuch ab, während Lucy ihr mitfühlend zuschaute. Das Mädchen hatte sich in den vielen Monaten als loyal und freundlich erwiesen. »Danke, Lucy«, sagte sie. »Warum gehen Sie nicht eine Tasse Tee trinken? Ich werde jetzt meinen Brief lesen.«

Lucy zögerte. »Aber wünschen Sie denn nicht, dass Ihr Badewasser gebracht wird, Miss?«, drängte sie. »Mittag ist schon vorbei. Mr. Hewitt wird bald hier sein, oder nicht?«

Quin. Lucy hatte natürlich recht. Viviana legte das Handtuch zur Seite und griff nach der Nachricht. Quin besuchte sie gewöhnlich am frühen Nachmittag. Ja, das würde er auch heute tun. Wie sehr sie sich danach sehnte – und wie sehr sich im selben Atemzug davor fürchtete.

Sie warf die Nachricht ins Feuer. Ihr war nicht entgangen, wie wütend er gestern Abend im Foyer der Oper jeden ihrer Schritte beobachtet hatte. Viviana hatte wunderbar gesungen, sie hatte jeden hohen Ton in ihrer letzten Arie mit kristallener Schärfe getroffen, ehe sie in den Armen ihres Liebhabers in eine perfekte Ohnmacht gesunken war. Die Vorstellung war ausverkauft gewesen, der Applaus frenetisch.

Aber Quins Aufmerksamkeit schien nur dem gegolten zu haben, was danach gewesen war. Die Komplimente und die Glückwünsche ihrer Bewunderer. Der Champagner und die Toasts, die auf sie ausgebracht wurden. Die versteckten, aber eindeutigen Angebote, die ihr gemacht wurden – durch das Hochziehen einer Augenbraue oder das Neigen des Kopfes –, und die ebenso versteckt von ihr abgelehnt wurden. Für Quin war diese Ablehnung nicht deutlich genug gewesen. Sein arrogantes Gehabe und sein beleidigtes Lächeln waren kaum zu übersehen gewesen. Ein Glas Brandy fest umklammert, war er auf dem zerschlissenen grünen Teppich im Foyer hin und her gegangen. Sein Onkel, Lord Chesley, hatte sogar die Dreistigkeit besessen, ihn damit aufzuziehen.

Quin hatte den Scherz seines Onkels nicht gut aufgefasst. Und er war ganz und gar nicht darüber erfreut gewesen zu sehen, dass Viviana an Chesleys Arm das Theater verlassen hatte, wie sie es so oft tat. Und heute, Gott stehe ihnen bei, heute würde er ohne jeden Zweifel darüber zu streiten wünschen. Viviana war nicht sicher, ob sie sich in der Lage fühlte, eine pointierte Verteidigung zustande zu bringen. Aber das zählte jetzt fast schon nicht mehr.

»Miss?«, erkundigte sich die Zofe. »Was ist mit Ihrem Badewasser?«

In ihrem Magen regte sich wieder die Übelkeit, und Viviana ging langsam zu einem Stuhl. »In zehn Minuten, Lucy«, erklärte sie. »Ich werde *Papàs* Brief lesen, während mein Magen sich beruhigt. Sollte es doch später werden, empfange ich Mr. Hewitt hier.«

Lucy schürzte wieder die Lippen. »Also gut«, sagte sie schließlich. »Aber ich würde ihm gleich von dem verdorbenen Fisch erzählen, wenn ich Sie wäre, Miss.«

Endlich lachte Viviana.

Der kurze Anflug von Humor legte sich jedoch gleich wieder, als sie den Brief ihres Vaters öffnete. Allein der Duft seines Briefpapiers berührte ihre tiefsten Gefühle. Sie wusste genau, aus welcher Schublade seines Schreibtisches er es genommen hatte; derselbe Schreibtisch, in dem er seinen Tabak verwahrte. Dann war da die Schrift an sich. Die breiten, gestochen scharfen Buchstaben riefen ihr immer seine eiserne Kraft in Erinnerung, die festen Bögen und Schwünge seine Klugheit und Bestimmtheit, und die gefühlvollen Worte seinen Sinn für die Poesie. Er war nicht ohne Grund einer der gefeiertsten Komponisten Europas.

Noch einmal atmete sie den Duft ein, der dem Papier entströmte, dann faltete sie den Brief auf ihrem Schoß auseinander. Sie las ihn durch, ungläubig, dann noch einmal, sehr sorgsam dieses Mal. Chesley, so schien es, hatte seinen alten Freund gut auf dem Laufenden gehalten. Auch *Papà* wusste bereits, dass sie heute Abend ihre letzte Vorstellung in *Die Entführung* geben würde und dass Londons West End ihr anbetend zu Füßen lag. Als *Konstanze* hatte sie letztlich triumphiert.

Und jetzt schrieb *Papà* ihr, sie könne wieder nach Hause kommen. Viviana schloss die Augen. Du lieber Gott, was für eine seltsame Laune des Schicksals das doch war – ausgerechnet jetzt! Es schien eine Ewigkeit her zu sein, seit sie aus Venedig geflohen war mit nichts als ihrer Angst, ihrer Violine und ihren Notenblättern im Gepäck. Und jetzt zurückzukehren! Oh, dafür hatte sie gelebt und danach hatte sie sich gesehnt in fast jedem Augenblick – bis auf jene, die sie in Quins Armen verbracht hatte. Er hatte ihr fürwahr die Erlösung gebracht.

Aber jetzt konnte sie nach Hause zurückkehren. Was ihr da angeboten wurde, hatte gleichwohl ein wenig von einem Pakt mit dem Teufel. Und das war gewiss nicht das, was sie wollte. Nichtsdestotrotz hätte ein solches Arrangement einige Vorteile, *Papà* hatte zu Recht darauf hingewiesen. Große Vorteile. Es würde auch sein Leben sehr viel leichter machen – obwohl ihr Vater eher sterben würde, als das zuzugeben.

Und nun lag die Entscheidung bei ihr. *Sie würde zu nichts gezwungen werden.* Ha! Das waren nicht die Worte ihres Vaters, darauf wettete sie. Offensichtlich hatte Conte Bergonzi seine Taktik geändert. Mehr noch: Viviana glaubte, aus den vorsichtigen Formulierungen ihres Vaters herauszulesen, dass er erwartete, dass sie Bergonzis Angebot ablehnen würde, und dass er ihr vergeben würde, wenn sie sich dazu entschied. Viviana legte die Hand auf ihren Bauch. Sie war sich ganz und gar nicht sicher, ob sie sich den Luxus leisten konnte, abzulehnen.

Das Badewasser war herrlich heiß, und das Bad war wunderbar belebend. Mit dem Gefühl, wieder ein wenig mehr mit sich im Reinen zu sein, genoss Viviana das Wasser immer noch, als Quin das Zimmer betrat. Er sah sofort wieder wütend aus, wirkte zugleich aber auch jungenhaft unsicher.

Er starrte auf ihren nackten Körper und schenkte ihr ein freudloses Lächeln. »Musst du dir die Spuren der Nacht abwaschen, Vivie?« Das war eine überaus zynische Bemerkung, selbst für seine Begriffe.

Einen Moment lang sah sie ihn aus ihren schwarzen Augen unverwandt an. »*Silenzio*, Quin«, entgegnete sie schließlich. »Ich hatte gestern Abend schon mehr als genug von deiner eifersüchtigen Schmollerei. Benimm dich oder geh wieder.«

Er kniete sich neben die Wanne und legte einen Arm auf deren Rand. Seine Augen blickten heute trübe, und die Linien um seinen Mund waren für einen so jungen Mann wie ihn fast erschreckend tief. Er roch nach Brandy und Zigarrenrauch und einer langen Nacht. »Ist es das, was du willst, Viviana?«, flüsterte er. »Versuchst du, mich zu vertreiben?«

Sie ließ die Seife ins Wasser fallen. »Wie denn, Quin?«, fragte sie herausfordernd und hob dann frustriert die Hände. »*Mio Dio*, wie stelle ich es denn angeblich an, dieses Vertreiben? Ich tue nichts dergleichen, und das ist die Wahrheit, *sì?*«

Er wandte den Blick ab. »Man sagt, Lord Lauton hat dir ein Haus in Mayfair versprochen und mehr Geld, als ich mir jemals erträumen könnte«, entgegnete er. »Jedenfalls nicht, bevor ich meinen Titel bekomme. Stimmt das Gerücht, Vivie?«

Sie schüttelte den Kopf. »Und wenn es so wäre, Quin? Ich bin nicht mehr zu kaufen – vielleicht nicht einmal für dich. Warum musst du nur so eifersüchtig sein?«

»Wie könnte ich es nicht sein, Viviana?«, fragte er rau und strich mit der Fingerspitze über ihre Brust. Ihre Knospe richtete sich auf, flehte um seine Berührung. »Die Männer verschlingen dich mit ihren Blicken, wo immer du gehst und stehst. Aber zumindest begehrst du mich noch.«

Viviana sah ihn finster an, aber sie schob seine Hand nicht fort. »Mein Körper begehrt dich, *sì*«, gab sie zu. »Aber manchmal, *amore mio*, tut meine Seele das nicht.«

Er umfing ihre Brustspitze mit Daumen und Zeigefinger und reizte sie herausfordernd. »Und was ist mit deinem Herzen, Viviana?«, flüsterte er und sah unter einem Kranz schwarzer Wimpern zu ihr auf. »Voller Umsicht habe ich deinen Körper versteckt, hier in dieser Wohnung, für die ich bezahlt habe. Besitze ich auch dein Herz?«

»Ich habe kein Herz!«, fauchte sie. »Das jedenfalls hast du mir erst letzte Woche an den Kopf geworfen. Und, Quin, du musst mich nicht daran erinnern, wer dieses Dach über meinem Kopf finanziert. Ich bin mir dessen bei jedem Atemzug bewusst.«

Als wollte er sie quälen, schloss er die Augen, beugte sich über sie und berührte ihre harte Knospe mit den Lippen. Viviana ließ es reglos geschehen. Doch als er die empfindsame Brustspitze in den Mund nahm, zwischen seine Zähne, keuchte sie auf. Sie verfluchte das vertraute, lustvolle Ziehen, das sich auf verräterische Weise ihres Körpers bemächtigte. Es wanderte tief in ihren Schoß, machte sie atemlos.

Quin hob den Kopf und sah Viviana mit einem zufriedenen Lächeln an. »Wohin bist du gestern Abend gegangen, meine Liebe?«, fragte er.

Sie erwiderte seinen Blick trotzig. »In Chesleys Stadthaus«, sagte sie. »Wir haben mit Lord und Lady Rothers diniert, und mit einigen Bekannten, die sie in Paris kennengelernt haben.«

»Ah ja, und alle sind Förderer der Kunst, ohne Zweifel«, bemerkte Quin fast höhnisch. »Der erlauchte Zirkel meines Onkels!«

»Warum musst du immer so schlecht von ihm denken? Er ist freundlich zu mir, mehr nicht.«

»Mein Onkel ist ein feiner Mann«, erwiderte Quin. »Es sind

seine Freunde, denen ich nicht traue. Übrigens, meine Süße, was ist das? Das hier, genau unter deinem Kinn? Eine Narbe? Oder etwas anderes?«

Ihre Röte vertiefte sich, als er mit dem Rücken eines Fingers über ihre Halsbeuge strich. »Es ist gar nichts«, schnappte sie. Sie musste es nicht sehen, auch wenn er versuchte, eine Art schuldbewusster Reaktion bei ihr hervorzurufen. »Da ist nichts, und da ist auch noch nie etwas gewesen, Quin«, sprach sie weiter. »Chesley ist der Freund meines Vaters. Hier in London ist er mein väterlicher Freund. Er sieht mich als seine *Schutzbefohlene*, um Gottes willen! Wie oft müssen wir diesen dummen Streit denn noch haben?«

Er wandte den Blick von ihr ab. »Ich kann nichts dagegen tun, Viviana.« Fast würgte er diese Worte heraus. »Du – du machst mich wahnsinnig. Chesley hat seine Draufgänger um sich versammelt. Ich kann es nicht ertragen, wie alle diese Männer dich ansehen.«

»Und was, bitte, soll ich dagegen tun?«, fragte sie ihn. »Was erwartest du von mir, Quin? Dass ich meine Karriere aufgebe? In ein Kloster gehe? Herrgott noch mal, ich bin Sängerin! Ich brauche nun mal ein Publikum.« Sie griff unvermutet nach dem Handtuch, das auf dem Boden lag, und schob Quin von sich weg.

»Ich – ich könnte dich bezahlen«, schlug er vor. »Jetzt wäre es noch wenig, aber eines Tages würde es sehr viel mehr sein. Dann musst du überhaupt nicht mehr singen.«

Sie sah ihn ungläubig an. »Manchmal, Quin, glaube ich nicht, dass du mich verstehst«, flüsterte sie. »Ich *muss* singen. Das hat nichts mit Geld zu tun.«

Er beobachtete sie fast misstrauisch, als sie aufstand und sich abtrocknete. Viviana unternahm keinen Versuch, ihre Nacktheit vor seinem begehrlichen Blick zu verstecken. Denn schließlich gehörte sie ja doch ihm. Er hatte sie gekauft und für sie bezahlt.

Sie hatte zugelassen, dass er das tat – auch wenn sie anfangs wie eine Tigerin dagegen angekämpft hatte.

»Leg dich aufs Bett, Viviana«, befahl er, als sie sich abgetrocknet hatte. »Mach deine Beine breit. Ich will dich.«

Einen Moment lang dachte sie daran, sich zu weigern. Aber mochte Gott ihr beistehen, sie begehrte ihn. Auch wenn es jetzt so weit gekommen war. Sie hatte genügend Wunden und Narben für ein ganzes Leben – wie er ohne Zweifel auch. Kleinliche Eifersucht und Bitterkeit hatten sich in ihre Herzen gefressen. Er war zu jung. Zu unerfahren. Und sie – nun, sie war einfach zu einsam. Sie brauchten einander. Das sah er doch auch so?

Sie verstand es. Dennoch sehnte sie sich nach der Lust und dem Frieden, die sein männlicher junger Körper ihr geben konnte. Sie sehnte sich nach ihm. Und sie erinnerte sich an eine Zeit, es war noch gar nicht lange her, als es genug gewesen war, um ihr Kraft zu geben. Eine Zeit, als sie einander angebetet hatten und zusammen all die süßen Verzückungen der ersten Liebe erfahren hatten.

»Leg dich hin«, wiederholte er wieder, entschlossener dieses Mal. »Du bist meine Geliebte, Viviana! Ich habe das Recht, das von dir zu verlangen.«

Und auch das war die absolute Wahrheit. Viviana warf das Handtuch fort und schlug die Bettdecke zurück. Dann tat sie, was er verlangt hatte.

Das Licht des frühen Nachmittags fiel über seine Schulter, als Quin sich seiner Kleider entledigte – mit der geübten Fertigkeit eines Mannes, der daran gewöhnt war, dass seine Bedürfnisse und Launen befriedigt wurden. Er war schon hart und erregt. Wie immer.

Nachdem er seine braungelben Hosen heruntergezogen und zur Seite geworfen hatte, kam er auf eine fast raubtierhafte Art zu ihr ins Bett, legte sich auf sie und drang ohne Vorspiel in sie ein. Viviana keuchte bei dieser Invasion. Ihr Körper bäumte sich auf.

»Du gehörst mir, Viviana«, flüsterte er und stieß seine ganze Länge in sie hinein. »Vergiss das niemals.«

Sie gehörte ihm nicht, aber sie widersprach auch nicht. Stattdessen stemmte sie die Füße gegen das Bett und drängte ihm ihre Hüften entgegen, um seine tiefen Stöße besser in sich aufnehmen zu können.

Daraufhin umschloss er ihre Hände mit seinen, Handfläche an Handfläche, zog sie hoch über ihren Kopf und auf das Kissen, und hielt sie dort fest, während er sie ritt. In ihrer Lust waren sie wie Katzen, sie und Quin, fauchend und zankend, auch wenn sie füreinander brannten. Sie spürte die treibende Lust in seinem Körper – und in ihrem, trotz der Kränkung, die er ihr zugefügt hatte. Welche Sorte Frau war sie, sich nach diesem hier zu sehnen und daran festzuhalten?

Es war, als hätte Quin ihre Gedanken gelesen. »Du gehörst mir, Viviana«, sagte er rau, beugte sich über sie und starrte ihr in die Augen. Noch immer presste er ihre Hände hoch über ihrem Kopf auf das Kissen. »Du gehörst mir, verdammt, und keinem anderen. *Sag* es!«

Viviana wandte den Kopf ab. Es war den Kampf nicht wert. »Ich gehöre dir«, wisperte sie.

»*Sieh mich an, Viviana*«, befahl er und stieß schneller in sie hinein. »Sieh mich an, wenn ich es mit dir tue. Ich schwöre dir, manchmal denke ich, du willst mir das Herz brechen. Sag es noch einmal. Du gehörst mir und keinem anderen!«

Sie sah ihn an, voller Trotz. »Ich gehöre *mir*, Quin«, fauchte sie, und ihre Stimme zitterte. »Ich gehöre *nur mir selbst*. Aber ich habe mich entschieden, mit dir zusammen zu sein. Das ist etwas anderes.«

Aber Quin schien ihre Worte nicht zu hören. Er hatte die Augen geschlossen, und sein Gesicht wirkte angespannt, als er sie noch heftiger ritt. Sie fühlte ihren Bauch gegen seinen drücken, drängend und gierig. Oh Gott, er war so unglaublich gut!

Sie wollte sich in diesem rein körperlichen Akt verlieren. Wollte nichts fühlen als die Vereinigung ihrer Körper.

Er spürte es, und das Drängen trieb ihn an. Auf diese eine Weise zumindest verstand er sie. »*Sì, caro mio*«, keuchte sie. »Ja, ja. Genau so.«

Schweiß perlte an seinen Schläfen. Sein Gesicht war starr vor Anspannung, stark und wunderschön. »Gott, Vivie!«, stöhnte er. »Oh Gott, ich bete dich an!«

Sie machte ihre Hände von ihm frei und klammerte sich an ihn, rang keuchend nach Atem. Er stieß wieder und wieder, härter noch, dann ein letzter, vollkommener Stoß. Viviana schrie auf, ihr Körper zitterte. Die Lust riss sie fort, verschlang sie, löschte alles Denken und alle Vernunft.

Er fiel über sie, seine Brust hob sich, sein Gewicht drückte sie tief in die weiche Matratze. Sie strich mit einer Hand über seinen festen, muskulösen Rücken und spürte, wie ihr die Tränen in die Augen stiegen. »Oh, *amore mio*«, murmelte sie. »Oh, *ti amo*, Quin. *Ti amo*.«

Und in diesem Moment liebte sie ihn. Sie liebte ihn von ganzem Herzen, auch wenn sie sich nie gestattet hatte, diese Worte auszusprechen – nicht in einer Sprache, die er verstehen konnte. Beruhigt und erschöpft lauschte sie einfach eine Weile auf seinen Atem. Es war die schlichteste aller Leidenschaften: in den Armen *dieses* Mannes zu liegen, befriedigt und glücklich, und ihm einfach zu lauschen.

Aber der Frieden währte nicht lange. Bald stritten sie wieder über die Ereignisse des vergangenen Abends. Quin hatte offensichtlich von jedem Mann Notiz genommen, der ihr die Hand geküsst oder ein Glas Champagner geholt hatte. Es war ein so dummes, anmaßendes, unreifes Verhalten, das Quin da zeigte – und je größer ihr Ruhm geworden war, desto schlimmer war es geworden. Aber Viviana kannte kein Pardon. Sie war mit ihrer Weisheit am Ende, und das sagte sie ihm auch.

Quin reagierte überaus heftig. »Gott, wie ich diese Art hasse, auf die wir leben müssen!«, rief er schließlich. »Ich habe das Recht, dich zu beschützen. Ich habe das Recht, Viviana, der ganzen Welt zu zeigen, dass du mir gehörst.«

»Quin, *amore mio*, wir haben doch schon tausendmal darüber gesprochen«, flüsterte sie. »Es würde meinen Vater umbringen, wenn er davon erführe. Er hat nicht alles geopfert, um mich nach England schicken zu können, nur, damit ich dort die Geliebte eines reichen Mannes werde.«

Genau genommen hatte ihr Vater sie aus genau dem entgegengesetzten Grund fortgeschickt. Aber das würde sie Quin nicht sagen. Es würde bei ihm nur zu einer noch wütenderen Reaktion führen.

»Aber wegen der Kreise, in denen seine Tochter verkehrt, macht Signor Alessandri sich keine Sorgen?«, entgegnete er gereizt. »Es kümmert ihn nicht, wer dich mit Blicken auszieht? Und Lord Rothers! Grundgütiger Gott, Vivie! Seine Protektion hat ihren Preis. Er hat mit der Hälfte der Schauspielerinnen im West End geschlafen.«

»Nun, mit *mir* hat er nicht geschlafen«, erwiderte sie. »Und das wird er auch nicht. Und er wünscht es auch nicht. Mein Gott, Quin, er war in Begleitung seiner *Frau*. Was, glaubst du, ist passiert? Eine *ménage à trois* auf Chesleys Esszimmertisch?«

Er presste die Lippen zusammen und machte eine Bewegung, als wollte er ihr den Rücken zukehren. »Ja, mach nur weiter so. Mach einen Witz daraus, Viviana. Mach einen Witz aus *mir*.«

Sie legte die Hand auf seine Brust. »Oh, *caro mio*, du bist so jung!«

Er drehte sich abrupt zu ihr um. »Verdammt, Vivie, ich hasse es, wenn du das sagst!«, stieß er hervor. »Hör auf, so zu tun, als wäre ich ein dummer grüner Junge. Ich bin fast einundzwanzig.«

»Ja, Quin, und als das hier angefangen hat, waren wir uns einig, dass –«

»Ich weiß, zum Teufel!«, unterbrach er sie. Er legte die Hand auf ihre und drückte sie heftig. »Ich weiß. Und ich werde mein Wort halten, Viviana. Aber es gefällt mir verdammt noch mal ganz und gar nicht.«

Bedrückendes Schweigen breitete sich in Vivianas Schlafzimmer aus, nur durchbrochen vom fernen Lärm, der von Covent Garden her zu hören war. Irgendwann rollte sie sich auf den Bauch und stützte sich auf die Ellbogen, um Quin anzusehen, wie sie es so oft getan hatte am Beginn ihrer stürmischen Beziehung.

Du lieber Himmel, er war so wunderschön! Halb noch Junge, halb schon Mann. Sie liebte ihn mit einer nahezu atemberaubenden Intensität. Und ganz plötzlich erkannte sie, dass sie es trotz allem nicht ertragen konnte, ihn zu verlieren. Auch nicht nach all den harten Worten – und davon waren viele von ihnen beiden gesagt worden – konnte sie sich ein Leben ohne Quin vorstellen. Aber gab es irgendeine Hoffnung? Sie betete darum, nicht nur für sich selbst.

»Quin, *caro mio*«, rief sie impulsiv. »Sag mir eines: Wohin wird das Leben dich führen?«

Er hob den Kopf vom Kissen und sah sie mit einem seltsamen Ausdruck in den Augen an. »Wie meinst du das, Vivie?«

Viviana zuckte langsam die Schultern. »Ich weiß nicht genau … Hast du vielleicht daran gedacht … fortzugehen? Ins Ausland, meine ich?«

»Ins Ausland?«, fragte er verständnislos. »Guter Gott! Wohin denn?«

»Auf den Kontinent?« Viviana zog die Augenbrauen hoch. »Vielleicht nach Venedig oder nach Rom?«

Er lachte. »Warum um alles in der Welt sollte jemand England verlassen?«

Viviana fühlte einen Anflug von Zorn. »Vielleicht weil es ein erdrückender, moralisierender Ort ist?«

»Vivie, ich bin hier zu Hause.« Er strich ihr übers Haar. »Lass uns nicht mehr davon reden, dass irgendjemand irgendwohin geht, einverstanden?«

»Aber was ist mit deiner Zukunft, Quin?«, beharrte sie. »Was willst du mit deinem Leben anfangen?«

»Es leben, würde ich sagen«, entgegnete er. »Was sonst kann man damit anfangen?«

»Aber hast du je gedacht, wir könnten –« Sie verstummte und schluckte mühsam. »Hast du je an … an eine Heirat gedacht, Quin?«

Er riss die Augen auf. »Großer Gott! Mit dir?«

Sie wandte mühsam den Blick ab. »Mit … mit jemandem, den du anbetest«, brachte sie fertig, zu antworten. »Mit – ja, mit mir.«

Seine Gesichtsausdruck wurde sanft. »Oh Vivie«, flüsterte er. »Oh, wenn das Leben doch so einfach wäre.«

Sie bedrängte ihn weiter, sich ganz und gar der Kränkung bewusst, die ihr Stolz würde ertragen müssen. »Vielleicht ist es so einfach, Quin«, erwiderte sie. »Du sagst, du kannst ohne mich nicht leben. Dass du mich für dich haben möchtest. Und ich frage dich, wie sehr du dir das wünschst.«

Er sah sie von der Seite an. »Ist das der Grund für all das Zögern?«, wollte er wissen. »Spekulierst du auf eine Ehe? Oh Viviana! Du wusstest doch, dass ich dich nicht heiraten kann, als wir diese Sache begonnen haben! Du *wusstest* es, oder nicht?«

Viviana schüttelte den Kopf. »Ich hoffe auf nichts, Quin«, erwiderte sie. »So ist es nicht.«

Aber Quin sah sie noch immer ungläubig an. »Um Gottes willen, Viviana, ich bin der Erbe eines Grafentitels!«, rief er. »Hast du eine Vorstellung davon, was für eine Verpflichtung das bedeutet? Wenn ich irgendwann heiraten muss – was mindestens noch ein Jahrzehnt Zeit hat, hoffe ich –, wird Mum mich mit einer blassen blonden englischen Miss verheiraten. Und deren Vater wird einen ganzen Rattenschwanz von Titeln tragen und fünfzigtausend Pfund in irgendeinem Fonds besitzen. Ich werde dabei nur wenig zu melden haben.«

Viviana musterte ihn aus schmalen Augen. »Oh! Ich bin also zu alt und zu ausländisch und zu gewöhnlich für die große Hewitt-Dynastie? Ist es das?«

»Also hör mal, Vivie«, tadelte er sie und setzte sich auf. »Das habe ich nie gesagt.«

»Ich glaube, das musst du auch nicht!« Viviana packte das Laken mit einer Hand, als die Übelkeit sie wieder packte. Warum in Gottes Namen hatte sie dieses Thema angeschnitten? Er hatte ja recht. Sie hatte die ganze Zeit gewusst, dass diese Beziehung keinen Bestand haben würde. Aber sie hatte gefragt, und jetzt gab es keinen Weg zurück.

»In einigen Wochen, Quin, wirst du einundzwanzig!« Sie zitterte innerlich vor Zorn. »Dann wird es bei dir liegen, wen du dir zum Heiraten aussuchst. Und wage nicht, etwas anderes zu behaupten! Damit beleidigst du meine Intelligenz.«

»Ach Vivie!« Er verzog das Gesicht und sah ganz wie der ungeduldige junge Mann aus, der er war. »Wir haben noch unser ganzes Leben vor uns! Ich werde sobald niemanden heiraten. Warum sollen wir uns das verderben, was wir jetzt haben?«

Sie bedachte ihn mit einem spöttischen Lächeln. »*Sì*, sie ist eine langweilige Angelegenheit, die Zukunft, nicht wahr?«

Quin bemerkte den Sarkasmus nicht. »Braves Mädchen! So gefällst du mir«, sagte er und küsste sie wieder. »Schau, Vivie, ich habe dir etwas mitgebracht. Etwas, was dich aufmuntern wird.« Er stieg aus dem Bett und suchte in seinen Manteltaschen nach etwas, dann kam er mit einer kleinen Schachtel zurück. »Mach auf«, befahl er.

Viviana öffnete den Deckel und hielt den Atem an. In der

Schachtel lag ein Ring: ein breiter, ziselierter Reif mit einem großen, quadratischen Rubin. Es war ein wunderbares Stück Juwelierkunst. Doch Viviana gab Quin die Schachtel zurück. Warum bestand er darauf, sie mit Geschenken zu überhäufen? Was sie wollte, war etwas, was sein Geld nicht kaufen konnte – und dieser Ring hatte Quin zweifelsohne weitaus mehr gekostet, als sogar er sich leisten konnte.

Quin schob ihr die Schachtel wieder zu. »Steck ihn an, Vivie«, beharrte er. »Steck ihn an, aber versprich mir eines.«

Widerstrebend schob Viviana den Ring auf ihre rechte Hand. »Ich ... also gut, ich werde es versuchen.«

»Versprich mir, dass du ihn behalten wirst«, verlangte er. »Versprich mir, dass du ihn nie verkaufen wirst, und dass du ihn von Zeit zu Zeit tragen und dabei an mich denken wirst.«

Viviana starrte den Ring an und drängte die Tränen zurück, die ihr Kummer und Zorn und Liebe und hundert andere widerstreitende Gefühle in die Augen trieben. »Ich höre nie auf, an dich zu denken, Quin«, wisperte sie.

»So wie ich niemals aufhöre, an dich zu denken, Vivie.« Aber in seinen Augen lag leichte Skepsis. »Nun, wann musst du im Theater sein?«

»Um sechs«, antwortete sie hohl.

»Nun, und ich muss auch bald gehen«, sprach er weiter. »Wir verschwenden kostbare Zeit! Wir sollten uns doch viel besser miteinander vergnügen. Du bist das wundervollste Geschöpf auf dieser Erde, Viviana! Deine Augen rauben mir den Atem, und der Anblick deiner Brüste lässt mir fast das Herz stehenbleiben. Leg dich hin, meine Liebe, und lass mich dich noch einmal lieben.«

Jetzt sprach er von *lieben*. Benutzte nicht mehr die vulgären Worte von vorhin.

Sie hätte sich ihm verweigern sollen. Sie hätte ihn in genau diesem Moment auffordern sollen, aus ihrem Bett zu verschwinden.

Aber die Erinnerung an eine süßere, glücklichere Zeit war so schmerzlich nah, und die Zukunft lag so grau und trostlos vor ihr. Deshalb drehte Viviana sich auf den Rücken und ließ zu, dass sein starker, kraftvoller Körper sich ein letztes Mal mit dem ihren vereinte.

Als Quin ihr Bett später verließ, hatte seine Stimmung sich gebessert, auch wenn sein Blick noch immer ein Quäntchen Argwohn verriet. Viviana beobachtete ihn, als er sich ankleidete. Sie ergötzte sich an seiner geschmeidigen, schlanken Schönheit und fragte sich, nicht zum ersten Mal, wie er in einigen Jahren aussehen würde, in der vollen Blüte seiner Männlichkeit. Schon jetzt waren seine Schultern breit und sein Kinn von Bartstoppeln beschattet, die ebenso dicht und dunkel waren wie sein Haar.

Er zog sich das Hemd über den Kopf, und sie bewunderte einmal mehr die Ebenmäßigkeit seiner Gesichtszüge. Die hohe Patrizierstirn, den geraden Nasenrücken, die hohen, ausgeprägten Wangenknochen, und, das Verwirrendste von allen, die Augen, die die Farbe der Ägäis hatten, wenn die Abenddämmerung heraufzog. Aber wie hatten sie eine solche Närrin sein und zulassen können, dass er ihr das Herz stahl?

Sie versuchte, unbeteiligt zuzusehen, als er seine Strümpfe anzog und in seine Hosen stieg. Es war kein Zorn, den sie für ihn empfand, nein. Es war eher ein resigniertes Akzeptieren. Sie gab ihm auch nicht die Schuld. Es war ihre eigene leidenschaftliche, romantische Natur, die sie in diese Lage gebracht hatte. Aber ohne Leidenschaft konnte man nicht singen. Und man konnte ohne Romantik nicht wahrhaft leben. Viviana akzeptierte die Tatsache, dass man auf dieser Erde das Schlechte und das Gute hinnehmen musste, wie es kam, und dass man dafür mit einem reichen Leben belohnt wurde.

Quin zog seinen Mantel an, dann beugte er sich über das Bett, wobei er sich mit beiden Händen auf der Matratze abstützte. Er hielt ihren Blick für einen Moment gefangen. Seine Augen sahen sie so intensiv an, dass ihr für den Bruchteil einer Sekunde zumute war, als würde er ihr in die Seele schauen. »Sag mir eines, meine Liebe«, verlangte er zu wissen. »Liebst du mich?«

Er überraschte sie ein wenig; er hatte diese Frage noch nie gestellt. Und Viviana wusste, was ihr Herz fühlte, genau so sicher, wie sie wusste, wie ihre Antwort lauten musste. Sie hatte sich zumindest noch ein bisschen Stolz bewahrt. »Nein, Quin«, antwortete sie. »Ich liebe dich nicht. Und du liebst mich nicht.«

Seine Augen blickten wie die eines alten Mannes, als er sie ansah. »Nein. Vermutlich tue ich das nicht.«

Sie zuckte die Schultern. »So ist es das Beste, oder nicht?«

Er richtete sich abrupt auf. »Nun, Viviana«, entgegnete er. »Zumindest bist du ehrlich.«

Aber sie war nicht ehrlich. Sie hatte ihm ins Gesicht gelogen. Als sie ihm nachsah, wie er mit großen Schritten zur Tür ging, fragte sie sich flüchtig, ob er vielleicht dasselbe getan hatte.

Nein. Nein, es war unmöglich.

Die Tür fiel hinter ihm ins Schloss. Viviana stieß den Atem aus, den sie angehalten hatte, dann schloss sie die Augen und zwang sich, nicht zu weinen. Sie lauschte auf seine schweren Schritte, als er von ihr fortging. Eine Träne rollte an ihrer Nase herunter und tropfte mit einem leisen *Plopp!* auf ihr Kopfkissen.

Abrupt setzte sie sich im Bett auf. Nein, bei Gott, sie würde nicht weinen. Nicht um ihn. Um niemanden. Nicht einmal um sich selbst. Schon eine Träne war zu viel – und wenn eine weitere folgte, würden sie vielleicht nicht mehr aufhören.

Lucy kam in das Zimmer, als Viviana sich gerade den Morgenrock überzog. »Soll ich jetzt aufräumen, Miss?«, fragte sie.

»*Grazie.*« Viviana ging zu dem kleinen Schreibtisch am Fenster. »Heute Abend ist meine letzte Vorstellung als *Konstanze*, Lucy«, sagte sie und schloss die kleine Schublade auf, in der sie ihre mageren Ersparnisse verwahrte.

»Ich weiß, Miss.« Die Zofe begann, das Bett zu richten. »Es ist ein großer Erfolg gewesen, nicht wahr? Was werden Sie als Nächstes tun? Vielleicht sollten Sie runter ans Meer nach Brighton fahren und sich ausruhen. Vielleicht würde Mr. Hewitt Sie begleiten? Es ist schön da, habe ich gehört.«

Viviana verschloss die Schublade wieder. »Eigentlich, Lucy, werde ich morgen nach Hause fahren.« Sie reichte der Zofe ein mitleiderregend schmales Bündel Banknoten. »Hier. Ich wünsche, dass Sie das nehmen. Lord Chesley muss nichts davon erfahren.«

Das Mädchen sah sie ungläubig an und schob Vivianas Hand zurück. »Aber ich kann doch nicht Ihr Geld nehmen, Miss!«, protestierte sie. »Außerdem ist es ja nicht so, als könnten Sie es sich leisten, es zu verschenken. Es steht mir nicht zu, das zu sagen, aber trotzdem ... Ich habe es gesagt.«

»Lucy!«, tadelte Viviana sie sanft.

»Was?«, erwiderte das Mädchen. »Glauben Sie, ich weiß nicht, Miss, dass Sie jeden Penny, den Sie entbehren können, nach Hause schicken – und dass Sie Ihren Schmuck verkaufen und altes Brot essen? Abgesehen davon zahlt Lord Chesley mir genug dafür, dass ich mich um Sie kümmere. Und es ist mir eine Freude, das zu tun.«

Mit einem wehmütigen Lächeln drückte Viviana dem Mädchen das Geld in die Hand und schloss deren Finger um die Banknoten. »*Nehmen* Sie es«, beharrte sie. »Dort, wo ich hingehe, werden weder *Papà* noch ich es brauchen. Und ich wünsche, dass Sie auf Lord Chesleys Besitz zurückkehren und diesen gut aussehenden Diener heiraten, von dem Sie mir erzählt haben. Das Geld ist mein Hochzeitsgeschenk für Sie. Sie müssen davon eine Wiege kaufen, eine sehr schöne Wiege, für Ihr Erstgeborenes, und an mich denken, wenn Sie das Kind hineinlegen, *sì?*«

Lucy öffnete die Hand und starrte auf die Banknoten. »Aber

wie können Sie England einfach so verlassen, Miss?«, fragte sie. »Was wird aus Ihnen, so weit weg an einem fremden Ort?«

Innerlich vertiefte sich Vivianas Lächeln. Das arme Mädchen war so naiv und provinziell – genau wie Quin. »Es ist mein Zuhause«, sagte sie ruhig. »Es ist Zeit, dass ich dorthin zurückkehre. Und jetzt müssen Sie sich mit mir freuen, Lucy. Ich habe gerade erfahren, dass auch ich heiraten werde.«

Auf dem Gesicht der Zofe breitete sich ein unglaublich strahlendes Lächeln aus. »Oh, wirklich, Miss?«, rief sie und hob beide Hände. »Ich wusste es! Ich wusste, dass Mr. Hewitt das Richtige tun würde, sobald Sie es ihm sagen! Ich wusste, dass alles irgendwie gut wird.«

Viviana spürte heiße, drängende Tränen hinter ihren Lidern und wandte sich abrupt zu ihrem Schreibtisch um. »Ich fürchte, Sie haben mich falsch verstanden, Lucy.« Sie tat, als würde sie ihre Federhalter und ihre Briefbögen ordnen. »Ich fahre zurück nach Hause, um jemanden zu heiraten, den ich ... nun, den ich von früher kenne.«

»Oh nein, Miss!« Sie spürte, dass Lucy sie leicht am Arm berührte. »Aber ... aber was ist mit Mr. Hewitt?«

Viviana fasste sich und wandte sich wieder um. Eine Opernsängerin zu sein erforderte es, dass man nicht nur eine gute Sängerin, sondern auch eine fähige Schauspielerin war. »Oh, ich denke, wir sind zu einer Übereinkunft gekommen, er und ich«, erwiderte sie und zwang sich zu einem Lächeln.

»Aber ich verstehe nicht, was das soll!«, sagte das Mädchen.

»Lucy, nicht!« Viviana legte der Zofe die Hände auf die Schultern und küsste sie leicht auf die Wangen. »Ich verlasse England, meine treue Freundin. Machen Sie sich um mich keine Sorgen. Alles Gute muss irgendwann ein Ende haben, *sì?*«

Kapitel 1

In dem Lord Chesley etwas Großes plant
Herbst, 1830

»Nun, alles Gute muss einmal ein Ende haben«, murmelte der Marquis of Devellyn, während er die Auslage im Schaufenster des teuersten Juweliers am Piccadilly Circus betrachtete. »Mein Freund, du musst versuchen, die Ehe als den Beginn eines neuen Lebens zu sehen, das reich an Möglichkeiten ist.«

»Ja, und auch voll verdammt vieler Unmöglichkeiten«, entgegnete der Earl of Wynwood.

Devellyn grinste verstehend. »Als da wären?«

»Meine Absicht, in Soho eine kleine verschwiegene Wohnung für Ilsa Karlsson zu mieten. Was ich schon seit Längerem vorhabe.«

Devellyn nickte. »Eine wahre Tragödie!«, pflichtete er bei. »Obwohl Ilsa eine Spur über dem für deine Investitionen üblichen Satz liegt, alter Knabe. Aber wie dem auch sei – wir sind hier, um ein Hochzeitsgeschenk für deine zukünftige Gattin zu kaufen, nicht wahr?«

Er zeigte auf ein Armband, das mit großen roten Cabochons besetzt war. »Nun, wie wäre es damit?«, fragte er. »Mir gefällt die Farbe. Das sind wohl Rubine, oder?«

»Wohl eher Granat, vermute ich«, sagte Devellyn. »Aber denk nicht einmal daran – weder an die Granatsteine noch an die talentierte Miss Karlsson. Deiner Zukünftigen werden die billigeren Steine vielleicht nicht auffallen, aber ihr Drachen von Tante wird es sicherlich bemerken. Und Ilsa, nun, *sie* wird nie unbemerkt bleiben. In deinem Fall, Quin, müssen es sowohl echte Rubine als auch wahre Treue sein, fürchte ich.«

Lord Wynwoods Gesicht zeigte einen gequälten Ausdruck, und er streckte die Hand nach dem Türgriff aus. »Nun, dann komm! Wir können genauso gut hineingehen und irgendetwas kaufen.«

Eine kleine Glocke bimmelte über der Tür, als sie eintraten. Eine junge Frau polierte die Glasflächen der Holzvitrinen, und der Geruch nach Essig hing in der Luft. »Guten Tag, Mylord«, begrüßte sie Devellyn überschwänglich und mit wissendem Lächeln. »Und Mr. Hewitt, nicht wahr? Ich hoffe, Sie sind bei guter Gesundheit?«

»Bei sehr guter, Ma'am«, entgegnete der Marquis gut gelaunt. »Aber Mr. Hewitt ist jetzt Lord Wynwood. Sie können ihm dementsprechend mehr abknöpfen.«

Die Frau lachte heiser. »Mylord, Sie und Ihre Späße!«, erwiderte sie. »Ich fürchte, mein Mann steht nicht zur Verfügung, er macht eine Besorgung. Kann ich Ihnen behilflich sein, bis er zurückkommt?«

Wynwood schaute von einem Diamantarmband auf, das er zwar betrachtet, aber nicht wirklich wahrgenommen hatte. »Ich würde gern einige Schmuckstücke sehen«, brachte er fertig zu sagen. »Brillanten vielleicht? Oder – oder Smaragde?«

»Sie müssen seine Unentschlossenheit entschuldigen, Mrs. Bradford«, mischte sich Devellyn ein und zwinkerte der Frau des Juweliers zu. »Mein Freund sucht nach einem Geschenk für einen ganz besonderen Anlass.«

Mrs. Bradford zog die fein geschwungenen Augenbrauen hoch. »Nun, wir von Bradford und Burnet haben es uns zur Aufgabe gemacht, das Passende für ganz besondere Anlässe zu haben«, sagte sie glatt. »Höre ich da vielleicht Hochzeitsglocken?«

»Wohl eher die Totenglocke, so wie er dreinschaut!«, erwiderte Devellyn lachend. »Es ist eine vertrackte Geschichte, Ma'am: Ein feiner und fröhlicher Bursche wird aus seinem glücklichen Junggesellendasein gerissen. Man legt ihm die Schlinge des heiligen

Ehestandes um den Hals, und man wird ihn daran aufknüpfen.«

»Oh, solch ein Anlass erfordert ganz gewiss ein besonderes Schmuckstück«, fiel Mrs. Bradford ein, ohne eine Miene zu verziehen. »Suchen Sie nach einem Ehering, Mylord?«

»Nein!« Lord Wynwoods Kopf fuhr hoch wie der eines aufgeschreckten Jagdhundes. »Ich meine … jetzt noch nicht.«

»Nur ein Verlobungsgeschenk«, fügte Devellyn hinzu. »Anlässlich der Verlobung wird es eine Gesellschaft geben, und er möchte, dass dieses Fest etwas ganz Besonderes für die Braut wird.« Er stieß seinen Freund sanft mit dem Ellbogen an. »So ist es doch, nicht wahr, Quin?«

Wieder schaute Wynwood auf. »Ganz genau so«, stieß er hervor. »Ich will etwas, hmm … Sie wissen schon … etwas ganz *Besonderes*.«

Mrs. Bradford lächelte breiter und ging zusammen mit Wynwood ein Stück weiter den Ladentisch hinunter. »Und Sie haben an Brillanten gedacht?«, griff sie seine frühere Bemerkung auf. »Aber es soll kein Ring sein. Vielleicht ein Armband? Oder eine Brosche?«

»Eine Halskette, denke ich«, sagte Wynwood.

»Ja, und zwar eine sehr schöne«, fügte Devellyn hinzu. »Sie ist eine ganz besondere junge Dame.«

Ganz und gar Zyniker, begann Wynwood sich zu fragen, wie oft sie alle es wohl noch fertigbrachten, das Wort *besonders* zu verwenden, bis sie dieses schwierige Geschäft erledigt hätten. Er hatte eine tiefe und andauernde Abneigung gegen Juwelierläden. Und Dev war wegen dieser Heirat verdammt penetrant, fast, als wollte er ihn drängen, es so schnell wie möglich über die Bühne zu bringen. Gerade jetzt drängte Dev ihn weiter und weiter an den Vitrinen entlang: Er schob ihn, schien es, unausweichlich auf die Dauerhaftigkeit des Ehestandes zu.

Ach, verdammt! Am besten, Quin nahm irgendetwas. Etwas

Besonderes, natürlich, das schon. Aber für ihn sah alles gleich aus. »Das da.« Er zeigte auf eine schwere Kette aus gehämmertem Gold, besetzt mit einem großen, facettenreich geschliffenen blau-grünen Stein. »Es ist kein Brillant, aber er sieht sehr ... groß aus.«

»Hmm.« Der Marquis beugte sich näher. »Das wohl eher nicht, Quin.«

Mrs. Bradford zog leicht die Stirn kraus. »Ist es eine sehr junge Lady, Mylord?«, fragte sie. »Und welche Farbe, bitte, haben ihre Augen?«

»Ihre Augen?« Wynwood dachte darüber nach. »Nun, ihre Augen sind ... nun, sie sind eine Art von ...« Zum Teufel! Welche Farbe hatten Miss Hamiltons Augen denn nun? »Sie sind schwer zu beschreiben, aber –«

»Grün«, warf Devellyn ein. »Sie ist sehr zierlich und sehr jung, und ihre Augen sind von einem kühlen Moosgrün mit kleinen goldenen Sprenkeln darin. Diese Kette würde sie niederdrücken wie ein Kettenhemd. Wirklich, Quin, ich fange an, mich zu fragen, ob du überhaupt bei der Sache bist.«

Wynwood zog ein finsteres Gesicht. »Du vergisst, Dev, dass ich kein Leben geführt habe, das sich sklavisch darum gedreht hat, eine Reihe kostspieliger, überaus hingebungsvoller Balletttänzerinnen zu vernaschen.«

»Oh nein, natürlich nicht!«, stimmte der Marquis mit einem tiefen Unterton zu. »Die Sorte Frauen, mit denen du verkehrst, ziehen Bares vor.«

Mrs. Bradford entschlüpfte ein undamenhaftes leises Lachen, und sie wandte sich rasch ab. Ihre Wangen hatten sich flammend rot gefärbt.

Devellyn räusperte sich. »Nun, ich würde gern einige Ohrringe sehen, Mrs. Bradford«, fuhr er fort, als hätte es keine peinliche Situation gegeben. »Ich habe Lust, für Sidonie ein Paar Saphir-Ohrringe zu kaufen; passend zu dem Kleid, das sie vor einigen Wochen auf Mums Dinnerparty getragen hat. Was hältst du davon, Quin?«

»Ich denke, du solltest ihr jede Woche ein Paar kaufen«, entgegnete sein Freund. »Andernfalls könnte sie zur Vernunft kommen und sich anfangen zu fragen, warum sie dich geheiratet hat.«

Devellyn grinste und fuhr fort, Mrs. Bradford zu veranlassen, drei oder vier samtbeschlagene Tabletts hervorzuziehen, die er mit akribischer Ehrerbietung betrachtete. Er war, wie Wynwood festgestellt hatte, in der Tat sehr eifrig dabei, seiner eigenen Frau eine Freude zu machen.

Wynwood jedoch hatte inzwischen jegliches Interesse an seinem Vorhaben verloren. Oh, natürlich wünschte er, Miss Hamilton zu erfreuen. Er wünschte es wirklich. Aber die Wahrheit war, dass er Esmée nicht so gut kannte, wie ein Gentleman es sich wünschen würde, seine Verlobte zu kennen. Natürlich wusste er, dass sie sehr schön war. Sie war zudem erfrischend pragmatisch und geradeheraus. Er hätte eine dumme, alberne Londoner Miss nicht ertragen können, oder eine, die einen Mann lieber manipulierte als ihm die Wahrheit ins Gesicht zu sagen. Gott wusste, dass er davon für ein ganzes Leben genug gehabt hatte.

Esmée liebte ihn nicht. Natürlich nicht. Das war nur eine der vielen direkten Wahrheiten, die sie ihm gesagt hatte. Aber für Quin war Liebe ohnehin weder nötig noch befriedigend. Er und Esmée würden lernen, leidlich miteinander zurechtzukommen. Daran hatte er keinen Zweifel. Er freute sich sehr darauf, sie in seinem Bett zu haben, und noch mehr darauf, sie zu schwängern – vorzugsweise mit dem Sohn, den seine Mutter so sehr herbeisehnte.

Der Tod seines Vaters war verfrüht gewesen, er war unerwartet und zu einem äußerst ungünstigen Zeitpunkt gekommen. Und im Alter von knapp dreißig Jahren hatte Quin nicht den

Wunsch verspürt, sein sorgloses Junggesellenleben aufzugeben, um die Hewitt-Dynastie vor dem Zusammenbruch zu retten. Seine Mutter jedoch befand sich jetzt in einem Zustand, der einer Panik sehr nahe kam, auch wenn ihre gute Erziehung und wohlbewahrte Haltung das vor allen verbargen – bis auf jene, die sie gut kannten. Würde Quin ohne einen Erben sterben, würde alles an den verabscheuten Cousin Enoch fallen, der sie – und seine Mutter übertrieb dabei durchaus nicht – sofort auf die Straße setzen würde. Seine Mutter wäre dann von Lord Chesley, ihrem jüngeren Bruder, abhängig oder würde nach Oxfordshire verbannt werden, um dort bei Quins Schwester Alice zu wohnen. Und seine Mutter würde eher sterben, als eine dieser beiden Möglichkeiten in Betracht zu ziehen.

Es musste also sein – für den Fortbestand der Dynastie. Er und Esmée würden sich nach Buckinghamshire zurückziehen und drei oder vier Kinder haben und ein geordnetes Leben führen. Dafür, so sagte sich Quin, war er bereit, jedes notwendige Opfer zu bringen. Und diese Opfer schlossen seine Fantasien bezüglich Ilsa und seine schamlose und verruchte Lebensweise ein – nun ja, jedenfalls den überwiegenden Teil. Das war es wert, Esmée zu haben. Denn wäre sie es nicht, wäre es ein Mädchen, das seine Mutter für ihn aussuchen würde.

»Ich werde diese nehmen«, hörte er Devellyn sagen.

Mrs. Bradford nannte einen Preis, für den man in Chelsea ein Grundstück erwerben könnte. Devellyn stimmte ohne Zögern zu, dann wandte er sich zu Wynwood um. »Was ist mit dir, Quin?«, fragte er. »Was hast du für deine kleine hübsche Schottin ausgesucht?«

»Ich bin unentschlossen«, gab dieser zu. »Ich denke, es ist das Beste, ich frage zuerst Lady Tatton. Sie wird wissen, was ihre Nichte bevorzugt, nicht wahr?«

»Oder Alasdair?«, schlug Devellyn vor, während Mrs. Bradford in den Tiefen des Ladens verschwand, um seinen Einkauf einzupacken. »Du solltest einfach Alasdair fragen, was Esmée seiner Meinung nach gefallen würde. Er mag sie sehr und kennt sie besser als jeder andere. Ich bin überzeugt, dass er dir am besten raten kann.«

Wynwood spürte Ärger in sich aufsteigen. Sir Alasdair MacLachlan war einer ihrer amüsantesten, aber auch übel beleumdetsten Freunde. Zumindest war er das bis jetzt gewesen. Denn zurzeit benahm Alasdair sich sehr seltsam. Wie Esmée war er Schotte. Und wegen eines komplizierten Missgeschicks, bei der eine Maskerade in einer Silvesternacht ebenso eine Rolle spielte wie viel zu viel Whisky, schien Alasdair der Vater von Esmées kleiner Schwester zu sein. Kaum jemand wusste davon. Wynwood gehörte dazu, und er wurde es langsam verdammt leid, dass Devellyn Esmée und Alasdair immer im selben Atemzug nannte. Was zum Teufel bezweckte der Mann damit?

In diesem Moment war von irgendwoher im Laden das Schlagen einer Uhr zu hören.

»Teufel auch!«, rief Devellyn. »Geht die Uhr genau? Ich komme zu spät zum Tee im Grosvenor Square. Mum wird meinen Kopf auf ihrem besten Silbertablett servieren lassen. Mrs. Bradford? *Mrs. Bradford!* Ich brauche das Päckchen, bitte.«

Die Frau des Juweliers kam in den Laden geeilt und legte ihm einen Kaufbeleg vor, auf dem die Unterschrift des Marquis' erforderlich war. Nachdem er etwas Unleserliches daraufgekritzelt hatte, schob Devellyn die Schachtel in seine Tasche und klopfte Quin aufmunternd auf die Schulter, ehe er aus der Tür eilte. »Kopf hoch, alter Junge!«

Mrs. Bradford notierte Devellyns Kauf in einem grünen Kassenbuch. »Darf ich Ihnen etwas anderes zeigen, Mylord?« Sie sah ihn höflich abwartend an.

»Nein, ich denke nicht, vielen Dank«, lehnte Quin ab und setzte seinen Hut wieder auf. »Ich werde mich nach den Vorlieben der Lady erkundigen und ein anderes Mal wiederkommen.«

Quin ging zurück zur Burlington Arcade und hielt auf den Piccadilly Circus zu, wo geschäftiges Treiben herrschte. Auf der Straße wirbelten trockene Blätter auf, von denen einige so kühn waren, bis zurück in den Eingang der eleganten Arkaden zu wehen. Der Herbsttag war überraschend klar, auch wenn die kalte Luft schon vom Herannahen des Winters kündete.

Er blieb auf dem Fußsteig stehen und kniff die Augen gegen die Helligkeit zusammen. Herrgott, er war sich in dem kleinen, überheizten Juwelierladen wie ein Idiot vorgekommen. Devellyn hatte recht gehabt mit seiner Bemerkung: Er verkehrte nicht mit der Sorte Frauen, für die man echten Schmuck kaufte. Nicht mehr. Und selbst wenn er es einmal getan hatte, dann waren es Rubine gewesen, und nichts weniger.

Das war der Grund, warum ihm die Granatsteine aufgefallen waren. Er hatte sie gesehen, und einen Moment lang hatte er an sie gedacht ... an Viviana Alessandri. Er hatte seinen Irrtum sofort bemerkt. Granat wäre niemals gut genug für sie gewesen; so viel hatte er gewusst, auch ohne zu fragen. Der dunkle, blutrote Rubin hatte immer für Viviana gestanden, und ihre zarte, leicht olivfarben getönte Haut hatte sie mit ihrem Schimmer zum Leben erweckt. Deshalb hatte er jedes Armband, jede Brosche und jede Halskette mit der äußersten Sorgfalt ausgesucht, mit der Devellyn die Saphir-Ohrringe für seine geliebte Sidonie gewählt hatte.

Doch trotz aller Aufmerksamkeit, die er beim Erwerb eines jedes Stückes hatte walten lassen, hatte Viviana sich umgedreht und es verkauft, ganz herzlos und berechnend – vermutlich, um ihre Schneiderin zu bezahlen oder ihre Spielschulden zu begleichen. Was natürlich ihr Vorrecht war als seine von ihm ausgehaltene Geliebte. Oder genauer gesagt: als Hure. Und am Ende dieser schrecklichen, herzzerreißenden Affäre hatte er sich geschworen, niemals wieder ein Geschenk für eine Frau mit Gefühl auszuwählen – auch nicht die unbedeutendste Kleinigkeit. In den vergangenen neun Jahren war er nicht einmal in die Nähe eines Juwelierladens gegangen. Bis heute.

Quin setzte seinen Weg die Straße hinunter in Richtung Green Park fort, aber schon nach wenigen Metern blieb er gegenüber vom Hotel Bath stehen. Eine elegante vierspännige Kutsche hatte kurz vor der Ecke angehalten, und ein Gentleman und eine Lady schienen in einen Disput verwickelt zu sein, wobei die Hände ebenso heftig zum Einsatz kamen wie ihre Worte. Quin erkannte auf den ersten Blick, dass es reiche Leute waren – und Ausländer. Das Erste ließ sich aus ihrer feinen Kleidung schließen, das Letztere daraus, dass Engländer, die der guten Gesellschaft angehörten, eher sterben würden, als dass sie sich auf offener Straße wie die Fischweiber stritten.

Das Gesicht der Lady konnte Quin nicht sehen, aber seltsamerweise war er überzeugt, dass sie umwerfend schön war. Der Herr war viel älter als sie; er stand gebückt da und wirkte zerbrechlich. Quin fing einige Wortfetzen der fremden Sprache auf. Italienisch oder etwas Ähnliches. Als wäre er ein ungehobelter Bauer blieb Quin stehen, um zu gaffen, auch wenn er nicht sagen konnte, warum er es tat.

Aus den heftigen Gesten und dem lauten Schimpfen ließ sich die Ursache des Streites leicht bestimmen. Die Lady wünschte, dass der Gentleman in die Kutsche einstieg. Der Gentleman wünschte, zu Fuß zu gehen. Der Streit setzte sich noch um einige scharfe Worte weiter fort, dann ging der alte Gentleman davon, als wollte er seine Begleiterin allein zurücklassen.

Schließlich hob die Frau die Hände und zeigte damit an, dass sie nachgab. Der Gentleman zögerte. In einer fast mütterlichen Geste griff die Lady nach seinem Schal und legte ihn fester um seinen Hals. Dann steckte sie die beiden Enden in seinen Mantelaufschlag. Der Gentleman nahm ihr Gesicht in beide Hände und küsste sie auf die Wangen. Dann ging er in Richtung Mayfair davon.

Und dann drehte sie sich um.

Und Quin spürte, wie plötzlich alle Kraft aus seinem Körper wich.

Als Junge war er einmal aus Übermut mit seinem Pferd über einen Zaun gesprungen, der viel zu hoch gewesen war. Sein Pferd war klüger als er gewesen. Quin war abgeworfen worden und schmachvoll im Gras gelandet. Das Herz hatte ihm bis zum Hals geklopft und eine Ewigkeit lang hatte er nach Luft gerungen.

Dieses Mal dauerte die jungenhafte Schmach nur einen Moment. Sie wurde ersetzt von einer brennenden, rechtschaffenen Wut. Doch die stolze Lady würdigte ihn keines Blickes, ehe sie in die Kutsche stieg und eine behandschuhte Hand hob, um das Zeichen zur Abfahrt zu geben.

Später, als er darüber nachdachte, wurde ihm bewusst, dass er genau genommen nur sehr wenig von ihr gesehen hatte. Da war ein Aufblitzen von Farbe gewesen, als die Frau sich umgewandt hatte, Röcke von tiefem Burgunderrot, wie Juwelen gegen den schwarzen Samt ihres wehenden Umhangs. Ein schwarzer Hut, keck auf die Seite gerückt, und üppige schwarze Bänder, die unter dem Kinn gebunden waren, die sich leicht im Wind bewegten. Diese unverwechselbare stolze Haltung der Schultern. Diese geraden schwarzen Augenbrauen. Die Art, wie sie sich hielt, wie die hochmütigste aller Königinnen war sie in die Kutsche gestiegen, so, als gehörte ihr die ganze Welt.

Ihr Gesicht jedoch – ja, da war etwas anders an ihrem Gesicht. Sie sah nicht mehr so aus wie früher. Die Nase … sie war nicht ganz gerade. Und doch hätte er diese Frau überall wiedererkannt, selbst wenn tausend Jahre vergangen wären. Es war Viviana Alessandri, oh ja. Und noch immer wollte sein Herz nicht aufhören, ihm bis zum Hals zu klopfen.

Am späten Nachmittag, die Kaminuhr im Stadthaus Lord Chesleys in Belgravia ging zehn Minuten nach, hallte das klagend klingende Tock-Tock-Tock des Pendels durch das Haus, als würde es jeden Augenblick seinen letzten Schlag tun. Auch die Stimmung im Salon war seltsam bedrückt. Mit einem leisen Rascheln legte Chesley seine Zeitung beiseite und sah seinen schweigsamen Gast prüfend an.

»Ich denke, ich werde nach oben gehen, Vivie, und vor dem Dinner noch ein wenig schlafen«, sagte er und stand auf. »Man schätzt die Anstrengung einer Reise doch niemals richtig ein, nicht wahr?«

Viviana schaute von dem Bündel flüchtig beschriebener Notenblätter auf und lächelte ihren Gastgeber an. »*Sì*, es ist anstrengend, Mylord«, stimmte sie zu. »Sogar der kleine Nico war gestern erschöpft. In der Tat ein bemerkenswerter Umstand.«

Chesley ging zu den Fenstern, von denen aus man auf die prächtigen Bäume am Hans Place schaute. »Was möchtest du heute Abend unternehmen, Vivie?«, fragte er nachdenklich. »Sollen wir Digleby besuchen und uns die Proben zu *Fidelio* ansehen? Oder – warte, ich weiß genau das Richtige! Wir könnten mit den Kindern zu Astley's gehen!«

Ihre Augen leuchteten einen Moment lang auf. »Aber ist Nicolo nicht noch zu klein?«

»Unsinn«, erwiderte Chesley. »Es wird ihm Spaß machen.«

Viviana schob die Tasse mit dem kalt gewordenen Tee zur Seite. Sie hatte sich vorgenommen, nicht mehr in London zu unternehmen, als absolut notwendig war. Man konnte nie wissen, wem man über den Weg laufen würde. Aber bei Astley's? Doch die Reise von Venedig nach London war lang gewesen.

»Wie freundlich von dir, Chesley, an die Kinder zu denken!« Sie erhob sich ebenfalls. »Aber vielleicht sollten wir einfach einen ruhigen Abend hier verbringen? Ich fürchte, *Papà* hat sich mit seinem Spaziergang heute Nachmittag überschätzt. Jetzt ist er oben und spielt mit Nicolo.«

»Aber natürlich, meine Liebe«, stimmte der Earl zu. »Manchmal vergesse ich einfach, wie alt Umberto jetzt ist.«

»*Sì*, so wie *er* es vergisst«, erwiderte Viviana.

Chesley ging zu ihr und ergriff ihre Hände. »Vivie, meine Liebe, geht es dir wirklich gut?«, fragte er. »In den letzten beiden Tagen scheinst du irgendwie nicht du selbst zu sein. War es die Reise? Habe ich zu viel von dir verlangt? Habe ich dich wegen dieser Reise nach England zu sehr bedrängt?«

Sie lächelte und drückte seine Hände. »Ich *wollte* kommen«, log sie unverfroren. »Ich wollte für eine Weile weg aus Venedig.«

Chesley lachte und hob ihre Hände, als wollte er mit ihr im Zimmer herumtanzen. »Oh, tatsächlich! Warum in Venedig bleiben, wenn man den Winter in England verbringen kann?«, flachste er. »Ich bin sicher, aber es muss all dieser Zorn sein. Nein, gib es zu, Vivie. Du wolltest diesen französischen Marquis loswerden, richtig? Armer Teufel! Wie war doch gleich sein Name?«

»Gaspard.«

»Ja, richtig, der arme Gaspard!«, nickte Chesley.

Viviana lachte. »Gaspard ist lästig geworden«, gab sie zu. »Ich werde ihn nicht vermissen.«

Chesleys Miene wurde ernst. »Aber der Frühling ist noch weit, meine Liebe«, gab er zu bedenken. »Und Buckinghamshire ist im Januar sehr kalt. Ich fühle mich ein wenig schuldig, dich und deinen Vater um so viel gebeten zu haben.«

»Chesley, du musst wissen, dass ich es nicht ertragen kann, *Papà* aus den Augen zu lassen«, gestand Viviana. »Und um ehrlich zu sein, so hat die Aussicht, an dieser Oper zu arbeiten, ihn wieder jung werden lassen. Ich denke, er war mit seinem Rückzug aus der Welt der Musik und der Oper nicht glücklich.«

Chesley schaute auf die vielen Notenblätter, die auf dem Teetisch lagen. »Nun, was hältst du von Diglebys Libretto, meine Liebe? Wird es deinen Vater ansprechen?«

Viviana zuckte mit den Schultern. »*Sì*, das glaube ich«, nickte sie. »Aber einen Einwand hätte ich schon jetzt.«

»Was ist es, meine Liebe? Ich schätze deine Meinung.«

»Nun, diese Oper – *Nel Pomeriggio* –, sie gefällt mir«, antwortete Viviana dem Earl. »Der Titel ist zweideutig, nicht wahr? *Am Nachmittag*. Man fragt sich unwillkürlich, wie die Charaktere handeln werden.«

»Ja, du hast recht. Sprich weiter.«

Viviana nickte langsam. »Und zugegeben, es enthält Elemente, die ausgesprochen geistreich sind«, sprach sie weiter. »Deshalb halte ich es für passender, die Oper in Paris zur Uraufführung zu bringen. Vielleicht in der Komischen Oper? Aber nicht in der Scala – auch wenn Lord Digleby sie zu favorisieren scheint.«

»Er wünscht sich die Uraufführung weitaus mehr herbei als einen Erfolg«, bemerkte Chesley trocken. »Dein Hinweis ist klug, meine Liebe. Ich werde ihm erklären, wie es in der Welt der Oper und des Belcanto zugeht. Er möchte auch, dass die Maria fünf Arien zu singen hat. Das ist zu viel, meinst du nicht auch?«

Viviana schüttelte den Kopf. »*Papà* wird schon für das richtige Maß sorgen«, sagte sie zuversichtlich. »Aber du wirst für diese Rolle eine sehr gute Sopranistin brauchen.«

Lord Chesley zwickte sie ins Kinn, als wäre sie noch ein Kind. »Ja, das weiß ich, meine liebe Vivie«, pflichtete er ihr bei. »Du hast doch nicht etwa gedacht, du wärest nur deines guten Aussehens wegen eingeladen worden, oder?«

Viviana empfand einen Moment lang Panik. »Oh nein, das kann ich nicht!« Sie setzte sich wieder hin. »Oh, Chesley, das kann ich nicht für dich tun. Nicolo ist noch zu klein, und ich – ich –«

»Nicolo ist jetzt vier Jahre alt«, unterbrach Chesley sie. »Und du hast in all den Jahren in nur in zwei Produktionen gesungen.«

»Ja, und das war zu Hause, in Venedig«, entgegnete sie. »Nicht in Paris, geschweige denn in Mailand.«

»Und überhaupt nicht in den letzten beiden Jahren.«

Viviana wandte den Blick ab, ihre Augen starrten in die Tiefen des Zimmers. Sie hatte nicht den Mut, Chesley die Wahrheit zu sagen – oder ihm von ihren Ängsten zu erzählen. »Ich musste um meinen Ehemann trauern«, sagte sie ruhig. »So viel war ich ihm wohl schuldig, oder nicht?«

Der Earl schüttelte den Kopf. »Lass deine Stimmbänder nicht einrosten, mein Mädchen«, warnte er. »Außerdem werden bis zur Aufführung noch Monate vergehen.«

Viviana warf einen sehnsüchtigen Blick auf die durcheinanderliegenden Blätter des Librettos. »Nun, wir werden sehen, was *Papà* alles einfallen wird«, versprach sie. »Aber ich kann wohl sagen, es wird etwas sehr Kluges und absolut Unwiderstehliches sein. Und ich werde mir zutiefst wünschen, meine Kinder zu vernachlässigen und den armen Gaspard völlig zu vergessen.«

»Wenn du mich fragst, so ist Gaspards Schicksal bereits besiegelt«, konterte Chesley trocken. »Aber du und deine Kinder vernachlässigen? Nicht in tausend Jahren.«

In diesem Augenblick ertönte ein entsetzlicher Lärm von der Eingangshalle her. Die Kinder kamen die Treppe heruntergepoltert, ihre schrillen Schreie hallten im Treppenhaus wider. Zwei kleine Mädchen stürmten in einem Wirbelwind aus Pastell und Rüschen in den Salon, gefolgt von Signor Alessandri, der einen kleinen Jungen auf seinen gebeugten Schultern trug.

»*Papà!*« Viviana sprang von ihrem Stuhl auf. »*Essere attento!*«

»Oh, es geht ihm gut, Viviana«, beruhigte der alte Mann sie.

»Ich bin ganz sicher, dass es *ihm* gut geht«, erwiderte Viviana. »Was ist mit dir?«

»Lauf! Lauf! Weiter!«, rief der Junge und drängte seinen Großvater mit den Fersen zum Weitergehen, als gäbe er ihm die Sporen. »Lauf, *Nonno!*«

Lauf war sein neuestes englisches Wort. Viviana versuchte, finster dreinzuschauen, aber es gelang ihr nicht. »*Vieni qui*, Nicolo!«, sagte sie und hob den Jungen herunter.

Die beiden Mädchen kicherten miteinander. »Mamma, Lord Chesley hat eine große Sau!«, verkündete die kleinere der beiden.

»Ein Schwein, Felise«, korrigierte ihre Schwester sie. »Ein großes, haariges – aber es ist ... es ist *verblichen*.«

»Ah, es ist ein totes Schwein?« Viviana setzte Nicolo auf ihre Hüfte und zog eine Augenbraue hoch. »Und dieses Tier ist oben im Haus? Ich hatte mich schon gefragt, wer diesen Lärm eben veranstaltet hat.«

»Nein, nein!« Signor Alessandri lachte. »Es ist ein – wie sagt man – präpariertes Tier. Ein wilder Keiler.«

Chesley wirkte fast ein wenig verlegen. »Eine Jagdtrophäe aus meiner Jugend«, gestand er. »Ich war mit ein paar Freunden in Afrika, um einige Tiere zu erlegen. Dieses war alt, würde ich sagen, und ist beim Anblick dieser lärmenden Schar von Freizeitjägern einfach vor Schreck gestorben. Aber ich habe ihn trotzdem ausstopfen lassen. Eine Zeit lang war ich recht stolz darauf.«

»Wir sind darauf geritten, Mamma«, erklärte das ältere Mädchen.

»Cerelia!«

»*Sie* ist geritten«, krähte Felise. »Ich hatte Angst. Es hat große gelbe Zähne.«

»Hauer, Felise«, berichtigte ihre Schwester mit einem Anflug von Überlegenheit. »Man sagt dazu Hauer.«

Nicolo wurde jetzt unruhig. Viviana musste sich anstrengen, den Jungen sicher zu halten.

Lord Chesley fing ihren Blick auf und grinste. »Total erschöpft ist er, nicht wahr, Vivie?«

Viviana stellte den Jungen auf den Boden und sah den Earl leicht verlegen an. »Es tut mir sehr leid«, entschuldigte sie sich. »Die Kinder sind nicht daran gewöhnt, den ganzen Tag im Schulzimmer zu sein. Sie werden sich besser benehmen, wenn wir in Hill Court sind, ich verspreche es.«

»Unsinn!«, widersprach Chesley. »Lass sie nur durchs Haus toben, so viel sie wollen.«

Viviana hob abwehrend die Hand. »Oh, *Dio*, ich bitte dich! Meine Nerven werden das nicht aushalten. Du wirst bald keine einzige anständige Bonbonschale mehr haben, wenn du Nicolo loslässt.«

Chesley betrachtete die Kinder nachsichtig. »Nun, noch einige Tage hier in London, dann ist alles Geschäftliche geregelt, und wir werden uns auf den Weg machen«, sagte er. »Auf dem Lande können wir uns dann alle entspannen.«

Ein Geräusch lenkte Vivianas Aufmerksamkeit auf den Teetisch. Nicolo hatte ihre Teetasse aus edlem Sèvres-Porzellan entdeckt und sie sich genommen, als wollte er daraus trinken. »Nein!«, rief sie und befreite sie aus dem Griff seiner noch immer kindlich dicken Finger. »Nicolo, nein!«

Der Junge verzog das Gesicht und begann zu jammern. Sofort kniete Lord Chesley sich neben ihn. »Nicolo, magst du Pferde?«, fragte er. »Felise, Cerelia, was ist mit euch?«

Nicolo schloss den Mund. »Fer-de«, wiederholte er.

»Ich mag Pferde!« Felise strahlte. »Ich werde bald ein Pony bekommen.«

»Ja«, erwiderte ihre Mutter. »Aber nur, wenn du brav bist.«

»Ich weiß schon, wie man auf einem Pferd reitet«, erklärte Cerelia stolz.

Lord Chesley machte ein erstauntes Gesicht. »Ja, kannst du auch im Stehen reiten, Cerelia?«, wollte er wissen. »Ohne Sattel?«

Die Mädchen machten große Augen.

Chesley warf Viviana einen vielsagenden Blick zu. »Meine Liebe, ich denke, ich habe deine Pläne für heute Abend umgeworfen«, entschuldigte er sich. »Wirst du nachsichtig mit mir sein?«

Viviana brachte ein Lächeln zustande. »Ja, natürlich.«

Chesley zwickte Nicolo in die Nase. »Komm her, junger Mann«, sagte er in sehr schlechtem Italienisch. »Ich habe einen kleinen Leckerbissen für dich. Hast du schon einmal von einem Ort gehört, der Astley's Amphitheater heißt?«

Kapitel 2

In dem Lord Wynwood ein Mädchen kennenlernt

Quin kleidete sich mit einem gewissen Widerstreben für seine Abendverabredung an. *Mein neues Leben als schon bald bekehrter Wüstling ist nicht ohne Herausforderungen,* dachte er und hob die Arme, damit sein Kammerdiener ihm das Hemd anziehen konnte. Es gefiel ihm nicht, nach der Pfeife einer Schar von Frauen zu tanzen; besonders nicht nach der seiner Mutter und der Lady Tattons, der Tante seiner Verlobten.

Was seine Verlobte selbst betraf, so schien Esmée von all dem Aufruhr, der mit ihrer beider Verlobung einherging, ziemlich unbeeindruckt zu bleiben. Genau genommen schien es ihr egal zu sein, ob sie ruhig zu Hause saßen und Piquet spielten oder sich in Samt und Seide warfen, um mit der Queen zu Abend zu essen. Ihr war beides egal – soweit er das beurteilen konnte.

Aber seine Mutter war in heller Aufregung über seine Verlobung und beharrte auf allen möglichen Dingen, die ihm unsinnig vorkamen. Er hatte vollauf damit zu tun, sie in Zaum zu halten. Nicht, dass sie zu Lady Tatton lief, um mit ihr das Hochzeitsfrühstück zu planen! Dabei fand diese Zeremonie erst im kommenden Frühjahr statt, so hatten er und Esmée es festgelegt, und nicht schon nächste Woche.

In der Vergangenheit hatte er die Ermahnungen seiner Mutter, seinem lasterhaften Leben den Rücken zu kehren und eine Familie zu gründen, stets überhört. Genau genommen hatte er seine Mutter nur sehr selten zu Gesicht bekommen. Aber nach dem Tode seines Vaters war er gezwungen gewesen, sich ausgiebig mit ihr zu beschäftigen, wobei die meiste Zeit damit verging, dass sie sich an ihn klammerte und über ihre unerwartete Witwenschaft jammerte.

Vielleicht war es das Zeichen einer verborgenen Charakterschwäche, aber Quin konnte die Tränen seiner Mutter nicht ertragen. Deshalb also, in Erfüllung der Pflichten eines endlich guten Sohnes und eines frisch verlobten Gentlemans, führte er Esmée und Lady Tatton heute zu einem weiteren Abend voller banaler Unterhaltung aus.

Quin hatte sein ganzes Leben mit Trinken und Essen, mit Theaterbesuchen und Abendgesellschaften verbracht. Und er hatte den seltsamen Eindruck, dass Esmée das alles ebenso gleichgültig war wie ihm. Doch, wie seine Mutter so gern sagte, zählten das Erscheinen und das Gesehenwerden. Von einem Gentleman, der verlobt war und bald heiraten würde, erwartete man, dass er seine zukünftige Gemahlin bei jeder sich bietenden Gelegenheit ausführte.

Plötzlich hätte Quin seinen rechten Arm dafür gegeben, heute Abend allein zu Hause bleiben zu können. »Es ist gut, Blevins«, sagte er unwirsch zu seinem Kammerdiener.

»Was ist mit Ihrem Krawattentuch, Sir? Und Ihrer Weste?«

Quin winkte ab. »Ich komme allein zurecht«, erklärte er. »Danke. Sie haben bis heute Nacht frei.«

Blevins nickte ergeben und zog sich zurück. Der arme Teufel kannte ihn gut genug, um zu wissen, wann sein Herr schlecht gelaunt war – etwas, was Gott sei Dank nicht oft vorkam.

Quin behauptete stolz von sich, ein ausgeglichener Mensch zu sein. Doch in Anbetracht seiner zügellosen Gewohnheiten gab es den gelegentlich unangenehmen Morgen danach, der einen Mann nun mal gereizt sein ließ. Und im Laufe der Jahre hatte es nur wenige Gelegenheiten gegeben, in denen er tatsächlich gezwungen war, sich einer der langen und nörglerischen Tiraden seiner Mutter auszusetzen – darüber, wie er sein Leben verschwendete. Ganz sicher trug das nicht dazu bei, die

Stimmung zu heben. Davon abgesehen hatte er bereits vor langer Zeit beschlossen, dass es auf dieser Welt nur wenig gab, worüber es sich zu ärgern lohnte.

Warum also fühlte er sich in letzter Zeit so beklommen? Er würde bald verheiratet sein, und das mit einer jungen Frau, die er sehr gern hatte. Er konnte sich glücklich schätzen, eine Frau gefunden zu haben, die sowohl wunderschön war als auch vernünftig. Die eine bemerkenswerte Charakterstärke besaß. Die ihn zum Lachen bringen konnte. Aber Quin war nicht so dumm zu denken, er hätte sich verliebt – oder dass Esmée Hamilton die einzige Frau auf der Welt für ihn war.

Nein, Quin hatte auf die harte Weise gelernt, dass es immer eine andere Frau gab, die er mehr begehrte. Es hatte so viele Frauen in seinem Leben gegeben. Sie schienen ihn attraktiv zu finden. Zumindest sagten sie ihm das oft, meist, bevor sie ihm dann Avancen machten, die er nicht ignorieren konnte.

Als unerfahrener junger Mann hatte er die Macht, die ihm sein gutes Aussehen, sein Reichtum und seine gesellschaftliche Stellung verliehen, nicht richtig zu schätzen gewusst. Als erwachsener Mann nutzte er dies alles nur allzu gut. Und er hatte vor langer Zeit beschlossen, dass es weitaus besser war, für sein Vergnügen einfach zu bezahlen, wie jeder andere Mann es auch konnte. Er zog es vor, dass niemand irgendwelche Illusionen über die Beziehung hegte – und dieses *niemand* schloss ihn mit ein.

Oh ja, Devellyn mochte darüber seine Witze machen, aber es sprach sehr viel für die Einfachheit einer klaren finanziellen Transaktion. Auf diese Weise gab es keine Missverständnisse. Keine Erwartungen. Und keine trügerische Hoffnung. Auch das war etwas, von dem er lange geglaubt hatte, er könnte ohne es leben. Bis er Esmée begegnet war. Er hatte diesen kleinen schottischen Hitzkopf gemocht, seit er sie das erste Mal gesehen hatte. Vielleicht bestand darin das Kernproblem? Vielleicht mochte er seine Verlobte ein wenig zu sehr. Vielleicht hatte er wieder begonnen zu hoffen. Das war sehr unklug. Weil er heute Nachmittag … oh Gott. Er wollte nicht daran denken.

Ohne dass er es wollte, ging Quin zu dem kleinen Schreibtisch, der zwischen den Fenstern stand, und begann, in der untersten Schublade nach seiner alten goldenen Schnupftabaksdose zu suchen. Er hatte sie seit ewigen Zeiten nicht mehr in Händen gehabt. Er fand sie eingezwängt zwischen zwei alten Tintenfässchen, unter einem Stapel wahrhaft schlechter Gedichte. *Ich muss dieses Geschwafel unbedingt verbrennen,* dachte er, als er den Stapel Papier durchblätterte, *ehe jemand das hier liest und sich auf meine Kosten amüsiert.*

Doch anstatt sie zu verbrennen, legte er den Papierstapel zurück in den Schreibtisch, griff nach der Schnupftabaksdose und öffnete sie. Drinnen lag eine große Haarlocke; eine seidig schimmernde, schwarze, sich kringelnde Locke von einigen Zentimetern Länge. Sanft wickelte Quin sie um seinen Zeigefinger, wie er es anfangs vielleicht zwei- oder dreimal jeden Tag getan hatte. Aber seit längerer Zeit nicht mehr so häufig. Und gar nicht mehr, seit er Esmée begegnet war, wie er überrascht feststellte. War das vielleicht die Definition von Hoffnung?

Gelassen betrachtete er die Haarlocke im Schein der Lampen. Mit einer gewissen Erleichterung bemerkte er, dass der Anblick nichts in seinem Herzen auslöste. Die wunderschöne Locke war … nur eine Haarlocke. Ein unbedeutendes Stück Sentimentalität, wie seine schlechten Gedichte. Eine Erinnerung daran, was für ein Narr ein Mann sein konnte, wenn er nicht vorsichtig war. Aber Quin war sehr, sehr vorsichtig geworden. Oh ja. Trotz des Erschreckens, das er am Piccadilly verspürt hatte, war sein Herz wieder zur Ruhe gekommen.

Einst jedoch hatte dieser verborgene Schatz ihm die Welt bedeutet. Aber er war damals so jung gewesen – eigentlich kaum über das Jugendalter hinaus. Damals hatte er sich über alle

Maßen in eine Frau verliebt, die ihn nicht einmal eines flüchtigen Blickes gewürdigt hatte. Am Ende hatte er sie dann doch erobert, Narr, der er gewesen war. Und er hatte diese seidenweiche Locke gestohlen, in einer Nacht, die sich ihm für immer ins Gedächtnis gebrannt hatte. Ja, er hatte darin ein Zeichen der Hoffnung gesehen.

Vage nahm er wahr, dass die Pendeluhr unten in der Halle klagend die Stunde schlug. Eine sehr späte Stunde. Rasch legte er die Locke zurück und schloss die Schublade. Es war Zeit, Esmée abzuholen. Zeit, nur noch an die Zukunft zu denken. Er legte sein frisch gestärktes Krawattentuch um und begann, es sorgfältig zu binden.

Als sie in *Astley's Royal Ampitheatre* eintrafen, füllte es sich rasch. Er führte die Damen zu ihren Plätzen, die sich in einer der heiß begehrten Logen direkt an der Manege befanden, sodass sie eine sehr gute Sicht haben würden. Aber bevor die Vorstellung begann, fing Lady Tatton an, ihre Stola ein wenig enger um sich zu ziehen und an ihren Handschuhen zu zupfen, wobei ihre Zähne fast klappernd aufeinanderschlugen.

Zweimal bot Quin ihr seinen Mantel an, und zweimal lehnte ihre Ladyschaft ihn ab, wobei sie mit jeder Minute kläglicher dreinschaute. Esmée versuchte, eine fröhliche Haltung zu bewahren. »Ob heute Abend Clowns auftreten werden?«, fragte sie. »Ich habe noch nie einen echten Clown gesehen. Ich bin schon sehr gespannt darauf und werde euch beide gründlich in Verlegenheit bringen.«

Wynwood nahm ihre Hand und drückte sie dankbar. Er begann, über die verschiedenen Darbietungen zu sprechen, die sie zu sehen bekommen würden, sehr zu Esmées Entzücken. Aber kein Gesprächsthema wollte ihre Ladyschaft von ihrem Unbehagen abbringen.

»Ich frage mich, Wynwood«, bemerkte sie schließlich, »ob wir es oben nicht ein wenig wärmer hätten? Und vielleicht auch etwas sicherer. Ich habe gehört, dass die Hufe der Pferde einem oft die Sägespäne ins Gesicht wirbeln und die Clowns vielleicht mit noch Schlimmerem als damit werfen.«

Quin stand sofort auf. »Ich werde mich erkundigen, Ma'am, ob wir andere Plätze bekommen können.«

Aber jemanden zu finden, war keine leichte Angelegenheit. Astley's war nicht gerade ein luxuriöser Veranstaltungsort. Es war vielmehr ein Platz, an dem die gute Gesellschaft sich dazu herabließ, sich um den Preis einer oder zwei Stunden ausgelassener, unkultivierter Unterhaltung zu den weniger bedeutenden Sterblichen zu gesellen. Aber Esmée hatte es sich sehr gewünscht, hierherzugehen. Und während ihrer bisherigen Verlobungszeit war es das Einzige gewesen, worum Esmée ihn tatsächlich gebeten hatte.

Lady Tatton jedoch hatte offensichtlich noch Bedenken, dass ihr jemand zu nahe kommen könnte, der nicht mindestens den Titel eines Baronets innehatte. Sie musste einen anderen Platz bekommen, oder sie würden keine Ruhe haben. Quin verließ die Loge und ging an der Rückseite des im Rondell angeordneten Parketts entlang, konnte aber in der sich drängenden Menschenmenge keinen Verantwortlichen entdecken. Ein Stück weit von der Manege entfernt befanden sich jedoch schmale Durchgänge, die zu den Bühnentüren und Garderoben führten. Sicherlich würde er doch dort jemanden finden können?

Er überlegte, ob er zum Haupteingang zurückgehen sollte, als er eine reizende kleine Akrobatin erblickte, die ein Stück den Gang hinunter stand und dort mit jemandem zu reden schien, den er nicht sehen konnte. Obwohl sie Quin den Rücken zuwandte, enthüllte ihr Kostüm aus Federn, rosafarbenem Satin und duftigem Tüll eine Fülle weiblicher Kurven, und er sagte sich, dass sie die perfekte Person wäre, sein Anliegen loszuwerden. Vielleicht würde sie wissen, wie man einen anderen Platz bekommen konnte.

Doch als er sie leicht an der Schulter berührte und sie sich halb zu ihm umwandte, stellte er schockiert fest, dass der Gentleman, mit dem sie gesprochen hatte, Lord Chesley war. Sein Onkel stand genau an der Ecke eines abzweigenden Ganges und hielt merkwürdigerweise ein Kind an der Hand.

»Quin, mein Junge!«, begrüßte Chesley ihn freudig überrascht. »Du hier? Bei *Astley's?*«

Quin brachte ein kleines Lächeln zustande. »Das ist eine lange Geschichte.«

»Hmmm«, machte sein Onkel. »Ich bin wohl zu lange auf dem Kontinent gewesen.« Dann stellte er die hübsche Akrobatin als Nadia vor. Sie trug einen Familiennamen, der unaussprechlich war.

Leider sprach Nadia nur wenig Englisch – abgesehen von dem, was sie mit ihren Augen sagte, die jetzt unverwandt auf Quin gerichtet waren. Als er ihren Blick nicht erwiderte, wandte sie sich um, gab dem kleinen Mädchen einen liebevollen Nasenstüber, murmelte etwas, was Quin nicht verstand, und schlenderte davon. Doch man konnte kaum den einladenden Blick übersehen, den sie über die Schulter zurückwarf.

»Ah, eine weitere Eroberung, mein Junge!«, schmunzelte Chesley gutmütig. »Aber pass auf den Kunstreiter auf. Ich fürchte, er ist ihr Ehemann.«

Quin betrachtete noch immer Nadias hübschen kleinen Po, während sie davonschlenderte, und fragte sich, ob der das Risiko wert wäre. Dann erinnerte er sich an Esmée. »Nein«, sagte er fast wie zu sich selbst. »Nein, ich will das nicht.«

»Eine kluge Entscheidung«, nickte sein Onkel.

Es war der Moment, in dem Quin das Kind wieder wahrnahm. Ein wenig verlegen wandte er sich dem Earl zu. »Und wen haben wir da?«, fragte er und beugte sich herunter, um freundliches Interesse vorzutäuschen. »Du hast mich nicht vorgestellt.«

»Das ist meine Freundin, Lady Cerelia«, stellte sein Onkel die Kleine vor. »Sie ist den ganzen Weg vom Kontinent hierher gereist, und sie gewährt mir die Ehre, ihr alle eleganten Sehenswürdigkeiten der Stadt zeigen zu dürfen. Cerelia, das ist mein Neffe Quinten Hewitt, Lord Wynwood.«

»Hallo«, sagte das Mädchen. Ihre Stimme klang ein wenig schüchtern, aber ihr Knicks war perfekt.

»Ich bin entzückt, Lady Cerelia«, sagte Quin und schlug wie ein Dandy vom Kontinent die Hacken zusammen. Er war daran gewöhnt, dass sein Onkel sich der Kinder von Artisten annahm, wie es andere Leute mit herrenlosen Hunden taten. Die kleine Cerelia war zweifellos solch ein Kind.

Das Mädchen sah wieder zu ihm hoch, *sah ihn wirklich an*, und ihre dunkelblauen Augen waren bemerkenswert einfühlsam für ein Kind. Es lag auch eine gewisse Traurigkeit darin, obwohl ihre kindlichen Gesichtszüge das gut verbargen. Und während er sie ansah, war es für einen Moment so, als würde die Zeit stehen bleiben. Quin bemerkte, dass seine Gedanken mit etwas beschäftigt waren, was er nicht benennen konnte. Dann fing Cerelia plötzlich an zu lachen, als ein Clown in hellorangenen Hosen vorbeiging.

Der seltsame Augenblick war vorbei.

»Cerelia wünscht, einen der Artisten kennenzulernen«, erklärte sein Onkel. »Sie möchte lernen, stehend auf einem Pferd zu reiten.«

»Wie außerordentlich mutig von dir!«, entgegnete Quin. »Hat Nadia dir ihr Geheimnis anvertraut?«

Das Mädchen nickte. *»Resina«*, sagte sie und schaute Chesley dabei an, als suchte sie seinen Beistand. Und zum ersten Mal bemerkte Quin, dass Englisch nicht ihre Muttersprache war. »Nadia streicht die – den, wie sagt man richtig, Mylord?«, sprach sie weiter. »Den Baumsaft, der auf die Füße kommt?«

»Das Harz«, sagte Lord Chesley. »Ich denke, sie reiben ihre Fußsohlen mit Kiefernharz oder Ähnlichem ein.«

Das Mädchen rümpfte die Nase, dann kicherte es. Auch Quin musste lachen. Das Kind hatte eine wirklich bezaubernde Art an sich. Quin war kein Experte in solchen Dingen, aber er vermutete, dass sie vielleicht sieben oder acht Jahre alt war. Ihr dichtes glattes Haar war nicht blond und nicht braun, es schimmerte wie Bronze, und sie war mit einer Eleganz gekleidet, die deutlich machte, dass sie kein gewöhnliches englisches Mädchen war.

Aber das Kind ging ihn nichts an, und überdies war er dabei, seine Pflichten zu vergessen. »Nun, ich wünsche euch einen schönen Abend.« Er nickte ihnen beiden zu, ehe er sich umwandte. »Ich bin in einer wichtigen Mission für eine Lady unterwegs.«

»Das habe ich mir gedacht«, erwiderte sein Onkel beißend. »Aber ich kann mir nicht denken, für wen ...«

Quins Lächeln wirkte angespannt. »Nein, das kannst du nicht.«

»Nun gut! Genieß die Vorstellung, mein Junge!«, rief Chesley über die Schulter. Er hatte das kleine Mädchen wieder an die Hand genommen und ging mit ihr davon.

Quin hob die Hand, sagte aber nichts mehr. Er war noch immer auf unerklärliche Weise von dem Kind fasziniert. Dann, im letzten möglichen Moment, wandte sich das Mädchen noch einmal um.

»*Piacere*, Mylord Wynwood«, lachte sie und winkte. »*Addio!*«

Piacere. Er dachte angestrengt nach. *Es war mir eine Freude.*

Und plötzlich wusste er es.

Großer Gott! Einen Moment lang kam er sich vor wie ein Narr. Wieso war er nicht gleich darauf gekommen? Sein Onkel sollte zur Hölle fahren! Dieses Mädchen war nicht irgendein Mädchen! Sie war die Tochter von Conte Gianpiero Bergonzi di Vicenza. *Sie war Vivianas* Tochter.

Quin sah, wie die beiden in der sich lichtenden Menge verschwanden. Einen Moment lang musste er den heftigen Wunsch unterdrücken, sie zurückzurufen. Sie noch einmal anzusehen, für den Fall, dass er sich irrte. *Oh, aber es ist alles da*, dachte er. Die schräg gestellten Augen des Mädchens, ihre Wangenknochen. Die durchdringende Weise, wie sie ihn angesehen hatte, den Kopf dabei leicht zur Seite geneigt. Und in der Ahnung, zu der Schönheit zu werden, die jetzt schon in ihrem Gesicht zu erkennen war.

Von Ferne sah er, wie sie zu Chesley hochschaute und lächelte. Ja, sie sah aus wie Viviana. Etwas blasser. Etwas hellere Haut. Und so jung. Aber nichtsdestotrotz Viviana. Er war sich ganz sicher, dass es Viviana gewesen war, die er am Piccadilly gesehen hatte. Mit ihrem berühmten Vater Signor Alessandri, ohne Zweifel. Warum sonst hätte sie zurückgekehren sollen? Das, was sie von England wollte, hatte sie sich doch schon vor langer Zeit genommen.

Chesley verehrte Alessandri, wie nur ein Förderer der Künste den Künstler verehren konnte: von ganzem Herzen. Ohne Einschränkung. Für Chesley hatte Alessandri nie auch nur eine falsche Note geschrieben. Und Viviana hatte niemals einen falschen Ton gesungen.

Sie war ein Niemand gewesen, als Chesley sie nach London gebracht hatte. Er habe es getan, so hatte er es Quin erklärt, um ihrem Vater einen Gefallen zu tun. Herausragende Sopranistinnen gab es in Italien wie Sand am Meer in jenem Jahr. Viviana war nach London geschickt worden, um dort zu glänzen, und Chesley hatte das möglich gemacht. Länger als ein Jahr war sie im *His Majesty's Theater* aufgetreten, und schon nach wenigen Monaten hatte sie die Hauptrollen gesungen. Die älteren Mitglieder des Ensembles waren von ihrem Talent überrascht gewesen. Einige auch neidisch. Die oberen Zehntausend jedenfalls hatten ihr Rosen auf die Bühne geworfen.

Aber Quin war ihr noch vor dem Neid und vor den Rosen begegnet. Ja, noch bevor sie etwas Besonderes geworden war, sie hatte ganz ihm gehört, zumindest in seinem Denken. Natürlich war sie auch die Tochter des berühmten Alessandri gewesen, das schon. Und sie war unbeschreiblich schön gewesen. Aber niemand, schon gar nicht Quin, hatte ahnen können, wie sehr sie schon bald vergöttert werden würde.

Nichtsdestotrotz, als Viviana fertig war mit London – und fertig mit ihm –, hatte sie all dem den Rücken gewandt. Sie war so unerwartet fortgegangen, wie sie gekommen war. Sie hatte ihn verlassen ohne einen Abschiedsgruß, sie war nach Italien zurückgegangen, zu einem neuen Publikum, das sie bewunderte, und zu einer glänzenden Heirat, die ihr die Ehrbarkeit verschafft hatte, die eine Opernsängerin, selbst die berühmtesten, nicht so ohne Weiteres erlangte.

Sein Onkel und das Kind waren in der Menschenmenge verschwunden. Vage wurde sich Quin bewusst, dass er starr wie ein Pfosten in der Mitte des Laufganges von Astley's stand und in die Menge starrte. Aber er konnte nur an Viviana denken. Viviana, die nur zwei Dinge gewollt hatte: den Ruhm und einen Ehemann von guter Herkunft.

Ihr Vater hatte, so schien es, beides arrangiert. Im Mai hatte sie noch das Bett mit Quin geteilt, im Juni schon mit dem mächtigen Conte Bergonzi. Bald schon hatten ihre Kolleginnen am Theater zu tuscheln begonnen. Man munkelte, Viviana sei nach Italien zurückgekehrt, um Bergonzi dazu zu bringen, sie zu heiraten. Der reiche und einflussreiche *conte* war seit Jahren der Förderer ihres Vaters gewesen.

Viviana musste ihn gut gekannt haben. Vielleicht war sie auch schon lange in ihn verliebt gewesen. Vielleicht waren sie sogar ein Liebespaar gewesen. Vielleicht hatte sie jedes Mal an Bergonzi gedacht, wenn sie in Quins Armen vor Lust gestöhnt hatte. Eine Zeit lang hatte diese Ungewissheit ihn fast verrückt gemacht. Jetzt war das nicht mehr so. Er senkte den Blick und wandte sich ab.

Es kümmerte ihn nicht, wie ehrbar Viviana jetzt war. Und ganz gewiss kümmerte es ihn nicht, wie hübsch oder wie traurig oder wie bezaubernd ihre Tochter war. Wo zum Teufel er einen Platz für Lady Tatton herbekam, von dem aus sie die Vorstellung glücklich anschauen konnte, das war es, was ihn jetzt kümmerte. Die Musik in der Manege hatte schon eingesetzt, und man hörte sie jetzt zu einer fröhlichen, beschwingten Ouvertüre anschwellen. Quin schob jeden Gedanken an Viviana Alessandri beiseite und machte sich wieder an die Aufgabe, ein pflichtbewusster Verlobter zu sein.

Kapitel 3

In dem Lady Alice die Stimme der Vernunft ist

Die Entourage, die einige Tage darauf zum Landsitz Lord Chesleys in Buckinghamshire aufbrach, war in der Tat beeindruckend. Chesley und sein neuester Anwärter auf sinfonische Weihen, Lord Digleby Beresford, reisten in der ersten Kutsche. Beresford war Komponist von einiger Bekanntheit, doch sein Ruhm reichte nicht über London und Paris hinaus. Aber der erste Entwurf seines Librettos war, genau wie Chesley es behauptet hatte, vielversprechend.

Viviana und ihr Vater folgten in der zweiten Kutsche, während die Kinder mit dem Kindermädchen und der Gouvernante in der dritten fuhren. Eine vierte transportierte die Kammerdiener der Gentlemen und Vivianas Zofe. Den Schluss bildeten zwei leichte Kutschen. In der einen wurde das Gepäck befördert, darunter Chesleys wilder Keiler, weil die Kinder darum gebeten hatten. Der zweite dieser Wagen war gut gepolstert und beförderte Vivianas Harfe und ihre Violine, ebenso wie das Klavier ihres Vaters und dessen Sammlung von Streichinstrumenten. Signor Alessandri hätte Venedig eher ohne seine Strümpfe und Unterhosen verlassen als ohne seine Musikinstrumente.

Es lag keine lange Fahrt vor ihnen, aber das Wetter war ungemütlich. Viviana zog den schwarzen Samtumhang fester um sich und blickte auf die kahlen Bäume und die schlafenden Landschaften eines Englands, an das sie sich kaum erinnerte. Sie fragte sich, ob ihre Rückkehr ein Fehler gewesen war. Sie brauchte diesen emotionalen Aufruhr wirklich nicht. Nicht jetzt. Niemals mehr.

Aber welche Wahl hatte sie gehabt? Ihrem Vater zu gestatten, die weite Reise allein zu unternehmen? Lord Chesley war ihnen beiden ein guter Freund. Er hatte um einen Gefallen gebeten, einen ganz kleinen Gefallen, und ihr Vater hatte auf diese Bitte mit einer Begeisterung reagiert, wie Viviana sie seit Jahren nicht an ihm erlebt hatte. Der große Signor Alessandri wurde wieder gebraucht. Er hatte wieder ein Ziel vor Augen: den Erfolg seines Schützlings Lord Digleby Beresford.

Chesley hatte Beresford seiner Förderung für würdig befunden. Und nachdem Beresford seinen Wunsch bekannt hatte, eine Oper zu schreiben, hatte Chesley Vivianas Vater um Unterstützung gebeten. Unglücklicherweise sprachen zwei Dinge gegen Beresford: Er hatte wenig Erfahrung, was die klassische Oper anging – und er war Engländer. Aber Alessandri kannte Beresfords Arbeit und hielt das Projekt der Mühe wert. Viviana glaubte, diese neue Aufgabe könnte lebenswichtig für ihren Vater sein. Und so hatte sie ihre und die Koffer der Kinder gepackt, um sich auf die weite Reise in dieses Land zu machen – in ein Land, an das sie nicht mehr hatte denken wollen, ganz zu schweigen davon, es zu besuchen.

Am späten Nachmittag tauchten die ersten Hinweispfosten auf das kleine Dorf Arlington Green auf. Ihr Vater war schon vor einigen Meilen eingeschlafen. Seine zusammengesunkene Gestalt stieß sanft gegen die Polster, während die Kutsche immer weiter fuhr. Viviana entspannte sich und fühlte sich zum ersten Mal, seit sie in Southampton an Land gegangen waren, etwas freier. Sie war erleichtert, London hinter sich gelassen zu haben. Sie hatte Angst gehabt, ihm … nun, ihm über den Weg zu laufen.

Ja, sie, die gelernt hatte, sich vor nichts zu fürchten, hatte Angst davor gehabt, Quin Hewitt wiederzusehen. Aber sie hatte ihn nicht gesehen. Genau genommen hatte sie Chesleys Haus kaum verlassen. Was Quin betraf, so hatte er sich, soweit sie es wusste, vor langer Zeit aufs Land zurückgezogen. Oder er war gestorben. Oder verheiratet. Oder eine Mischung aus allen drei Möglichkeiten.

Nein. Wäre er gestorben, hätte sie es im selben Atemzug gespürt. Denn es gab eine Verbindung zwischen ihnen, die über den Tod hinausreichte. Aber höchstwahrscheinlich hatte er inzwischen diese blasse blonde englische Miss geheiratet. Nun gut. Sie wünschte ihm, dass er glücklich war. Denn Schlechtes wünschte sie ihm gewiss nicht. Und wenn sie ehrlich war, so gab es nur sehr wenig, was sie ihm ankreiden konnte. Bei all seiner unbekümmerten Art und seinem aufbrausenden Temperament hatte Quin sie nicht einmal belogen. Stattdessen war er ehrlich gewesen. So ehrlich, dass es wehgetan hatte. Und ja – sie hatte ihn sehr geliebt.

Sie hatte ihn, wie hätte es anders sein können, durch Lord Chesley kennengelernt. Während ihrer ersten zwei Wochen in London hatte Quin seinen Onkel zu einem Ehrenempfang für einen französischen Dirigenten begleitet, dessen Name Viviana schon seit Langem entfallen war. Chesley hatte versucht, dem Jungen ein wenig Schliff angedeihen zu lassen – so hatte er es jedenfalls gesagt; Quin hatte die meiste Zeit seines jungen Lebens auf Beharren seines übermächtigen Vaters zurückgezogen auf dem Lande gelebt. Quin genoss die Vergnügungen – und die Ausschweifungen – Londons zum allerersten Mal. Er war erst neunzehn Jahre alt gewesen.

Viviana war zu sehr damit beschäftigt gewesen, die Vergnügungen und Ausschweifungen Londons zu überleben, um Chesleys Neffen große Aufmerksamkeit schenken zu können, so wunderschön er auch anzusehen war. Allein in London zu sein, war beängstigend, und es war das erste Mal, dass sie ohne die Begleitung ihres Vaters Venedig verlassen hatte. Sie hatte sich große Mühe gegeben, die welterfahrene Dame vom Kontinent zu spielen und jede freie Minute ihrer Arbeit zu widmen.

Aber Quin war ihr wochenlang auf Schritt und Tritt gefolgt.

Viviana war drei Jahre älter und mindestens ein Jahrzehnt lebenserfahrener als er gewesen. Zunächst hatte sie es amüsant empfunden, von jemandem hofiert zu werden, der noch so jung und grün hinter den Ohren war. Aber er hatte nicht aufgegeben. Er hatte sie mit einer Beharrlichkeit bedrängt, die fast schon an Rücksichtslosigkeit gegrenzt und sowohl sein Alter als auch seine Unerfahrenheit Lügen gestraft hatte. Und sie hatte nicht leugnen können, dass sie ihn wollte. Oh nein. Denn sie hatte ihn mit einer Intensität begehrt, die ihr Angst gemacht hatte.

Nur der Gedanke, ihrem Vater Schande zu machen und die Opfer zu missachten, die er gebracht hatte, hatten Viviana davon abgehalten, Quins Werben nachzugeben. Aber am Ende war auch das nicht mehr wichtig gewesen. Am Ende hatte Quin Hewitt bekommen, was er wollte. Und Viviana vielleicht auch. Sie wusste es nicht. Nach all diesen Jahren wusste sie es noch immer nicht. Vielleicht war es das alles wert gewesen. Vielleicht waren ein paar Augenblicke ungetrübter Freude alles, worauf man auf dieser Erde hoffen konnte.

Mit einem tiefen Seufzer schaute Viviana wieder aus dem Fenster und versuchte, an etwas anderes zu denken. An etwas, das wichtig war. Denn Quin Hewitt war es nicht. Was immer auch sie einmal für ihn empfunden hatte, es war im Laufe der Jahre verschwunden. Sie war nicht mehr die Frau, die sie früher gewesen war. Nichts an ihr war mehr so wie einst. Sie hatte eine erstaunlich erfolgreiche Karriere gehabt, hatte geheiratet und drei Kinder geboren. Sie war bis in ihr Innerstes erschüttert worden, hatte es überlebt, um stärker als je zuvor zu werden, erbarmungslos verändert auf eine Art, die niemand sonst begreifen konnte.

Nein, sie würde auch daran nicht denken. Sie würde nur an das denken, was jetzt zählte. Ihre Kinder. Ihr Vater. Ihre Musik.

Sie erreichten endlich das kleine Dorf Arlington Green. Die Geschäfte und Häuser waren aus einem zartgelb getönten Stein gebaut und standen sehr nah an der Straße. In der Mitte des Dorfes stand eine gedrungen aussehende Kirche mit einem kleinen Turm, ihr gegenüber ein altes steinernes Marktkreuz. Ein Stück die Straße hinunter kamen sie an einem Torhaus vorbei, das von zwei mächtigen, herrlich gearbeiteten Marmorpfeilern flankiert wurde. Viviana hatte erwartet, dass die Kutschen ihre Fahrt nun verringern würden, aber so war es nicht. Denn stattdessen gab der Kutscher den Pferden die Peitsche und fuhr noch eine Viertelmeile weiter.

Lord Chesley war also nicht der einzige reiche Adlige in dieser Gegend. Eigentlich überraschte Viviana diese Feststellung nicht. Hill Court war nicht Chesleys Stammsitz, doch hatte seine Familie über lange Zeit dieses Anwesen ihrem prächtigen Landsitz weiter im Norden vorgezogen, besonders während der Wintermonate. Das Haus stand nicht weit entfernt von der Straße, und innerhalb weniger Minuten fuhren die Kutschen und Gepäckwagen die Auffahrt hinauf und vor dem Eingang vor. Dienstboten kamen aus dem kleinen Herrenhaus gelaufen, um mit dem Abladen des Gepäcks zu beginnen, beaufsichtigt von einem schwarz gekleideten würdevollen Butler, der aussah, als sei er mindestens hundertfünf Jahre alt. Ein große dünne Frau, offenbar die Hausdame, überwachte das Ganze vom oberen Treppenabsatz aus.

Der Butler wurde als Basham vorgestellt, die Haushälterin als Mrs. Douglass. Das Dinner werde um halb acht serviert, verkündete Basham, als alle im Haus waren. Lord Chesley und Mrs. Douglass begannen ein Gespräch über die Einzelheiten des geplanten Aufenthaltes. Viviana warf dem Kammerdiener ihres Vaters einen Blick zu, der ihn hieß, den alten Herrn sofort nach oben in sein Zimmer zu führen und darauf zu bestehen, dass er sich ausruhte.

Miss Hevner, die Gouvernante, bat darum, sogleich in das alte Schulzimmer geführt zu werden, das oben im Haus lag. Viviana folgte ihr. Sie war gerade mit den Kindern und Signora Rossi, dem ältlichen Kindermädchen, die Treppe zur Hälfte hinaufgegangen, als Chesley nach ihr rief. Viviana legte die Hand aufs Geländer und wandte sich um.

»Basham sagt, dass meine Schwester übermorgen eine Dinnerparty gibt«, sagte der Earl. »Für die Familie und einige Nachbarn. Eine verdammt langweilige Angelegenheit, fürchte ich. Werdet ihr hingehen, Vivie, du und Alessandri? Es ist nicht weit, und meine Schwester wäre entzückt.«

Viviana lächelte ihn zögernd an. »*Sì*, Chesley, wenn du es wünschst.«

»Es würde mir den Abend erträglicher machen«, gab er zu.

»Dann wird es uns ein großes Vergnügen sein, dich zu begleiten.«

Chesley strahlte sie an. »Nun, wir werden auch nicht lange bleiben, Vivie. Versprochen.«

Einige Tage nach seinem Besuch in Astley's Amphitheater saß Quin in Arlington Park in seinem Arbeitszimmer und ging einige langweilige Geschäftsbücher durch, die Henry Herndon, der Gutsverwalter, ihm vorgelegt hatte. Quin brachte nur wenig Begeisterung für diese Aufgabe auf. Er zog London seinem Landsitz bei Weitem vor, auch wenn er hin und wieder herkam, um seine Pflichten zu erfüllen. Wenn er denn schon in Buckinghamshire sein musste, verbrachte er seine Zeit lieber in Aylesbury, ein wenig nördlich von Arlington Park gelegen, wo er nicht so bekannt war.

Gestern hatte er dort einen angenehmen Abend im Queen's Head verbracht, in dem es beim Kartenspiel ehrlich zuging, bei den Schankmädchen hingegen nicht immer. Die Aussichten im Gastraum waren hervorragend gewesen – tiefe Dekolletés und wiegende Hüften, so weit Mann schauen konnte –, und Quin hatte vor, heute Abend wieder dorthin zu gehen. Noch war er nicht verheiratet. Einige Monate der Freiheit blieben ihm noch. Vielleicht sollte er die voll auskosten. Und hier, in Arlington, konnte er das nicht.

Das Problem ist, dachte Quin, als er sich in seinem Arbeitszimmer mit den getäfelten Wänden umschaute, *dass ich immer noch das Gefühl habe, Arlington gehört meinem Vater.* Als Jugendlicher hatte Quin sich danach gesehnt, die Welt jenseits Buckinghamshires kennenzulernen oder wenigstens fortzugehen, um eine Schule zu besuchen. Doch sein Vater hatte einen langweiligen Hilfspfarrer als Lehrer für ihn eingestellt und ihm nur gelegentlich erlaubt, mit seiner Mutter und Alice eine Woche in London zu verbringen, um dort Einkäufe zu machen. Bis Chesley ihn gerettet hatte, hatte Quin sich auf Arlington fast wie ein Gefangener gefühlt. Und jetzt fühlte er sich des Erbes unwürdig.

Da war es gut, dass ihm Henry Herndon zur Seite stand. Herndon versah seit fünfzehn Jahren das Amt des Verwalters. Unter seiner Leitung warf der Besitz einigermaßen Gewinn ab, und das Dorf und dessen Umgebung hatten auch davon profitiert. Quin machte sich gerade eine Notiz, dem Verwalter ab dem kommenden Jahr eine beträchtliche Gehaltserhöhung zukommen zu lassen, als es leise an der Tür klopfte.

»Herein!«, rief er.

Seine Schwester Alice steckte den Kopf durch die Tür. Sie trug ein blaues Reitkostüm, das zu ihrer Augenfarbe passte, und ihr Gesicht war gerötet, als hätte sie Rouge auf den Wangen. »Ich reite ins Dorf, um mir Mr. Herndons neue Kornmühle anzusehen«, sagte sie. »Möchtest du mich nicht begleiten?«

Quin, der ohnehin geplant hatte, sich die neue Mühle anzuschauen, erhob sich mit einem Lächeln und kam um den Schreibtisch herum. »Ein guter Gedanke, Alice!« Er küsste sie leicht auf die Wange. »Davon abgesehen ergreife ich gern jede Möglichkeit, die mich aus diesem Arbeitszimmer herausbringt.«

Alice sah ihn verschmitzt an. »Mrs. Prater ist auf dem Hühnerhof und dreht einigen unglücklichen Hühnern den Hals um«, schmunzelte sie. »Ich glaube, sie sind für dein Verlobungsessen morgen bestimmt. Wenn du so verzweifelt bist, warum gehst du dann nicht zu ihr und hilfst ihr dabei?«

Quin schnitt eine Grimasse. »Großer Gott! Für diese Bemerkung sollte ich dir einen Knoten in deine Zöpfe machen!«

Quins Angst vor Hühnern war ein allseits bekannter Witz auf Arlington Park, und Alice sorgte dafür, dass er das nie vergaß. Als kleiner, überaus neugieriger Junge hatte er sich einmal allein in den Hühnerhof geschlichen, nur um dort von einem missgelaunten gelbbraunen Hahn heftig attackiert zu werden, der Anstoß an Quins Neugier genommen hatte. Quin war weinend zu Mrs. Prater gelaufen. Die Köchin, die einen Narren an Quin gefressen hatte, war daraufhin in den Hof gegangen, hatte dem Hahn kurzerhand den Hals umgedreht und ihn am Abend zum Essen serviert.

Alice hatte einen Schalk in den Augen, als sie das Arbeitszimmer verließen. »Ich trage schon seit vielen Jahren keine Zöpfe mehr, Quin«, lachte sie. »Du wirst dir also eine andere Strafe ausdenken müssen.«

Quin hakte sich bei seiner Schwester ein und half ihr die schmale Treppe hinauf, die zum Hauptflur führte. »Du siehst ganz reizend aus, Allie«, bemerkte er. »Du hast ein wenig zugenommen, nicht wahr?«

»Nein, das sieht nur so aus, weil ich kein Schwarz mehr trage«, entgegnete sie. »Trauerkleidung lässt einen so hager aussehen, nicht wahr?«

Lady Alice Melvilles Trauerjahr war vor knapp zwei Monaten zu Ende gegangen. Nach neun Jahren Ehe war ihr Mann plötzlich gestorben und hatte Alice mit drei Kindern, einem schweren Herzen und einem großen Vermögen zurückgelassen. Ihre Ehe war arrangiert gewesen. Alice hatte sie nicht gewollt, aber dennoch das Beste daraus gemacht. Quin vermutete, dass Alice ihren Mann nicht im romantischen Sinne geliebt hatte, aber sie hatte ihn respektiert. Und ganz gewiss hatte sie um ihn getrauert.

In der großen Eingangshalle verließ Quin Alice für einen Moment, um Stiefel und Reithosen anzuziehen. Sie sprachen nur wenig, bis ihre Pferde gesattelt und ein Stück weit vom Haus entfernt waren.

Sie nahmen den malerischen Weg, der entlang der breiten Straße zum Dorf führte, die von den Kutschen und Fuhrwerken benutzt wurde. Von Zeit zu Zeit lichtete sich der Baldachin aus kahlen Bäumen und gab den Blick auf gedämpft grüne Hügel frei, hin und wieder gesprenkelt von Schafen oder Damwild. Es war für Quin noch immer schwer zu glauben, dass die Verantwortung für all das jetzt auf seinen Schultern ruhte.

Die Sonne schien hell, aber die Luft war kühl, und der Wind zerrte an einigen Haarsträhnen, die sich aus Alice' perfekter Frisur gelöst hatten. Sie war auffallend schweigsam. »Du bist heute Nacht nicht nach Hause gekommen, Quin«, sagte sie schließlich.

Quin sah sie von der Seite an. »Nein, das bin ich nicht«, erwiderte er. »Na und?«

Alice zuckte mit den Schultern. »Mum hat eine Bemerkung darüber gemacht, das ist alles.« Einige Augenblicke lang schwieg sie wieder.

»Oh Gott!«, forderte Quin sie schließlich ungeduldig auf. »Nun red schon, Allie! Was ist los?«

Alice schien in sich zusammenzusinken. »Nun, ich frage mich nur ... manchmal, Quin, frage ich mich einfach, ob du schon bereit dafür bist, verheiratet zu sein.«

Er sah sie in milder Erbitterung an. »Nun, das bin ich nicht«, erklärte er. »Und noch bin ich nicht verheiratet, richtig? Ich hoffe, ich muss Mum nicht an diese Tatsache erinnern. Es ist ein wenig zu viel von einem Mann verlangt, verantwortlich für eine Ehefrau und für eine Mutter zu sein, wenn er noch kein Ehemann und schon lange kein Kind mehr ist.«

Alice sah angemessen zerknirscht aus. Ungefähr eine halbe Meile lang schwiegen sie. »Ich mag deine Miss Hamilton, Quin«, bemerkte sie dann. »Sie ist wunderschön und auch sehr klug, glaube ich.«

Quin fragte sich, worauf seine Schwester hinauswollte. »Ja, das ist sie. Du hast sie in London kennengelernt, nicht wahr?«, fragte er. »Ich hatte vergessen, dass du dort warst.«

»Nur kurz, ja.« Alice lenkte ihr Pferd um eine große Pfütze, die der Sturm der letzten Nacht zurückgelassen hatte. »Ich hatte einiges mit Johns Anwälten zu klären. Mum hielt es für die perfekte Gelegenheit, mich mit Miss Hamilton bekannt zu machen. Ich denke, sie sieht in der jungen Lady so etwas wie einen gelungenen Coup.«

Quin lachte so laut, dass sein Pferd protestierend den Kopf hin- und herwarf. »Ein Triumph der Hoffnung über die Vernunft!«, rief er. »Aber es stimmt, Miss Hamilton ist eine sehr nette junge Lady.«

Seine Schwester sah ihn lange von der Seite an. »Aber liebst du sie denn, Quin?«

Quin lächelte. »Ich mag sie, Allie«, entgegnete er. »Sehr sogar. Und wir werden gut miteinander auskommen.«

Alice trabte ganz nah an ihn heran. »Oh, Quin, lass dich von Mum nicht zu etwas Falschem drängen!« Sie legte ihre Hand auf seine. »Du darfst nicht heiraten, wenn du nicht dazu bereit bist. Und vor allem nicht, wenn du keine Liebe empfindest. Oh, ich bitte dich, mein Lieber, hör auf mich! Zumindest in dieser Beziehung habe ich mehr Erfahrung als du.«

Quin musste erstaunt ausgesehen haben, denn seine Schwester errötete sofort. »Mum drängt mich nicht, Alice, wenn es das ist, was du befürchtest«, erwiderte er. »Vater ist gestorben, also muss ich heiraten. Das weiß ich selbst. Ich muss nicht von Mum dazu gedrängt werden.«

Alice biss sich auf die Lippen, als mache ihr etwas Kummer. »Aber warum jetzt?«, fragte sie. »Und warum Miss Hamilton, wenn du sie nicht liebst? Warum lässt du dir nicht ein paar Monate Zeit? Vielleicht wirst du dich ja *doch* noch verlieben, Quin.«

Quin sah sie einen Moment lang nachdenklich an, dann drängte er sein Pferd vorwärts. »Ich will das, was du hattest, Alice. Ich will eine Ehe mit einer Frau, die zu mir passt. Mit einer Frau, die ich respektieren kann.«

»Du hast dich also überreden lassen«, stellte sie traurig fest. »Es gibt nichts, was ich noch sagen kann?«

Quin schüttelte den Kopf und fragte sich, was um alles in der Welt sich seine Schwester dachte. Seine Mutter hatte darauf hingewiesen, dass Miss Hamilton ihm eine würdige Frau sein würde. So weit, so gut. Aber *er* war derjenige gewesen, der diesen Gedanken gefasst hatte. Die Anzeige war bereits in der Hälfte aller Zeitungen des Königreiches erschienen, ebenso wie die darauf folgenden derben Kommentare in allen Sensationsblättern. Gut vierzig Freunde, Verwandte und Nachbarn würden morgen Abend zu Ehren seiner Verlobten zum Dinner kommen. Es gab jetzt kein Zurück mehr.

»Großtante Charlotte ist für einige Tage vom Torhaus ins Haupthaus gezogen«, wechselte seine Schwester zu seiner Erleichterung das Thema. »Mum dachte, es wäre mittendrin in all der Aufregung unterhaltsamer für sie.«

Quin kam sich ein wenig vor wie ein Käfer unter einem Vergrößerungsglas. »So wird es wohl sein, nehme ich an«, brummte er. Seine Großtante Charlotte war die Schwester seines Großvaters. Sie war eine neugierige, indiskrete und irgendwie freche alte Lady, die er nichtsdestotrotz bewunderte – sei es auch nur dafür, dass sie so zäh am Leben hing.

»Mum hat sich wieder über Tante Charlotte geärgert«, erzählte Alice weiter. »Sie scheint sie als eine Art lebende Verbindung zu Papa zu betrachten. Ich hoffe sehr, dass sie ein gutes, langes Leben hat.«

»Mein Gott, Alice, sie ist neunzig Jahre alt!«, sagte Quin. »Sie hatte bereits ein gutes, langes Leben – sogar zwei oder drei, nach allem, was man so hört.«

Sie näherten sich jetzt dem Torhaus. Alice sah ihn bedeutungsvoll von der Seite an. »Du weißt, was ich meine, Quinten«, sagte sie. »Mum könnte einen weiteren Verlust gerade jetzt nicht ertragen. Aber du hast recht: Tante Charlotte wird nicht jünger. Sie hat ein schwaches Herz, musst du wissen.«

»Charlotte wird uns alle überleben«, murmelte er. Dann, etwas lauter, sagte er: »Sieh nur, Alice, wie groß sie ist!« Er zeigte über die Dorfstraße auf die hoch aufragende Dachlinie der neuen Mühle, die hinter dem Dorf am Fluss lag.

Alice lächelte ihn gedankenverloren an. »Hast du sie bei deiner Ankunft nicht bemerkt?«

Das hatte er nicht. Er war mit seinen Gedanken offensichtlich woanders gewesen.

Kurz darauf stiegen sie am Ufer des Teiches, den Herndon für sein großes Projekt hatte aufstauen lassen, von ihren Pferden. Das Wasserrad drehte sich in flottem Tempo. Dabei erklang ein rhythmisches *Schusch, Schusch, Schusch*, während das tiefe Vibrieren der Mühlsteine die Erde schier erbeben ließ. Die große Mühle war nicht nur gebaut worden, um Arlington Park und dem Dorf zur Verfügung zu stehen – das auch zur Grafschaft von Wynwood gehörte –, sondern jedem, der dies wünschte. Gegen eine kleine Gebühr, selbstverständlich. Auf diese Weise, so hatte Herndon kalkuliert, würde die Mühle bereits in fünf Jahren Gewinne abwerfen.

Herndon war damit beschäftigt, die Zimmerleute zu beaufsichtigen, die noch einige Verbesserungen an den Türangeln und der großen Flügeltür ausführten – eine Tür, die breit genug war, einen Wagen ins Innere der Mühle zu lassen. Als er Quin sah, tippte Herndon an die Krempe seines Hutes und kam den Hang hinauf auf ihn zu. Als er Alice bemerkte, veränderte sich seine Haltung jedoch. Er nahm den Hut ab, und seine sonst so geschäftsmäßige Miene wurde weicher.

»Lady Alice. Wynwood.« Er nickte den beiden der Reihe nach zu. »Sie wollen sich die Mühle ansehen?«

»Ja, das möchten wir«, sagte Quin.

Sie gingen den Hügel ein Stück weit hinunter und betraten das dämmerige Mühleninnere. Hier war die Luft vom Mahlstaub erfüllt, und die Bodendielen waren mit weißem Mehlabrieb bedeckt. Die Sohlen von Quins Stiefeln schienen zu vibrieren, während die Mühlsteine mühelos mahlten.

Die Führung dauerte nicht lange; der uralte Prozess der vom Wasser angetriebenen Kolben und Steine war einfach zu erklären. Als sie zurück ins Tageslicht kamen, schaute Alice am Rock ihres Kleides herunter und stieß einen leisen entsetzten Schrei aus. »Oh, seht doch! Himmel, was habe ich nur angerichtet!«

Zu Quins Überraschung zog Herndon ein gestärktes weißes Taschentuch aus seiner Tasche und kniete sich hin, um den Rocksaum vom Mühlenstaub zu säubern. Er war ein gut aussehender Mann, fiel Quin auf, wenn er auch ein wenig zu ernst und bedächtig wirkte. Er hatte Alice sehr gern gehabt, als sie noch ein junges Mädchen gewesen war. Nach ihrer Heirat hatten die beiden sich wohl nur noch selten gesehen.

Auch Quin hatte seine Schwester nicht oft gesehen, nur hin und wieder an Feiertagen. John, ihr Mann, hatte nicht viel von der Londoner Gesellschaft gehalten, und die Quins hatte er ganz deutlich nicht geschätzt. Dennoch war es Quin von Zeit zu Zeit durch den Sinn gegangen, dass er Alice wenigstens einmal schreiben sollte. Statt es zu tun, hatte er sich dann aber gesagt, dass es nur wenige Dinge in seinem Leben gab, von der eine

Lady Kenntnis zu haben wünschte. Es war eine Entscheidung, die er jetzt bedauerte. Er hatte das Gefühl, dass seine Schwester sich in ihrer Ehe vielleicht sehr einsam gefühlt hatte.

Herndon hatte sich wieder aufgerichtet und steckte sein Taschentuch wieder ein. Quin hatte sich schon des Öfteren gefragt, warum ein Mann von Herndons Herkunft nicht geheiratet hatte. Er besaß ein schönes Haus nicht weit vom Dorf entfernt. Er war der dritte oder vierte, vielleicht auch der fünfte Sohn eines Baronets aus Oxfordshire. Er hatte studiert. Er hatte Karriere gemacht. Er musste jetzt an die vierzig sein, und falls er sich je für eine Frau interessiert haben sollte, so wusste Quin nichts davon.

Herndon und Alice plauderten miteinander. »Werden Sie länger auf Arlington bleiben, Lady Alice?«, fragte der Verwalter.

Alice warf einen scheuen Blick auf Quin. »Wir denken daran – die Kinder und ich, meine ich, bis zum neuen Jahr zu bleiben«, bekannte sie. »Auch wenn man mich bis jetzt noch nicht eingeladen hat.«

»Sei nicht albern, Alice«, entgegnete Quin. »Arlington ist dein Zuhause und wird es immer sein. Wenn du auf eine Einladung wartest, so wirst du vorher vermutlich an Altersschwäche sterben.«

»Und das wäre sehr schade«, bemerkte Herndon. Das war das Witzigste, was Quin den Mann je hatte sagen hören.

Einer von Herndons Zimmerleuten führte ihre Pferde jetzt den Hang hinauf zu ihnen. »Morgen, Mylord«, grüßte er und gab Quin die Zügel. »Hab gerade eine feine Reisekutsche die Straße langkommen sehn.«

»Ah!«, bedankte sich Alice mit einem Lächeln. »Danke, Edwards. Das werden Miss Hamilton und ihre Tante sein. Beeil dich, Quin. Wir werden ein wenig schneller reiten und die Abkürzung durch den Wald nehmen.«

Herndon hatte die Hände zu einem Steigbügel geformt, um Alice in den Sattel zu helfen. »Meine Glückwünsche zu Ihrer bevorstehenden Heirat, Wynwood! Ich hätte Ihnen schon vorhin gratulieren müssen.«

»Danke, Herndon.« Quin schlug mit der Peitsche nachdenklich gegen den Schaft seines Stiefels. »Sie werden doch morgen beim Dinner dabei sein, nicht wahr?«

Der Verwalter zögerte. »Nun, ich hatte gedacht ... die Mühle ist noch nicht ganz –«

»Um die Zeit wird es dunkel sein, Herndon«, unterbrach Quin ihn ungeduldig. »Und ich werde mich mächtig gekränkt fühlen, wenn Sie sich nicht dazu überwinden können, an meinem Verlobungsdinner teilzunehmen.«

Herndons Augen schienen jetzt noch ein wenig ernster als sonst dreinzublicken. »Ich würde es um nichts in der Welt versäumen wollen, Mylord.«

»Ausgezeichnet!« Quin stieg aufs Pferd. »Meine Herren, Ihnen beiden noch einen guten Tag.«

Kapitel 4

In dem Sir Alasdair einer Dame zu Hilfe eilt

Lord Chesley und seine Hausgäste trafen am darauf folgenden Abend als Erste auf Arlington Park ein. Lord Chesley war so früh dran, dass seine Schwester noch gar nicht heruntergekommen war, um ihre Gäste willkommen zu heißen. Statt ihrer begrüßte sie eine wunderschöne junge Lady an der Tür, die Chesley mit großer Zuneigung küsste.

Sie stellte sich Viviana und Signor Alessandri als Lady Alice Melville vor, Chesleys Nichte. Lady Alice war eine schlanke, hochgewachsene Brünette, vermutlich knapp über dreißig. Aber ihre Augen schienen jedoch deutlich älter zu sein. Viviana spürte, dass diese Frau in ihrem Leben sowohl Freude als auch Leid erfahren hatte, und sie fühlte sich ihr sofort verbunden.

Nach dem Austausch einiger Höflichkeiten machten sich Chesley und Lord Digleby auf den Weg zu Mrs. Prater, der Köchin, um sich zu vergewissern, dass sie ihre berühmten Krebse in Curry servieren würde.

»Wie freundlich von Ihnen, zu unserer kleinen Familienfeier zu kommen«, sagte Lady Alice. Sie nahm Viviana am Arm, als wären sie die besten Freundinnen, und lächelte dann Vivianas Vater an. »Sind Sie beide schon lange in England?«

»Wir sind hier seit – ah, wie sagt man? – *sì*, seit zwei Wochen angekommen«, antwortete Signor Alessandri.

»*Vor, Papà*«, korrigierte Viviana sanft.

»*Sì*, vor zwei Wochen«, wiederholte er. »Wir kommen, meine Tochter und ich, mit ihren … ihren *bambini*, zum *porto* von Southampton. Es ist das erste Mal, Lady Alice, dass ich sehe Ihr schönes Land.«

Lady Alice hatte ihre Gäste in einen elegant eingerichteten Salon geführt, dessen Türen zu den kleineren Räumen auf jeder Seite weit geöffnet waren. Wohin Viviana auch schaute: überall funkelten poliertes Silber und kostbares Kristall um die Wette. Der Schein der Kerzen spiegelte sich in den deckenhohen Spiegeln, die zwischen den Fenstern mit den kostbaren Draperien hingen. *Das alles ist etwas zu großartig für ein einfaches Treffen unter Nachbarn,* dachte Viviana.

Ein wenig beunruhigt nahm sie das Glas Wein, das Lady Alice ihr anbot. »Ich hörte, dass Sie meinen Onkel gut kennen«, bemerkte Lady Alice zu Vivianas Vater. »Und ich weiß, dass er Ihre Werke sehr bewundert, *signore*.«

»Ah, Lord Chesley und ich kennen uns schon sehr viele Jahre«, nickte er in seinem akzentuierten Englisch. »Er ist ein großer Mann, Ihr Onkel. Man kennt ihn in ganz Europa.«

Lady Alice' Lächeln vertiefte sich. »Und was ist mit Ihnen, Contessa Bergonzi?«, fragte sie. »Genießen Sie Ihren Aufenthalt in England?«

Viviana hatte angefangen, sich ein wenig unwohl zu fühlen. Alles sah so formell aus, so elegant. Sie war plötzlich von der Vorahnung erfüllt, einen großen Fehler gemacht zu haben. Genau genommen hatte sie dieses Gefühl schon gehabt, als sie die Einladung angenommen hatte. Chesleys Schwester! War sie denn verrückt? Aber Chesley hatte viele Schwestern, hatte sie sich dann gesagt. Sechs oder sieben, hatte sie sagen hören. Wie hoch war die Wahrscheinlichkeit, dass ...

»Contessa?« Lady Alice' Stimme klang, als käme sie von sehr weit her. »Geht es Ihnen gut?«

»*Scusi?*« Vivianas Kopf fuhr herum. »Oh, wie unhöflich von mir! Aber dieses Fresko dort und das Gold an der Decke – ich denke, es ist das Eleganteste, was ich je gesehen habe.«

Lady Alice strahlte vor Freude. »Dann haben Sie Glück«, erwiderte sie. »Der Architekt, der es entworfen hat, ist ein Freund meines Bruders. Merrick MacLachlan. Er wird heute Abend hier sein, und dann können Sie es ihm persönlich sagen.«

»Ein Freund?«, wiederholte Viviana. »Ihres Bruders?«

Lady Alice nahm sich ein Glas Wein von dem Tablett, das ein Diener vorbeitrug. »Ja, aber Mr. MacLachlan ist schrecklich launenhaft, wie so viele Künstler es eben sind, und er ...« Als ihr aufging, was sie gesagt hatte, errötete sie. »Oh, ich bitte inständig um Verzeihung!«

Viviana brachte ein Lächeln zustande. »Oh, aber kein noch so fähiger Architekt kann einer erzürnten Primadonna das Wasser reichen, das versichere ich Ihnen.«

In diesem Augenblick tauchte Lord Chesley aus den Tiefen des Hauses wieder auf, gefolgt von vier dunkel gekleideten Männern, die Musikinstrumente trugen. Es waren Saiteninstrumente. »Gwen hat ein Quartett engagiert!«, verkündete er. »Kommen Sie, Alessandri! Wir werden bei den Vorbereitungen helfen.«

Vivianas Vater sah erleichtert aus, etwas zu tun zu bekommen, was nicht die Beherrschung der englischen Sprache erforderte. Die Gentlemen waren im hinteren Teil des Salons mit ihrer Aufgabe beschäftigt, als eine alte, aber rüstige kleine Dame den Salon betrat und auf sie zukam. Draußen in der großen Halle waren weitere Gäste eingetroffen; Viviana hörte die fröhlichen Stimmen, die im imposanten Treppenhaus widerhallten. Ihre Nervosität verstärkte sich im gleichen Augenblick.

»Alice, meine Liebe«, gurrte die alte Lady und bot hoheitsvoll ihre Wange zu einem Kuss dar. »Wie bin ich froh, dich wieder in einem anständigen Kleid zu sehen und nicht mehr in diesem schrecklichen Schwarz. Du siehst zauberhaft aus.«

»Danke, Tante Charlotte.«

Das Vorstellen war rasch getan. Viviana wechselte einige höfliche Worte mit der alten Dame, die sich dann entschuldigte, um Lord Chesley zu begrüßen, nachdem sie ihn erspäht hatte.

»Ich bitte um Entschuldigung, Lady Alice«, sagte Viviana,

nachdem die alte Dame gegangen war. »Muss ich annehmen, dass Sie vor Kurzem Witwe geworden sind?«

Lady Alice blickte sie schmerzerfüllt an. »Ich – ja, vor etwas mehr als einem Jahr. Es geschah ganz plötzlich.«

»Mein Beileid«, erwiderte Viviana. »Ich weiß, welchen Schmerz Sie erleiden mussten! Ich bin auch verwitwet, allerdings schon etwas länger.«

Lady Alice lächelte unter Tränen. »Man hasst es, um der Kinder willen«, beklagte sie. »Meine sind noch so jung! Sie verstehen noch gar nicht, warum ihr geliebter Papa von ihnen gegangen ist.«

Viviana hätte erwähnen können, dass ihre Kinder in keiner weniger misslichen Lage waren – von Cerelia einmal abgesehen –, aber sie sagte nichts dergleichen. Stattdessen legte sie die Hand leicht auf Lady Alice' Arm. »Kinder sind robuster, als man denkt, ich weiß das aus Erfahrung. Ich habe drei und allen geht es gut.«

»Ich habe auch drei!«, entgegnete Lady Alice. »Wie alt sind Ihre Kinder, Contessa?«

»Meine Töchter sind acht und sechs. Und mein Sohn ist vier, benimmt sich aber wie zehn. Vielleicht wissen Sie, was ich meine?«

Lady Alice nickte eifrig. »Sie sind fast im selben Alter wie meine. Wir müssen uns wirklich besuchen!«

»Das wäre schön«, sagte Viviana aufrichtig.

»Meine Kinder werden begeistert sein, so nahebei neue Spielkameraden zu finden.«

»Ja, es ist nur eine kurze Fahrt«, bestätigte Viviana. »Werden Sie länger hierbleiben?«

»Sieben oder acht Wochen, denke ich«, vermutete Alice. »Es ist in der Tat nur eine kurze Fahrt, aber es gibt einen noch kürzeren Fußweg, wenn man durch den Wald zwischen den beiden Anwesen geht. Es ist ein gut kenntlicher Pfad, den wir alle benutzen, wenn wir nach Hill Court wollen. Man hat mir erzählt, dass es ihn gibt, seit meine Eltern Brautleute waren.«

Das Quartett stimmte seine Instrumente, und überall standen schwarz gekleidete Diener. Gut zwei Dutzend Gäste hielten sich jetzt im Salon auf, begrüßten einander mit Händeschütteln und sogar Küssen. Niemand war hier fremd. Viviana fühlte sich fehl am Platze. Sie sah Chesley auf sich zukommen.

»Meine Liebe, du musst unbedingt mit mir kommen!« Er legte die Hand auf ihren Arm. »Der Cellist spielt auf einem Guadagnini!«

»Wirklich?«

»Ja. Kannst du das glauben? Hier, in einer Einöde wie Buckinghamshire!«

Viviana lächelte ihrer Gastgeberin zu. »*Piacere*, Lady Alice! Sie müssen uns auf Hill Court besuchen.«

Alice strahlte. »Gleich morgen?«, schlug sie vor. »Oder kommt das zu plötzlich?«

Viviana sah Chesley abwartend an.

»Mein Haus gehört dir, Alice«, versetzte er leicht ungeduldig. »Wenn du willst, kannst du auch bei mir einziehen.«

Alice lachte. »Du entführst mir den interessantesten Gast des Festes, Onkel!«, protestierte sie dann.

Chesleys Blick jedoch hatte sich auf den Eingang des Salons gerichtet. »Oh, das denke ich nicht, meine Liebe! Ich glaube, euer Ehrengast hat soeben den Salon betreten.«

»Der Ehrengast?«, fragte Viviana. Sie hatte niemanden bemerkt.

Chesley starrte eine junge Frau in einem silbergrauen Seidenkleid an, die zögernd an der Tür stehen geblieben war. Sie war schlank und sehr zierlich und wirkte außergewöhnlich elegant in ihrer Schlichtheit. Ihr hellbraunes Haar war zu einer kunstvollen Frisur arrangiert, die von einem Perlenstrang durchwunden war. Eine zweite Perlenkette schmückte ihren Hals. Sie sah hinreißend aus. Sie sah, genau genommen, wie die perfekte englische Miss aus.

»Da seht ihr Mums lang gesuchten Schatz«, wisperte Alice. »Miss Esmée Hamilton, Quins zukünftige Frau.«

»Sie ist auch eine Erbin, nicht wahr?«, murmelte Chesley.

»Ja. Sie ist Lady Tattons Nichte.«

Die Worte drangen nur langsam in Vivianas Bewusstsein. *Quin. Seine zukünftige Frau. Erbin.* Oh, du lieber Gott. Vivianas Knie drohten nachzugeben.

»Nun, hübsch ist sie ja, das muss ich sagen«, brummte Chesley. »Aber sie sieht überhaupt nicht aus wie die Frauen, die er sonst bevorzugt.«

Alice lachte. »Ach komm, Onkel Ches! Du bist doch ein Mann von Welt, oder nicht? Männer mögen zwar mit einer gewissen Sorte Frau verkehren, aber sie heiraten eine ganz andere.«

Viviana spürte, wie sie vor Zorn zu beben begann. Aber es war nicht Alice, auf die sie wütend war.

»Oh, da stimme ich dir zu«, pflichtete Chesley bei. »Übrigens, Vivie, du erinnerst dich doch gewiss an Quin, nicht wahr? An meinen Neffen Quin Hewitt? Soweit ich mich erinnere, hatte er eine ziemliche Schwäche für dich.«

»Quin Hewitt?«, brachte Viviana über die Lippen. »Nun, ich ... ja, ich erinnere mich an ihn.«

Alice warf ihr einen neugierigen Blick zu. »Ist das wahr?«, fragte sie. »Quin war in Sie verliebt?«

Chesley, verdammt sollte er sein, lachte laut auf. »Oh, jedenfalls dachte *er* das!«, korrigierte der Earl. »Eine Zeitlang habe ich befürchtet, ich müsste den jungen Welpen packen und ihn zurück an seinen Dad schicken. Aber Vivie hat ihn beharrlich abgewiesen, und schließlich hat Quin Zugang zu den vielen Vergnügungen Londons gefunden.«

»Die dann sehr eng mit ihm bekannt wurden«, bemerkte Alice trocken.

»Richtig.« Chesley grinste leicht. »Das ist immer eine zuverlässige Ablenkung für gelangweilte junge Männer, die sich die Hörner abstoßen wollen, nicht wahr?« Er zwinkerte Alice zu, aber sie würdigte ihn keines Blickes. Stattdessen betrachtete sie Viviana. Ihre Miene war nicht zu deuten.

»Sie und mein verruchter kleiner Bruder!«, murmelte sie nachdenklich. »Wie romantisch und faszinierend das klingt, Contessa!«

»Es war keines von beiden«, entgegnete Viviana. »Es war ohne Bedeutung. Ich war Opernsängerin, Lady Alice. Verstehen Sie, was das heißt?«

»Nun, ich würde meinen, das heißt, dass Sie gut singen«, erwiderte Alice mit einem kleinen Lächeln. Dann zuckte sie lässig mit den Schultern. »Wie auch immer: Quin ist jetzt Lord Wynwood, und Mum ist darauf bedacht, dass er heiratet. Ich nehme an, dass sie es war, die Miss Hamilton ausgesucht hat.«

»Natürlich hat sie das!«, knurrte Chesley ungeduldig.

»Quin schwört, dass sie es nicht getan hat.«

»Oh, Quin würde einem Pfarrer nicht bis auf eine Meile in die Nähe kommen, würde man ihm nicht eine Pistole in den Rücken drücken. Dieser verdammte Titel!«, schimpfte der Earl. »Komm jetzt, Vivie. Du musst unbedingt das Cello sehen. Der Sohn hat es gemacht, *Lorenzo* Guadagnini. Immerhin. Umberto sagt, dass er noch nie etwas Vergleichbares gehört hat.«

Viviana ging mit, weil ihr kaum eine andere Wahl blieb. Und weil es besser war, sich im Hintergrund zu halten; weil es besser war, so viel Abstand wie möglich zu Quins schöner Verlobten zu halten. Viviana war schockiert und entsetzt. Schockiert über ihre Dummheit, hierhergekommen zu sein – und über ihre körperliche, sehr tief sitzende Reaktion auf die Neuigkeit. Und entsetzt über das schreckliche, hässliche Gefühl der Eifersucht, das ihr die Brust zusammenschnürte. Sie hätte die Perlenkette aus Miss Hamiltons braunem Haar reißen mögen, um sie damit voller Wonne zu erdrosseln. Es war kindisch, und es war ungerecht. Aber er war da, der engherzige Neid, diese hässlichste aller menschlichen Regungen. Nach neun langen Jahren! Wie demütigend!

Mechanisch reichte sie dem Cellisten die Hand; er wirkte ein wenig eingeschüchtert. Sie wechselten einige Worte, die Viviana kaum hörte, dann stellte Chesley eine Frage über die Saitenbespannung oder über sonst irgendetwas. Innerlich noch immer aufgewühlt, stellte Viviana ihr Glas auf einem kleinen Tisch ab, damit sie es nicht doch noch fallen ließ. Und in diesem Augenblick sah sie ihn.

Quin! Oh, *Dio!* Sie hätte sich abwenden müssen, aber sie konnte es nicht. Ihr Herz schlug ihr bis zum Hals. Die Luft zum Atmen wurde knapp. Starrten sie alle an oder bildete sie sich das nur ein? Und sie? Närrin, die sie war, sah nur noch ihn.

Er war nicht mehr der hübsche Junge ihrer Erinnerung. Oh nein! Er war kräftiger, härter, muskulöser und überhaupt männlicher, als jedes Wort, das sie kannte, es hätte beschreiben können, sei es auf Englisch oder auf Italienisch. Sein dichtes dunkles Haar war eine Spur zu lang, und sein Gesicht war kantig und ernst.

Aber er lächelte, als er sich zu der jungen Dame gesellte – seiner Verlobten –, die an der Tür zum Salon stand. Natürlich überragte er das Mädchen. Seine Verlobte sah jetzt dankbar zu ihm auf und nahm den Arm, den er ihr anbot. Beschützend legte er daraufhin seine Hand auf ihre. Eine ritterliche, schlichte Geste.

Er mochte sie! Selbst ein Dummkopf konnte das sehen. Viviana schluckte hart und fühlte, wie etwas Heißes und Erschreckendes in ihre Augen stieg. *Männer mögen zwar mit einer gewissen Sorte Frau verkehren,* hatte Lady Alice gesagt, *aber sie heiraten eine ganz andere.*

Oh ja, dieses Mädchen gehörte zu der anderen Sorte, ganz gewiss. Sie und Viviana hätten nicht unterschiedlicher sein können.

Quin stellte sie jetzt seinen Freunden und seiner Familie vor, und lächelte und nickte jedem dabei zu. Lieber Gott! Es war nur noch eine Frage der Zeit.

Einen Augenblick lang fürchtete Viviana, ohnmächtig zu werden. Dann, mit dem nächsten Atemzug, verfluchte sie sich für ihre Feigheit. Guter Gott, er bedeutete ihr nichts mehr! Er war nur ein arroganter, unerträglicher Engländer. In den Jahren seit dem Ende ihrer unausgereiften Beziehung war sie zu einem anderen Menschen geworden. Sie war reich, erfolgreich, und – so sagte man ihr – noch immer wunderschön. Sie war erst dreiunddreißig. Die besten Jahre lagen noch vor ihr.

Gewappnet durch diese Gedanken, setzte Viviana eine gleichmütige Miene auf und straffte energisch und trotzig die Schultern. Dann atmete sie tief durch und reckte das Kinn. Sie war jetzt ganz die Diva, eine Pose, die sie eigentlich nur für ihre schwersten Rollen vorbehielt. Nun, sie waren gewiss nicht schwerer gewesen als das hier. Sie wollte eher verdammt sein als zulassen, dass Quin Hewitt ihr eine Schwäche anmerkte.

Viviana erkannte den Augenblick, in dem er sie sah. Seine Augen blitzten auf, dunkel und hart. Seltsamerweise sah er sie kein zweites Mal an, wie man es hätte erwarten können. Genau genommen sah er nicht einmal überrascht aus. Das Kinn noch gereckt, warf sie ihm einen ruhigen, herablassenden Blick zu.

Quin zögerte nur einen Moment, dann legte er die Hand auf die seiner Verlobten. Nachdem er ihr einige Worte ins Ohr gesagt hatte, führte er sie zu der attraktiven Frau mittleren Alters zurück, mit der sie gekommen war, dann wandte er sich um und verließ den Salon. Viviana stieß tief den Atem aus. Sie hatte gar nicht gemerkt, dass sie ihn angehalten hatte.

Die folgende Viertelstunde verbrachte Viviana damit, Chesleys Freunde und Nachbarn zu begrüßen und sich zu bemühen, zu jedem etwas Geistreiches und Charmantes zu sagen. Es fiel ihr nicht schwer, denn in den letzten Jahren war es ihr zur Routine geworden, ihre wahren Gefühle hinter geübter Leichtigkeit zu verstecken.

Schließlich berührte Chesley sie leicht am Ellbogen. Sie wandte sich um und wurde einer hochgewachsenen, schlanken Frau vorgestellt, deren Alter schwer zu schätzen war. Sie wusste sofort, dass es Quins Mutter war. Sie hatte die gleichen dunkelblauen Augen wie er und überdies eine große Ähnlichkeit mit ihrer Tochter Alice.

Lady Wynwood. Wynwood, ja, so lautete der Name, den Quin zusammen mit dem Titel eines Tages von seinem Vater erben sollte. Sie erinnerte sich wieder daran. Viviana machte einen leichten Knicks, obwohl sie das von der Etikette her und eingedenk ihres Ranges nicht hätte tun müssen. Lady Wynwood war freundlich, wenn auch ein wenig distanziert. Sie wandte ihre Aufmerksamkeit dann auch rasch wieder Chesley zu und redete auf ihn ein, als wäre sie seine Mutter, nicht seine ältere Schwester.

Zu Vivianas Schrecken jedoch ging sie weiter, als Lady Charlotte, Alice' alte Tante, mit Quins Verlobter im Gefolge zu Chesley trat. Nachdem er einige freundliche Worte mit der jungen Frau gewechselt hatte, legte er die Hand unter ihren Ellbogen und führte sie zu Viviana. Wieder hielt Viviana den Atem an.

»Meine Liebe, darf ich dir Miss Hamilton vorstellen, die zukünftige Frau meines Neffen?«, sagte er. »Miss Hamilton, die Contessa Viviana Bergonzi di Vicenza.«

Die junge Frau knickste anmutig. »Es ist mir eine Ehre, Ma'am.«

Viviana zwang sich, keine Schwäche zu zeigen. »Meine Glückwünsche zu Ihrer Verlobung, Miss Hamilton«, erwiderte sie. »Ich wünsche Ihnen viele glückliche Jahre.«

Quins Verlobte hielt den Blick gesenkt und schien auf einen Punkt auf dem Boden zu schauen. »Vielen Dank, Mylady.«

»Sie müssen uns vergeben, dass wir hier eingedrungen sind, obwohl es offensichtlich eine Familienfeier ist«, sagte Viviana. »Chesley hatte uns den Anlass nicht genannt.«

Miss Hamilton hob den Kopf und sah sie mit großen Augen an. »Oh, nun weise mich nicht zurecht, Vivie«, sagte der Earl. »Das ertrage ich nicht. Und außerdem – welchen Unterschied macht das schon?«

Viviana sah Chesley an. »Nun, vermutlich keinen großen«, sagte sie kühl. »Miss Hamilton ist sehr freundlich.«

In diesem Moment wurde zum Dinner gebeten.

»Gott sei Dank!«, rief Tante Charlotte. »Ich bin am Verhungern. Kommen Sie, Kind. Sie können sich nach dem Essen mit den anderen bekannt machen. Oh, ich hoffe, Mrs. Prater hat heute Abend ihr berühmtes Krebscurry gemacht.«

Mit wackeligen Knien bildete Viviana die Nachhut, als sie Chesley und den anderen Gästen in den Flur folgte. Alle redeten auf dem Weg zum Esszimmer gut gelaunt durcheinander. Plötzlich, aus dem Schatten heraus, wurde Viviana am Arm gepackt. Man zog sie in eine unbeleuchtete Wandnische. Sie schaute auf und blickte direkt in Quins wütende Augen. Trotzig hob sie das Kinn.

»Madam, Sie haben vielleicht Nerven!«, sagte er kalt. »Wie können Sie es wagen, hierherzukommen und dieses Fest zu stören?«

Viviana versuchte, sich aus seinem Griff zu befreien. »Sei kein Dummkopf, Quinten«, entgegnete sie kühl. »Lass sofort meinen Arm los!«

Stattdessen zog er sie näher zu sich. Seine Nasenflügel bebten vor Zorn.

»Quin, *basta!*« Sie riss sich von ihm los. »Die anderen sind schon weit vorgegangen.«

»Ich kenne den Weg zum gottverdammten Esszimmer, Viviana«, stieß er rau hervor. »Dies ist mein Haus, verdammt noch mal.«

»*Sì, caro mio*, und vermutlich lässt du das die anderen auch nie vergessen.«

Er stützte die Hand gegen die Wand, vor der sie stand, und beugte sich über Viviana. »Ich werde *dich* das nicht vergessen lassen, das ist verdammt wahr.«

»Oh Quinten«, flüsterte sie. »Glaub mir, das ist etwas, was ich nie vergessen habe. Deinen Rang. Deinen Reichtum. Deine unanfechtbare englische Ehre. Ich habe jedoch den Fehler gemacht, deinen Titel zu vergessen, und jetzt sehe ich, dass ich dafür bezahlen muss.«

Er blickte finster drein. »Du Lügnerin! Du hast verdammt noch mal nichts von den Dingen vergessen, von denen du geglaubt hast, du könntest Kapital daraus schlagen.«

Plötzlich dämmerte ihr, was er damit sagen wollte. »Oh, *Dio!* Du bist nicht einfach nur verrückt!«, empörte sie sich. »Du bist widerlich, Quin Hewitt, und du bist wahnsinnig! Glaub mir – du hast *nichts*, was ich will.«

Pure Wut blitzte in seinen Augen auf. »Was ich will, Mylady, ist, Sie unter vier Augen zu sprechen«, knurrte er. »Morgen früh. In meinem Arbeitszimmer.«

Viviana zog die Augenbrauen hoch und starrte ihn voller Abscheu an. »*Veramente*, Quin?« Ihre Stimme klang verächtlich. »Ich denke, du hast vergessen, dass du mich nicht mehr herumkommandieren kannst.«

»Um acht Uhr«, knurrte er. »Oder ich werde zu dir kommen, Viviana. Würde sich dein lieber *Papà* darüber nicht sehr wundern?«

Vivianas Augen wurden riesengroß vor Empörung. »Du Bastard«, flüsterte sie. »Drohst du mir etwa?«

»Mein Arbeitszimmer liegt im Erdgeschoss«, sagte er und wandte sich ab, als wollte er gehen. »Im hinteren Teil des Hauses, es ist das sechste Fenster von links. Nutz deine Chance, Viviana! Sonst komme ich nach Hill Court und werde jeden deiner verdammten Bewunderer aus dem Bett holen, den altehrwürdigen Alessandri eingeschlossen.«

In diesem Moment fiel ein Schatten über sie. »Quin, alter Junge«, mischte sich eine männliche Stimme ein. »Hast du vergessen, dass deine Dinnergäste schon am Tisch Platz nehmen?«

Viviana schaute hoch und sah in die Augen eines ungewöhnlich attraktiven blonden Gentlemans. Er neigte den Kopf. »Contessa Bergonzi, nehme ich an?«, sagte er ruhig. »Sir Alasdair MacLachlan, zu Ihren Diensten. Darf ich Ihnen meinen Arm anbieten und Sie zu Ihrem Platz führen?«

Kapitel 5

In dem Mr. MacLachlan einen guten Rat erteilt

Ungeduldig und gereizt war Sir Alasdair MacLachlan nach dem Dinner in der Bibliothek verschwunden. Quin folgte ihm dorthin, nachdem er sich von Esmée und ihrer Tante verabschiedet hatte. Ein Gespräch mit Alasdair ließ sich nach all dem kaum vermeiden.

Alasdairs Bruder Merrick schenkte ihnen Brandy ein, und nahm dann wieder auf einem der Ledersofas Platz, als erwartete er einen unterhaltsamen Auftritt. Alasdair ging vor dem Kamin auf und ab. Sein Gesicht war düster wie eine Gewitterwolke. Seine Wut war nahezu greifbar; fast flogen Funken durch den Raum. Quin konnte nicht behaupten, überrascht zu sein. Alasdair hatte ihn während des Dinners unablässig finster angestarrt. Und wenn Alasdair heute Abend auf einen Streit aus war, dann hatte Quin nicht übel Lust, ihm diesen Gefallen zu tun.

Aber Schotten waren durchtrieben, und Alasdair war es ganz besonders. »Ein hervorragendes Dinner, Quin«, ergriff er jetzt das Wort. »Und der Trinkspruch deiner Mum! Sehr bewegend. Ich glaube, Lady Tatton hat sogar eine Träne vergossen.«

Quin setzte sich Merrick gegenüber und wechselte einen Blick mit ihm. »Ja, Mum ist bei recht guter Stimmung«, entgegnete er und fragte sich, worauf Alasdair hinauswollte. »Es ist eine Erleichterung, sicherlich. Sie ist seit sehr langer Zeit nicht mehr glücklich gewesen.«

Alasdair machte auf dem Absatz kehrt und ging zum Fenster. Die Diener hatten die Vorhänge noch nicht gegen die Abendkälte geschlossen, und eine Zeit lang starrte er einfach hinaus in das Dunkel und nippte an seinem Brandyglas. »Korrigiere mich, wenn ich mich irre, Quin«, sagte er schließlich. »Aber war das nicht Viviana Alessandri, die du in der Nische bei der Bibliothek in die Enge getrieben hast?«

»Contessa Bergonzi, ja.«

»Deine Geliebte.«

Quin zögerte. »Sie war es einmal.«

»Nun, wenn der Ausdruck in deinen Augen irgendein Hinweis war, alter Freund, dann wünschst du dir sehr, sie wäre es immer noch.« Alasdair senkte die Stimme zu einem Flüstern. »Und ich sage dir hier und jetzt, Quin, dass ich das nicht dulden werde.«

»*Du* wirst es nicht dulden?« Quins Stimme klang ungläubig. »Ich würde doch zu gern wissen, was dich das angeht – selbst wenn ich ein Dutzend Mätressen hätte.«

Alasdair bebte vor Wut, das war nicht zu übersehen. Gott verdammt, was sollte das jetzt? Er hatte eine überreizte, sich in alles einmischende Mutter, eine perfekte Verlobte, die plötzlich nicht mehr so perfekt schien, und eine kaltherzige Geliebte, die den ungünstigsten Augenblick der Welt gewählt hatte, um wieder in seinem Leben aufzutauchen. War sein Leben nicht schon kompliziert genug, auch ohne dass sein bester Freund noch mehr Öl ins Feuer goss? Und was zum Teufel war überhaupt mit Alasdair los?

Endlich wandte Alasdair sich um. »So wahr mir Gott helfe, Quin«, warnte er, »wenn du wieder etwas mit dieser italienischen Hexe anfängst, während du mit Esmée verlobt bist, oder – noch schlimmer, wenn du mit ihr *verheiratet* bist –, dann werden wir beide uns in der kalten Morgendämmerung bei Chalk Farm gegenüberstehen. Hast du mich verstanden?«

»Was ich verstehe, Alasdair, ist, dass meine Ehe dich gottverdammt noch mal nichts angeht«, erwiderte Quin. »Aber ich würde diese boshafte Schlampe gar nicht haben wollen, selbst wenn sie auf allen vieren bei mir angekrochen käme. Und sie war weit davon entfernt, das zu tun, das kannst du mir glauben.«

Nun platzte Alasdair endgültig der Kragen. Er stellte sein Glas mit einem vernehmlichen Knall auf den Tisch. »Ich habe gehört, was du zu ihr gesagt hast, du verlogener Bastard«, antwortete er und ging drohend auf ihn zu. »Zuerst hast du Esmée ignoriert, und dann höre ich, dass du dich heimlich mit Contessa Bergonzi verabredest.«

»Ich will mit ihr reden, ja«, entgegnete Quin. »Wir haben einiges zu klären, sie und ich. Aber noch einmal – das geht dich nichts an.«

Alasdair packte ihn am Rockkragen. »Du bist mit einem guten und lieben Mädchen verlobt«, knurrte er und zog Quin vom Sofa hoch. »Und heute Abend hattest du nicht mal einen Blick für sie. Kränke sie noch einmal, tu ihr noch einmal weh oder bereite ihr auch nur den kleinsten Ärger, und ich werde dich töten, so wahr mir Gott helfe.«

»Jetzt gehst du aber eindeutig zu weit, Alasdair!«, mischte sich nun auch Merrick ein. Er stieß einen Laut des Unmuts aus. »Muss ich euch zwei Hohlköpfe daran erinnern, dass das Haus voller Gäste und Dienstboten ist?«

Quin scherte sich einen Pfifferling um seine Gäste und Dienstboten. Stattdessen wünschte er, Alasdair würde zuschlagen. Warum bis Chalk Farm warten? Er hatte den verzweifelten Wunsch, auf etwas einzuprügeln, und es wurde ihm zusehends gleichgültiger, wer oder was dieses Etwas war. Mit einem derben Stoß drängte er Alasdair zurück.

Alasdair drückte seine flache Hand auf Quins Brust. »Nenn mir deine Sekundanten, Bursche.«

Merrick sprang sofort auf und schob seinen Arm zwischen die beiden. »Um Gottes willen!«, mahnte er. »Alasdair, du führst dich auf wie ein flegelhafter Schuljunge.«

»Ja, das bin ich«, sagte Alasdair und versetzte Quin mit beiden

Händen einen kräftigen Schubs. »Und vielleicht schlage ich ihm gleich ein blaues Auge, damit ihm klar wird, wie ernst mir die Sache ist.«

Quins Nerven lagen jetzt blank. Er gab Alasdair den Stoß zurück. »Dann tu's doch, du starrsinniger Schotte!«, knurrte er. »Wenn du Esmée gewollt hast, warum zur Hölle hast du sie dann nicht geheiratet?«

Bei diesen Worten schien Alasdair sich endgültig zu vergessen. Er stieß Merrick zur Seite und hatte Quin an der Kehle gepackt, ehe der wusste, wie ihm geschah. Irgendwie riss Quin sich los, holte aus und schlug zu. Er traf Alasdair am Kinn; dessen Kopf wurde regelrecht in den Nacken geschleudert.

»Ihr verdammten Idioten!« Merrick versuchte noch immer, sie zu trennen.

Jetzt kochte Quins Wut endgültig über. Er holte noch einmal aus, so weit er konnte. Es war ein harter Aufwärtshaken, der Alasdair zum Wanken brachte. Er fiel gegen die hohe Rückenlehne eines Stuhles und ruderte haltsuchend mit den Armen. Blitzschnell griff Merrick nach einer Vase mit Tulpen, um sie vor ihm in Sicherheit zu bringen. Kaum war es Alasdair gelungen, sich aufzurichten, ging er von Neuem auf Quin los.

Es folgte ein weiterer Schlagabtausch, in dessen Verlauf es Alasdair irgendwie gelang, die Arme um Quins Taille zu schlingen und ihn zu Fall zu bringen. Der Faustkampf war zu einer wüsten Keilerei zwischen Schuljungen geworden, einschließlich einer Menge Gegrunze, Gehaue und Getrete. Wieder und wieder fielen sie übereinander her, verbissen sich ineinander wie toll gewordene Hunde im Streit um einen Knochen.

Irgendwie bekam Quin Alasdair am Kragen zu fassen und versuchte, ihm die Nase blutig zu schlagen, indem er seinen Kopf auf den Boden knallte. Alasdair reagierte mit einem gnadenlosen Zustoßen seines Knies, was der Auseinandersetzung über Quins Eheschließung fast ihrer Grundlage beraubt hätte.

Quin heulte vor Schmerz auf, und Alasdair kam mühsam auf die Beine.

»Du Hurensohn!« Quin packte seinen Widersacher am Knöchel und schaffte es, Alasdair einen Schuh auszuziehen. Alasdair hüpfte auf einem Bein weiter und versuchte, das Gleichgewicht zu halten, während Merrick zu lachen anfing und sich aufs Sofa fallen ließ. Er hielt noch immer die Vase mit den Tulpen in der Hand.

Quin sprang auf, schleuderte den Schuh ins Kaminfeuer und setzte Alasdair nach. Er drückte ihn rücklings gegen das Lesepult, das mitsamt Buch krachend umstürzte. Merrick, der vom Sofa aufgestanden war, stolperte über das Buch. Alasdair versuchte, diesen Augenblick zu nutzen, und versetzte Quin einen eher lahmen linken Haken auf dessen Ohr.

»Autsch, verdammt!«, rief der, gerade bevor Alasdair wieder auf ihn losgehen wollte, dieses Mal mit beiden Fäusten.

Endlich gelang es Merrick, seinen älteren Bruder zu erwischen und ihn von Quin wegzuziehen. »Genug, Gentlemen!«, befahl er. »Das ist doch erbärmlich. Quin, geh schlafen.«

»Nein.«

Merricks Augen blitzten. »Wenn ihr zwei euch zu Brei schlagen wollt, dann tut das von mir aus morgen«, sagte er streng. »Und tut es um Gottes willen irgendwo dort, wo die Dienstboten es nicht hören können.«

»Ich denke, wir sollten es sofort zu Ende bringen«, knurrte Alasdair.

»Oh ja! Und du bekundest deine angebliche Betroffenheit über Miss Hamiltons Wohlergehen!«, bemerkte Merrick sarkastisch. »Das ist typisch für dich, Alasdair! Dieser hässliche kleine Streit wird mehr Klatsch auslösen und ihr mehr schaden als irgendetwas, was Quin heute Abend getan hat.«

Alasdairs Gesicht wurde bei diesen Worten dunkelrot. Quins Streitlust verschwand. Merrick ließ seinen Bruder los. Alasdair zerrte an seinen Rockaufschlägen, als wollte er sie glatt streichen, aber er sah geschlagen aus.

»Ihr zwei zankt euch wie die Kinder, und es geht dabei um nichts als euren Stolz«, hielt Merrick den beiden vor. »Noch nie in meinem Leben habe ich eine so erbärmlich schwache Entschuldigung für einen Kampf zwischen zwei angeblich erwachsenen Männern gehört. Und ich frage mich, ob es einem von euch überhaupt um Miss Hamilton geht.«

Quin schämte sich plötzlich. Die schreckliche Wahrheit war, dass er nicht wegen Miss Hamilton gekämpft hatte. Genau genommen wusste er eigentlich gar nicht, auf *was* er eigentlich so wütend war. Auf das Pech? Auf den schlechten Zeitpunkt? Sicherlich hatte es nur wenig mit Alasdair zu tun.

»Du hast recht, Merrick«, lenkte er ein. »Alasdair, du warst ein absoluter Idiot heute Abend, aber ich kann durchaus zugeben, dass ich dich noch übertrumpft habe. Und deshalb entschuldige ich mich.«

»Entschuldigung angenommen«, knirschte Alasdair zwischen zusammengebissenen Zähnen hervor. »Und jetzt scher dich zum Teufel.«

Quin verbeugte sich steif. Guter Gott, sein Kinn schmerzte. »Gute Nacht, Gentlemen«, brachte er heraus. »Bitte fühlen Sie sich wie zu Hause.«

Merrick hatte die Tulpen zurückgestellt, das Lesepult wieder aufgerichtet und sein verwaistes Brandyglas wiedergefunden, das er jetzt in einem Zug leerte. »Ich denke, ich werde es dir gleichtun, alter Freund.« Er stellte das leere Glas auf die Anrichte. »Alasdair, ich schlage vor, du gehst auch schlafen. Keiner von euch ist heute Abend der passende Umgang für höfliche Gesellschaft.«

»Ich will noch einen Drink«, brummte sein Bruder.

Merrick schüttelte nur den Kopf und begleitete Quin schweigend die Treppe hinauf. Es schien nichts mehr zu sagen zu geben.

Dieser Tag war der zweitschlimmste in Quins Leben gewesen, und er war froh, dass er nun bald vorüber sein würde. Mit einem kurzen Gutenachtgruß an Merrick betrat er sein Schlafzimmer, zog sich aus und warf seine Kleider über einen Stuhl. Blevins konnte sich morgen darum kümmern.

Aber das elegante, zur Hälfte von einem Baldachin überspannte Bett sah sehr groß und sehr leer aus, als er die Decke zurückschlug. Er setzte sich auf die Bettkante und versuchte, sich vorzustellen, wie Esmée nackt dort lag und auf ihn wartete. Er versuchte, sich vorzustellen, wie es sein würde, sie zu lieben, diese junge Frau, die seine Ehefrau sein würde. Aber heute Abend schien das ein seltsam bizarrer Gedanke zu sein, fast so, als würde er versuchen, Sex mit einer zierlichen Porzellanpuppe zu haben. Vor wenigen Tagen noch hatte er fast so etwas wie Ungeduld empfunden, mit dem Mädchen ins Bett zu gehen. Aber heute Abend beim Essen war er kaum fähig gewesen, ihr in die Augen zu sehen. Was war geschehen?

Es war Viviana. Weil sie zurückgekommen war, und das zu einem höchst unpassenden Zeitpunkt. Es war der schale Geschmack, den ihr Auftauchen in seinem Mund hinterlassen hatte.

Nun, sie lebten in einem freien Land. Vielleicht hatte er überreagiert. Neun lange Jahre waren vergangen, und er war über die Bitterkeit hinaus. Warum hatte er verlangt, sie wiederzusehen? Was konnten sie denn nach all dieser Zeit noch zu bereden haben? Er hatte jedes Wort davon gemeint, als er gesagt hatte, er würde sie nicht haben wollen, selbst wenn sie auf den Knien zurückgekrochen käme.

Aber Viviana hatte nicht so ausgesehen, als wollte sie auf ihren Knien irgendwohin kriechen. Sie war so stolz und trotzig gewesen wie immer. Sicherlich sah sie nicht wie die Sorte Frau aus, die je irgendjemanden um irgendetwas bitten würde. Genau genommen hatte sie um das eine, das sie am meisten gewollt hatte – einen reichen Ehemann mit Adelstitel – niemals gebeten. Oh, sie hatte ihn gefragt, ob er sie heiraten wollte. Damals. Er hatte Nein gesagt, und das war das Ende der Beziehung gewesen. Viviana hatte umgehend ihr Vorrecht in Anspruch genommen, auf einer grüneren Wiese zu weiden. Und bei ihrem italienischen Grafen war in der Tat viel zu holen gewesen.

Zuerst war Quin wütend gewesen, das schon. Und schrecklich verletzt, und das tiefer, als er es jemals irgendjemandem gegenüber zugegeben hatte. Er hatte eine lange Zeit gebraucht, sich einzugestehen, dass Vivianas Entscheidung das Beste und Vernünftigste gewesen war. Es war Zeit gewesen, dass ihre Beziehung ein Ende fand. Er war zusehends unzufriedener mit seiner heimlichen Geliebten gewesen. Wobei das Wort *Geliebte* möglicherweise eine Übertreibung war. Die Wahrheit war: Er hatte Vivianas Miete gezahlt – nachdem er ihr keine Ruhe gelassen hatte, aus der Pension auszuziehen, in der sie wohnte. Sie war zwar respektabel, aber nach seinem Dafürhalten zu wenig privat gewesen. Und er hatte ihr Schmuck geschenkt, um den sie nie gebeten hatte; sie hatte ihn sofort wieder verkauft.

Er verstand jetzt, dass es nicht ganz dasselbe gewesen war wie sich eine erfahrene Kurtisane zu halten; das nämlich wäre eine weitaus kostspieligere Angelegenheit gewesen. Aber schließlich war er jung und dumm gewesen.

Ja, vielleicht hatte er heute Abend überreagiert. Sie wiederzusehen, in diesem kostbaren roten Seidenkleid, mit diesem schwarzen Kaschmirschal, der fast einladend immer wieder auf ihre Arme heruntergeglitten war – ja, all das hatte ihn im Bruchteil einer Sekunde um neun Jahre zurückversetzt.

Es war erstaunlich, wie wenig sie sich verändert hatte. Sie hatte sogar noch diese Rubinohrringe getragen. Auffallend hochgewachsen und betäubend sinnlich, hatte Viviana ihr rabenschwarzes Haar gewohnt schlicht frisiert. Ihre Haltung war, wie immer, von königlicher Anmut gewesen. Aber ihr Gesicht … Irgendetwas daran hatte sich verändert. Es hatte nur eine Spur weniger Eleganz als damals besessen, aber dafür umso mehr Stärke.

In der Vergangenheit hatte Viviana ihn immer an eine Renaissance-Madonna erinnert, an das zum Leben erwachte Meisterwerk eines Künstlers. Mit intensiven Farben, und dennoch klar und erhaben. Über seine Berührung oder die eines anderen. Aber all das war eine Illusion gewesen. Jeder mit genügend Geld konnte Viviana berühren. Wenn ihre Affäre mit Quin das vielleicht nicht bewies, so tat ihre Heirat mit Conte Gianpiero Bergonzi di Vicenza das auf jeden Fall. Bergonzi war ein Mann, der für seinen Reichtum und seinen Einfluss und seine Verehrung der schönen Dinge berühmt war – aber niemals für seine Mildtätigkeit. Vielleicht hatten er und Viviana einander verdient.

Oder vielleicht hatte sie ihre Wahl bereut.

Einen Moment lang dachte er darüber nach. Hatte Viviana ihren Ehemann geliebt? Hatte er sie zurück nach Venedig gelockt, um mit ihm zusammen zu sein? Oder hatte Quin sie einfach vertrieben? Nun gut. Er würde es nie erfahren. Denn er würde sie gewiss nicht danach fragen – so sehr diese Frage auch an ihm nagte. Und plötzlich fühlte sich Quin von all dem so niedergedrückt, dass er die Augen schloss und leise fluchte.

Die Kutschfahrt zurück zu Lord Chesleys Landhaus verlief ruhig. Die Gentlemen unterhielten sich über das Guadagnini-Cello. Musikalisch gesehen schätzte Viviana das Cello als Instrument nicht besonders, deshalb saß sie still in ihrer Ecke, schaute auf die vom Mond beschienene Landschaft. Und sie dachte dabei über das nach, was Quin Hewitt gefordert hatte. Natürlich hätte sie es ihm verweigern können. Sie hatte keine Angst vor ihm. Eigentlich nicht. Das Problem war, dass die Neugier über ihre Vernunft gesiegt hatte.

»Chesley«, eröffnete sie das Gespräch erneut, »ich würde morgen gern ausreiten.«

»Tu das, meine Liebe!«

Lord Digleby strahlte Viviana an. »Ich werde Sie begleiten, Contessa! Ich liebe einen Ausritt in der frischen Herbstluft.«

Viviana versuchte, dankbar auszusehen. »*Grazie*, Lord Digleby, aber ich möchte sehr früh los«, sagte sie. »Ich will den Sonnenaufgang sehen und möchte Sie auf keinen Fall so früh behelligen.«

Lord Digleby sah nicht wie ein Mann aus, der vor dem Morgengrauen aufstand. »Dann ein andermal?«, schlug er vor und hob die Hand vor den Mund, um ein Gähnen zu unterdrücken. »Ich brauche meinen Schlaf, denn Ihr Vater und ich wollen morgen ernsthaft mit der Arbeit an *Nel Pomeriggio* beginnen.«

»Und die Oper steht auf jeden Fall an erster Stelle«, stimmte Viviana zu und wandte sich dann an ihren Gastgeber. »Chesley, ich würde gern in den kleinen Wald östlich vom Haus reiten. Habe ich es richtig verstanden, dass es dort einen Feldweg gibt?«

»Wie wollen Sie denn zwischen all den Bäumen den Sonnenaufgang sehen, Contessa?«, fragte Digleby unschuldig.

Viviana lächelte angespannt. »Zuerst werde ich den Sonnenaufgang betrachten, und dann werde ich in den Wald reiten.«

»Dort gibt es überall Feldwege, meine Liebe«, erklärte Chesley mit einem vagen Handwedeln. »Meide einfach den Pfad, der nach Norden führt, sonst bist du bereits auf halbem Wege nach Wendover, ehe du auf eine Menschenseele triffst. Bitte am besten einen der Pferdeknechte, dir den Weg zu zeigen.«

Im Haus angekommen, küsste Viviana ihren Vater und verabschiedete sich von den Gentlemen, die sich mit einer Flasche *porto* in den Salon zurückgezogen hatten. Wie immer hatte Cerelia ihre Bettdecken von sich geworfen und lag zu einem kleinen Knäuel fest zusammengerollt. Nachdem sie leise um das

Bett gegangen war, schüttelte Viviana die Decken auf und legte sie behutsam zurück. Als sie sich über das Kind beugte, um die Decke festzustopfen, fiel ihr Blick auf das leichte Funkeln von Metall. Mit einem reuevollen Lächeln schob sie die goldene Kette zur Seite. Cerelia rührte sich nicht. Viviana steckte die Kette in ihre Tasche und legte den Handrücken an die Wange des Mädchens.

Sie war so warm, so weich! Cerelia war ein so wunderbares Kind, und Viviana liebte sie über alles. Nein, das stimmte so nicht: Sie liebte alle ihre Kinder mit derselben Intensität. Und doch war Cerelia etwas Besonderes für sie, auf eine Weise, die sie nicht erklären konnte – nicht einmal sich selbst.

Sie fragte sich, ob sie einen Fehler gemacht hatte, als sie das Kind nach England gebracht hatte. Die Entscheidung hatte ihr Herz zerrissen: Sollte sie mit ihren Kindern in Venedig bleiben und ihren Vater die Reise nach England allein machen lassen? Oder sollte sie die Kinder in der Obhut von Dienstboten zurücklassen, während sie ihren Vater auf seiner Reise begleitete? Keine der Möglichkeiten war akzeptabel gewesen. Und so war Viviana einen Kompromiss eingegangen, so, wie sie es schon ihr ganzes Leben lang getan hatte.

Sie fragte sich, wie lange es dauern würde, bis die Kinder vom englischen Landleben gelangweilt sein würden. Im Moment waren die Gärten und die umliegenden Wälder neu und aufregend. Aber bald würden sie sich ohne Zweifel in ihre vertraute Umgebung zurückwünschen, und sie würden Spielkameraden vermissen. Lady Alice Melville und ihre Kinder würden sie vermutlich nicht besuchen kommen. Quin würde das sicherlich unterbinden. Vermutlich war er der Meinung, dass die Kinder einer italienischen Opernsängerin nicht der passende Umgang für seine feine englische Familie waren.

Spontan ging Viviana durch das Zimmer und küsste jedes der Kinder auf die Wange. Nicolo hatte wieder seinen Daumen im

Mund. Sanft zog sie ihn heraus. Der Junge schlief weiter. Felise bewegte sich leicht, wachte aber nicht auf. Sie waren wunderschön, ihre Kinder. Und jeder, der in ihrer Hörweite etwas anderes sagte, ging ein Risiko ein.

»*Buona notte*, meine Lieblinge«, flüsterte sie und zog die Tür hinter sich zu.

In ihrem Schlafzimmer klingelte Viviana nicht nach ihrer Zofe. Nachdem sie Cerelias Halskette an einem sicheren Ort verwahrt hatte, schürte sie das Feuer und zündete die Kerzen im Kerzenständer auf dem Kaminsims an. Dann entkleidete sie sich langsam vor dem goldgerahmten Spiegel und ließ ihre Kleider achtlos auf den Boden fallen. Sie beobachtete ihren Körper, während sie sich auszog. Es war lange her, seit sie sich nackt betrachtet hatte. Es war ihr nicht wichtig gewesen. Und sie wusste nicht, warum sie plötzlich den Wunsch hatte, es jetzt zu tun.

Als schließlich das letzte Kleidungsstück fiel, stand Viviana nur noch in ihren schwarzen Seidenstrümpfen da. Langsam ließ sie den Blick an ihrem Körper nach oben wandern. Seit Gianpieros Tod hatte kein Mann sie so gesehen. In den letzten sechs Jahren ihrer Ehe waren sie mehr oder weniger getrennt gewesen: zwei Menschen, die unter einem Dach jeder ein eigenes Leben lebten. Aber wie sehr sie ihn auch angefleht hatte – Gianpiero hatte sich geweigert, sie gehen zu lassen. Er hatte einen Sohn verlangt, einen Erben. Vermutlich war sie ihm das schuldig gewesen. Und so hatte sie es ertragen, wenn er im Dunklen in ihr Bett gekommen war und seinen Körper gewaltsam mit ihrem vereint hatte. Sie hatte auch andere Dinge ertragen, Dinge, an die sie sich lieber nicht erinnerte. Vielleicht war es das, was sie verdiente. Vielleicht war das der Preis, den man zahlen musste, wenn man einen Mann heiratete, den man nicht liebte. Den man nicht lieben *konnte.*

Ruhig, fast unbeteiligt, legte Viviana die Hände unter ihre Brüste und hob sie ein wenig an, während sie sich im Spiegel betrachtete. Ganz gewiss hatten die Jahre sie verändert. Aber sie war noch immer eine sehr schöne Frau. Oder war sie es nicht? Zahllose Männer hatten es ihr gesagt. Aber wenn man reich war, konnte man sich der Aufrichtigkeit von Komplimenten nie sicher sein. Seit Gianpieros Tod hatte sie mehr Anträge bekommen, als sie zählen konnte. Einige ehrenhafte von ihnen schienen sogar aufrichtig gemeint gewesen zu sein. Der von Gaspard war lediglich der bis jetzt letzte gewesen.

Nackt und im Kerzenlicht war die Wahrheit für Viviana deutlich zu sehen. Sie war dreiunddreißig Jahre alt. Sie hatte drei Kinder geboren. Und das sah man. Ja, sie war noch immer eine schöne Frau. Aber sie würde nie mehr die Frau sein, die sie vor neun Jahren gewesen war. Viviana wandte sich vom Spiegel ab, nahm ihr Nachthemd vom Stuhl und zog es rasch an. Sie wollte die Spuren, die die Zeit bei ihr hinterlassen hatte, nicht länger betrachten.

Sie ging zum Frisiertisch und schenkte sich ein halbes Glas Barolo aus der Flasche ein, die sie immer bereithielt. Nach kurzem Überlegen füllte sie das Glas bis zum Rand. Langsam nippte sie daran und dachte dabei an die Ereignisse des Abends zurück. Es war fast Erlösung gewesen, Quin Hewitt heute Abend zu sehen, nachdem der erste Schock verklungen war. Sie hatte ihre kleine Auseinandersetzung genossen, auch wenn sie nicht willens war, das zuzugeben. Sie hatten immer leidenschaftlich gestritten – und sich ebenso leidenschaftlich geliebt. Aber er gehörte in die Vergangenheit. Der heutige Abend hatte sie schmerzlich daran erinnert. Aber was sollte ihr das schon ausmachen? Sie war nicht mehr die unbesonnene, romantische junge Frau.

In den Jahren nach der Trennung von Quin hatte sich ihr ganzes Leben verändert. Viviana hatte in die Spitze der venezianischen Gesellschaft eingeheiratet. Sie hatte drei wundervolle Kinder geboren. Sie hatte die Hälfte der Könige Europas mit ihrer Stimme und ihrer Leidenschaft zu Tränen gerührt – mit der Leidenschaft, mit der sie einmal geliebt hatte. Und sie hatte nur zu gut gelernt, dass die Oper ein besserer und weitaus ungefährlicherer Weg war, diese Art von ungezügelten Gefühlen auszuleben.

Und jetzt wünschte der mächtige Lord Wynwood mit ihr zu sprechen. Nun, sie würde morgen früh um acht in seinem Arbeitszimmer erscheinen, genau, wie er es verlangt hatte. Nicht, weil sie Angst vor ihm hatte – sie hatte keine Angst. Aber sie war neugierig. Sie glaubte nicht, dass Quin ihrem Vater eine der hässlichen Wahrheiten sagen würde, so wie er es angedroht hatte. Er würde schon bald erkennen, dass Viviana ihm nichts Böses wollte. Genau genommen würde er bald vergessen, dass sie in der Nähe war. Denn sie würde alles tun, ihm aus dem Weg zu gehen – nachdem sie ihre Neugier in dieser einen Sache befriedigt hatte.

Das Weinglas in der Hand legte sich Viviana in ihr Bett und dachte wieder über Quins Vorwurf nach. Er glaubte, dass sie ihr Zusammentreffen heute Abend geplant hatte. Er irrte sich – wenn vielleicht auch nicht völlig. Es ärgerte sie, sich die Wahrheit einzugestehen. Aber unbewusst musste sie gehofft haben, ihn zu sehen, oder zumindest etwas über ihn zu hören. Es gab keine andere Antwort, wenn sie ehrlich mit sich selbst war. Sie hatte einen ganzen Tag Zeit gehabt, Chesley danach zu fragen, welche seiner Schwestern sie besuchen würden. Aber sie hatte es nicht getan. Chesley hätte sie ohne Frage sofort von ihrer Verpflichtung entbunden, wenn sie es gewünscht hätte. Oder sie hätte im letzten Moment Kopfschmerzen vorschützen können.

Stattdessen hatte sie etwas erfahren, was sie lieber nicht erfahren hätte. Dass ihre alte Liebe – ihre einzige Liebe – frisch verlobt war, und das mit einem Mädchen, das mindestens ein Dutzend Jahre jünger als Viviana war. Ein reizendes junges Ding, frisch vom Lande, genau, wie er immer gesagt hatte. Eine Erbin, die Perlen im Haar trug. Eine zarte, hübsche Kindsbraut, deren Brüste noch fest und hoch waren und deren Bauch nicht die Spuren mehrerer Schwangerschaften trug.

Es war zu viel, daran zu denken. Viviana trank ihr Glas leer, stellte es auf den Nachttisch und versuchte, nicht aufzuschluchzen. Es war niederschmetternd, all diese fürchterlichen, fürchterlichen Gefühle zu empfinden. Sie hatte von sich mehr Würde und mehr Stolz erwartet. Warum? Und, *per amor di Dio*, warum jetzt? Noch nie hatte Viviana um ihre verlorene Jugend getrauert. Doch jetzt wollte sie am liebsten um sie weinen.

Kapitel 6

In dem Contessa Bergonzi mit der Peitsche zuschlägt

Gleich nach Anbruch der Morgendämmerung ging Quin ins Frühstückszimmer und hoffte verzweifelt darauf, eine Tasse Kaffee zu bekommen, ohne dabei jemandem über den Weg zu laufen. Letzteres wurde ihm versagt. Denn er stieß dort auf Tante Charlotte, die wie ein kleiner Vogel herumschwirrte und jede Schüssel inspizierte, die die Dienstboten hereintrugen.

»Guten Morgen, Quin«, zwitscherte sie. »Die Eier sind genau so, wie du sie magst. Leistest du mir Gesellschaft?«

Quin war schon zur Kaffeekanne gegangen. »Nein, Ma'am, vielen Dank! Ich habe in meinem Arbeitszimmer zu tun. Ich werde mir nur eine Tasse Kaffee mitnehmen.«

Tante Charlottes kleine dunkle Augen funkelten. »Ja, du wünschst gewiss, den Tag mit deiner Miss Hamilton zu verbringen, nicht wahr?«, vermutete sie. »Sie ist ein reizendes Mädchen, mein Junge. Deine Mum ist vor Freude ganz außer sich. Natürlich habe ich Gwendolyn im Laufe der Jahre mehr als einmal gesagt, dass du schon das Richtige tun wirst, wenn die Zeit kommt.«

Quin stellte seine Tasse auf einen Unterteller und versuchte zu lächeln. »Ich bin froh, dass ich Sie nicht enttäuscht habe, Ma'am«, sagte er. »Schließlich habe ich meine Mutter während der letzten beiden Jahrzehnte mit einer beängstigenden Regelmäßigkeit enttäuscht. Und jetzt entschuldigen Sie mich bitte, die Pflicht ruft.«

Es war ein langer Weg in den ältesten Flügel des Hauses, in dem sein Arbeitszimmer lag. Quin öffnete die Tür, die geräuschlos in ihren Angeln aufschwang, stellte seine Tasse auf den Schreibtisch und ging zur Terrassentür, die zu den hinter dem

Haus gelegenen Gärten führte. Die Dienstboten waren noch nicht hier gewesen, um das Feuer anzuzünden und die Vorhänge zu öffnen. Seine Mutter hatte ihnen vermutlich gesagt, dass heute Morgen alle ein wenig länger zu schlafen wünschten. Eine Schande, dass er das nicht auch tun konnte. Doch seit er Viviana gesehen hatte, war ihm klar gewesen, dass der Schlaf ihn meiden würde. Und wenn er leiden musste, bei Gott, dann sollte *sie* das auch. In der Vergangenheit war sie erst kurz vor Mittag aufgestanden, und er bezweifelte sehr, dass sich das geändert hatte.

Mit Schwung zog er die Vorhänge zur Seite, um den heraufziehenden Tag zu enthüllen. Die Gärten nahmen im Morgengrau schon Kontur an. Er konnte den geschätzten Rosengarten seiner Mutter erkennen, der braun und schlafend dalag, und dahinter den Irrgarten, der sich wie ein fahler grüner Schatten erhob. Der Himmel färbte sich rot, am Horizont leuchtete darunter ein helles Rosa. Der Halbmond, den Quin beim Aufstehen noch hatte sehen können, war verschwunden, und jenseits der Gärten ragte der Wald auf, der noch in dunkle Schatten gehüllt war.

Er stand am Fenster, hielt die warme Kaffeetasse in der Hand, während die Kälte des Zimmers sein Gesicht umschloss. Er atmete tief ein. Dieses Treffen hatte wirklich nur ein Narr verlangen können, das war ihm jetzt klar. Halb hoffte er, Viviana würde nicht kommen.

Doch sie würde kommen. Nicht, weil sie sich vor ihm fürchtete, sondern weil sie stolz und dickköpfig war und manchmal sogar leichtsinnig. Und sie würde, so vermutete er, durch den Wald kommen. Jemand würde ihr doch sicherlich die Abkürzung zeigen? Zu dieser Stunde würde es im Wald noch dämmerig sein, aber der Weg wäre durchaus zu finden. Er war gut markiert. Zu Fuß brauchte man eine knappe halbe Stunde. Aber Chesley unterhielt einen guten Stall. Vielleicht würde Viviana nach Arlington Park reiten. *Konnte* sie reiten?

Es kam ihm seltsam vor, dass er das nicht wusste. Es hatte eine Zeit gegeben, in der er geglaubt hatte, alles über Viviana zu wissen, was man nur wissen konnte. Aber diese Überzeugung war dem Selbstbewusstsein eines jungen Mannes entsprungen, war aus Arroganz und Naivität geboren gewesen. In Wahrheit hatte er sie gar nicht richtig gekannt, abgesehen von der Schönheit ihres Körpers und dem Geschmack ihrer Lippen, wenn er sie geküsst hatte.

Jetzt sah er sie. Sie hatte ihr Pferd am Waldrand angebunden, vermutete er. Sie ging langsam durch das Gras, eine Reitpeitsche in der behandschuhten Hand. Ein eckiger, fast männlich anmutender Hut saß seitlich auf ihrem Haar, so, wie sie es schon immer bevorzugt hatte. Auch ihr Reitkostüm war so schlicht, dass es fast maskulin wirkte; ein Rock und eine Jacke, eng anliegend, und ohne die fast komisch anmutenden vollen Ärmel, die bei englischen Ladys zurzeit so beliebt waren. Sie machte sich nicht die Mühe, ihre Röcke mit einer Hand anzuheben, sondern ließ sie durch das trockene, staubige Gras schleifen.

Sie klopfte auch nicht an. Stattdessen öffnete sie einfach die Tür und betrat das Zimmer. »*Buon giorno*, Quinten«, sagte sie mit ihrer vollen, kehligen Stimme. »Ich bin gekommen. Was willst du von mir?«

Plötzlich wallte der Zorn wieder in ihm auf, aufgestachelt von ihrer dunklen Schönheit und ihrer arroganten Verächtlichkeit. »Ich will die Wahrheit wissen, Viviana.« Seine Stimme klang kalt. »Ich will wissen, warum du hier bist.«

Sie zog eine kühn geschwungene Augenbraue hoch und sah ihn an, als stünde sie einem Einfaltspinsel gegenüber. »Ich bin *hier*, weil du mich gebeten hast zu kommen«, entgegnete sie. »Ich bin in England, weil Lord Chesley es wünscht. Und ich bin in diesem Dorf, weil ich keine Ahnung hatte, dass dein Besitz gleich nebenan liegt. Das kannst du glauben oder nicht, ganz wie du willst.«

»Warum?«, fragte er herausfordernd. »Was will Chesley von dir?«

Viviana schürzte für einen Moment die Lippen. »Ich glaube nicht, Quin, dass ich dir das erklären muss«, antwortete sie. »Aber um der alten Zeiten willen sage ich dir, dass Chesley eine Oper in Auftrag gegeben hat, eine große Belcanto-Oper, und er hat meinen Vater um Unterstützung gebeten.«

»Ah ja!«, spottete Quin. »Der große Komponist, Umberto Alessandri, und seine liebedienerische Tochter. Es ist überaus dreist von dir, nach England zurückzukommen, Viviana.«

Die Ohrfeige, die sie ihm mit dem Handrücken versetzte, traf ihn direkt auf die Wange, aber Quin zuckte mit keiner Wimper. »Sag mir eines, Viviana«, sagte er rau. »Weiß dein geliebter *Papà* über uns Bescheid? Weiß er, was du für mich warst?«

Endlich sah er pure Wut über ihr Gesicht huschen. *»Bastardo!«*, keuchte sie. »Mein *Papà* weiß, was er wissen muss. Und wenn du dich dadurch rächen willst, ihm ein Wort mehr zu sagen, Quinten, dann werde ich dich mit meinen bloßen Händen umbringen, das schwöre ich bei Gott!«

Nachdem sie das gesagt hatte, wandte sie sich ab und riss die Tür auf.

Doch Quin packte sie und zerrte sie zum Schreibtisch. »Du hast mir noch nicht erklärt, warum du hier bist, Viviana«, zischte er. »Du bist Sängerin, meine Liebe, keine Komponistin. Hältst du mich für so dumm, dass ich den Unterschied nicht wüsste?«

»Ich bin hergekommen, weil mein Vater mich braucht«, erwiderte sie. »Dein Onkel hat uns um einen Gefallen gebeten, und wir haben ihm diesen gern getan. Gott weiß, dass ich ihm viel schulde.«

Er legte die Hände grob auf ihre Schultern und sah Viviana unverwandt an. »Meine Verlobung hat nichts damit zu tun?« Er schüttelte sie leicht. »Sag mir die Wahrheit, Viviana! Ich habe das Recht, es zu wissen.«

Sie sah ihn verächtlich an. »*Per amor di Dio*, Quinten, wie sollte ich denn von dieser Verlobung gewusst haben?«, fauchte sie. »Welche Bedeutung sollte sie für mich haben? Ich fürchte, du nimmst dich zu wichtig, wenn du dir einbildest, ich hätte in den vergangenen Jahren auch nur einen Gedanken an dich verschwendet.«

Der Spott in ihrer Stimme war zu viel. Quin fühlte sich, als explodierte in seinem Kopf ein Pulverfass voller Emotionen. Und dann, irgendwie, presste er seinen Mund auf den ihren. Viviana versuchte, ihn an den Schultern zurückzustoßen, aber die Realität wirbelte davon, und es gab nur noch seine Enttäuschung, pure, körperlich spürbare Enttäuschung. Er atmete ihren Geruch ein, fremd und doch noch so vertraut, und drängte sie gegen den Schreibtisch.

Viviana machte eine Bewegung, als wollte sie ihn treten, aber er drückte sie auf den Schreibtisch nieder und hielt sie an den Handgelenken fest. Es war, als hätte der Wahnsinn ihn gepackt und würde ihn zwingen, sie zu küssen, besitzergreifend und hart.

Sie lag zitternd unter ihm, und einen flüchtigen Moment lang fühlte es sich an, als wollte sie nachgeben. Quin eroberte ihren Mund, und er spürte, wie die Lust ihn mitriss, ihm den Atem raubte und das Blut in seinen Adern zum Rauschen brachte. Er fühlte sich, als würde er in ihr ertrinken. Als wäre er süchtig nach ihr. Alle Sinne erwachten schlagartig wieder zum Leben. Aber Viviana versteifte sich unter ihm, und dann biss sie ihm auf die Lippe. Der Schmerz brachte Quin zurück in die Wirklichkeit.

Mit einem letzten verzweifelten Ruck wandte sie den Kopf ab. »*Fa schifo!*«, fauchte sie, zog ihr Knie an, als wolle sie ihn ernsthaft verletzen. »*Sporco!* Runter von mir, du verdammtes englisches Schwein!«

Mit einem unterdrückten Fluch erhob Wynwood sich. Zu spät! Viviana hatte schon ausgeholt und schlug ihm mit ihrer Reitpeitsche hart ins Gesicht.

Plötzlich war ein fürchterliches Poltern zu hören. Ein kurzer, schriller Schrei. Quin wandte sich um und sah, dass Tante Charlotte auf der Türschwelle lag, mit geschlossenen Augen. Esmée stand in der Tür, die Hand auf den Mund gepresst. Zwei Hausmädchen drängten sich hinter ihr, mit weit aufgerissenen Augen.

Alles geschah wie hinter einem Schleier. Viviana stieß Quin weg. Als sie zu der am Boden liegenden Charlotte lief, stolperte sie über ihren Rocksaum. Esmée ließ sich auf die Knie fallen; alles Blut war ihr aus dem Gesicht gewichen.

Er wollte auf sie zugehen, aber Vivianas Worte hinderten ihn daran. »Quin, du Idiot!«, schrie sie und strich Charlotte das Haar aus dem Gesicht. »*Basta! Basta!* Jetzt hast du deine Tante getötet!«

Esmée legte die Fingerspitzen an die Kehle der alten Frau. »Ihr Puls ist schwach«, sagte sie. »Aber sie ist nicht tot.«

Quin stand nur da, vor Schreck wie erstarrt. Großer Gott, was hatte er getan?

Esmée schaute über die Schulter die gaffenden Hausmädchen an. »Schließen Sie die Tür«, befahl sie. »Wynwood, schicken Sie jemanden los, einen Arzt zu holen. Um Gottes willen, beeilen Sie sich!«

Quin war schon halb aus der Tür, als Tante Charlotte einen mitleiderregenden Ton ausstieß. »Kein … kein Arzt«, brachte sie heraus.

»Oh, *poveretta!*«, murmelte Viviana, die noch immer das Gesicht der alten Frau streichelte. »Oh, *non ci credo!*«

Sie wirkte zutiefst entsetzt. Quin erwachte aus seiner Erstarrung. Er stieß die Hausmädchen zur Seite und lief in die Eingangshalle. Lieber Gott! Sein Leben war vorbei. Seine Dienstboten hatten vermutlich alles mit angesehen. Esmée würde ihn hassen; Viviana tat es bereits. Und jetzt hatte er auch noch Tante Charlotte getötet.

Quin verbrachte die folgende halbe Stunde in einem Aufruhr der Gefühle, während er im Salon seiner Mutter hin und her ging und sich darauf gefasst machte, dass das Schlimmste passieren könnte. Die Diener hatten seine Großtante in die Suite seiner Mutter getragen, weil diese am nächsten lag, und dort hatte sich nun nach und nach die unmittelbare Familie eingefunden. Alle sprachen nur im Flüsterton, alle sahen entsetzt aus. Die Aura des Todes schien sie alle zu umgeben, und Quin wusste, dass er daran schuld war.

Aber Tante Charlotte war, wie sich herausstellte, aus sehr solidem Holz geschnitzt.

»Es ist nichts gebrochen«, verkündete Dr. Gould, als er endlich aus dem Krankenzimmer kam. »Ihr Puls ist noch sehr unregelmäßig, aber das ist er ja schon seit ungefähr zehn Jahren. Ich wünsche, dass sie einen Tag lang das Bett hütet und ihr gewohntes Herztonikum nimmt. Morgen wird sie wieder ganz die Alte sein und kann nach Hause zurückkehren, hoffe ich.«

Quin sackte vor Erleichterung in sich zusammen.

»Oh, Gott sei Dank!« Seine Mutter presste ein zerdrücktes Taschentuch an ihre Brust. »Oh, ich habe schon das Schlimmste befürchtet!«

Quins ältere Tanten und Onkel begannen, Charlottes zahlreiche Krankheiten aufzuzählen, einschließlich der ihr ganzes Leben lang vorhandenen Neigung, beim Anblick von Blut in Ohnmacht zu fallen – und Blut war geflossen, als Viviana brutal mit der Peitsche zugeschlagen hatte. Instinktiv strich Quin sich mit dem Finger über die Wunde auf seiner Wange. Jetzt bemerkte er auch seine Schwester Alice, die ihn finster anstarrte und ihr Taschentuch verdrehte und verknotete.

»Helen, erinnerst du dich noch daran, wie Charlotte ohnmächtig wurde und aus der Kutsche gefallen ist, nachdem wir ein Eichhörnchen überfahren hatten?«, redete einer seiner Onkel weiter.

»Oh, Himmel, ja!«, erwiderte Großtante Helen. »Sie musste mit sechs Stichen genäht werden!«

Plötzlich räusperte sich Esmée. »Auch heute war es ein schrecklicher Unfall«, bemerkte sie mit klarer, tragender Stimme. »Wirklich, Wynwood, Sie sollten sich nicht auf diese Weise an jemanden heranschleichen. Die Contessa hat instinktiv reagiert; jeder andere hätte das Gleiche getan.«

Im Salon herrschte einen Moment lang Schweigen. Über ihr Taschentuch hinweg sah Lady Wynwood Esmée seltsam an. »Ja, ein schrecklicher Unfall«, echote sie schließlich. »Wir können von Glück sagen, dass Großtante Charlotte sich nicht die Hüfte gebrochen hat, Quin. Pass das nächste Mal besser auf!«

»Es tut mir leid«, sagte er wohl zum zehnten Mal. »Es tut mir so verdammt leid.«

»Nun, ich gehe dann wohl wieder«, ließ sich jetzt der Arzt vernehmen. »Ich werde morgen wieder nach Lady Charlotte sehen, für alle Fälle. Sie wird schließlich nicht jünger, nicht wahr?«

Quin bemerkte kaum, dass die Mitglieder seiner Familie nach und nach den Salon verließen. Seine Mutter sah ihn noch immer aufmerksam an. Eine unausgesprochene Frage stand in ihren Augen geschrieben, und ihr Gesicht trug einen verletzten Ausdruck. Die Gerüchte machten also schon die Runde. Die Hausmädchen hatten mit Sicherheit etwas gesehen – und das, was sie nicht gesehen hatten, hatte ihre Fantasie höchstwahrscheinlich dazugedichtet. Seine Mutter würde ihn auch dafür zurechtweisen.

Nun, sie konnte kaum etwas Schlimmeres tun als das, was er sich selbst anzutun wünschte.

Aber er blieb vom Zorn seiner Mutter verschont, zumindest für den Moment. Denn Alice, Gott segne sie, führte sie aus dem Zimmer und murmelte dabei etwas davon, vor dem Frühstück noch nach den Kindern sehen zu wollen.

Er wandte sich zum Fenster und starrte hinaus, schaute über den Irrgarten auf die Bäume. Es war dieselbe Aussicht wie heute Morgen, als er darauf gewartet hatte, dass Viviana kommen würde. *Viviana*. Guter Gott, was hatte er getan? Was hatte er sich nur dabei gedacht? Diese verdammte Frau trieb ihn noch immer zum Wahnsinn!

Aber sie war nicht nach England gekommen, um ihn zu quälen. In der Tat hätte er ihr nicht gleichgültiger sein können, und Quin wusste nicht, welcher Gedanke ihn wütender machte.

Sie war heute Morgen aus dem Arbeitszimmer verschwunden, kaum dass er mit den beiden Dienern zurückgekommen war. Sie hatte noch einen mitfühlenden Blick auf Tante Charlotte geworfen und war dann gegangen. Quin hatte sie keines Blickes mehr gewürdigt.

Plötzlich legte sich ihm eine Hand auf die Schulter und holte ihn zurück in die Gegenwart. Quins Kopf fuhr herum, und er sah Esmée neben sich stehen. Guter Gott, er hatte nicht bemerkt, dass sie sich den anderen nicht angeschlossen hatte und im Salon geblieben war. Ohne Zweifel hatte Alice seine Mutter deswegen aus dem Zimmer geführt. Nicht ihr Mitgefühl für Quin hatte sie dazu veranlasst; es war ihr Mitgefühl für die Frau, die er so öffentlich gedemütigt hatte. Das Gerede war inzwischen wohl schon bis ins Dorf vorgedrungen.

Aber Esmée sah überraschend gefasst aus. »Ich fürchte, es wird Klatsch geben, Mylord«, sagte sie, als könnte sie seine Gedanken lesen. »Aber vielleicht können wir ihm entgegenwirken. Wir müssen weiterhin diese Geschichte aufrechterhalten – dass es ein dummer Unfall war.«

Er wandte den Blick wieder zum Fenster, unfähig, Esmée in die Augen zu sehen. »Esmée, ich kann es erklären.«

»Nein, tun Sie das nicht«, unterbrach sie ihn rasch. »Ich würde lieber nicht darüber sprechen.«

»Ich kann es Ihnen nicht verdenken«, seufzte er. »Ich bin ein solcher Narr – und schlimmer noch, ich habe Sie gedemütigt. Können Sie mir je vergeben?«

»Es ist keine Frage meiner Vergebung«, erwiderte sie ruhig.

»Wenn Sie das denken, meine Liebe, dann sind auch Sie eine Närrin.«

Esmée holte tief Luft. »Ich sollte erklären, Wynwood, dass ich Sie heute Morgen gesucht habe, um Ihnen zu sagen ... um Ihnen zu sagen, dass ich Sie nicht heiraten kann«, sprach sie weiter. »Ich habe einen schlimmen Fehler gemacht, als ich Ihren Antrag angenommen habe. Ich entschuldige mich dafür.«

»Ich bin nicht überrascht, dass Sie die Verlobung jetzt auflösen.« Er lachte bitter auf. »Was für eine Demütigung! Und ich glaube, ich bin derjenige, der um Verzeihung bitten muss.«

»Sie hören nicht zu, Mylord«, erwiderte Esmée mit fester Stimme. »Ich war gekommen, Ihnen zu sagen, dass ich die Verlobung aufzulösen wünsche. Es tut mir leid, dass ich Sie unterbrochen habe, als Sie ... nun, was immer es war, was Sie gerade taten –«

»Mein Leben ruiniert«, warf er ein. »Das war es, was ich getan habe.«

Esmée zuckte mit den Schultern. »Auf jeden Fall hatte es nichts mit meiner Entscheidung zu tun. Ich werde Ihrer Mutter das Gleiche sagen. Ich möchte nicht, dass sie denkt, Sie wären verantwortlich für meine Entscheidung.«

Es schien, als hätte Esmée gestern Abend durchaus seine Unaufmerksamkeit bemerkt. Verdammt, hatte Alasdair etwa recht gehabt? Es war nicht seine Absicht gewesen, das Mädchen so sehr zu verletzen. »Ich werde heute Nachmittag eine Mitteilung an die *Times* schicken.« Er strich sich mit einer Hand durch das wirre Haar. »Niemand wird überrascht sein. Meine Liebe, es tut mir leid, dass es so schlimm endet.«

»Es soll Ihnen nicht leid tun«, widersprach sie. »Glauben Sie mir, ich hätte niemals Ja sagen dürfen. Heute Nacht ist etwas … etwas geschehen, was mich davon überzeugt hat.«

Ja, er hatte sie ignoriert. Das war es, was geschehen war. Der Anblick Vivianas hatte seinen Verstand ausgeschaltet. Quin war sich kaum bewusst, dass er wieder begonnen hatte, hin und her zu gehen.

»Ich habe es für eine gute Verbindung gehalten, Esmée.« Er klang resigniert. »Ich habe mir eingeredet, wir könnten etwas Gutes daraus machen, Sie und ich. Ich war ein Narr, mir einzubilden, ich könnte – oder würde – jemals … Oh, verdammt, warum habe ich nicht einfach auf Alasdair gehört?«

»Auf Alasdair?«

»Er hat mir von Anfang an gesagt, dass ich nicht gut genug für Sie bin«, offenbarte Quin. »Und ich wusste, dass er recht hatte. Ich dachte, vielleicht könnten Sie einen besseren Menschen aus mir machen. Aber das funktioniert nicht, nicht wahr? Sogar Alasdair kann das sehen. Gestern Abend hat er mir erst die Leviten gelesen, und dann hat er versucht, mich zu Brei zu schlagen.«

»Alasdair?«

»Er sagte, ich würde Ihnen nicht genügend Aufmerksamkeit schenken«, antwortete Quin. »Er sagte, Sie sähen unglücklich aus. Er wollte, dass ich unsere Hochzeit absage, aber ich habe das natürlich abgelehnt. Wie hätte ich das tun können? Ein Gentleman darf so etwas nicht tun.« Er warf Esmée ein schiefes, bittersüßes Lächeln zu. »Aber jetzt haben Sie das für mich getan.«

Esmée schaute zu Boden. »Ja, und ich denke, so ist es am besten«, sagte sie. »Wir passen wohl doch nicht so gut zusammen.«

Eine Weile betrachtete er sie schweigend. »Sind Sie im Herzen eine geheime Romantikerin, Esmée?«, fragte er schließlich, und seine Stimme klang nachdenklich. »Glauben Sie, dass es für jeden von uns den perfekten Partner gibt?«

»Ich – ja, ich fange an zu glauben, dass es so sein könnte«, gab Esmée zu.

Er wandte sich wieder zum Fenster und stützte sich mit den Händen ab. Er starrte in die Ferne und fragte sich, wie er weitersprechen konnte, ohne sie noch weiter zu verletzen. »Esmée, ich weiß nicht, was zwischen Ihnen und Alasdair ist«, sagte er schließlich. »Und ganz gewiss geht es mich jetzt auch nichts mehr an.«

Sie wollte ihn unterbrechen, aber er wandte sich um und hob abwehrend die Hand. »Bitte, lassen Sie mich aussprechen.«

Esmée nickte. »Ja, natürlich.«

Er ließ die Hand sinken und sah sie eindringlich an. »Ich möchte Ihnen nur eines sagen: Wenn es zwischen Ihnen beiden auch nur einen Funken aufrichtigen Gefühls gibt, bitte ich Sie inständig, das nicht loszulassen«, flüsterte er. »Nicht, ehe Sie sicher sind, dass aus diesem Funken nicht mehr werden kann. Denn hat man diese winzige Chance einmal vertan – ungewollt oder beabsichtigt –, ist der Funke manchmal für immer fort.«

Esmée starrte wieder auf den Boden. »Das ist sicher ein guter Rat. Wenn Sie mich jetzt entschuldigen? Ich muss meiner Tante sagen, was wir entschieden haben.«

»Ich will nicht hoffen, dass sie zornig auf Sie wird«, sagte er. »Sagen Sie ihr auf jeden Fall die Wahrheit.«

»Die Wahrheit ist, dass wir nicht zusammenpassen«, wiederholte sie. »Das haben wir nie. Wir sind für andere Dinge bestimmt, Sie und ich. Wir waren dumm, dass wir etwas anderes geglaubt haben.«

Er sah sie nachdenklich an und wünschte bei Gott, er würde sie begehren. Es könnte so einfach sein! Aber er wollte sie nicht – nicht auf diese Weise. Sein Verhalten heute Morgen und dann die Verlegenheit, in die er sie gebracht hatte, hätte die Wahrheit nicht klarer machen können. Sie war klug, sehr klug, ihn jetzt aufzugeben, bevor er sie zum Altar führte und ihnen beiden ein Leben voll bitterer Enttäuschung aufbürdete.

»Kleine Esmée«, murmelte er. »Immer so klug und so vernünftig. Was ist es, dass wir uns nicht lieben können? Es würde das Leben so viel einfacher machen, oder nicht?«

Sie erwiderte sein Lächeln kläglich. »Ja. Aber ich fange an zu glauben, dass wir uns nicht aussuchen können, wen wir lieben«, erwiderte sie. »Und dass das Leben nicht dazu da ist, einfach zu sein.« Dann stellte sie sich auf die Zehenspitzen und küsste ihn leicht auf die Wange.

Ihr Vater saß schon mit Lord Digleby im Salon am Klavier, als Viviana wie gehetzt von den Ställen zurückkam und das Haus betrat. Die beiden Männer beugten sich über eine Komposition, die auf einem Blatt Papier hastig niedergeschrieben worden war, und schlugen Ton für Ton davon auf dem Klavier an.

»*Buon giorno, Papà*. Lord Digleby.« Sie küsste ihren Vater auf die Wange und eilte wieder hinaus, von den Männern kaum beachtet. Der große Alessandri ging wieder ganz und gar in seiner Arbeit auf, und dafür war Viviana dankbar.

Sie war nicht dankbar – zumindest nicht gleich –, als sie direkt in Lord Chesley hineinlief, der gerade seine Bibliothek verließ. »Vivie, meine Liebe!«, sagte er und legte ihr die Hände auf die Schultern. »Du hättest mich fast umgeworfen – und das nicht durch deinen Charme und deine Schönheit.«

Viviana spürte, wie ihre Wangen sich röteten. »*Scusi*, Mylord«, murmelte sie und wollte weitergehen. »Ich habe nicht aufgepasst.«

Chesley sah sie besorgt an. »Nein, mein Mädchen, das hast du nicht«, stimmte er zu. »Komm in die Bibliothek, Basham hat eben den Kaffee serviert.«

Viviana zog die Nadel aus ihrem Reithut und nahm ihn ab. »*Grazie*, Chesley, aber ich sollte mich zuerst umziehen.«

Chesley hob abwehrend die Hand. »Unsinn! Jetzt komm herein, setz dich und sag mir, was los ist. Hast du dein *grand aventure* heute Morgen nicht genossen?«

Grand aventure war nicht ganz das passende Wort für das, was geschehen war. Einen Augenblick lang erwog sie, ihm nichts zu sagen, aber das wäre nicht richtig gewesen. Zudem war es besser, Chesley hörte es zuerst aus ihrem Mund. »Ich – ich bin nach Arlington Park geritten«, setzte sie an, unfähig, ihn anzusehen. »Um Lord Wynwood zu treffen.«

Chesley zog die Augenbrauen hoch und öffnete die Tür zur Bibliothek, wobei er sie mit einem Nicken aufforderte, einzutreten. »Um Quin zu treffen?«, fragte er, nachdem sie sich gesetzt und er eine Tasse starken schwarzen Kaffees eingeschenkt hatte. »Hat er dich erwartet, Vivie?«

Sie nickte und trank einen stärkenden Schluck von dem Kaffee. »Er – er hatte mich gebeten zu kommen«, gestand sie. »Nun, eigentlich hatte er es mir befohlen. Ich wollte ihm diesen Gefallen tun, verstehst du? Aber ... aber es gab einen Zwischenfall.«

»Einen Zwischenfall?«, wiederholte der Earl fragend. »Welcher Art?«

Viviana schüttelte den Kopf. Sie wusste nicht, ob sie es würde erklären können. »Wir haben uns gestritten«, begann sie. »Und er – er hat sich gewisse Freiheiten herausgenommen, die ich nicht schätzte. Ich war sehr wütend, Chesley, und ich habe ihn geschlagen. Mit meiner Peitsche.«

»Um Gottes willen!«, rief der Earl.

»Ja, um Gottes willen.« Viviana erwiderte niedergeschlagen seinen Blick. »Wir haben nicht bemerkt, dass Lady Charlotte ins Zimmer gekommen war, zusammen mit Miss Hamilton. Oh Chesley! Es war eine so hässliche Szene! Er hat geblutet.«

»Es ist gut, dass du ihn geschlagen hast. Zum Teufel mit ihm!«

»Oh nein, ich hätte es nicht tun sollen!«, rief Viviana und sprang auf. »Lady Charlotte ist ohnmächtig geworden, und Miss Hamilton – nun, ich denke, sie hat alles mit angesehen. Ich bin mir nicht ganz sicher. Und da waren auch noch die Dienstboten.«

Chesley stöhnte auf und schüttelte den Kopf. Viviana ging jetzt unruhig in der Bibliothek hin und her und rieb sich dabei die Arme. Ihr war kalt, wie sie jetzt bemerkte, trotz der Tatsache, dass sie noch ihr wollenes Reitkostüm trug. Vermutlich die Nerven. Sie hatte vermutlich so etwas wie einen Schock erlitten. Sie hatte ihre Kräfte mit Quin messen und ihn in seine Schranken weisen wollen. Und jetzt hatten unbeteiligte Menschen die Konsequenzen ihres Temperaments zu tragen. Würde sie denn niemals klug werden?

»Quin ist ein verdammter Idiot!«, stieß Chesley schließlich hervor. »Gwendolyn wird wegen dieser Sache wahrscheinlich der Schlag treffen. Ich werde besser zu ihr gehen und herausfinden, aus welcher Richtung der Wind weht.«

»Oh, er weht auf jeden Fall ziemlich stark«, erwiderte Viviana. »Lady Charlotte sah höchst unwohl aus. Als ich ging, hat man gerade nach dem Arzt geschickt.«

»Hmm«, sagte der Earl. »Mach dir keine Gedanken wegen Charlotte; sie ist zäh wie Leder. Was genau haben die Dienstboten gesehen?«

Viviana setzte sich wieder, ohne ihren Rock glatt zu streichen. »Das kann ich nicht sagen«, gab sie zu. »Ich war in einem meiner *Diva*-Wutanfälle.«

»Ja, ja!«, nickte Chesley. »Man kann es also nur vermuten.«

»Obwohl ich denke, dass sie nicht *alles* gesehen haben können«, fuhr Viviana fort. »Aber ich bin mir ganz und gar nicht sicher, ob das überhaupt nötig gewesen wäre. *Dio*, es tut mir so leid wegen des armen Mädchens! Ich kann mir gut vorstellen, was sie von mir denkt.«

»Miss Hamilton?«, fragte der Earl. »Ja, es wird Gerede geben. Ach nun! Das Kind sah ohnehin nicht resolut genug aus, Quin an der Leine halten zu können. Aber wir müssen uns etwas einfallen lassen, damit die Dienstboten nicht reden.«

Viviana stellte ihre Tasse ab und schob sie ein Stück weit von sich weg. »Es tut mir leid, Chesley«, flüsterte sie und schlug die Hände vor das Gesicht. »Ich bin dein Gast. Das wirft ein sehr schlechtes Licht auf dich, fürchte ich.«

»Zum Teufel!«, fluchte der Earl. »Es wirft ein schlechtes Licht auf diesen Schuft von Neffen, das ist alles. Er glaubt, dass jede attraktive Frau unter vierzig für ihn zu haben ist. Ich würde gern *meine* Peitsche gegen diesen gut aussehenden Teufel erheben.«

»Miss Hamilton könnte dich darin noch übertreffen«, vermutete Viviana. »Ich glaube nicht, dass sie so sanftmütig ist, wie du zu glauben scheinst, Chesley. Ich denke, sie wird ihm den Laufpass geben.«

»Das sollte sie auch«, sagte der Earl und stand auf. »Du musst mich entschuldigen, mein Mädchen. Ich sollte keine Zeit verlieren. Lass mich hinüber nach Arlington gehen, um Gwendolyns Gefieder zu glätten und zu sehen, wie es Charlotte geht. Dann werde ich Mrs. Prater einen Besuch machen und herausfinden, was die Hausmädchen so tuscheln und was wir tun können, das zu beenden.«

»Oh Chesley!« Viviana erhob sich rasch. Impulsiv küsste sie ihn auf die Wange.

Er sah sie mit einer Spur von Skepsis in den Augen an. »Ich frage mich nur«, sinnierte er langsam, »was Quin sich dabei gedacht hat, Vivie. Du hast ihn doch deutlich abgewiesen vor all diesen Jahren, nicht wahr?«

Viviana schluckte hart und zögerte. »Vielleicht, Chesley, sollte ich darauf nicht antworten«, erklärte sie schließlich. »Ich habe das Recht zu schweigen, um mich nicht selbst anzuklagen, nicht wahr? Ist das nicht englisches Recht?«

»Hm«, erwiderte der Earl. »Den Worten nach lautet das Gesetz so, wenn es auch nicht unbedingt in diesem Sinne ausgelegt werden soll. Behalte deine Geheimnisse, meine Liebe, wenn du das musst. Aber manchmal frage ich mich, ob du nicht ein oder zwei zu viel davon hast.«

Am frühen Nachmittag war Lord Chesley noch immer nicht nach Hill Court zurückgekehrt. Mrs. Douglass schickte einen Imbiss aus kaltem Fleisch und Käse in den Salon. Viviana vermutete, dass sie wohl die Hoffnung hegte, dass Signor Alessandri und Lord Digleby tatsächlich ihre Arbeit unterbrechen würden, um etwas zu essen. Doch da sie das nicht taten, war es Viviana zugefallen, etwas davon zu sich zu nehmen, um die Haushälterin zu besänftigen.

Viviana aß mit Miss Hevner und den Kindern im Schulzimmer. Die Gouvernante, die recht erschöpft aussah, äußerte den Wunsch, im Dorf einige Einkäufe zu machen. Das Kindermädchen konnte nicht mehr alle drei gleichzeitig beaufsichtigen. Viviana bot an, für den Rest des Nachmittages mit den Kindern zum Spielen in den Garten zu gehen. Das war besser, so sagte sie sich, als einfach nur dazusitzen und vor sich hin zu brüten, während sie auf Chesleys Rückkehr wartete.

Aber es war nicht Lord Chesley, der schließlich auf dem Pfad auftauchte, der von Hill Court nach Arlington führte. Die Kinder spielten Verstecken in Chesleys Irrgarten, als Viviana in der Ferne Lachen hörte. Sie hob die Hand, um die Augen gegen das Licht der tief stehenden Sonne zu schützen. Unterhalb der Ställe sah sie eine Dame und drei Kinder zwischen den Bäumen hervorkommen.

Lady Alice. Viviana war sich dessen sicher. Das kleinste Kind trug Lady Alice auf dem Arm. Die beiden älteren Kinder hinter ihr schienen sich gutmütig um irgendetwas zu balgen. Lady Alice wandte sich um und schlug dem kleineren der beiden kräftig auf den Po. Gekleidet in Mäntel und Umhänge wie sie alle, bezweifelte Viviana allerdings, dass der Schlag viel Wirkung haben würde – falls er überhaupt welche haben sollte.

Plötzlich fiel es ihr wieder ein. *Allie*. Alice war Allie – Quins ältere Schwester. Sie hatte sich vage daran erinnert, dass Quin eine Schwester hatte. Aber sie konnte sich nicht daran erinnern, dass er sie je Alice genannt hatte. Damit war also noch ein anderes kleines Geheimnis gelöst. Schade war nur, dass sie nicht ein wenig früher versucht hatte, ihnen auf die Spur zu kommen.

Als die drei Viviana vor dem Irrgarten sahen, gingen sie auf sie zu, wobei sie ihr den Eindruck von gut erzogenen Kindern von bestem Betragen vermittelten. »Ich habe gehofft, Sie hier zu treffen«, begrüßte Lady Alice sie strahlend, während sie ihr jüngstes Kind auf die Beine stellte. »Der Tag ist noch sehr schön geworden, nicht wahr?«

»Ja, es ist schön«, stimmte Viviana zu.

»Ich dachte, die Kinder könnten zusammen spielen«, schlug Lady Alice vor. »Mögen Ihre Kinder Federball?«

Nicolo zupfte jetzt an Vivianas Rock, und die Mädchen schauten vom Irrgarten herüber. »Ich glaube nicht, dass wir dieses Spiel kennen«, gab Viviana zu und hob Nicolo auf ihren Schoß. »Meine Felise spricht nicht sehr gut Englisch – und der Kleine hier gar nicht.«

Lady Alice' Kinder trugen alle kleine hölzerne Bretter, die wie Paddel geformt waren, ganz ähnlich kleinen Tennisschlägern, nur dass die Oberfläche nicht mit Saiten bespannt, sondern geschlossen war. »Das ist der Federballschläger«, sagte der Junge und hielt Cerelia seinen Schläger hin.

»Und das ist der Federball«, sagte das Mädchen und balancierte einen mit Federn versehenen Gegenstand auf ihrer Handfläche. Viviana erkannte es als das Ding, um das sich die Kinder gestritten hatten. »Wir schlagen ihn mit dem Schläger hin und her und versuchen, ihn in der Luft zu halten.«

Lady Alice lachte und nahm dem Mädchen den Federball aus der Hand. »Lassen Sie sich nicht täuschen, Contessa«, sagte sie. »Das hier ist nur ein Stück alter Korken, in den ein paar Federn hineingesteckt worden sind. Mr. Herndon, der Verwalter von Arlington, hat ihn für meine Kinder gemacht.« Dann stellte sie sie vor.

Die Älteste hieß Charlotte, genannt nach ihrer Urgroßtante, eine Tatsache, bei der Viviana innerlich zusammenzuckte. »Aber wir alle nennen sie Lottie, um Verwechslungen zu vermeiden«, erklärte Lady Alice weiter. »Und das ist Christopher, er ist sieben, und Diana ist vier.«

Cerelia hatte den hölzernen Schläger aus Christophers Hand genommen und betrachtete ihn. Viviana übersetzte rasch, was Lady Alice gesagt hatte, und stellte dann ihre Kinder vor.

Lady Alice schien keine weitere Ermutigung zu brauchen. Sie zog ein langes Stück rotes Band aus ihrer Tasche, ging zu einem Rasenstück und legte es im Gras aus. Nicolo strampelte sich los und lief ihr nach, um dabei zuzusehen.

»Das ist die Grenzlinie«, sagte Lady Alice bestimmt. »Cerelia, du wirst mit Christopher auf dieser Seite der Linie spielen. Und Felise, du wirst mit Lottie spielen. Ihr dürft den Federball nicht zu Boden fallen lassen, denn in dem Fall bekommt die Gegenseite dafür einen Punkt. Habt ihr alles verstanden?«

»Sì, Signora«, sagte Cerelia und nickte.

»Ja, Mylady«, korrigierte Viviana sie von der Seite.

Cerelia lachte. »Ja, Mylady«, wiederholte sie. »Wir werden eure Federn schon zum Fliegen kriegen.«

Das ältere Mädchen hatte Felise einen der Schläger gegeben und zeigte ihr jetzt, wie man ihn benutzte. Lady Alice gab die letzten beiden Schläger an die beiden Jüngsten und führte sie zu einer Stelle, die ein Stück weit hinter dem Spielfeld der größeren Kinder lag. Die kleine Diana hüpfte aufgeregt auf und ab, aber sie sah ebenso verwirrt aus wie Nicolo.

»Ich werde die Punkte zählen«, rief Lady Alice über die Schulter, als sie sie allein ließ. »Contessa, ich fürchte, mein Fuß schmerzt ein wenig, und ich würde mich gern dort drüben auf die Bank setzen. Sind Sie damit einverstanden?«

Sie ließ Viviana keine andere Wahl, wenn diese nicht als unhöflich gelten wollte. »Ja, natürlich«, antwortete sie und ging zu ihr. »Aber die Kleinen können dieses Schlagspiel doch noch nicht spielen, nicht wahr?«

»Oh Himmel, nein!«, pflichtete Lady Alice ihr bei. »In zwei Minuten werden sie ihre Schläger aus der Hand legen und laufen, um eine von Onkel Ches' Katzen zu jagen oder im Gebüsch herumzustöbern. Aber wenn wir ihnen keine Schläger geben, werden sie jammern und weinen, bis wir wünschen, wir hätten es getan.«

Viviana konnte gegen diese Strategie nichts einwenden. »Sie sind sehr freundlich, uns zu besuchen«, sagte sie ruhig. »Meinen Kindern wurde das Versteckspiel im Irrgarten schon langweilig.«

»Er hat nicht besonders viel von einem Irrgarten, nicht wahr?«, gab Lady Alice zu und schaute hinüber. »Er sieht eher aus wie an der Schwelle des Todes.«

Viviana musste lachen. »Ihr Onkel sagt, es war irgendein Schädlingsbefall im letzten Jahr«, erwiderte sie. »Vieles musste zurückgeschnitten werden.«

»Eins zu eins!«, rief Lady Alice plötzlich. »Lottie, pass auf Felises Füße auf!«

Im nächsten Atemzug kehrte sie zu ihrer Unterhaltung über Sträucher zurück. Dann brachte sie das Gespräch auf das bevorstehende Weihnachtsfest und danach auf die für diese Jahreszeit ungewöhnlichen Temperaturen. Aber während der ganzen Zeit wusste Viviana, dass Lady Alice noch eine andere Absicht gehabt hatte, nach Hill Court zu kommen.

Schließlich hatte Viviana genug von dieser Ungewissheit. »Lady Alice«, sagte sie ruhig. »Warum sind Sie hergekommen? Doch nicht, um über das Wetter zu reden, nehme ich an?«

Freundlich lächelnd wandte sich Alice ihr auf der Bank zu. »Damit die Kinder zusammen spielen können«, wiederholte sie. »Und auch, um Sie einzuladen, Mum und mir morgen beim Mittagessen in Arlington Park Gesellschaft zu leisten.«

»Ah, beim Mittagessen!«, sagte Viviana. »Ich denke, Sie wissen von dem Zwischenfall, der sich heute Morgen im Arbeitszimmer Ihres Bruders ereignet hat, Lady Alice.«

Lady Alice verschränkte die Hände und legte sie einen Moment lang in den Schoß. »Ich entschuldige mich im Auftrag meines Bruders, Contessa.«

»Wirklich?«, erwiderte Viviana ein wenig spöttisch. »Sind Sie ganz sicher?«

Alice zog die Augenbrauen hoch. »Ganz sicher, dass ich mich entschuldige?«

»Dass es im Auftrag Ihres Bruders geschieht.«

Das Lächeln blieb. »Wenn Mum erst mit ihm fertig ist, wird er sehr reumütig sein, ja, da bin ich ganz sicher.«

»Ach herrje!« Viviana biss sich auf die Lippen. »Sie muss schrecklich wütend sein.«

Alice zuckte mit den Schultern. »Drei-zwei, Chris!«, rief sie über den Rasen. »Und rempele deine Schwester nicht an!« Dann wandte sie ihre Aufmerksamkeit sofort wieder Viviana zu. »Mum kann im Moment an nichts anderes denken als an Demütigung und Kränkung, würde ich sagen. Ihre Busenfreundin Lady Tatton ist mit ihrer ach-so-geeigneten Nichte im Schlepptau nach London zurückgereist, während Quin bereits die Anzeige für die Presse geschrieben hat, in der das Ende der

Verlobung mitgeteilt wird. Er hat sie den beiden mit einem Eilboten vorausgeschickt. Morgen wird es in allen Londoner Zeitungen stehen.«

»*Oh Dio!*«, flüsterte Viviana und rieb sich den Nasenrücken.

»Contessa?«, fragte Alice. »Geht es Ihnen gut?«

Nein, es ging ihr nicht gut. Sie spürte ganz schreckliche Kopfschmerzen kommen. Und was sie überhaupt nicht ergründen konnte, war das Gefühl der Erleichterung, das sie jetzt durchströmte. Quins Verlobung war aufgelöst worden. Eine unschuldige junge Frau war gedemütigt worden, vielleicht sogar ruiniert. Das war kaum etwas, wobei man sich gut fühlen sollte.

»Miss Hamilton hat ihm also den Laufpass gegeben?«, brachte sie fertig zu flüstern.

»Oh ja«, sagte Alice. »Obwohl sie Mum gegenüber behauptet hat, es wäre ohnehin ihre Absicht gewesen. Genau genommen behauptete sie, das wäre der Grund dafür gewesen, dass sie Tante Charlotte nach dem Weg zum Arbeitszimmer gefragt hat.«

»Ich kann das nicht glauben.«

Lady Alice lächelte unverzagt. »Nun, wie auch immer, Quin scheint darüber fast erleichtert zu sein, obwohl er das niemals zugeben wird. Natürlich ist es so für alle am besten, wenn Sie mich fragen.«

»Oh, Lady Alice, dass können Sie doch nicht wirklich meinen!«, rief Viviana. »Bedenken Sie die Peinlichkeit für Ihre Familie und für dieses arme Mädchen!«

Wieder ein Schulterzucken. »Miss Hamilton wäre nicht in der Lage gewesen, Quin dazu zu bringen, zu spuren«, bemerkte sie. »Und genau das ist es, was er braucht: jemanden, den er nicht herumkommandieren und dem er nicht Honig um den Bart schmieren kann. Ein Mann kann nicht von einer Frau eingeschüchtert werden, die er nicht liebt. Aber davon abgesehen – was ist mit der Kränkung, die *Ihnen* zugefügt worden ist, Contessa Bergonzi?«

»Viviana«, sagte sie, ohne Alice anzusehen. »Bitte nennen Sie mich Viviana. Und ja, es war eine Demütigung. Sowohl das Benehmen Ihres Bruders als auch meine Reaktion. Sie war … überzogen. Ich habe die Beherrschung verloren. Und die Dienstboten! Ich fürchte, sie haben alles mit angesehen.«

»Oh, sie haben genug gesehen, um einige höchst überflüssige Spekulationen anzustellen«, stimmte Alice ihr zu. »Ohne Zweifel haben sie Tante Charlotte auf dem Boden liegen sehen. Aber können Sie in festem Glauben sagen, was diese Ohnmacht ausgelöst hat? Nein, das haben sie nicht gesehen.«

»*Grazie a Dio!*«, wisperte Viviana. »Aber das wird das Gerede nicht verhindern.«

»Nein, das wird es nicht«, pflichtete Lady Alice ihr bei. »Und deshalb müssen Sie morgen Mittag zum Essen zu uns kommen.«

»Ich – ich verstehe.«

Alice griff nach Vivianas Hand und drückte sie kurz und aufmunternd. »Viviana, morgen wird in den Zeitungen stehen, dass Quins Verlobung gelöst wurde«, wiederholte sie. »In Umlauf zu bringen, dass die Schuld bei Ihnen läge, würde daran nichts ändern. Und das tut sie *nicht*. Das glaube ich.«

Viviana betrachtete sie einen Moment lang. »Sie setzen sehr viel Vertrauen in jemanden, den Sie kaum kennen.«

»Oh, aber ich kenne meinen Bruder.«

»Was in aller Welt meinen Sie damit?«

Alice' Gesicht rötete sich leicht. »Mein Bruder ist unglücklich, Contessa, schon seit sehr langer Zeit«, antwortete sie. »Er hat ein vergnügungssüchtiges, unbekümmertes Leben geführt, und dieser Gedanke an eine Ehe hat es vielleicht noch schlimmer gemacht. Ich frage mich, ob er es nicht bedauert, dass … ach, es ist nicht so wichtig! Ich weiß nicht, was er denkt – aber sehr klar scheinen seinen Gedanken nicht zu sein. Ich habe versucht, ihn zu warnen, aber er hat mich ignoriert. Er hat gesagt ... nun, er sagte, er wünschte sich einfach eine Ehe wie die meine.«

Viviana zog eine Augenbraue hoch. »Und welcher Art war sie bitte?«

Alice zog wenig überzeugend eine Schulter hoch und wandte den Blick ab. »Eine Ehe, eingegangen für die Familie und für die Pflicht«, sagte sie. »Eine mehr oder weniger emotionslose Ehe.«

»Ich verstehe.« Viviana nickte unmerklich. Es klang nicht besser als ihre eigene Ehe.

Alice wandte sich ihr zu. »Oh, bitte sagen Sie, dass Sie morgen kommen werden, Viviana!«, drängte sie. »Geben Sie uns Hewitts die Chance zu beweisen, dass wir nicht alle stumpfsinnige Flegel sind. Und ich denke, dass Ihr Kommen dafür sorgen wird, dass es weniger Tratsch über diese kleine Auseinandersetzung von heute Morgen geben wird.«

Viviana zuckte die Schultern. »Ich kann mir nicht denken, dass es wichtig ist«, antwortete sie. »In England kennt mich niemand.«

Alice zog die Augenbrauen auch. »Oh, Sie sind dumm, wenn Sie das glauben«, entgegnete sie. »Die bedeutendste Sopranistin unserer Zeit? Londons schöne *Konstanze*? Ja, meine Liebe, selbst hier im abgeschiedenen Buckinghamshire kennen wir uns in der Welt der Oper aus.«

Viviana dachte darüber nach. Es war abscheulich von Quin gewesen, sie in eine solche Situation gebracht zu haben. Aber Lady Alice hatte recht: Ihr Name war nicht unbekannt. Und in ein paar Monaten, wenn alles so lief wie geplant, würde der Name ihres Vaters, zusammen mit dem Lord Diglebys, in aller Munde sein. Und da waren auch ihre Kinder, an die sie denken musste.

»Es muss den Anschein haben, als würden wir gut miteinander auskommen, Viviana«, sprach Quins Schwester weiter. »Von jetzt an wird mein Bruder sich wie ein Gentleman benehmen, oder er wird zurück nach London fahren. Denn er wird Mums Zurechtweisungen nur für eine gewisse Zeit hinnehmen und dann wütend abreisen.«

»Ich verstehe«, erwiderte Viviana ruhig. »Aber Ihre Mutter ... diese Umstände können doch nur schmerzlich für sie sein. Und ich kann mir nicht vorstellen, dass sie sich wünscht, freundlich zu mir zu sein.«

Alice schwieg einen Moment. Eine kühle Brise wirbelte Blätter um ihre Röcke und über das provisorische Spielfeld. Der Federball hob sich und verließ seine Flugbahn, was die Kinder zum Lachen brachte.

Alice sah dem mit einem leichten Lächeln zu. »Ich werde nicht abstreiten, dass Mum eine kleinliche Prinzipienreiterin sein kann«, antwortete sie. »Aber ich habe ihr bereits gesagt, dass sie in dieser Sache besser daran tut, Sie ihre liebe Freundin zu nennen.«

Viviana richtete sich auf. »Ich habe nichts getan, diese Aufmerksamkeit Ihres Bruders auf mich zu ziehen, Lady Alice«, betonte sie. »Und ich werde mich aus gesellschaftlichen Erwägungen niemandem unterschieben lassen. Ich habe auch meinen Stolz. Und wenn es Sie auch überraschen mag, auch in meiner Heimat stellen wir hohe Ansprüche an das Benehmen.«

Rasch legte Alice die Hand auf Vivianas Arm. »Es tut mir leid«, sagte sie sofort. »Ich wollte Sie nicht beleidigen. Bitte, können Sie nicht wenigstens darüber nachdenken, meine Freundin zu sein? Ich halte es für vollkommen natürlich. Wir werden einige Wochen lang sehr nah beieinander wohnen, und wir haben viel gemeinsam.«

Angespannt nickte Viviana. »Ja gut«, stimmte sie schließlich zu. »Ich danke Ihnen, Alice, dass Sie mir Ihre Freundschaft anbieten. Und ja, ich werde Ihnen und Lady Wynwood morgen Gesellschaft leisten. Ich würde gern hinüberreiten. Oder ist dieser Gedanke schrecklich unangebracht?«

»Ganz und gar nicht.« Lady Alice beugte sich näher zu ihr, ihre Augen funkelten. »Jetzt, als Ihre neue Freundin, nehme ich für mich das Recht in Anspruch, Ihnen eine neugierige Frage zu stellen.«

Viviana wandte sich zu ihr und sah sie an. »Sie können ruhig fragen.«

Ein langsames Lächeln erschien um ihren Mund. »Wie gut kannten Sie meinen Bruder, Viviana, als Sie das letzte Mal in London waren?«

Viviana hielt ihrem Blick einen Moment lang stand und dachte über die Frage nach. »Ich denke, Lady Alice«, sagte sie schließlich, »dass ich ihn vielleicht überhaupt nicht gekannt habe.«

Kapitel 7

In dem Lord Wynwoods Refugium entdeckt wird

Um halb zwölf am darauf folgenden Vormittag zog der Earl of Wynwood seine Reithosen und seine Stiefel an und ging zu den Ställen. Es war, so hatte er beschlossen, ein guter Tag, um mit den Besuchen auf einigen seiner größeren Pachthöfe zu beginnen. Er hatte nicht wirklich den Wunsch, das zu tun, denn es fühlte sich noch immer an, als hätte er seinen Vater aus dieser Rolle gedrängt. Aber es gab noch einen anderen, weitaus überzeugenderen Grund als die Pflicht, die sein Bestreben, aus Arlington Park zu fliehen, so stark machte.

Heute würde Viviana – Contessa Bergonzi – das Mittagessen mit seiner Mutter und seiner Schwester einnehmen. Alice hatte diesen aberwitzigen Einfall gehabt, und seine Mutter war nach einigem Zögern darauf eingegangen, nachdem sie sich Alice' Gründe für diese Einladung angehört hatte. Natürlich wusste er, dass Alice recht hatte. Und er war dankbar, dass seine Mutter und seine Schwester versuchten, den Schaden zu begrenzen, den sein Ausrutscher verursacht hatte. Nichtsdestotrotz kam er sich wie ein Narr vor.

Nachdem er die Ställe erreicht hatte, sattelte Quin sein Pferd mit raschen, ungeduldigen Bewegungen und galoppierte in einer Staubwolke davon. Er plante, den ganzen Tag wegzubleiben. In seiner Satteltasche hatte er eine Scheibe Brot, ein Stück Cheddar und eine Flasche von Alasdairs bestem Whisky, den sein Hausgast bei seiner überstürzten Abreise versehentlich zurückgelassen hatte. Alasdairs Verlust mochte jetzt sein Gewinn sein. Quin hegte ohnehin den starken Verdacht, dass der Wind jetzt aus einer anderen Richtung wehte – was die Ehe betraf.

Ja, Quin hatte die starke Ahnung, dass Alasdair seine Verlobungsanzeige in die *Times* setzen würde, sobald die Schicklichkeit es erlaubte. Nun, er wünschte ihm Glück. Quin hatte ohnehin nicht heiraten wollen. Er war weitaus besser mit Alasdairs Whisky als mit Alasdairs Frauen dran, wenn das denn wirklich das war, was geschehen würde. Dennoch machte er sich Gedanken über Esmée. Würde Alasdair gut zu ihr sein? Er hoffte es. Er betete darum. Er hatte keine andere Wahl, als darauf zu vertrauen, dass Esmée wusste, was sie tat.

Quin hatte genug Probleme damit, mit den Frauen fertig zu werden, mit denen er nicht verheiratet war; mit seiner Mutter, seiner Schwester und Viviana Alessandri. Was seine Mutter anging, so hatte Quin sich gesagt, dass ein offenes Gespräch das Beste wäre. Er hatte entschieden, dass die Ehe – zumindest eine überstürzt eingegangene – nichts für ihn war. Sie würde diese Nachricht nicht gut aufnehmen, und ihm graute davor. Sie verdiente es wirklich nicht, enttäuscht zu werden. Aber dieses Desaster mit Esmée hatte ihn erkennen lassen, dass er mehr Zeit brauchte, um herauszufinden, was er eigentlich wollte. Und er konnte einfach nicht vernünftig denken, wenn Viviana Alessandri sich im selben Land wie er aufhielt, ganz zu schweigen im selben *Dorf*.

Ah, Viviana. Nun, es gab eine Frau, bei der er einmal daran gedacht hatte, sie zu heiraten. In einem anderen Leben und in einer anderen Welt. Es hatte ihn völlig verwirrt, als sie eine Heirat vorgeschlagen hatte. Doch nachdem der Schock vorüber gewesen war und er zufrieden und glücklich in ihren Armen gelegen hatte, hatten die Rädchen in seinem Kopf sich zu drehen begonnen.

Sie hatte ihn heiraten wollen. Und er hatte gewusst, sogar damals, dass es eine unerträgliche Hölle sein würde, ohne sie leben zu müssen. Aber er war noch so jung gewesen, sein Verstand hatte wenig von dieser nebulösen Wahrheit gewusst. Er hatte keine Ahnung gehabt, wie man es überhaupt anstellte, zu heiraten.

Grünschnabel, der er gewesen war, war er immer davon ausgegangen, dass seine Eltern irgendein hübsches, pflichtbewusstes Mädchen von guter Erziehung für ihn aussuchen, alle Details klären und ihm dann den *fait accompli* präsentieren würden. Für ihn war das Ganze eher so, als würde er sich bei Tattersall's eine Zuchtstute kaufen – und müsste nicht einmal darum feilschen. Und schließlich hatte er genug vom Londoner Leben gesehen, um zu wissen, dass auch seine neuen Freunde die Ehe so sahen.

Vivianas Vorschlag hatte ihn völlig aus dem Gleichgewicht gebracht. Auch wenn es ein wenig erschreckend gewesen war, hatte ihre Frage ihm eine Welt voller Möglichkeiten eröffnet: Er könnte Viviana für immer haben, auf eine Weise, die sie für ewig an ihn binden würde. Aber er hatte mehr gewollt als ihren Namen auf einem Dokument und ihren Kopf auf seinem Kissen. Er hatte das eine gewollt, das Viviana ihm nie gegeben hatte: Er hatte ihr Herz gewollt. Deshalb hatte er ihr die Frage gestellt, die ihn geradezu bei lebendigem Leibe aufgefressen hatte.

Liebst du mich, Viviana?

Sie hatte zugegeben, dass sie es nicht tat. In dem Schweigen nach diesem leisen, rauen Flüstern waren ihm all die zerbrechlichen, unausgegorenen Gedanken durch den Kopf geschwirrt, waren auf den Boden der Tatsachen gestürzt, waren zerbrochen und zersplittert wie Glas. Er hatte es gewusst, natürlich. Viviana hatte seinen Annäherungsversuchen monatelang widerstanden. Und als er es endlich geschafft hatte, sie in sein Bett zu bekommen – ein dummer Ausdruck, wenn es denn einen dafür gab, denn ein Bett war dabei nicht im Spiel gewesen –, war sie noch immer widerborstig gewesen.

Nachdem Quin diese erste Kostprobe von ihr genommen

hatte – die ihn wie berauscht hatte sein lassen –, war er dazu übergegangen, Viviana weitere zwei Wochen zu bestürmen, indem er Abend für Abend ihre Garderobentür belagerte. Und dann hatte sie ihm erlaubt, sie zum Abendessen auszuführen. Nach weiteren zwei Wochen hatte sie schließlich zugestimmt, aus dieser klosterähnlichen Pension auszuziehen, in der sie wohnte. Nein, sie hatte ihn nie geliebt. Sie hatte ihn toleriert. Fand ihn amüsant, sexuell befriedigend. Aber nie, nie hatte sie ihm sich selbst gegeben.

Quin fragte sich, wie sein Leben verlaufen wäre, hätte es dieses erste Zusammensein mit ihr nie gegeben. Natürlich hatte er diesen schicksalhaften Abend Tausende Male in seiner Erinnerung durchlebt, hatte manchmal gewünscht, es wäre niemals passiert. Und manchmal hatte er sich an jeden Erinnerungsfetzen geklammert wie ein Sterbender sich ans Leben klammerte.

Es war die Nacht der Premiere von *Fidelio* gewesen, und die Sopranistin, die den Part der Marzelline singen sollte, war krank geworden. Viviana war die zweite Besetzung. Der Garderobiere war es nicht gelungen, Vivianas üppige Locken unter der kunstvollen Perücke zu verbergen, die die Rolle erforderte. Quin hatte still in einer Ecke gesessen und sich die erfolglosen Versuche mit angesehen, denn zu der Zeit war ein Besuch in ihrer Garderobe die einzige Intimität, die Viviana ihm erlaubt hatte.

Aber Quin war ebenso entschlossen, Viviana zu bekommen, wie ihre Garderobiere es war, ihr Haar unter diese verdammte Perücke zu bekommen. Beides schien ein hoffnungsloses Unterfangen zu sein. Er war ihr jetzt seit Monaten wie ein vernarrtes Hündchen hinterhergelaufen. Und die Garderobiere hatte sogar noch weniger Glück, denn die Perücke war für eine Frau mit weitaus weniger üppigen, schweren Locken als Viviana gemacht worden.

In einem Anflug von Verzweiflung hatte die Garderobiere

nach einer Schere gegriffen und, nachdem Viviana ihr zugenickt hatte, gute zwanzig Zentimeter von ihren Haaren abgeschnitten. Das Haar lag wie eine Wolke um Vivianas Stuhl auf den Boden. Die Perücke passte. Und als niemand hinsah, hatte sich Quin eine Haarlocke Vivianas gestohlen und sie sorgfältig in sein Taschentuch gewickelt. Am nächsten Morgen war Viviana das Hauptgesprächsthema in London gewesen. Und, soweit es Quin betraf, seine Geliebte.

Ehe die Garderobiere ihr in einem Akt der Verzweiflung die Haare abgeschnitten hatte, waren Vivianas Locken wie ein Wasserfall aus schwarzer Tinte bis zur Taille gefallen. Danach hatte es ausgesehen wie ein gerupftes Huhn. Quin störte sich nicht daran; sie hätten Viviana kahl scheren können, und es hätte ihn vermutlich nicht gekümmert, solange er nur bei ihr war und sie ansehen konnte. Er hatte sogar geglaubt, ihr in die Seele blicken zu können.

Was für ein dummer, dummer Junge er doch gewesen war. So absolut grün hinter den Ohren. So leichtgläubig. Viviana hatte keine Seele. Ihr vorgetäuschtes Zaudern, ihr unbefangenes Auftreten, diese höchst unschuldsvolle Art, die sie hatte, ihn anzusehen; ja, all das war eine einzige große Täuschung gewesen. Sie hatte mit Quin gespielt wie die Katze mit der Maus – einer besonders dummen Maus. Und am Ende hatte sie ihm mit ihren Klauen das Herz aus dem Leib gerissen, so wie Katzen es zu tun pflegten.

Verdammt! Er vergeudete schon wieder seine Zeit damit, an sie zu denken. Quin hatte das erste Cottage fast erreicht. Er bemerkte eine untersetzte, mütterlich aussehende Frau, die frisch gewaschene Laken über den Zaun des Vorgartens zum Trocknen hängte. Die gute alte Mrs. Chandler. Er hob die Hand und winkte. Auf ihrem Gesicht erstrahlte ein Lächeln.

Quin spürte, wie ihm das Herz aufging. Gott sei Dank. Wenigstens einer freute sich, ihn zu sehen.

Vielleicht war diese ganze Pächter-Sache doch nicht so übel. Er schaute über das große, gut instand gehaltene Cottage hinweg auf die Scheunen und die Nebengebäude dahinter. Der alte Kornspeicher schien recht baufällig zu sein.

Mrs. Chandler hängte das letzte Teil ihrer Wäsche auf und kam durch das Gartentor auf ihn zu geeilt. »Schau an, der junge Mr. Quin«, sagte sie mit einem leichten Tadel in der Stimme und stemmte die Hände in die Hüften. »Schon seit zwei Wochen im Dorf und noch keine Zeit gehabt, mich zu besuchen?«

Er schenkte ihr ein freundliches Lächeln und ergriff die kleine schwielige Hand, die sie ihm reichte. »Mrs. Chandler!«, sagte er warm. »Ich hoffe, Sie sind wohlauf?«

»Nun ja, es muss«, erwiderte sie. »Aber Philip ist drinnen mit einem verstauchten Knöchel und mit sehr schlechter Laune. Wollen Sie nicht reinkommen und sich einen Augenblick zu ihm setzen?«

»Aber gern«, nahm Quin die Einladung an und band die Zügel am Zaun fest.

Mrs. Chandler zog die Gartenpforte auf und winkte ihn durch.

»Ihr Kornspeicher, Mrs. Chandler«, sagte er, als sie den Gartenweg entlanggingen. »Es sieht aus, als würde die Lehmwand auf der Südseite bald einfallen.«

»Oh ja, er ist in schlechtem Zustand«, pflichtete sie ihm bei und warf ihm einen raschen Seitenblick zu. »Glauben Sie, er könnte noch dieses Jahr repariert werden?«

Quin blieb stehen und sah sie an. »Nun ja«, sagte er. »Welche andere Wahl haben wir denn?«

Sie bedachte ihn mit einem kleinen bitteren Lächeln. »Nun … Sie könnten die Reparatur aufs nächste Jahr verschieben«, erwiderte sie. »Aber Philip war schon die letzten beiden Jahre immer dabei, ihn auszubessern – und dieses Jahr haben wir einen großen Teil der Ernte durch den vielen Regen verloren. Und für schimmeliges Korn hat keiner Verwendung, nicht wahr?«

Quin war überrascht. Er hatte seinen Vater immer für einen Perfektionisten gehalten. Warum war Chandlers Kornspeicher nicht repariert worden? Es war sicherlich keine Frage des Geldes; der Besitz arbeitete äußerst profitabel. Vielleicht zu profitabel?

Quin dachte an die lange Liste fälliger Reparaturen, die Herndon ihm fast sofort nach seiner Ankunft gegeben hatte. Vielleicht war es Zeit, sie sich genauer anzusehen. Plötzlich schienen die Erfordernisse des Besitzes und der Pächter nicht länger nur irgendwelche nebulösen Ärgernisse zu sein, sondern sehr reale – und vernünftige – Anliegen. Er legte Mrs. Chandler die Hand auf die Schulter.

»Ich werde Herndon morgen herschicken«, sagte er.

Mrs. Chandler strahlte und öffnete ihm die Tür.

Als Viviana Arlington Park nach dem Mittagessen verließ, befand sie sich in einem Zustand nervösen Aufruhrs, auch wenn sie sich sehr zusammengenommen hatte, das zu verbergen. In der Begleitung von Lord Chesleys Lieblingspferdeknecht war sie bis vor den Haupteingang von Wynwoods großem Besitz geritten. Nachdem sie Lady Alice für ihre Einladung gedankt hatte, war er ihr jetzt dabei behilflich, auf ihr Pferd zu steigen. Sie ergriff die Zügel und wandte sich an den jungen Mann.

»Vielen Dank. Sie können jetzt zu den Ställen zurückreiten. Ich möchte noch ein Stück weiter reiten und die frische Luft genießen.«

Der Knecht zog die Stirn kraus. »Sind Sie sicher, Mylady?«, fragte er. »Man hat mir aufgetragen, Sie zu begleiten.«

»Und das haben Sie getan«, erwiderte Viviana über die Schulter. Sie hatte schon den Weg eingeschlagen, der auf den Reitpfad zu führte. »Und ich hätte ein schlechtes Gewissen, würde ich Sie noch länger von Ihren Pflichten fernhalten.«

Mit einem letzten widerstrebenden Blick tippte der junge Mann an seine Hutkrempe und ritt an ihr vorbei. Viviana sah ihm nach, als er in Richtung Hill Court davonritt, und atmete tief durch. Zum ersten Mal, seit sie heute Morgen die Ställe verlassen hatte, fühlte sie sich, als könnte sie wieder atmen. Innerlich war sie so angespannt wie eine Uhrfeder, als hätte jemand sie fast bis zum Bersten aufgezogen. Sie wollte unbedingt und schnell von Arlington fort – und auch von Hill Court.

Das Mittagessen war ihr endlos vorgekommen. Lady Wynwoods Benehmen war steif und ausgesprochen formell gewesen, ihre Miene ständig so bedrückt, als plagten sie Magenschmerzen. Viviana hatte darauf mit kühler Höflichkeit reagiert, bis sie bemerkt hatte, wie verzweifelt Lady Alice bemüht war, vor den Dienstboten den Schein von Harmonie zu wahren. Danach hatte sie sich gezwungen, herzlich zu Quins Mutter zu sein. Die Lady selbst war diesem Beispiel nicht gefolgt. Aber vielleicht war es auch ihr übliches Auftreten gewesen. Bei den Engländern konnte man das nie so genau wissen.

Auf jeden Fall verspürte Viviana jetzt nicht den Wunsch, in die Enge eines Hauses zurückzukehren. Was sie brauchte, waren ein stürmischer Ritt und die kalte Luft auf ihrem Gesicht. Niemand auf Hill Court brauchte sie. Die Kinder hatten heute Unterricht. Lord Chesley besprach sich mit seinem Verwalter. Und *Papà*, nun, er war ganz und gar in einer anderen Welt: die Welt der Musik, dem einzigen Ort, an dem er wirklich immer glücklich war. Und Viviana wollte ihn nicht stören. Sie erinnerte sich zu gut an sein Elend, als er, anderthalb Jahre lang, keine Arbeit gehabt hatte, eine Entbehrung, die aus ihrem Starrsinn resultierte – und aus Gianpieros Grausamkeit.

Aber sie würde jetzt nicht an Gianpiero denken und diesen Kummer dem hinzufügen, der ihre Seele ohnehin schon belastete. Sie ritt langsam hinter dem Pferdeknecht her, der jedoch schon bald zwischen den Bäumen verschwand. Nach einer Viertelmeile erreichte sie den Weg, der nach Norden abzweigte. Dieser Weg, so hatte Chesley gewarnt, war sehr einsam. Sie würde viele Meilen reiten müssen, ehe sie auf eine Farm oder auf ein Dorf stieß. Also war er perfekt für sie. Einsamkeit war genau das, wonach es sie verlangte.

Der Weg wurde, fast sofort, nachdem sie ihn eingeschlagen hatte, enger. Hier hingen die Zweige tiefer, und die Baumstämme standen näher am Pfad und vermittelten ihr den Eindruck, umarmt zu werden, beschützt zu sein vor der Welt da draußen jenseits des Waldes. Viviane sog die kalte Luft tief in ihre Lungen und ließ ihr Pferd, einen kastanienbraunen Wallach, schneller laufen. Sie tauchte in die schattigen Tiefen ein. Hier war die Luft still, die ätherische Ruhe wurde nur von den gedämpft klingenden Hufschlägen des Wallachs unterbrochen, und sie erlaubte es Viviana, einen klaren Kopf zu bekommen und sich nur noch an den anmutigen Bewegungen des Tieres zu erfreuen.

Aber die Umarmung des Waldes dauerte nicht an. Ungefähr nach drei Meilen und in einer Stimmung, die sich wieder gehoben hatte, spürte Viviana die Sonne auf ihr Gesicht scheinen. Sie schaute sich um und sah, dass die Bäume jetzt weniger dicht beieinander standen. Der Pfad vor ihr beschrieb eine leichte Kurve und mündete dann in eine Straße ein, die zu einer Farm ein Stück voraus führte. Der Wallach, der es müde war, langsam zwischen den Bäumen zu trotten, tänzelte zur Seite und warf im winterlichen Sonnenschein mit einem ungeduldigen Schnauben den Kopf hin und her.

Viviana kniff die Augen gegen die unerwartete Helligkeit zusammen und schaute auf die hügelige Straße, die so schnurgerade verlief, wie es in diesem Teil Englands so oft zu finden war. Vor ihr erstreckte sich offenes Land, nur gesprenkelt von vereinzelten Gehölzen. Weit in der Ferne spähte das verfallene Dach einer alten Scheune oder eines alten Kuhstalles über den Horizont.

Wieder warf das Pferd den Kopf hin und her. Viviana kannte den Grund. Es war in der Tat eine sehr einsame Straße. Doch letztlich war die Versuchung zu groß. Viviana prüfte die Haltung der Zügel, dann gab sie dem Wallach leicht die Peitsche.

Das Tier schoss los wie ein Schuss, sprang so schnell vom Stand in einen donnernden Galopp, dass es Viviana den Atem verschlug. Ihre Röcke blähten sich und peitschten um die mächtigen Schenkel des Wallachs. Vage wurde ihr bewusst, dass es mehr als dumm war, einem solchen Pferd seinen Willen zu lassen, aber die Vernunft schien sie verlassen zu haben. Die Intensität der ungezügelten Kraft des Pferdes fühlte sich befreiend an. Die kalte Luft, die ihr ins Gesicht schnitt, machte einen klaren Kopf; der Wind spielte mit ihren Haaren.

Viviana beugte sich tief über die Mähne des Wallachs, drängte ihn vorwärts. Weiter und weiter ritt sie, und die sehnigen Beine des Pferdes flogen über die sanften Hügel. Viviana spürte, wie der Kaschmirschal um ihren Hals sich lockerte und fortwehte. Ihr Hut hob sich keck, hielt aber fest, gefangen von seinen Nadeln. In der kalten Luft roch der Pferdeschweiß scharf und durchdringend, und das Gefühl, allem entfliehen zu können, war beglückend.

Aber leider erreichten sie schon bald das letzte Stück der Straße. Die Illusion fand ihr Ende. Die alte Scheune kam näher und dahinter eine Kurve, die zu nehmen sich selbst Viviana nicht zutraute. Sanft zügelte sie den Wallach. Er wurde gehorsam langsamer, doch im selben Moment gewahrte Viviana zu ihrer Linken eine Bewegung.

Es war wie ein Blitz. Das Pferd scheute, schleuderte sie fast aus dem Sattel. Aber Viviana war eine erfahrene Reiterin. Sie korrigierte ihren Sitz und bändigte den Wallach, redete leise auf ihn ein. Sein seitlicher Ausbruch endete in einer Wolke aus Sand und Steinen. Das Pferd zitterte unter ihr, warf den Kopf unruhig hin und her, seine Nüstern waren weit geöffnet.

Nachdem Viviana ihm beruhigend den Nacken geklopft hatte, lenkte sie ihn zur Straße und ließ ihn zurückgehen, um zu sehen, was zum Teufel ihn so sehr irritiert hatte. Doch sofort wünschte sie, sie hätte es nicht getan.

Lord Wynwood stand an die Mauer des verfallenen Gebäudes gelehnt da, lässig einen Fuß nach hinten gegen das steinerne Fundament gestützt. Er war für einen Ausritt über Land gekleidet, in engen, braungelben Reithosen, einem Rock von dunklem Braun und Reitstiefeln, die um eine Nuance dunkler waren. Sie konnte noch den Striemen auf seiner Wange sehen, der jetzt nach kaum mehr als einem Kratzer aussah. Hinter der Scheune stand ein großes schwarzes Pferd und knabberte halbherzig am fahlbraunen Gras.

Wynwood hielt einen gelben, halb aufgegessenen Apfel in der Hand. Er schien noch zu kauen, während sein dunkler Blick sie abschätzte. Endlich schluckte er den Bissen herunter. »Nun, Viviana«, sagte er trocken. »Wie angenehm, dich hier zu treffen.«

Viviana klopfte das Herz noch bis zum Hals. »Wie kannst du es wagen!«, schrie sie. »Du – du hast das absichtlich getan!«

Er warf dem schwarzen Pferd das hin, was vom Apfel übrig war, und richtete sich auf. »Ich habe was absichtlich getan?«, fragte er und kam näher. »Dich dazu gebracht, wie eine Irre eine schmale Landstraße entlangzugaloppieren? Nein, meine Liebe, da traust du mir Kräfte zu, die ich nicht besitze.«

Viviana glitt aus dem Damensattel und hielt mit einer Hand die Zügel fest. »Guter Gott, Quinten, das ist nicht komisch. Du hast mein Pferd erschreckt! Ich hätte getötet werden können. Ist es das, was du willst? Ist es das, was dich glücklich machen würde?«

Er sah sie tadelnd an. »Viviana, du hast eine Schar von Raufußhühnern aufgescheucht«, erwiderte er. »Reite nicht so verdammt schnell, wenn du das Terrain nicht kennst.«

Viviana spürte ihr Gesicht glühen.

»Was denn, du hast sie nicht gesehen«, fragte er ungläubig. »Du glaubst mir nicht?«

»Ich weiß es nicht«, räumte sie ein. »Was … was ist das, eine Schar von Raufußhühnern?«

Er schaute argwöhnisch auf ihre Reitpeitsche. »Du hast ein paar Vögel aus dem Unterholz hinter dem Cottage aufgescheucht«, antwortete er. »Sie sind aufgeflogen. Dein Pferd hat sie gesehen, Viviana, auch wenn du sie nicht gesehen hast.«

Er sagte die Wahrheit, das wusste sie. Ihre Aufmerksamkeit war auf die uneinsehbare Kurve vor ihr gerichtet gewesen und darauf, den Lauf des Pferdes zu verlangsamen. Aber sie hatte irgendetwas gesehen – ein sehr undeutliches Etwas –, aus dem Augenwinkel, als sie vorübergekommen war.

Quin trat näher und hob die Hand.

Instinktiv wich sie zurück. »*Non mi tocchi!*«

Der Wallach fühlte sich bedrängt und riss ihr die Zügel fast aus der Hand, als er den Kopf zurückwarf und unruhig auf den Hinterläufen tänzelte.

»Leg die Peitsche weg, Viviana«, sagte Quin und streckte die Hand wieder aus, langsamer dieses Mal. »Ich habe meine Lektion gelernt. Was ist das? Eine neue Mode vom Kontinent?«

Sie war eine große Frau, aber Quin war größer. Sie fühlte, wie er an der Hutnadel zog und ihr den Hut vom Kopf nahm. Sie fühlte sich plötzlich überraschend leichter und drehte sich in einiger Verlegenheit um. Sie sah, dass ihr verloren geglaubter Schal wie ein Banner von ihrer Hutnadel herunterhing.

»Du hast vielleicht ausgesehen – mit diesem Geflattere hinter dir.« Quin schaute sie nicht an, als er geschickt das Gewirr entwirrte, aber sie bemerkte das leichte, vertraute Lächeln um seinen Mund, während er sich abmühte. Sie konnte ihn auch riechen; warme Wolle, vielleicht eine Spur von Whisky und den frischen Duft von Seife – Bergamotte, sie war sicher. Es war ihr der liebste Duft in der Welt, und es erschütterte sie ein wenig zu bemerken, dass er ihn noch immer trug.

»Hier«, sagte er gerade in dem Moment, als ihre Knie nachzugeben drohten. »Die Nadel ist frei. Du kannst deinen Schal wieder umlegen und den Hut wieder aufsetzen.«

Aber als er aufschaute, zögerte er. »Dein Haar«, sagte er. »Es hat sich ... es hat sich gelöst.«

»Non importo«, erwiderte sie, riss ihm den Hut aus der Hand und setzte ihn sich auf. »Ich steck ihn später fest. *Grazie*, Lord Wynwood. Ich muss mich wieder auf den Weg machen.«

Er hielt sie sanft an der Schulter zurück. »Viviana, ich –« Er unterbrach sich und schüttelte den Kopf. »Contessa Bergonzi, ich schulde Ihnen eine Entschuldigung. Onkel Ches hat mir alles gesagt – warum Sie hier sind, meine ich. Dass es nur auf seinen Wunsch hin ist. Ich war ... Ich bin nur ... nun, ich entschuldige mich.«

Sie sah ihn kühl an. »*Sì*, Mylord, das sollten Sie auch«, entgegnete sie. »Und ich, ich hätte nicht dort sein sollen. Das war mein Fehler.«

Er ließ die Hand sinken und lächelte bitter. »Ich habe Ihnen ja keine andere Wahl gelassen.«

Viviana sah ihn unverwandt an. »Sie sind ein großer Narr, wenn Sie das glauben, Mylord.«

Er sah sie seltsam an. »Dann hat meine Drohung dir nichts bedeutet?«, murmelte er. »Warum bist du dann gekommen?«

Viviana hielt noch immer die Zügel des Wallachs, als sie jetzt einen Schritt zurücktrat und die Schultern zuckte. »Irregeleitete Neugier vielleicht.«

Er hielt ihrem Blick stand, als wartete er darauf zu sehen, ob sie wanken würde. Stattdessen erwiderte sie kühn seinen Blick und tat so, als sähe sie den Schmerz in seinen Augen nicht. Ja, sollte er doch ein ganzes Leben lang um den Verlust seiner hübschen Verlobten trauern; Viviana scherte das nicht. In den letzten fast zehn Jahren voller Einsamkeit und Leere hatte sie schließlich gelernt, wie man sein Herz hinter Mauern verschanzt.

»Du weißt, dass Esmée die Verlobung gelöst hat?«, sagte er. »Ja, meine Schwester wird dir alles erzählt haben.«

Viviana hatte den Wallach zu einem alten, jetzt halb verfallenen Torpfosten geführt. »Das geht mich nichts an, Wynwood«, sagte sie. »Ich bin dafür nicht verantwortlich. Aber ich bin sicher, deine Mutter findet eine andere blaublütige, blonde englische Miss für dich.«

»Ich weiß nicht, wovon du sprichst«, sagte er. »Miss Hamilton ist Schottin, und ihr Haar ist eindeutig braun.«

»Die Braut deiner Träume.« Viviana lächelte leicht. »Erinnerst du dich? Du hast mir einmal gesagt, wie sie aussehen würde.«

»Du weißt gar nichts über meine Träume, meine Liebe, und hast es auch nie«, sagte er. Aber in seiner Stimme schwang leichter Ärger mit.

Viviana trat vorsichtig auf das, was von dem Pfosten übrig war, und stieg in den Sattel. Lord Wynwood bot ihr seine Hilfe nicht an. Stattdessen wirkte er niedergeschlagen. Sie wünschte, er würde das nicht zulassen. Sie wünschte, er würde aus der Deckung kommen und den Kampf gegen das aufnehmen, was ihn so sehr ärgerte. Sie konnte sie sehen – nicht nur die Trostlosigkeit, sondern auch seine Wut. Wie leicht man die eigenen Unzulänglichkeiten bei einem anderen Menschen erkannte! Und, oh, wie sehr wünschte sie, ihn anzuschreien! Wie sehr sie sich nach dem kleinsten Vorwand sehnte. Aber er sagte nichts.

Viviana lenkte den Wallach zurück zum Weg. »*Buona sera*, Lord Wynwood«, sagte sie. »Ich muss gehen.«

»Viviana, warte!«

Sie wandte sich um. »*Sì?*«

»Du hast heute mit meiner Mutter zu Mittag gegessen, nicht wahr? Ich hoffe … ich hoffe, dass sie freundlich zu dir war?«

»Sie war höflich«, sagte Viviana. »Über die Maßen höflich.«

»Ah, ich denke, ich verstehe«. Sein Gesicht entspannte sich ein wenig. »Viviana, wie lange wirst du hierbleiben?«

Sie richtete sich gereizt auf. »Bis Chesley meinen Vater nicht mehr braucht. Warum?«

Er zuckte mit den Schultern und strich sich dann mit der Hand durch das Haar, die Geste eines jungen Mannes. Ihr Herz machte einen Sprung. Ah, sie erinnerte sich gut daran.

»Es liegt an uns, Viviana, damit zurechtzukommen«, sagte er schließlich.

»Du hast mit deiner Schwester gesprochen«, bemerkte sie. »Gut, dann sei es. Wir werden uns arrangieren – wenn wir einander sehen, was aber nicht sehr wahrscheinlich ist, nicht wahr?«

Er antwortete nicht. Stattdessen streckte er ihr die Hand hin. »Dann lass Frieden zwischen uns sein, Viviana. Wir sind jetzt zu alt, um uns zum Narren zu machen.«

Viviana beugte sich herunter und reichte ihm die Hand. Seine Hand fühlte sich warm und fest an, selbst durch ihren Handschuh. »Pax, Wynwood.«

Ihre Hände trennten sich. Die Berührung war vorbei. Viviana richtete sich im Sattel auf und lenkte ihr Pferd herum. Zum ersten Mal fiel ihr auf, dass das Steingebäude genau genommen ein kleines Haus war – ein Cottage, hatte er es genannt. Der Garten war verwildert, aber es musste hier einmal sehr hübsch ausgesehen haben. An die eine Seite des Hauses schloss sich ein Kuhstall an, es war der Teil, der verfallen war.

Aber Quin sah sie noch immer an, als wollte er noch etwas sagen. »Viviana, du siehst … anders aus.«

»Es sind fast zehn Jahre vergangen, Quinten«, sagte sie ruhig. »Die Zeit verändert uns.«

»Nein, das meine ich nicht«, sagte er. »Deine Nase, sie ist … sie ist nicht mehr so wie damals. Habe ich recht?«

Instinktiv berührte sie die leichte Erhebung auf dem Nasenrücken mit ihrem Zeigefinger. »Das hier – meinst du das?«, sagte sie. »Nun, ich bin eine Treppe hinuntergefallen. Ich habe sie mir gebrochen.«

»Wann?«

Wieder zuckte sie mit den Schultern. »Vor zwei Jahren, glaube ich«, sagte sie vage. »Ungeschickt von mir, nicht wahr? Aber jetzt hat mein Gesicht – wie sagt dein Onkel noch gleich? – ja, mehr *gravitas*. Ihr Engländer schätzt das, habe ich festgestellt. Aber was mich angeht, nun ja, ich hätte gern meine alte Nase zurück.«

Und dann tippte sie mit der Reitpeitsche an die Krempe ihres Hutes, ließ das Pferd sich drehen und trabte auf der Landstraße davon.

Quin sah ihr nach, bis sie in der Ferne verschwunden war; sah ihr nach, bis auch die Staubwolke sich wieder gelegt hatte. Dann kehrte er zu dem kleinen Cottage zurück und schob mit der Schulter die Tür auf. Drinnen goss er ein wenig Wasser in das Küchenbecken und wusch sich sorgfältig den Apfelsaft von den Händen. Wie schade, dass er nicht auch die Erinnerungen an Viviana so leicht abwaschen konnte.

Er stützte sich mit den Händen auf den Beckenrand und schaute durch das kleine Fenster auf die mattgrüne Wiese, die sich hinter dem Cottage erstreckte. Viviana schien völlig unbeeindruckt von ihm zu sein, fast so, als hätte es die Monate ihrer Beziehung nie gegeben. Länger als ein Jahr hatte er ihr den Hof gemacht und war ihr nachgelaufen, hatte er sie geliebt und war sich nie völlig sicher gewesen, dass sie ihm gehörte. Jetzt war er sicher. Ganz egal, wie verzweifelt er auch gewünscht hatte, sie zu besitzen – er war der Erfüllung dieses Wunsches nicht auch nur annähernd nahgekommen.

Viviana hatte der Oper gehört, und den Bewunderern und

Gönnern, die sie verehrten. Männer wie sein Onkel. Und viele Männer, die weniger gut waren als sein Onkel. Quin hatte versucht, sie vor diesen Männern zu warnen – in dem Glauben, so dachte er jetzt, dass sie sich der Gefahren nicht ganz bewusst war.

Er war eifersüchtig auf ihr Talent gewesen, das stimmte. Nun, eifersüchtig auf die Aufmerksamkeit, die es auf sich zog, und auf die zweideutigen Blicke und Angebote, die es ihr einbrachte. Er hatte sie geliebt. Er hatte sie beschützen wollen. Und ja, er hatte sie ganz für sich haben wollen – weil er so zutiefst verzweifelt gewesen war, so fast schon lächerlich unsicher. Er schämte sich fast, das jetzt zuzugeben.

Er wünschte bei Gott, er wäre damals ein wenig älter gewesen, nur ein wenig erfahrener, als er ihr begegnet war. Er wünschte auch, dass sie nicht so viel älter als er gewesen wäre. Oh, vielleicht machte es jetzt nichts aus; ein paar Jahre, nicht mehr. Aber damals hatte es unüberbrückbar geschienen. Es hatte sich für Quin angefühlt, als hätte Viviana schon alle Geheimnisse des Lebens gekannt. Als würde sie ihn mit kaum verhohlener Belustigung beobachten, während er damit kämpfte, mit seiner Männlichkeit zurechtzukommen.

Gianpiero Bergonzi, so schien es, hatte ganz und gar auf seine Männlichkeit vertraut. Und auch er hatte Viviana gewollt, hatte sie so sehr gewollt, dass er eine von allen respektierte Frau aus ihr gemacht hatte. Vielleicht hatte Bergonzi einfach das Rückgrat gehabt, das zu tun, was Quin hätte tun sollen. Vielleicht hätte Quin sie heiraten sollen. Vielleicht hätte Viviana mit der Zeit begonnen, ihn zu lieben. Und vielleicht hätte er der Vater ihrer Kinder sein können.

Sie hatte *drei* Kinder, hatte er erfahren. Nicht nur das hübsche kleine Mädchen, das er bei Astley's gesehen hatte, sondern noch eine Tochter und auch noch einen Sohn. Es tat weh, wenn er daran dachte. Ihr Körper hatte sich kaum verändert. Oh, sie war sinnlicher als früher. Und ja, da waren ein paar kleine Fältchen um ihre Augen, und, wenn sie die Stirn runzelte, auch um ihren Mund. Aber sie hatte *drei* Kinder. Und ein anderer Mann hatte sie ihr gegeben.

Ein anderer Mann hatte getan, wozu er nicht den Mut gehabt hatte. Ein anderer Mann hatte die Schönheit und die Freude darüber empfunden, jeden Tag mit Viviana zu leben, ein ganzes Leben lang. Weil Quin seine Chance vertan hatte. Das war die schreckliche Wahrheit.

Das schmerzende Gefühl des Verlustes verschlang ihn fast. Die gähnende Leere der vergangenen zehn Jahre griff nach ihm. Und dieses Mal gab es nicht genügend Huren in der ganzen Christenwelt oder genügend Jungfrauen in ganz Schottland, um die Wahrheit zu verdrängen. Die Arme noch immer auf den Beckenrand gestützt, schloss Quin die Augen und zwang sich, nicht zu weinen.

Kapitel 8

In dem Lady Charlotte vergisst, dass sie Besuch erwartet

Der Dezember legte sich wie ein Mantel aus grauer Wolle über Buckinghamshire, und jeder Tag war kürzer als der vorige. Viviana war von einer Unruhe erfüllt, die niemand sonst mit ihr zu teilen schien. Die Kinder verbrachten ihre Zeit mit der glücklichen Routine aus Lernen und Spielen und wurden von Lady Alice' Kindern gut unterhalten, die von ihrer Gouvernante fast jeden Nachmittag gebracht wurden.

Lord Chesley war ein aufmerksamer Gastgeber, wenngleich er es vorzog, seine Zeit mit den Gentlemen im Musikzimmer zu verbringen, um Zeuge des »Wunders der Schöpfung«, wie er es nannte, zu sein. Viviana verbrachte jeden Morgen eine Stunde damit, sich zusammen mit Mrs. Douglass um die Organisation des Haushaltes zu kümmern, eine Pflicht, die ihr Chesley auf seine charmante Art übertragen hatte. Der Rest des Tages gehörte ihrer Harfe und ihrer Violine.

Doch zurzeit besänftigte selbst ihre Musik sie nicht mehr so, wie sie es sonst getan hatte, auch während einiger ihrer dunkelsten und einsamsten Tage in Venedig. Wenn also auch die Musik ihre Unruhe nicht zu besänftigen vermochte, verließ Viviana das Haus, um spazieren zu gehen oder auszureiten, wenn es nicht regnete – und manchmal hielt nicht einmal das schlechte Wetter sie davon ab. Nur selten wünschte jemand, sie zu begleiten. *Die kalte englische Luft,* dachte Viviana, *hat auch ihre Vorteile.*

Es war ein solcher Nachmittag, als sie auf dem Weg durch die Halle von den Herren aufgehalten wurde. »Endlich, das ist sie«, hörte sie Chesley rufen. »Welch glücklicher Zufall!«

Ihr Vater, der in der Nähe des Klaviers auf einem Stuhl saß, drehte sich um. »*Vieni qui*, Vivie«, sagte er und winkte sie eifrig ins Zimmer. »Setz dich, setz dich!«

»*Sicuro*, *Papà*.« Sie trat ein und setzte sich auf den Stuhl, den er ihr angeboten hatte.

Lord Digleby hatte sich von der Klavierbank erhoben. »Schauen Sie, Contessa«, sagte er eifrig und reichte ihr ein Blatt mit flüchtig niedergeschriebenen Noten. »Das ist Marias letzte Arie, als sie herausfindet, dass Orlando eine Affäre mit ihrer Zofe hat. Was halten Sie davon?«

Ein wenig nervös überflog Viviana das Blatt und summte die Tonfolge im Geiste mit. Den Text hatte sie bereits gesehen, aber die Musik war neu für sie.

»Das ist die Anfangssequenz«, sagte Digleby, griff in die Tasten und ließ einen dramatischen Akkord aufklingen. Doch dann wurde die Melodie schwermütig und herzzerreißend, und Viviana erkannte, dass die Schönheit der Verse jetzt in den Vordergrund trat. Die Augen ihres Vaters folgten Diglebys Händen auf der Tastatur, wie ein Vater ein vielgeliebtes Kind betrachten mochte. In der Tat war seine Musik sein Kind ebenso wie Viviana es war.

Die Musik brach ab. Viviana reichte Digleby das Notenblatt. »Es ist wundervoll, Lord Digleby. Und sehr eindringlich.«

Diglebys Lächeln wirkte leicht angespannt. »Wie freundlich von Ihnen, Contessa«, sagte er. »Ihr Vater und ich haben es gemeinsam geschrieben. Aber können Sie es bitte singen und uns Ihre Vorschläge dazu machen?«

»Meine Vorschläge?«

»Hier zum Beispiel«, sagte ihr Vater und zeigte auf eine der Passagen, dann sprach er in raschem Italienisch weiter. »Ich denke, es könnte zu tief sein, wenn es sich stattdessen emporschwingen sollte. Ich muss es von dir gesungen hören, um sicher zu sein.«

Viviana stand auf und legte das Blatt auf das Klavier. »Oh, ihr braucht meine Hilfe nicht«, protestierte sie. »So wie es ist, ist es vollkommen.«

Ihr Vater zeigte auf das Notenblatt. *»Dio mio*, Vivie!«, sagte er ungeduldig. »Sing! Sing es!«

»Komm, versuch es, Mädchen«, forderte auch Lord Chesley sie vom Sofa her auf. »Ich muss zugeben, dass ich es das erste Mal gern von einer wahren Künstlerin hören möchte.«

»Va bene«, gab sie schließlich nach.

Es war nichts mehr zu ändern. Sie hatte gewusst, dass es letztendlich dazu kommen würde. Ihre Knie zitterten leicht, als sie nach dem Notenblatt auf dem Klavier griff. Digleby lächelte und spielte die Anfangsakkorde noch einmal. Das Thema der ergreifenden Melodie klang an, begann dann zu dominieren. Viviana holte tief Luft und begann zu singen.

Der Text begann recht einfach. Die betrogene Maria schmiedete Rachepläne gegen ihren treulosen Geliebten, und die Worte und die Musik spiegelten ihren Zorn wider. Viviana versuchte, dem Stück Gerechtigkeit widerfahren zu lassen, aber einige Male zögerte sie und musste die Gentlemen ansehen, damit sie ihr Anweisungen gaben. Einmal unterbrach ihr Vater sie, nahm ihr das Blatt aus der Hand und änderte einige Noten, bevor er es ihr zurückgab.

»Weiter, *cara mia*«, sagte er und hob die Hand.

Viviana sang zögernd weiter. Natürlich erwartete bei diesem ersten Versuch niemand von ihr, dass sie perfekt sang. Die Musik war noch unfertig, und auch die Herren waren noch unschlüssig, wie die endgültige Fassung klingen sollte.

Offensichtlich verpfuschte sie es nicht zu schlimm. Denn als sie geendet hatte, stand Lord Chesley auf und applaudierte begeistert. *»Brava, brava*, mein Mädchen!«, rief er. »Du hast noch immer die Stimme eines Engels.«

Viviana war sich ganz und gar nicht sicher, dass das der Fall war. Sie schaute ihren Vater an, um seine Reaktion zu sehen. Aber er und Lord Digleby hatten sich schon wieder dem Klavier zugewandt, diskutierten schon wieder darüber, welche Änderungen eingebracht werden mussten.

Chesley ergriff ihre Hand, als sie vorüberging. »Du siehst blass aus, meine Liebe«, murmelte er.

Sie schüttelte den Kopf. »Es geht mir gut, Chesley, danke.«

»Du langweilst dich«, sagte er und runzelte die Stirn. »Dieses verfluchte Wetter fesselt dich ans Haus. Du bist an ein Leben voller Glanz gewöhnt, und daran, dass zwei oder drei gut aussehende Männer dich auf Schritt und Tritt hofieren.«

»Das ist ganz und gar nicht so«, murmelte sie.

Chesley lachte. »Das ist immer so, wenn wir uns sehen, mein liebes Mädchen«, erwiderte er. »Also, was können wir gegen dieses langweilige Landleben tun? Ich weiß! Wir werden ein Abendessen geben!«

Viviana lächelte matt. »Das wäre reizend.«

Nach einem letzten Händedruck ließ Chesley sie gehen und wandte seine Aufmerksamkeit wieder der Musik zu. In der Halle warf sich Viviana ihren Mantel über, zog sich Handschuhe an und ging hinaus in den kalten Wintertag.

Sie würde ins Dorf gehen, hatte sie beschlossen. Sie hatte dort das Geschäft einer Schneiderin entdeckt, und sie brauchte ein paar wärmere, praktischere Kleidungsstücke für den englischen Winter. Sicherlich würden weder Quin noch seine Mutter die Geschäfte im Dorf aufsuchen.

Der Weg dorthin betrug keine Meile, und bis sie das Dorf erreichte, begegnete sie keiner Menschenseele. Ihr Spaziergang wurde jedoch beendet, als sie am großen Tor von Arlington Park vorbeikam. Ein gut aussehender junger Mann kam aus der Tür des Torhauses. Er trug eine braune Ledertasche. In der Tür stand Lady Charlotte, die sich auf einen Stock mit einem Griff aus Messing stützte. Sie sah dem jungen Mann grimmig nach, als wollte sie sich vergewissern, dass er wirklich ging. Natürlich entging auch Viviana nicht ihrem aufmerksamen Blick.

»Guten Tag, Contessa!«, rief sie mit ihrer zittrigen Stimme. »Kommen Sie doch herein. Ich befreie mich gerade von einer Plage, wie Sie sehen, und habe niemanden, mit dem ich mich unterhalten kann.«

Der junge Mann blieb bei seiner Kutsche stehen und bot Viviana die Hand. »Mit der Plage bin ich gemeint«, sagte er und beugte sich artig über ihre Hand. »Dr. Gould, zu Ihren Diensten.«

»Ich hoffe, dass ich Sie nicht in Anspruch nehmen muss«, erwiderte Viviana mit einem Lächeln. »Aber ich freue mich, Sie kennenzulernen. Ich bin Contessa Bergonzi.«

Er lächelte freundlich. »Das habe ich bereits vermutet«, sagte er. »Wir haben hier nur selten Berühmtheiten zu Gast.«

Lady Charlotte sah jetzt sehr ungeduldig aus. Viviana wusste keinen höflichen Weg, ihre Einladung abzulehnen, auch wenn sie sich nicht vorstellen konnte, warum Quins alte Tante wünschen sollte, sie zu empfangen, besonders in Anbetracht der Umstände ihres letzten Zusammentreffens. Aber vielleicht war es gerade wegen dieser ganz besonderen Umstände, dass Viviana nicht ablehnen konnte. Es zu tun, würde so aussehen, als fühlte sie sich … nun, schuldig.

»Sie müssen ja ganz durchgefroren sein«, sagte Lady Charlotte, als sie sich im Salon gegenübersaßen. »Ich werde gehen und Mrs. Steeple sagen, dass sie Tee bringen soll.«

Viviana hob die Hand. »Bitte machen Sie sich meinetwegen keine Umstände.«

»Unsinn«, widersprach Lady Charlotte.

Nach einem kurzen Moment war sie zurück. Sie lehnte sich in ihrem Sessel zurück, und in ihren Augen funkelte ein heller Glanz. »Wie reizend von Ihnen, mich zu besuchen, Contessa«, schnurrte sie. »Wir Alten führen ein so ruhiges Leben, dass wir uns an die Jungen halten müssen, damit sie unser Fenster zur Welt sind.«

Viviana sah sie abwartend an. »Nun, ich fürchte, dass mein Fenster sich auch schon geschlossen hat«, entgegnete sie. »Darf ich Sie nach Ihrer Gesundheit fragen, Ma'am?«

»Es geht mir recht gut, danke.« Lady Charlotte sah verwirrt aus.

»Sie haben sich also von Ihrem ... von Ihrem Sturz in Arlington Park erholt?«

»Oh, diese dumme Geschichte meinen Sie!«, sagte die alte Dame. »Ja, ja, sie haben mir gesagt, ich wäre in Ohnmacht gefallen. Ich habe keine Erinnerung daran.«

Viviana schwankte, ob sie ihr das abnehmen sollte. Vielleicht war Lady Charlotte einfach nur höflich. Es war Zeit, das Thema zu wechseln.

Lady Charlotte kam ihr zuvor. »Ich bewundere Ihre Garderobe, meine Liebe«, bemerkte sie und betrachtete Vivianas flaschengrünes Kleid. »Diese lebhaften Farben. Diese natürliche Energie. Sie müssen sich wie eine Treibhausorchidee auf einem Feld von einfachen Gänseblümchen fühlen, hier in unserem kleinen englischen Dorf.«

»Mein Haar ist kohlrabenschwarz, und meine Haut ist zu blass«, murmelte Viviana. »Ich hatte immer das Gefühl, Farbe zu brauchen.«

»Ich stimme zu«, sagte die alte Dame. »Wir englischen Ladys haben einen so langweiligen Geschmack.«

Viviana wechselte wieder das Thema. »Sie sprachen von einem Fenster zur Welt, Ma'am«, sagte sie. »Haben Sie viel davon gesehen?«

»Ach wo!«, sagte die alte Lady und beugte sich eifrig vor. »*Sie* haben Orte besucht, von denen ich nur träumen kann. Erzählen Sie mir, wie es in Wien ist, Contessa? Ich habe mir immer gewünscht, einmal dorthin zu reisen.«

Viviana zögerte. »Nun, ich habe nur wenig davon gesehen, doch es ist sehr groß«, sagte sie. »Ich habe in zwei Produktionen am Kärntnertortheater gesungen, aber wir hatten nur wenig freie Zeit.«

»Zu meiner Zeit wussten wir kaum, was eine Oper ist.« Lady Charlotte blickte ein wenig wehmütig drein. »Heutzutage sagt man, sie sei groß in Mode. Können Sie sich das vorstellen?«

Viviana lächelte. »Ich bin hineingeboren worden. Ich habe die Oper nie als eine Neuheit oder eine Modeerscheinung betrachtet.«

»Ah, ja!«, erwiderte Lady Charlotte. »Und Sie sind in Venedig geboren?«

»Nein, in Rom. Wir zogen in die Nähe von Venedig, als mein Vater dort einen Mäzen fand. Wir wohnten in einer Villa auf seinem Besitz.«

»Nun, als ich in Ihrem Alter war, waren Theaterstücke en vogue«, erinnerte sich die alte Lady. »Ich habe sogar Voltaires *Irène* gesehen, als es in Paris uraufgeführt wurde. Der große Meister selbst war anwesend. Es war meine einzige Reise ins Ausland – wenn man Frankreich denn als solches betrachtet.«

»Sie haben eine gute Wahl getroffen. Paris ist sehr schön.«

»Sie haben auch dort gesungen, nehme ich an?«

»Viele Male«, lächelte Viviana.

Die alte Dame stellte noch eine ganze Reihe belangloser Fragen über die Städte, in denen Viviana gastiert hatte, und die bedeutenden Persönlichkeiten, vor denen sie aufgetreten war. Viviana begann, sich ein wenig zu langweilen. Was um alles in der Welt fand Lady Charlotte nur so interessant an der Karriere einer ehemaligen Sängerin? In diesem Augenblick kam eine junge Frau in den Salon, die einen Rollwagen vor sich herschob, der mit Delikatessen überladen war.

»Himmel, was für eine Menge zu essen für zwei«, murmelte Viviana.

Die Angestellte verharrte unschlüssig. »Hallo, Miss«, sagte sie schließlich. »Sie erinnern sich nicht an mich, nicht wahr?«

Viviana hob den Kopf – und sprang sofort auf. »Lucy!«, rief sie und griff nach der Hand der jungen Frau. »Oh Lucy! Was für eine Überraschung! Oh, *cara mia*, wie könnte ich Sie vergessen?«

»Sie kennen unsere Lucy, Contessa?« Lady Charlotte schien überrascht zu sein.

»Aber ja! Sie hat sich eine Zeit lang um mich gekümmert«, erklärte Viviana. »Lord Chesley hat sie mir geschickt, als ich das erste Mal in London war. Und seitdem hat nie wieder jemand so gut für mich gesorgt.«

Lucy errötete. »Sie waren immer sehr freundlich, Miss.«

»Lucy kommt immer mittwochs her, um Mrs. Steeple zu helfen«, erklärte Lady Charlotte. »Aber sie hat jetzt selbst vier Kinder, die das meiste ihrer Zeit in Anspruch nehmen.«

»Lucy, lassen Sie sich anschauen.« Viviana ergriff auch Lucys andere Hand. »Vier Kinder!«

»Und alle gesund, Miss«, entgegnete Lucy.

»Das ist eine schöne Überraschung«, sagte Viviana atemlos. »Und Ihre Familie? Sind alle wohlauf?«

»Meine Schwester führt jetzt Squire Lawson den Haushalt«, entgegnete sie. »Und Tante Effie ist noch immer auf Hill Court.«

»Herrje, ich hatte ganz vergessen, dass Mrs. Douglass Ihre Tante ist.« Viviana lächelte. »Ich habe natürlich gehört, dass Sie Ihren gut aussehenden Verehrer geheiratet haben, aber irgendwie hatte ich es verstanden, dass Sie weggezogen wären.«

»Oh, nur ins Nachbardorf«, erklärte Lucy. »Joe ist zu etwas Geld gekommen, Miss. Er hat das Queen's Arms gekauft, ein Gasthaus in der Nähe von Lower Hampden.«

»Wie sehr ich mich für Sie freue!« Viviana ließ Lucys Hände los. »Ich muss Sie einmal nachmittags besuchen kommen.«

»Ich wünschte, Sie würden das tun, Miss«, lächelte Lucy schüchtern. »Ich habe etwas, was ich Ihnen gern zeigen möchte.«

Viviana hob die Schultern. »Nun, ich habe heute Nachmittag nichts vor«, sagte sie. »Um welche Zeit gehen Sie nach Hause?«

»In ungefähr einer Stunde«, entgegnete Lucy und sah ein wenig verlegen aus. »Aber es ist ein ziemliches Stück zu laufen, Miss, und ich habe keine Kutsche. Macht es Ihnen etwas aus, zu Fuß zu gehen?«

»Ich würde sehr gern ein Stück laufen.«

»Dann also bis nachher.« Lucy machte einen kleinen Knicks und wandte sich zum Gehen, aber genau dann ließ das Geräusch einer vorfahrenden Kutsche sie innehalten. »Das werden seine Lordschaft und Lady Alice sein«, sagte Lucy. »Soll ich sie hereinbitten, Ma'am?«

Lady Charlotte wirkte plötzlich verwirrt. »Wer?«

»Lord Wynwood und Lady Alice«, sagte Lucy und sah die alte Dame verwundert an. »Sie kommen, um den Tee mit Ihnen einzunehmen, Ma'am. Hatten Sie das vergessen?«

»Ach du meine Güte!«, sagte Lady Charlotte. »Habe ich das schon wieder durcheinandergebracht? Es ist doch nicht schon wieder Mittwoch?«

Viviana sah sie argwöhnisch an. »Sie müssen Geduld mit einem alten Menschen haben, meine Liebe«, murmelte Lady Charlotte, nachdem Lucy gegangen war. »Wenn Sie einmal alt sind, werden Sie sich darüber wundern, was man alles vergessen kann.«

Viviana glaubte nicht an einen Zufall. Aber ihr blieb nur wenig Zeit, darüber nachzudenken, denn Lucy hatte die Tür zum Salon geöffnet, und Alice kam durch den Salon, um sie zu begrüßen. Sie hatte die Arme weit geöffnet.

»Was für eine wunderbare Überraschung, Viviana!«, rief sie. »Tante Charlotte hat nicht erwähnt, dass Sie sie eingeladen hat.«

Lady Charlotte sah auf einmal sehr klein und zerbrechlich aus. »Ich muss die Tage durcheinandergebracht haben, meine Liebe«, erklärte sie und bot Lady Alice die Wange zu einem Begrüßungskuss. »Und Quinten! Komm her, mein Junge. Die Contessa Bergonzi kennst du ja.«

Quin verbeugte sich steif in Vivianas Richtung. Er sah nicht erfreut darüber aus, ihr hier zu begegnen. »Guten Tag, Ma'am«, murmelte er. »Ich hoffe, Sie sind wohlauf?«

Viviana zwang sich zu einem höflichen Lächeln. »Ja, vielen Dank.«

Doch sie fühlte sich nicht besonders wohl. Sie sagte wenig, nachdem Quin und Alice Platz genommen und von ihrer Tante Tee eingeschenkt bekommen hatten. Viviana hatte das Gefühl, gerade in ein Zimmer gekommen zu sein, in dem sie nicht erwünscht war – vielleicht sogar abgelehnt wurde. Die Friedensübereinkunft, die sie mit Quin geschlossen hatte, schien von seiner Seite für null und nichtig erklärt worden zu sein. Ohne Zweifel lehnte er ihre Anmaßung ab, seine Tante zu besuchen. Aber welche Wahl hatte sie in dieser Situation gehabt?

Sie bemerkte, dass Lady Charlotte ihr eine Platte mit Sandwiches zuschob.

»Danke«, murmelte sie.

»Es ist mir gelungen, die Contessa auf ihrem Weg ins Dorf abzufangen«, bemerkte Lady Charlotte und stellte den Teller zur Seite. »Ich habe sie ganz dreist gebeten, hereinzukommen.«

»Viviana liebt ihre langen Spaziergänge«, lächelte Lady Alice. »Und ihre langen Ausritte.«

»Alice hat mir erzählt, dass Sie drei Kinder haben«, fuhr Lady Charlotte fort. »Wie schön, dass Sie mit ihnen nach England gekommen sind.«

»Ich mag es nicht, von ihnen getrennt zu sein«, gab Viviana zu. Sie spürte Quins unverwandten Blick auf sich brennen.

»Ich liebe kleine Kinder über alles«, erklärte die alte Frau. »Wie heißen sie und wie alt sind sie?«

Viviana zögerte. »Cerelia ist meine Älteste«, sagte sie. »Felise ist die Mittlere, und mein Sohn Nicolo ist noch recht klein.«

»Nicolo ist jetzt der Conte Bergonzi di Vicenza«, fügte Alice hinzu. »Ich nehme an, er sieht seinem Vater sehr ähnlich?«

»Ja, ein wenig«, erwiderte Viviana. *Lügnerin*, dachte sie. Er sah ganz genauso aus wie sein Vater – was vermutlich ein großer Vorteil für einen Jungen war, der einen solchen Titel erbte. Und den Reichtum und die Macht, die damit einhergingen.

»Und wie lange waren Sie verheiratet, meine Liebe?«, fragte die alte Lady. »War es eine Liebesheirat? Oder haben Ihre Familien sie arrangiert?«

Viviana war irritiert über diese sehr direkte Frage. »Nun, sieben Jahre«, erwiderte sie. »Die Heirat war von meinem Vater arrangiert worden, während ich in London war.«

»Sie kannten Ihren Gatten also zuvor gar nicht? Das muss sehr schwer für Sie gewesen sein«, sagte Lady Charlotte mitfühlend.

»Nein«, erwiderte Viviana rasch. »Ich meine, ja. Ich kannte ihn. Bergonzi war der Förderer meines Vaters. Wie ich schon sagte – ich bin in einer Villa auf seinem Besitz aufgewachsen.«

»Ah!« Lady Charlotte nickte. »Das hat es leichter gemacht, nehme ich an.«

Was hat es leichter gemacht?, fragte sich Viviana. *Mit einem außerehelichen Kind schwanger zu sein?* Sie war sich dessen ganz und gar nicht sicher. Sie hätte nicht beschwören können, ob sie sich nicht wieder für das Leben als skandalumwitterte, gefallene Frau entscheiden würde, wenn sie wählen könnte.

»Und wie geht es deinen Kindern, meine Liebe?«, wandte sich Lady Charlotte an ihre Nichte. »Ist Christopher seine Erkältung losgeworden?«

Alice lachte. »Sie hat nur so lange gedauert, bis die Schwarznessel-Bonbons zu Ende waren, die Lucy gemacht hat«, räumte sie ein. »Und dann gab es eine rätselhafte Genesung. Wo ist Lucy eigentlich?«

»In der Küche.« Lady Charlotte strahlte. »Wusstest du, dass Lucy für Contessa Bergonzi gearbeitet hat? Sie sind sich erst heute Nachmittag hier wiederbegegnet.«

Alice sah sie überrascht an.

»Ja, als ich das erste Mal in London war«, erklärte Viviana ruhig.

»Ach, jetzt erinnere ich mich!«, sagte Alice. »Onkel Ches hatte Lucy nach London geschickt, damit sie sich dort um einen seiner Schützlinge kümmerte. Waren das Sie, Viviana? Oh, wie sehr wünschte ich, Sie damals schon kennengelernt zu haben!«

Viviana spürte, wie sie errötete. Quin hatte sich in seinem Sessel umgewandt und betrachtete mit großer Konzentration das Landschaftsgemälde, das über dem Kaminsims hing. Plötzlich trat ein tollkühnes Funkeln in Alice' Augen.

»Quin«, fragte sie laut, »du kanntest doch Viviana, als sie in London gelebt hat, nicht wahr?«

Quin wandte den Blick wieder den Damen zu und räusperte sich. »Ich – ja – ich glaube, wir sind uns begegnet.« Seine Stirn krauste sich. »Oder doch nicht, Contessa?«

»*Sì*, Lord Chesley hat uns miteinander bekannt gemacht«, murmelte Viviana.

Lady Charlotte klatschte vergnügt in die Hände. »Wie faszinierend!«, rief sie. »Seid ihr euch danach nie wieder über den Weg gelaufen?«

Viviana öffnete den Mund, dann schloss sie ihn wieder. Alice spielte ein gefährliches Spiel, denn einen Teil der Geschichte hatte sie von Lord Chesley erfahren. Was Quin betraf, so war seine Haltung angespannt und sein Gesicht blass. Er schämte sich dessen, was sie für ihn gewesen war. Nun, zur Hölle mit ihm. Sie war auch nicht stolz darauf.

»Ich denke, wir sind uns danach wieder begegnet, ein- oder zweimal«, antwortete sie. »So ganz genau weiß ich es nicht mehr.«

Quin sah sie über den Rand seiner Teetasse hinweg an, seine Augen blickten hart und dunkel. »Wir sind uns wiederbegegnet«, sagte er fest. »Ein- oder zweimal.«

»Ach komm schon, Quin!«, sagte Alice neckend. »Onkel Ches hat mir erzählt, dass du unsterblich in sie verliebt warst!«

»In jenen Tagen war ich unsterblich in eine erschreckende Sorglosigkeit verliebt«, erwiderte er kühl. »Junge Narren neigen dazu.«

Alice sah aus, als wäre ihr der Spaß verdorben worden. Abrupt griff sie zu einem Teekuchen und biss davon ab.

Lady Charlotte lächelte ihren Großneffen gutmütig an. »Und wie lange gedenkst du, auf dem Land zu bleiben, mein Junge?«, fragte sie. »Es zieht dich noch nicht wieder zurück nach London?«

Alice zwinkerte ihrer Tante zu. »In London ist es plötzlich sehr eng geworden, würde ich meinen«, sagte sie. »Die Stadt ist zurzeit nicht groß genug, damit Sir Alasdair MacLachlan *und* Quin sich zur selben Zeit dort aufhalten können.«

Lady Charlotte blinzelte wie eine Eule. »Ach! Quin, ich hoffe doch, dass ihr zwei keinen Streit habt? Ich mag Alasdair, auch wenn er ein unverschämter Schürzenjäger ist.«

»Nun, seine Tage als Schürzenjäger sind gezählt«, bemerkte Alice. »Jedenfalls sieht es ganz danach aus.«

Ihr Bruder verdrehte die Augen. »Um Himmels willen, Alice!«

»Nun, warum sollten wir denn nicht ganz offen darüber reden können?« Alice machte eine Pause, um einen Krümel von ihrem Rock zu streifen. »Sir Alasdair wird in Kürze seine Verlobung mit Miss Esmée Hamilton bekannt geben«, sprach sie dann weiter. »Mum weiß es von Lady Tatton höchstpersönlich.«

»Großer Gott!«, sagte Lady Charlotte. »Ist Lady Tatton damit einverstanden?«

»Nein, eher wohl nicht.« Alice machte wieder eine Pause, um sich einen Biskuit vom Teetisch zu nehmen. »Oh, ist das Makronengebäck? Davon muss ich ein Stück haben. Nein, Lady Tatton ist nicht entzückt, aber sie erkennt, würde ich sagen, das Delikate der Situation. Sie werden im Frühjahr heiraten, und sobald das Wetter besser wird, werden sie für einen langen Besuch nach Castle Kerr fahren.«

Ein tiefes Schweigen senkte sich über die Teegesellschaft. Quin sah aus, als würde er seine Schwester am liebsten erdrosseln. »Castle Kerr?«, fragte Lady Charlotte unbekümmert. »Wo ist das?«

»In Argyllshire«, sagte Alice. »Es ist Sir Alasdairs Familiensitz.«

»Ach, das wusste ich nicht«, sagte Lady Charlotte.

»Sie werden den Frühling und den Sommer dort verbringen«, erzählte Alice weiter. »Es wird in London während der Saison recht langweilig zugehen, wenn Sir Alasdair keine Skandale mehr verursacht.«

Viviana dachte bei sich, dass seine Heirat Skandal genug für zwei oder drei Saisons sein würde. Bedauerlicherweise war sie an diesem unglückseligen Durcheinander mehr als nur ein wenig beteiligt. Plötzlich konnte Viviana es nicht länger ertragen. Sie stand abrupt auf. »Es tut mir leid«, brachte sie heraus. »Ich muss gehen und mich um meine Pflichten kümmern. Vielen Dank, Lady Charlotte, für Ihre Gastfreundschaft.«

»Oh, aber Sie dürfen noch nicht gehen, meine Liebe«, widersprach die alte Lady. »Wir plaudern doch gerade so angenehm. Außerdem wollten Sie doch auf Lucy warten.«

»Ich werde später wiederkommen, um sie zu treffen.«

»Nun«, schmunzelte Alice, »wenn Viviana geht, dann kann ich, glaube ich, dieses letzte Makronenstück auch noch essen.«

Auch Quin stand jetzt auf. »Bitte behalte Platz, Tante«, sagte er. »Ich werde die Contessa hinausbegleiten.«

Alice' Augen funkelten vor Neugier, dann warf sie einen raschen Blick zu Viviana. »Es war reizend, Sie zu treffen, meine Liebe«, lächelte sie. »Sehe ich Sie morgen zum Federballspielen?«

»Ja, wenn Sie es möchten«, erwiderte Viviana. »Vielen Dank und auf Wiedersehen.«

Sie ging hinaus und blieb nur für einen Moment stehen, um ihren Mantel zu holen. Sie sah Quin nicht an, dessen Schritte schwer den ihren folgten. Sie ging die Stufen hinunter, ihre Gedanken wirbelten durcheinander.

Großer Gott, welche Kränkung musste das für Quin bedeuten? Sir Alasdair MacLachlan war einer seiner engsten Freunde. Kein Wunder, dass er finster wie eine Gewitterwolke dreinschaute. Und was hatte Alice sich nur dabei gedacht, diese Sache zur Sprache zu bringen? Dieses zufällige Aufeinandertreffen war zu einem Fiasko geworden. Viviana war wütend; wütend auf alle, sich selbst eingeschlossen – aber am wütendsten war sie auf Quin. Seine zynische Bemerkung über die Liebe hatte sie getroffen, tief getroffen.

Sie schloss die Hand um den Türgriff, gerade als Quin ihr von hinten die Hand auf die Schulter legte. Seine Hand war warm. Hitze strahlte von seinem Körper aus, lief warm über ihren Rücken. »Viviana, warte.«

Sie fuhr herum. »Warum?«, fauchte sie. »Und warum kommst du mir nach, Quinten? Wir haben einander nichts mehr zu sagen. Was müssen deine Tante und deine Schwester denken?«

Seine Augen funkelten dunkel. »Sie denken, dass etwas im Gange ist«, stieß er hervor.

»Oh, das bezweifle ich nicht!«, stimmte sie zu. »Also warum stehen wir jetzt hier zusammen?«

Die Muskeln seines Kinns hatten sich angespannt, der Ausdruck in seinen Augen wirkte gereizt. »Verdammt, Viviana, ist es dir noch nicht in den Sinn gekommen, dass wir unsere Geschichten vielleicht aufeinander abstimmen sollten? Diese Fragerei wird nicht aufhören, das weißt du. Nicht, bis einer von uns dieses Dorf verlässt.«

»Ja, und wessen Schuld ist das?«, fragte sie bitter. »Also gut, Quinten, lass es uns hinter uns bringen. Ich bin diese subtile Inquisition leid. Was war das gestern für ein Haus? Ein Cottage, sagt ihr so?«

»Ein Cottage, ja.«

Viviana sah ihn aus schmalen Augen an. »Dann komm morgen dorthin«, forderte sie ihn heraus. »Komm und lass uns das ein für alle Mal zu Ende bringen. Und wenn wir dort sind, können wir vielleicht auch darüber nachdenken, wie wir es vermeiden können, uns wieder über den Weg zu laufen.«

Mit einem leisen Fluchen trat er einen Schritt zurück. Viviana riss die Tür auf. Sie eilte die Treppe hinunter. Sie trug ihren Mantel noch über dem Arm, doch sie spürte die Kälte nicht. Sie bog in die schmale Straße ein, die durch das Dorf führte, aber anstatt sich nach links der High Street und deren Geschäften zuzuwenden, ging sie nach rechts. Nach ein paar Metern blieb sie in der Nähe des schmalen Seitengärtchens des Torhauses stehen.

Einen Moment lang verharrte sie dort, sammelte Kraft und durchlebte das Gefühl von Quins Hand auf ihrer Schulter. Verdammt, aber er hatte recht – auch wenn sie es verabscheute, das zugeben zu müssen. Die Spanische Inquisition war nichts im Vergleich zu Lady Alice' bohrenden Fragen und Lady Charlottes hinterhältiger Einmischung. Aber welcher Teufel hatte sie nur geritten, mit Quin ein geheimes Treffen zu vereinbaren?

Er wollte, dass sie ihre Geschichten aufeinander abstimmten. Und in seiner Stimme hatte eine raue Enttäuschung gelegen, zusammen mit einigen anderen Emotionen, die sie nicht benennen konnte. Vielleicht wollte er noch etwas ganz anderes. Würde sie auch damit einverstanden sein?

Plötzlich wusste sie es nicht. *Dio!* Sie wusste es nicht, und das machte ihr Angst.

Neun Jahre lang hatte sie ihn gehasst. Hatte ihn gehasst, weil er sie dazu gebracht hatte, ihn zu lieben. Hatte ihn dafür gehasst, dass er es geschafft hatte, dass sie an sich selbst gezweifelt hatte. Hatte ihn für das gehasst, was sie getan hatte, um zu überleben. Und jetzt hatte sie vorgeschlagen, dass sie sich trafen. Allein. Bei diesem kleinen, halb verfallenen Haus inmitten der Einsamkeit. Und er hatte sehr bereitwillig zugestimmt.

Vielleicht brauchte er gerade eine neue Geliebte, jetzt, da seine schöne Verlobte sich in die Arme seines besten Freundes geflüchtet hatte. Plötzlich packte sie wieder ein Gefühl der Schuld. Sie hätte an jenem Tag nicht in sein Arbeitszimmer gehen dürfen. So, wie sie es jetzt lassen sollte, zu jenem Cottage zu gehen.

In der Ferne klappte eine Tür zu, und das Geräusch holte sie in die Wirklichkeit zurück. Viviana drehte sich um und sah Lucy um die Hausecke kommen. Sie trug einen Wischeimer, dessen Inhalt sie jetzt kurzerhand ins Dickicht entleerte.

»Lucy!«, rief Viviana leise.

Lucy spähte in den Schatten des Gärtchens. »Sind Sie das, Miss?«, fragte sie. »Wollen Sie denn schon gehen?«

Viviana ging rasch zu ihr. »Wenn Sie so weit sind«, erwiderte sie. »Sie müssen sich aber meinetwegen nicht beeilen.«

Lucy trocknete sich die Hände an ihrer Schürze ab und sah Viviana merkwürdig an. »Lassen Sie mich nur noch meinen Mantel holen, Miss«, bat sie. »Und Sie sollten sich Ihren auch überziehen, statt ihn über dem Arm zu tragen, als hätten wir den ersten Mai.«

Der Weg nach Lower Hampden war gar nicht so lang. Als sie zu Lucys Haus kamen, einem hübschen, weiß getünchten Cottage, das ein wenig abseits vom Dorfkern lag, war es Viviana gelungen, sich zu entspannen und Quin Hewitt aus ihren Gedanken zu verdrängen. Es war wunderbar, mit Lucy zu lachen und über die alten Zeiten zu reden. Während ihres ersten Aufenthaltes in London hatten Vivianas unvollständiges Englisch und Lucys rustikaler Akzent für einige lustige Missverständnisse gesorgt.

Als Viviana jetzt an diese Zeit zurückdachte, wurde ihr bewusst, wie viel sie miteinander geteilt hatten. Sie beide hatten an Heimweh gelitten und sich ein wenig vor London gefürchtet. Viviana tat es leid, dass sie nicht in Verbindung geblieben waren, aber Lucy konnte weder schreiben noch lesen. Nichtsdestotrotz war es Viviana gelungen, hin und wieder von Chesley etwas über sie zu erfahren. Sie wusste von Lucys Heirat und ihrem ersten Kind. Dann war Lucy fortgezogen – so jedenfalls hatte Viviana es verstanden.

Lucy öffnete die schwere Holztür, und der köstliche Duft nach Ingwer und getrockneten Äpfeln erfüllte die Luft. Im Haus war es dämmerig und ruhig. Die älteren Kinder, erklärte Lucy, waren noch in der Schule, während ihr Jüngstes, ein kleiner Junge, von ihrer Schwiegermutter betreut wurde, die neben dem Queen's Arms wohnte.

»Joe möchte eigentlich nicht, dass ich arbeite«, sagte Lucy, während sie sich in der Küche zu schaffen machte. »Er sagt, das schickt sich nicht für eine Gastwirtsfrau. Aber alle Jubeljahre mal braucht mich Tante Effie oben auf Hill Court. Und auch Lady Charlotte, das ist aber nur einmal in der Woche. Und ich erinnere Joe dann daran, dass sie alt ist und ihre Gewohnheiten hat. Ich weiß, wie sie alles am liebsten hat. Und sie wird nicht immer bei uns sein, nicht wahr?«

»Keiner von uns wird das«, murmelte Viviana.

»Und außerdem«, fuhr Lucy fort, »arbeite ich dort nicht mehr für Geld, seit der alte Earl nicht mehr ist.«

»Wie meinen Sie das?«

Lucy stellte zwei Becher und einen schweren irdenen Krug auf den Tisch. »Wenn ich für Lady Charlotte arbeite, wenn ich gebraucht werde, hat Mr. Herndon gesagt, dann ist Lord Wynwood damit einverstanden, dass wir hier mietfrei wohnen«, erklärte sie. »Und offen gesagt, Miss, will ich nicht, dass meine Kinder den ganzen Tag in der Gastwirtschaft bei all diesen Leuten herumhängen – und schon gar nicht am Abend.«

Lucy schenkte etwas ein, was wie kalter, köstlicher Apfelwein aussah, und setzte sich Viviana gegenüber. Nach ein paar Schlucken und ein wenig mehr belanglosem Geplaudere stand sie auf und machte Viviana ein Zeichen, ihr zu folgen. Sie gingen in eines der Nebenzimmer, eine kleine Schlafkammer.

Über das Bett, das darinnen stand, war eine blaue wollene Tagesdecke gebreitet, und daneben stand eine Wiege aus Eichenholz.

»Sie ist wunderschön, nicht wahr?«, sagte Lucy und stieß die Wiege ein wenig an, bis sie sanft hin- und herschaukelte.

Viviana verstand sofort. Das also war ihr Geschenk an Lucy. Sie hatte sie gekauft, genau wie Viviana sie vor all diesen Jahren gebeten hatte. »Lucy, es ist die schönste Wiege, die ich je gesehen habe.«

»Meine vier Babys haben in dieser Wiege gelegen, Miss, und ich habe dabei immer daran gedacht, wie freundlich Sie zu mir gewesen sind«, sagte Lucy. »Und – oh!« Sie drehte sich zu einer kleinen Kommode um und zog die oberste Schublade auf. »Hier ist das Kleidchen, das Sie geschickt haben, als Hannah geboren wurde. Ich wünschte, Sie hätten sie sehen können, Miss, wirklich. Hübsch wie eine kleine Lady war sie.«

Aber Viviana starrte noch immer auf die leere Wiege und kämpfte gegen eine unerwartete Welle mütterlicher Sehnsucht an. »Unsere Kinder sind unser kostbarster Schatz, nicht wahr?«, sagte sie ruhig. »Die Freude, und manchmal die Sorge, die sie uns bringen, kann niemand verstehen, der nicht selbst ein Kind großgezogen hat.«

Für einen Moment senkte sich Schweigen über das Zimmer. Dann schloss Lucy die Kommodenschublade und drehte sich langsam zu Viviana um. »Miss, verzeihen Sie mir, wenn ich das frage, aber ... aber *warum* haben Sie das getan?«

Viviana wandte sich ab und ging zurück in die kleine Küche. »Was getan, Lucy?« Aber sie fürchtete, dass sie wusste, was Lucy meinte.

»Das wissen Sie«, erwiderte sie. »London so Hals über Kopf zu verlassen. Jemand anderen zu heiraten. Es steht mir nicht zu, das zu sagen, Miss, aber irgendwie kommt mir das nicht richtig vor.«

»Richtig für wen, Lucy?«, fragte Viviana ruhig. »Für mein Kind? Wäre es besser für sie gewesen, als Bastard geboren zu werden?«

»Das sage ich nicht.« Lucy zog einen Stuhl an den Tisch heran und griff dann wieder nach dem Krug mit dem Apfelwein. »Aber vielleicht ... vielleicht haben Sie Mr. Hewitt keine Chance gegeben.«

»Ich habe ihm eine Chance gegeben«, sagte Viviana und senkte den Blick. »Er wollte nicht heiraten. Jedenfalls nicht mich. Ich war natürlich nicht überrascht. Also bewahrte ich mir meinen Stolz – und behielt meine Probleme für mich.«

Lucy setzte sich abrupt hin. »Großer Gott, Miss!«, wisperte sie. »Sie haben es ihm nicht gesagt?«

Viviana starrte in ihren Becher und schüttelte den Kopf.

Lucy sprach aus, was sie darüber dachte. »Sie hätten es ihm sagen müssen, Miss! Wirklich, Sie sollten es noch immer tun. Es ist nicht klug, einem Mann so etwas zu verschweigen.«

»Es ihm jetzt sagen?«, wiederholte Viviana ungläubig. »*Dio mio*, Lucy! Welchen Sinn hätte das für meine Tochter? Sie ist der einzige Mensch, der jetzt wichtig ist. Ihr Vater hat seine Wahl getroffen.«

»Nun, es steht mir nicht zu, etwas dazu zu sagen«, wiederholte Lucy. »Aber ich war diejenige, Miss, die Mr. Hewitt sagen musste, dass Sie auf und davon waren. *Sie* waren nicht da. *Sie* haben ihn nicht gesehen.«

»Meine Abreise hat ihm den Spaß verdorben, *sì?*«

Lucy sah sie tadelnd an. »Oh Miss, so war es nicht«, widersprach sie. »Er war verzweifelt, am Ende – und er hat sich bis jetzt nicht davon erholt, wenn Sie mich fragen.«

»Oh Lucy!« Viviana schüttelte den Kopf. »Was sind das für romantische Vorstellungen?«

Lucy runzelte die Stirn. »Nun, ich lebe hier, Miss, keine Meile von den hinteren Toren Arlingtons entfernt«, erklärte sie. »Vielleicht sehe ich die Familie nicht oft mit eigenen Augen, aber ich weiß ein oder zwei Dinge über das, was dort vor sich geht. Und er ist nicht glücklich. Jeder, der Augen im Kopf hat, kann das sehen.«

Viviana wünschte fast, Lucy würde die Wahrheit sagen. Wie pathetisch das war!

»Nun«, sprach Lucy weiter, nachdem einige Augenblicke verstrichen waren, »tun Sie, was Sie für das Beste halten, Miss. Ich glaube, dass Sie das Falsche tun, aber Sie können sich darauf verlassen, dass ich meinen Mund halten werde. Und da Ihr Ehemann jetzt tot ist, nehme ich an, dass diese Sache auch erledigt ist.«

Viviana berührte Lucy leicht am Arm. »Lucy, ich habe Gianpiero nicht angelogen, falls Sie das denken«, betonte sie. »Er wollte mich unbedingt zur Frau. Und ich – ich habe ihm gesagt, dass ich ein Kind erwarte.«

Lucy machte große Augen. »Und er hat Sie trotzdem geheiratet, Miss?«, erwiderte sie. »Nicht viele Männer wären so großherzig gewesen.«

Viviana verzog den Mund. »Das war keine Großherzigkeit«, sagte sie.

»Was denn sonst?« Lucy sah sie fragend an.

Viviana zögerte. »Er wollte mich besitzen«, sagte sie schließlich. »Gianpiero wollte sichergehen, dass ich ihm nicht wieder durch die Finger schlüpfe und verschwinde. Nicht, bevor er das wollte.«

»Und deshalb haben Sie einen Handel abgeschlossen, Miss? War es so?«

»Einen Handel? Einen Pakt mit dem Teufel«, wisperte Viviana. »Mein Körper für seinen Namen.«

Lucys Miene verzog sich vor Abscheu. »Viele Männer sind so, nicht wahr, Miss?«

»Die meisten Männer sind so, denke ich manchmal.«

Lucy zuckte die Schultern. »Nun, mein Joe ist gut zu mir. Ich glaube, dass Gianpiero Ihnen etwas Schreckliches antun wollte.«

Etwas Schreckliches. Ja, das waren die richtigen Worte. »Das wollte er wohl«, wisperte Viviana. »Und er hat mich geheiratet, Lucy, sehenden Auges und mit dem Wissen, dass ich ihn nicht liebte. Aber ich war ihm eine gute Ehefrau. Ich habe ihm den Tod nicht gewünscht, das schwöre ich.«

Lucy beugte sich vor und streichelte Viviana die Hand. »Versuchen Sie, es zu vergessen, Miss«, flüsterte sie tröstend. »Seitdem ist viel Wasser den Bach heruntergeflossen.«

Als Viviana sie fragend ansah, lächelte Lucy. »Das bedeutet, dass vorbei ist, was gewesen ist, und dass es müßig ist, dem nachzutrauern«, erklärte sie und schob den Becher zur Seite. »Und jetzt sollte ich ins Queen's Arms gehen und den kleinen Teddy abholen. Wollen Sie mich begleiten, Miss? Ich weiß, es ist nur ein einfaches Gasthaus, aber es ist ein respektierliches.«

Viviana lächelte und schob ihren Stuhl zurück. »Ich würde mich freuen, mit Ihnen zu kommen, Lucy.«

Die bleiche Nachmittagssonne zeigte sich endlich am Himmel, als Lord Wynwood und seine Schwester das Haus ihrer Großtante verließen. Sie hatten vor, dem Pfarrer einen Nachmittagsbesuch abzustatten – eine weitere Pflicht, die Quin bislang vernachlässigt hatte.

Plötzlich beschloss er, diesen Besuch doch noch ein wenig aufzuschieben. Er blinzelte in die tief stehende Sonne, während er Alice in die Kutsche half. »Fahr ohne mich, Allie«, sagte er, nachdem sie Platz genommen hatte. »Ich kann heute nicht noch einen Besuch ertragen.«

Alice runzelte die Stirn, als sie auf ihn heruntersah. »Wir bleiben nicht länger als eine halbe Stunde«, versprach sie. »Wirklich, Quin! Was ist denn in dich gefahren? Und wie willst du nach Hause kommen?«

»Ich werde zu Fuß gehen«, erwiderte er. »Die frische Luft wird mir guttun.«

Er wartete die weiteren Proteste seiner Schwester nicht ab, sondern schlug die Richtung zum Fußweg ein, der Abkürzung, die durch den Wald führte. Er hatte keinen Sinn für die endlose Reihe gesellschaftlich erforderlicher Besuche, die das Leben auf dem Lande von ihm verlangte. Stattdessen stellte er fest, dass es ihn überraschend stark zurück nach Arlington Park zog. Er wollte Herndon in sein Arbeitszimmer bestellen, um mit ihm über die geplanten Reparaturen an Chandlers Kornspeicher zu sprechen.

Nachdem Quin einen ganzen Tag damit verbracht hatte, die Farmen seiner Pächter zu besuchen, war ihm klar geworden, dass es an der Zeit war, sich Herndons Liste der anstehenden Projekte noch einmal vorzunehmen und festzulegen, welche weiteren nötigen Reparaturen noch anlagen. Und währenddessen hatte Quin angefangen, sich ein wenig nützlich zu fühlen. Dieses Gefühl war von Herndon gestärkt worden, der dankbar und voller Eifer schien, endlich mit der Arbeit beginnen zu können. Sie waren in freundschaftlicher Stimmung auseinandergegangen. Und doch war Quin seinem Verwalter seitdem aus dem Weg gegangen.

Quin schaute auf und sah, dass die hügelige Umgebung des Torhauses dem Wald gewichen war, der Arlington Park umgab. Dort drinnen war es dunkler und auch ein wenig kälter. Quin stellte fest, dass er seinen Mantel nicht zugeknöpft hatte, und holte das jetzt nach. Er dachte wieder an Herndon und fragte sich, was, wenn überhaupt, er dem Mann sagen sollte. Es gab da etwas, was ihm keine Ruhe ließ.

An dem Abend, an dem er Herndon seine Liste gegeben hatte, war Quin nach dem Dinner in einer seltsamen Stimmung aus dem Haus geflohen. Noch immer aufgewühlt von dem Zusammentreffen mit Viviana am Cottage, hatte Quin beschlossen, ein wenig durch die Gärten zu gehen. Zumindest hatte er angenommen, allein zu sein – bis er Herndon und Alice gesehen hatte.

Quin konnte noch immer nicht genau sagen, was ihn so sehr gestört hatte. Vielleicht war es die Art gewesen, wie sie gegangen waren – wie die engsten Freunde, die Köpfe so nah beieinander, dass sie sich fast berührten. Vielleicht war es auch das leise frohe Lachen seiner Schwester gewesen; ein Lachen, wie er es zuletzt vor ihrer Heirat von ihr gehört hatte. Aber höchstwahrscheinlich war es der Eindruck von ungetrübter Freude gewesen, den er auf Herndons Gesicht gesehen hatte.

Quin war immer der Meinung gewesen, dass sein Verwalter ernst, fast gefühllos wäre. In Alice' Gesellschaft hatte er aber keineswegs gefühllos ausgesehen. Und Quin hatte dabei ... nun, er hatte keinen Zorn empfunden. Er hatte nicht einmal gedacht, dass Herndons Benehmen unbescheiden und dreist wäre. Nein, was er empfunden hatte, war Neid. Ja, das war es. Neid darüber, dass jemand – zwei Menschen genau genommen –, eine solche Freude an der Gesellschaft eines anderen haben konnte.

Quin fragte sich, ob er diese Art von Freude jemals erleben würde. Oh, er hatte Amüsement und Trost genug erfahren – vielleicht zu viel vom ersteren. Er hatte das angenehme Leben geführt, das ihm auf einem Silbertablett gereicht und mit dem Silberlöffel serviert worden war. Er wusste das, und er war nicht undankbar. Doch da, wo Freude hätte sein sollen, schien es nur eine unruhige Leere zu geben.

Natürlich hatte er Viviana einst geliebt – oder gedacht, dass er sie liebte. Er hatte in ihrer Gesellschaft viele Emotionen durchlebt. Eine stürmische, mitreißende Flut von Emotionen: Angst. Lust. Eifersucht. Verlangen. Aber Freude? Nein, daran konnte er sich nicht erinnern.

Ja, er beneidete Alice und Herndon. Er wünschte ihnen, dass sie zusammen glücklich wurden, bezweifelte aber tief im Innern, dass das möglich wäre. Seine Mutter würde dem ein Ende setzen. Und er konnte nicht für Alice deren Probleme lösen. Das gelang ihm ja kaum mit seinen eigenen.

An diesem Punkt in seinem Gedankengang traf ihn etwas hart am Hut, prallte ab und landete auf dem Waldboden. Quin blieb stehen und hob es auf. Eine Kastanie – rund, braun und vollkommen. Und riesengroß. Einen Augenblick lang betrachtete er sie, und die Erinnerung an seine Kindheit drängte in sein Herz. Er wog die Kastanie in der Hand. Er würde Mrs. Prater nicht lange bitten müssen, diese im Backofen zu erhitzen, um sie noch härter zu machen. Mit dieser Kastanie könnte man vermutlich eine Glasscheibe aus hundert Schritt Entfernung zerschlagen. Quin fühlte sich ein wenig kindlich und seltsam sentimental, als er seinen Fund in die Tasche steckte.

Aber er war noch keinen Schritt gegangen, als ihn wieder etwas traf, härter dieses Mal. Und dieses Mal hörte er auch das leise Kichern, das darauf folgte. Er wandte sich rasch um, der Saum seines Mantels wirbelte um seine Stiefel. Nichts. Dann schaute er nach oben, wie er es gleich hätte tun sollen.

Zwischen den kahlen Ästen sah er ein kleines, ovalförmiges Gesicht auf sich herunterschauen. *Viviana.* Aber auch wieder nicht Viviana.

»Ich habe Sie gesehen«, kicherte das Kind auf dem Baum.

Quin hob die Kastanie auf und warf sie zu ihr hoch. »Das habe ich gemerkt.«

Sie versuchte, sie zu fangen, was jedoch misslang. »Nein, ich meinte, ich habe Sie bei Astley's gesehen«, sagte sie und stieg einen Ast herunter, als wolle sie ihn besser sehen. »Nadia hat mit Ihnen geflirtet. Ich glaube, sie wollte, dass Sie sie küssen.«

Ah, die bezaubernde kleine Artistin! Er hatte sie schon ganz vergessen. Doch das Kind hatte er nicht vergessen. »Du kommst besser herunter, Cerelia«, befahl er. »Du bist viel zu hoch geklettert – außer, du bist Akrobatin geworden, seit wir uns das letzte Mal gesehen haben.«

»Ich *kann* klettern«, erklärte das Mädchen verächtlich. Dann schwang sie sich, flink wie der Affe eines Leierkastenmannes, noch einen Ast herunter. Ihre Röcke flatterten dabei um ihre eleganten Stiefel.

Quin gab sich Mühe, sie finster anzusehen. »Ein echter, erfahrener Baumkletterer klettert niemals allein«, bemerkte er, nachdem einige Augenblicke verstrichen waren. »Wer soll denn Hilfe holen, falls du fällst?«

Das Mädchen war jetzt fast unten angekommen. Ihr dichtes, bronzefarbenes Haar hatte sich teilweise aus dem Zopf gelöst, zu dem es geflochten war, und er konnte sehen, dass sie sich unter dem Ärmel des Mantels eine Naht aufgerissen hatte. »Ich werde nicht fallen!« Ihr Englisch war nicht ganz akzentfrei. »Das tue ich nie. Außerdem bin ich nicht allein.«

»Ach, tatsächlich?«, fragte er. »Wer ist denn bei dir?«

Sie hielt sich an einem der Äste fest und grinste über die Schulter zu ihm herunter. »*Sie* sind bei mir, *signore*«, sagte sie.

Quin konnte nicht anders, er musste ihr Grinsen erwidern.

»Aha, aber ich bin ein höchst unzuverlässiger Bursche«, erwiderte er. »Ich bin nie da, wenn man mich braucht. Da kannst du jeden fragen, der mich kennt.«

Das Mädchen setzte seinen Kletterweg nach unten fort, hielt sich dabei gut fest und setzte die Füße mit großer Umsicht. Irgendwie hütete er sich davor, ihr seine Hilfe anzubieten. »Eigentlich war ich mit meinen Freunden hier«, erklärte sie, während sie nach dem letzten Ast griff. »Lottie und Christopher. Kennen Sie sie?«

Ihre Füße berührten den Boden, leicht wie eine Distelblüte. Quin nahm seinen Hut ab, denn irgendwie schien es ihm so richtig zu sein. »Aber natürlich«, nickte er. »Aber ich sehe die beiden gar nicht, und ich bin mir ziemlich sicher, dass ich sie erkennen würde. Ich bin ihr Onkel, musst du wissen.«

Ihr Gesicht strahlte bei seinen Worten ein wenig auf. »Wirklich?« Sie schaute zu ihm hoch. »Ihr Name ist Lord Wynwood, nicht wahr? Kennen Sie das Wäldchen direkt am Fuß dieses Hügels?«

»Ja, ja, und – hm, ja. Ich kenne den kleinen Wald.«

Sie deutete in Richtung der Talsenke. »Sie sind da hinuntergegangen, um nach Salamandern zu gucken.«

Quin zog eine Augenbraue hoch. »Ist es dafür nicht ein wenig zu kalt?«

Ein wenig verlegen zuckte sie die Schultern. »Ich weiß nicht, was das ist, dieser Salamander«, gestand sie, während eine Kaskade von bronzefarbenem Haar über ihre Schulter fiel.

Quin dachte nach. Er hatte für kurze Zeit Italienisch gelernt, zu der Zeit, als er den dummen Gedanken gehabt hatte, auf den Kontinent zu reisen und Viviana mit sich zurück nach England zu nehmen. »Ein Salamander ist ein Tier«, erklärte er. »Und ein bisschen wie *un … un alamaro*.«

»Ein Frosch?«

Er schüttelte den Kopf. »Nein, kein Frosch«, erwiderte er

und versuchte, das richtige Wort zu finden. »Ich wollte sagen ... *una lucertola*. Glaube ich jedenfalls.«

Das Mädchen versuchte, nicht zu lachen. »Eine Eidechse, meinen Sie?«

Er gab es auf und nickte. »Ja, wie eine Eidechse.«

Wie ein Sonnenstrahl ging ein Lächeln über ihr Gesicht. »Es ist sehr freundlich, dass Sie versuchen, italienisch mit mir zu reden.«

»*Grazie*«, bedankte er sich. »Ich fürchte jedoch, Venezianisch kann ich nicht. Es ist sehr ähnlich, nicht wahr?«

Sie lachte. »Irgendwie schon, ja. Aber zu Hause sprechen Mamma und ich Italienisch oder Englisch.«

Himmel, sie wird einmal eine Schönheit werden, dachte er. Ihre Gesichtszüge waren denen ihrer Mutter so ähnlich, dass es atemberaubend war. Ein Jammer, dass ihr Vater tot war. In ein paar Jahren würde es sechs oder sieben entschlossene Elternpaare erfordern, die jungen Männer auf Abstand zu halten, die ihr den Hof machen würden. Bei diesem Gedanken erfüllte ihn für einen Moment der Wunsch, die Kleine zu beschützen. Gefolgt von einem Gefühl großen Unbehagens.

Quin dachte an die Zeit zurück, als er ein junger Mann gewesen war, erinnerte sich mit Schrecken an die lüsternen Gedanken und sündhaften Fantasien, die seinen Verstand völlig im Griff gehabt hatten. Mochte Gott dieses Kind davor beschützen! Aber er war nicht für sie verantwortlich, nicht wahr?

Nun, das war er nicht. Aber sie war ein Kind. Ein Kind, das in der Kälte und mitten im Wald stand. Das stellte eine gewisse moralische Verpflichtung dar. Er schaute hinauf zu den kahlen, im Wind knarrenden Ästen und sah etwas – Schnee, oder vielleicht auch Asche – heruntergewirbelt kommen.

»Du solltest jetzt besser die anderen holen gehen, Cerelia«, sagte er. »Wir bringen erst dich nach Hause, und dann werde ich Chris und Lottie mit zurück nach Arlington Park nehmen.«

Das Mädchen schürzte die Lippen. »Ich wollte aber noch auf einen anderen Baum klettern.«

»Das wäre jetzt wohl nicht angebracht«, erklärte er fest. »Ich glaube, wir werden ein wenig Schnee bekommen.«

Das Gesicht des Kindes leuchtete auf. »*Schnee?*«

In diesem Augenblick hörte man, wie die Zweige des Rhododendrongebüschs, das sich vom Flussufer heraufzog, krachten. Die beiden Wanderer brachen durch das Dickicht. »Onkel Quin! Onkel Quin!« Lottie kam den Hügel heraufgestürmt, um ihn zu begrüßen. »Bist du gekommen, um uns zu suchen? Wir haben uns aber gar nicht verirrt.«

»Habt ihr nicht?« Quin fasste sie um die Taille und hob sie hoch, wirbelte sie herum. »Vielleicht habe ich mich ja verirrt, Lottie. Vielleicht habt ihr ja mich gefunden. Hast du darüber schon nachgedacht?«

»Oh, puhh!«, gurrte Lottie. »Mummy sagt, du bist ein Vagabund. Und die gehen nie verloren.«

Sie lachte, als er sie wieder auf die Füße stellte, und sie schlang die Arme um seinen Hals, weil ihr ein wenig schwindelig war. Es war dieser Augenblick, als Quin den Ausdruck auf Cerelias Gesicht bemerkte. Es war ... kein Neid, aber sie sah so einsam aus, dass es ihm wehtat. Sie stand wortwörtlich abseits von den anderen, auf der anderen Seite des Weges, der ebenso gut ein klaffender Abgrund hätte sein können.

Lottie und Chris sahen ihrer kleinen Freundin nichts an. »Schau mal, Onkel Quin«, krähte Chris und steckte die Hand tief in seine Manteltasche. »Wir haben Kastanien gefunden! Ganz große, harte!«

»Oho!« Da er sich bei einer so wichtigen Sache wie der Größe einer Kastanie nicht so einfach übertrumpfen ließ, fasste Quin in seine Tasche und förderte die Kastanie zutage, die ihm Cerelia auf den Hut geworfen hatte.

»Ohhh!«, staunte Lottie.

Quin lächelte. »Das hier, Christopher, *das* ist eine große Kastanie! Ich fürchte, deine wird keine Chance gegen diesen Koloss hier haben.«

»Meine Güte!«, rief der Junge. »Das ist die größte, die ich je gesehen habe! Wo hast du sie gefunden, Onkel Quin?«

Quin verstaute die Kastanie wieder in seiner Tasche. »Genau genommen gehört sie Cerelia«, erklärte er und zwinkerte ihr zu. »Ich bewahre sie nur für sie auf.«

»Siehst du, Lottie!« Der kleine Junge sah seine Schwester herablassend an. »Ich hab doch gesagt, dass es da unten keine Salamander gibt! Vielleicht hätte ich dann die Kastanie gefunden.«

»Es sind doch einfach nur große Eicheln«, gab Cerelia zurück. »Ich verstehe nicht, was diese Aufregung soll.«

»Es sind Kastanien, Cerelia«, erklärte Quin. »Aber nicht die, die man essen kann. Es wird allmählich dunkel. Wollen wir losgehen? Und unterwegs werden wir dir alles über Rosskastanien erzählen, und über das Spiel, das wir Engländer mit ihnen spielen. Wir ziehen eine Kastanie auf ein Band und schlagen sie dann gegeneinander. So lange, bis einer eine blutige Nase hat.«

Cerelia warf ihm einen seltsamen Seitenblick zu. »Das klingt dumm.«

»Es *ist* dumm«, bestätigte Quin. »Schrecklich dumm – besonders, wenn erwachsene Männer das tun.«

Sie machten sich auf den Heimweg, die beiden Mädchen rechts und links von ihm. Lottie schob natürlich ihre behandschuhte Hand in seine. Spontan nahm er auch Cerelia an die Hand. Chris lief voraus, blieb hin und wieder stehen, um durch das Laub zu stöbern, das unter den Kastanienbäumen lag.

Cerelias gute Laune war zurückgekehrt. Sie und Lottie redeten fröhlich durcheinander, während sie den Weg durch den Wald in Richtung Hill Court gingen. Doch als die Abendkälte größer wurde, begannen die Mädchen mit den Zähnen zu klappern. Quin öffnete seinen Mantel, ließ eines rechts und eines links von sich darunterschlüpfen und legte den Mantel um sie, so gut es ging. Lachend wankten sie weiter. Sie mussten aussehen wie der große graue Grizzlybär, den Quin einmal auf einem Bild betrachtet hatte.

Es fühlte sich seltsam gut an, diese beiden kleinen Kinder vor der Kälte zu schützen. Es fühlte sich auch an, als ob er in diesen letzten Tagen mehr von seinen Nichten und seinem Neffen gesehen hatte als je zuvor in ihrem Leben. Und zu seiner Überraschung freute er sich darüber. Sie schienen ihn wirklich zu mögen, besonders Alice' Jüngste, die irgendwie eine Vorliebe für seine Krawattennadel entwickelt hatte.

Jedes Mal, wenn er sie im Kinderzimmer besuchte, kletterte Diana auf seinen Schoß und zog entschlossen daran. Er hatte schließlich beschlossen, sie einfach herauszuziehen und sie dem Kind zu geben, aber Alice hatte es gesehen und ihn gehörig ausgeschimpft. Ein vierjähriges Kind schien offensichtlich eine Vorliebe dafür zu haben, kleine hübsche Gegenstände in den Mund zu nehmen und herunterzuschlucken.

So etwas wäre ihm niemals in den Sinn gekommen. In der Tat wusste er gar nichts über Kinder. Oh, er hatte immer angenommen, er würde zwei oder drei haben; das wurde erwartet. Es war notwendig, besonders um seiner Mutter willen. Aber er hatte immer gedacht, sie wären wie kleine Erwachsene, und dass er nur wenig von ihnen sehen würde. Sie würden von Kindermädchen und Gouvernanten erzogen, hatte er gedacht.

Aber warum hatte er das gedacht? Er und Alice waren nicht auf diese Weise großgeworden. Ihre Eltern waren eine allgegenwärtige Macht in ihrem Leben gewesen. Familienausflüge waren an der Tagesordnung gewesen. Ihr Vater, bei all seiner Zurückhaltung, hatte sie zwei- oder dreimal am Tag gesehen. Ihre Mutter hatte sie geliebt; sie hatte nie versäumt, ihnen einen Gutenachtkuss zu geben und dafür zu sorgen, dass sie gut zugedeckt und geborgen in ihren Betten lagen.

Die Wahrheit war, dass er einfach keine Verbindung zu diesen vorherbestimmten Kindern hatte, die er haben sollte. Er hatte nie wirklich versucht, sich vorzustellen, wie es wäre, Vater zu sein, seit – nun, seit Viviana Alessandri. Es beschämte ihn jetzt fast, daran zurückzudenken, wie tief er manchmal in sie gestoßen hatte und wie unbekümmert er seinen Samen in ihrem Schoß ergossen hatte.

In diesen tollkühnen, rücksichtslosen Momenten war er unfähig gewesen, den Gedanken zu verdrängen, wie es sein würde, ihren weichen glatten Bauch von seinem Kind wachsen zu sehen. Er hatte es sich so verzweifelt gewünscht, auch als er begriffen hatte, durch welche Hölle sie würden gehen müssen, wenn es tatsächlich passieren würde. Guter Gott, sein Vater hätte ihn enterbt! Seine Mutter wäre in Ohnmacht gefallen und hätte eine Woche lang ihr Bett nicht mehr verlassen.

Aber keine dieser beiden elterlichen Reaktionen erschien ihm jetzt noch Furcht erregend. Er war fast zehn Jahre älter. Er hatte dunkle Tage durchgestanden. Sich Gedanken um seine Eltern und deren Wutanfälle und Ohnmachten zu machen, kam ihm jetzt fast lächerlich vor.

Aber sie waren nicht lächerlich, wenn man knapp über zwanzig Jahre alt war und seinen Platz in der Welt noch nicht gefunden hatte. Und so waren diese ungeborenen Kinder die einzigen geblieben, an die er je gedacht hatte. Die Kinder, die er Viviana Alessandri hatte schenken wollen. Er hatte verdammtes Glück gehabt, dass ihm dieser Wunsch nicht erfüllt worden war.

Schließlich hatte er angenommen, dass Viviana über die Empfängnis Bescheid wusste – oder genauer gesagt, darüber, wie eine Frau derartiges vermied. Sie war ihm so erfahren vorgekommen, so weltgewandt. Aber jetzt erkannte er, dass sie, aller Wahrscheinlichkeit nach, keine Vorkehrungen getroffen hatte. Gewiss hatte sie keine Maßnahmen ergriffen, die er, inzwischen älter und erfahrener, als die der Empfängnisverhütung erkannt hätte.

Er schaute wieder auf Cerelia hinunter, die ihrer Mutter so ähnlich sah, dass es seinem Herzen einen schmerzhaften Stich versetzte. Gianpiero Bergonzi hatte seinen Wunsch erfüllt bekommen, nicht wahr? Er hatte drei Kinder mit der Frau gezeugt, die er so kühn geheiratet hatte. Quin fragte sich, ob alle drei so wunderschön waren. Wenn sie ihrer Mutter ähnlich sahen, dann wäre die Antwort ein eindeutiges *Ja*.

Plötzlich zog ihn Cerelia an der Hand. »Von hier aus kenne ich den Weg nach Hause, Lord Wynwood«, erklärte sie zaghaft. »Sie können mich jetzt allein gehen lassen.«

Sie näherten sich dem Saum des Waldes, und durch die nicht mehr so dicht stehenden Bäume konnte er die Lichter vor den Ställen seines Onkels sehen. Cerelia ließ seine Hand los. Und plötzlich spürte Quin einen schrecklichen würgenden Knoten in seiner Kehle. Seine Hand schloss sich fast wie gegen seinen Willen wieder um die des Kindes.

Er wollte sie nicht gehen lassen, dieses Ebenbild der Frau, die er einmal geliebt hatte. Er wollte sie ansehen und an die Vergangenheit denken. Die quälende Vergangenheit, die zu vergessen er sich einst geschworen hatte. Aber irgendetwas schien sich verändert zu haben.

Oh, er wusste, was sich verändert hatte: alles. Sein ganzes Leben. Die Vergangenheit war zurückgekehrt, um ihn zu quälen, und seine Zukunft schien wieder grau und öde.

Großer Gott, Viviana Alessandri! Nach all diesen Jahren! Und dieses Mal wusste er nicht, ob er es überleben würde. Dieses Mal gab es keinen leichten Weg, den Schmerz einer alten Wunde zu lindern, die wieder aufgerissen worden war und wieder zu bluten begonnen hatte. Und obwohl er es niemals zugegeben hätte: Er war es so müde, so verdammt müde, ein Leben ohne Hoffnung und Freude zu führen. Er wollte sich die

Zukunft vorstellen, ja sogar wünschen können – und die Liebe und die Familie, die daraus erwachsen würde.

Ja, er fing an, zu fürchten, dass er sehr genau wusste, was sich geändert hatte – oder, das war vielleicht treffender, was sich *nicht geändert* hatte.

»Lord Wynwood?«, meldete sich die leise Stimme wieder.

Er drückte Cerelias Hand noch einmal und ließ sie dann los.

Sie schlüpfte aus den Falten seines Mantels. Kälte traf seinen Körper und legte sich um sein Herz. Sie sahen ihr nach, wie sie in die sich rasch herabsenkende Dämmerung lief, der Saum ihres Wollrockes streifte über den Rasen, als sie den Hügel zum Haus seines Onkels hinaufrannte.

Sie hatte die hintere Terrasse fast erreicht, als Quin eine verschwommene Gestalt von der Vorderseite des Hauses her kommen sah. Eine Frau in einem dunklen Umhang, deren Gesicht er nicht erkennen konnte. Aber er musste es nicht sehen, denn die stolze Haltung der Schultern und ihres Kopfes verrieten sie.

An der Ecke trafen sich Mutter und Tochter. Er sah, dass Viviana Cerelia leidenschaftlich umarmte und sie dann die Stufen zur Terrasse hinaufführte. Keine der beiden schaute zu den dreien herüber, die am Fuß des Hügels standen.

Er wartete, bis sie den Hintereingang erreicht hatten. Ein Strahl von glänzendem Gold fiel über die Terrasse, als sie die Tür öffneten. Sie betraten das Haus, und der kalte Winterwind trug ihr frohes Lachen bis zu ihnen herunter. Die Tür wurde geschlossen, und der Lichtstrahl erlosch. Quin fühlte sich auf unerklärliche Weise, als wäre er gerade ausgeschlossen worden. Sie waren glücklich. Sie waren eine Familie, diese vier. Und er gehörte nicht dazu. Ein stärker werdendes Gefühl der Leere legte sich schwer auf ihn.

Er hatte das seltsame Gefühl, dass er gerade einen schrecklichen, nicht wiedergutzumachenden Fehler gemacht hatte. Aber wie konnte das sein? Irgendwie schaffte er es, sich Chris und Lottie mit einem Lächeln zuzuwenden. »Einer von euch Rackern ist zu Hause«, sagte er zu den beiden. »Und jetzt seid ihr an der Reihe.«

Kapitel 9

In dem die Contessa eine Verabredung hat

Viviana fror bis auf die Knochen, als sie das alte Cottage erreichte. Während der Nacht hatte es geregnet, und der danach einsetzende Frost hatte die Bäume mit einer Eisschicht überzogen. Auch die Hecken, die den letzten Teil ihres Weges gesäumt hatten, bogen sich unter der Last des Eises. Die Gewänder, die sie aus Venedig mitgebracht hatte – die wärmsten, die sie besaß –, boten nur unzureichenden Schutz gegen den Winter in Buckinghamshire. Sie wünschte sich sehnlichst dicke Strümpfe und ein paar Kleider aus guter schottischer Wolle; sie hätte gestern welche bei der Schneiderin im Dorf in Auftrag geben sollen.

Stattdessen hatte sie sich durch Lady Charlotte davon abbringen lassen. *Und dass ich jetzt hier bin, habe ich wahrscheinlich meinem Leichtsinn zu verdanken,* dachte Viviana. Sie betrachtete das Bild, das sich ihr jenseits der verfallenen Torpfosten bot. Das marode Cottage sah so verlassen und verwildert aus wie zuvor. Mit großem Unbehagen stieg sie vom Pferd und landete irgendwie auf ihren Füßen; sie waren so gefühllos wie Eisblöcke.

Nachdem sie ihr Pferd um das Haus herumgeführt hatte, band sie es hinter dem Stall an – an der Hälfte, die bis jetzt noch nicht unter dem Gewicht des Daches zusammengefallen war –, und schaute sich um. Offensichtlich regierte der Verfall schon seit längerer Zeit. Der frühere Earl of Wynwood musste ein jämmerlicher Geizkragen gewesen sein, dass er Teile seines Besitzes so hatte herunterkommen lassen.

Als sie in den Hof zurückkehrte, hatte der Wind erneut aufgefrischt. Sie klopfte, und, nachdem sie die Antwort bekommen hatte, die sie erwartet hatte – keine –, hob sie den Riegel hoch und stieß die Tür auf. Diese klemmte zwar, war aber nicht verschlossen. Hartnäckig stemmte Viviana sich mit der Schulter gegen die breiten Holzbretter und drückte fest dagegen. Die Türangeln quietschten, und die Tür schwang nach innen hin auf, ihre Kante schleifte über den mit Steinplatten ausgelegten Boden.

Das Innere des kleinen Hauses war erfüllt von einem Gefühl der Einsamkeit, wirkte aber dennoch nicht abweisend. In der Luft hing ein modriger Geruch nach altem Holz und kalter Herdasche. Aber da war auch noch ein anderer, vertrauterer Duft. Viviana ging durch das Haus und schaute sich um. Von Zeit zu Zeit blieb sie stehen und hauchte in ihre behandschuhten Hände, um sie zu wärmen. Die schlichten, rau verputzten Mauern des Hauses reichten bis an eine niedrige Decke, die von drei dicken, vom Alter geschwärzten Balken gestützt wurde. Der Boden war sauber gefegt, und im Herd war schon Brennholz zurechtgelegt. Ja, dieses Haus war leer – aber es war nicht ganz und gar verlassen.

Das Cottage bestand aus zwei Zimmern, über deren Rückseiten sich die Küche erstreckte. Es gab eine wacklige kleine Vorrichtung, die man freundlicherweise einmal eine Treppe hatte nennen können. Eigentlich aber war es nur eine Leiter, die in eine Öffnung zwischen den Balken hinaufführte. Das vordere Zimmer war mit einer alten Truhe ausgestattet, einem Eckschrank und zwei robusten Armstühlen. Viviana legte ihren Hut auf den einen der beiden Stühle, dann warf sie einen Blick in die gegenüberliegende winzige Schlafkammer. Im Dämmerlicht erkannte sie ein roh gezimmertes Bett, über das eine alte Wolldecke gebreitet war.

Viviana kehrte in das hintere Zimmer zurück, das mehr oder weniger leer war, abgesehen von dem altmodischen Küchenbecken aus Zink und einem uralten Geschirrregal. Dort wurde noch immer ein blau-weißes Geschirr verwahrt, das die Risse und Gebrauchsspuren des Alters trug. Ein Holzkorb mit Äpfeln und zwei Eimer mit frischem Wasser standen in der Nähe des Beckens. Merkwürdig.

In diesem Augenblick hörte Viviana wieder das Schleifen der Tür. Sie fuhr herum und sah Quin, der sich unter dem niedrigen Türsturz hindurchbückte. Er trug etwas auf der Schulter und trat sich den Schlamm von den Stiefeln, bevor er eintrat. Viviana räusperte sich. Er schaute auf; seine Augen weiteten sich vor Überraschung.

»Es war eiskalt«, sagte sie, ihre Stimme klang kratzig. »Ich wollte nicht im Wind stehen und warten.«

Er lächelte kühl und warf das Bündel auf den Boden, das er auf einer Schulter getragen hatte. »Ich habe mich verspätet«, räumte er ein. »Mein Verwalter hat mich aufgehalten. Ich bitte um Entschuldigung.«

Viviana ging zurück in das vordere Zimmer. »Wem gehört dieses Haus?«

»Bis vor Kurzem noch hat hier die Witwe eines alten Pächters gewohnt«, erwiderte Quin und legte die Handschuhe und seinen dicken Rock ab. »Aber sie ist zu ihrer Tochter nach High Wycombe gezogen. Herndon kann es erst wieder vermieten, wenn einige Reparaturen durchgeführt worden sind.«

»Ja, der Stall bricht zusammen.«

Quins Lächeln wurde dünner. »Es scheint, dass mein verstorbener Vater nichts davon gehalten hat, Reparaturen auszuführen, ehe sie unumgänglich waren«, erwiderte er. »Und der Stall, nehme ich an, wurde von der Witwe nicht benutzt.«

»Ich habe mein Pferd dort untergestellt.« Sie sah ihn fragend an. »Ist es dort sicher?«

»Hinreichend sicher«, erwiderte er und kniete sich vor den Herd. »Dir ist kalt. Lass mich ein Feuer anzünden.«

»Spar dir die Mühe«, entgegnete sie, und ihre Worte klangen ungeduldig. »Ich kann nicht bleiben.« Sofort tadelte sie sich selbst. Grundgütiger Gott, sie war so unglaublich nervös! Warum ging Quin ihr immer sofort unter die Haut?

Er schwieg und zog eine eingedrückte alte Schachtel Wachsstreichhölzer aus seiner Tasche. Eines der Hölzer entzündete er an der Ofenplatte. Es flammte auf, und ein unangenehmer Geruch erfüllte das Zimmer. Er hielt das Feuer an das Brennholz, das erst zu qualmen und dann zu brennen begann.

»Die neuen Zündhölzer aus Frankreich riechen nicht so fürchterlich«, bemerkte Viviana. »Der Tabakhändler in der Burlington Arcade verkauft sie zu einem halben Penny das Dutzend.«

Er antwortete nicht, sondern starrte in das aufflammende Feuer. »Es tut mir leid, Viviana, dass es draußen so kalt ist«, sagte er schließlich. »Und es tut mir leid, dass mein Stall über deinem Pferd einzustürzen droht. Und dass ich von Herndon aufgehalten worden bin. Und dass meine Zündhölzer die Luft verpesten. Genau genommen fängt es an, mir leid zu tun, dass ich mir die Mühe gemacht habe, hierherzukommen.«

Viviana nahm sich ein wenig zurück. »*Sì*, ich bin eine – eine – wie ist das englische Wort?« Sie starrte ihn an. »*Una crudele strega*. Eine Hexe? Eine Xanthippe? Ich habe vergessen, was man sagt.«

»Und ich werde das auch«, bemerkte er trocken.

»Nun, ich werde mich nicht entschuldigen«, antwortete sie. »Ich wollte nicht herkommen. Nicht wirklich.«

»Und ich will nicht, dass du meinen Frieden störst«, entgegnete er scharf.

»*Deinen* Frieden stören?«, wiederholte sie. Sie war nicht ganz sicher, was er damit meinte, aber sie war nicht bereit, einen Zentimeter nachzugeben. »Was ist mit *meinem* Frieden? Wird der nicht auch gestört?«

»Den Frieden dieses kleinen Hauses«, machte er klar. »Bis vor fünf Minuten fühlte es sich hier für mich an wie der einzige friedliche Ort in der ganzen Grafschaft.« Er hatte sich wieder aufgerichtet. Seine Reitstiefel glänzten im Feuerschein.

Sie stemmte die Hände in die Hüften und sah an ihm vorbei auf das Bündel, das er auf einen der beiden Stühle geworfen hatte. Es sah aus wie Decken. »Irgendjemand wohnt hier«, vermutete sie. »Das bist du, nicht wahr?«

Er zog eine Augenbraue hoch und schwieg.

»Dein Duft, er ist überall im Haus«, stellte sie herausfordernd fest.

»Vielleicht ist es auch nur der Gestank meiner Wachshölzchen«, erwiderte er sarkastisch. »Vielleicht kennst du den Unterschied nicht mehr, Vivie.«

Viviana sah ihn aus schmalen Augen an und fragte sich, was sie darauf erwidern sollte. Warum versuchte sie, ihn zu reizen? Sie kannte diesen unversöhnlichen Mann mit den stahlharten Augen nicht, der aussah, als würde Eiswasser durch seine Adern fließen. Früher war Quin immer heißblütig und auf einen Streit aus gewesen – und auch darauf aus, sich danach wieder zu versöhnen. Und sie … Nun, sie war kaum besser gewesen. *Wie rollige Katzen,* dachte sie. Ungeduldig. Hitzig. Leidenschaftlich. Nun, die Leidenschaft war jetzt ganz offensichtlich verflogen – Gott sei Dank.

Sie widerstand dem Drang, mit dem Fuß aufzustampfen. »Nun, dann lass uns zum Eigentlichen kommen, Quinten«, forderte sie ihn auf. »Lass uns unsere Geschichten aufeinander abstimmen, wie du es verlangt hast.«

Er kam einen Schritt auf sie zu. »Zuerst würde ich gern wissen, was du meiner Schwester erzählt hast.«

»Ich?«, fauchte sie. »Was *ich* erzählt habe? *Niente affatto!* Nichts! Wie kannst du es wagen, etwas anderes anzunehmen?«

Er musterte sie finster. »Ich denke nur, es wäre besser für uns,

Viviana, so wenig wie möglich über … über die Vergangenheit zu reden.«

»*Andare all'inferno!*«, zischte sie.

Oh, ich weiß, was das heißt, dachte Quin. *Fahr zur Hölle.* Aber dafür war es verdammt zu spät. Es fühlte sich an, als wäre er dort schon. Irgendwie packte er ihre Hände und hielt sie fest. »Oh, Viviana, um Himmels willen«, sagte er. »Ich meinte doch nur, dass –«

»Ich weiß, was du gemeint hast«, fauchte sie und machte sich von ihm los. »Glaubst du denn, Quinten, ich würde mich nicht dafür schämen, was ich für dich war? Ich habe es mir nicht ausgesucht, nein. Aber ich habe dir nachgegeben. Und ich schäme mich noch immer. Mehr, als du dir je vorstellen kannst.«

»Es tut mir leid, dass du das sagst«, erwiderte er ruhig. »Ich habe mich deiner niemals geschämt, Viviana. Ich war immer stolz darauf, dass du meine …«

»*Silenzio!*« Vivianas Gesicht war blass und angespannt. »Ich war niemals die deine, Quinten! Niemals! Begreifst du das nicht? Und du kannst deinem Onkel Chesley danken, nicht mir, für das wenige, das deine Schwester weiß.«

»Onkel Ches?« Quin war verblüfft. »Was hat er ihr erzählt?«

»Dass du ein Verehrer warst, mehr nicht«, antwortete Viviana. »Was sonst sollte er sagen? Er weiß nichts.«

Das stimmte vermutlich. Quin hatte sich große Mühe gegeben, die Beziehung vor seinem Onkel verborgen zu halten, zum Teil auch deshalb, weil Viviana ihn darum gebeten hatte. Aber zum Teil, weil … nun, weil er sich vor Chesleys Zorn gefürchtet hatte. Er hatte gewusst – oder etwa nicht? –, dass sein Onkel es nicht gutheißen würde. Chesley hatte Viviana immer wie seine Nichte oder seine Patentochter behandelt. Schon diese Tatsache sollte Quin etwas gesagt haben.

Aber da schwang noch etwas in Vivianas Stimme mit, was Quin nicht gefiel. Er hob den Kopf und sah Viviana unverwandt an. »Was hast du damit gemeint, als du sagtest, du hättest es dir nicht ausgesucht?«

Viviana senkte den Blick. »Ich habe nur gemeint, dass ich nicht …« Sie schluckte mühsam, dann sah sie ihn wieder an, anklagend fast. »… dass ich nicht wollte, dass –«

Er legte die Hände auf ihre schmalen Schultern und schüttelte sie leicht. »Was willst du damit sagen?«, verlangte er zu wissen. »Dass du mich als Liebhaber nicht wolltest?«

Sie schloss die Augen. »Ich wollte es nicht«, wisperte sie. »Ich habe es dir gesagt, Quinten. Ich habe es dir hundertmal gesagt.«

Sein Griff um ihre Schultern wurde fester. »Oh, spiel mir nicht die Märtyrerin vor, meine Liebe«, sagte er. »Es mag sein, dass ich dich mit großer Entschlossenheit bedrängt habe. Aber du *hast* es gewollt, Viviana.«

»Mit großer Entschlossenheit.« Ihr Blick hob sich wieder. »*Sì, caro*, das ist eine Art, etwas zu erreichen.«

»Willst du damit sagen, dass du mich *nicht gewollt* hast?« Er sah sie ungläubig an. »Das kannst du mir nicht weismachen, meine Liebe.«

Sie sah jetzt erschöpft und ein wenig krank aus. »Ich will dir nichts weismachen«, erwiderte sie. »Bitte, Quinten, ich muss jetzt gehen. Ich denke, es gibt für uns nichts mehr zu bereden.«

Aber ein ausgesprochen unangenehmer Verdacht beschlich ihn jetzt. »Viviana, guter Gott! Willst du etwa … behauptest du etwa, dass ich dich – dass ich dich gezwungen habe?«

Der Schmerz in ihren Augen vertiefte sich. »Nein, das nicht.« Sie sprach jetzt so leise, dass er sie kaum verstehen konnte. »Ich habe nicht geschrien, nicht wahr? Ich habe dich nicht weggetreten oder dich geschlagen, oder – oder …« Sie verstummte.

»Viviana.« Seine Stimme klang hohl, selbst in seinen Ohren. »Viviana – dieses erste Mal – ich habe dich *nicht* mit Gewalt genommen. Wage nicht, das jetzt zu behaupten, nicht nach allem, was du mir angetan hast.«

»Mit Gewalt?« Sie sah ihn mit großen Augen an. »Ich habe nie gesagt, dass es darum geht.«

»Was zum Teufel meinst du dann?«

Sie wandte den Blick ab. »Ich habe nur nicht gewollt, dass es so geschieht«, erwiderte sie und strich sich mit den Händen über die Arme. »Kannst du es denn nicht verstehen, Quinten? Nicht das erste Mal. Nicht auf einem Sofa in irgendeiner billigen Theatergarderobe, mit hochgeschobenen Röcken und dem Bühnenstaub an mir. Und ich wollte *geliebt* werden. *Geheiratet* werden. Selbst jemand aus der Bourgeoisie hat Träume und Prinzipien, *caro mio*.«

Träume? Prinzipien? Guter Gott! Er ließ die Hände sinken und wandte sich ab. Die Wände des Cottages schienen sich zu bewegen.

Er dachte zurück an jene Nacht. Seine Gedanken wirbelten durcheinander, seine Handflächen begannen, feucht zu werden. An jenem Abend hatte er viel getrunken, wenn auch nicht mehr als sonst. Er war frustriert gewesen, ja. Er verzehrte sich nach Viviana und begann zu fürchten, dass er sie nie für sich würde gewinnen können. Mitten in der Vorstellung war ihm bewusst geworden, genau wie jedem anderen im Theater auch, dass Viviana Alessandris Zeit als Zweitbesetzung vorbei war. Er hatte auch begriffen, dass die bewundernden Blicke, die ihn schon jetzt fast zum Wahnsinn getrieben hatten, sich noch verzehnfachen würden.

Doch unter all diesen Ängsten war er auch stolz. Er wusste, wie hart sie für ihren Erfolg gearbeitet hatte. Er erwartete sie in ihrer Garderobe, in der er in einem schrecklichen Durcheinander von Entzücken und Nervosität hin- und herging, während er darauf wartete, dass sie sich ihren Weg durch die Menge ihrer Bewunderer bahnte, die sich immer hinter der Bühne versammelten. Als sie in die Garderobe kam, glühte sie noch vom Glanz ihres Erfolgs. War sie noch wie berauscht vom donnernden

Applaus. In wilder Ausgelassenheit warf sie sich ihm in die Arme. Und er hatte geglaubt, dass das etwas bedeutete – mehr, als es offensichtlich der Fall gewesen war.

Quin wandte sich um und ging in die Küche, wo er sich auf das alte Becken stützen und aus dem Fenster starren konnte, während er um seine Fassung kämpfte. Er spürte mehr als er es hörte, dass sie ihm folgte. »Du hast mich nie begehrt, Viviana?«, flüsterte er. »Ich habe dich nur zu etwas gedrängt, was du nicht ... wolltest?«

»Ich war unerfahren, Quinten«, wisperte sie und berührte leicht seinen Arm. »Wie sollte ich wissen, was ich wollte? Habe ich dich körperlich begehrt? Ja. Und das weißt du. Aber ich habe mich von meiner Ausgelassenheit mitreißen lassen. Ich habe zugelassen, dass die Dinge zu weit gingen.«

»Wie weit, Vivie?«, sagte er rau. »Wie weit war dieses ›zu weit‹ für dich?«

Sie zögerte, als müsste sie jedes Wort sorgfältig abwägen. »Ich war mir nicht sicher, Quinten.« Und dann beantwortete sie die Frage, die zu stellen er sich gefürchtet hatte. »Ich war vor dir noch nie mit einem Mann zusammen gewesen, *caro*. Ich wusste nicht – ich habe nicht gewusst, dass es einen Punkt gibt, emotional und körperlich, an dem man nicht mehr so einfach umkehren kann. Und das ... verstehst du das nicht?«

Quin fuhr sich mit der Hand durch das Haar und sagte nichts.

»Ich dachte, es wäre offensichtlich«, sprach sie weiter. »Offensichtlich, meine ich, dass ich nicht wusste, was ich tat. Ich hatte immer gedacht, dass der Erste mein Ehemann sein würde.«

Quin öffnete den Mund, dann schloss er ihn wieder. »Ich habe ... ich hätte mir nie träumen lassen ...«, sagte er schließlich.

Sie war um ihn herumgegangen; jetzt konnte er sie ansehen. Sie war leichenblass und wirkte fast erschreckend beherrscht.

»Was hättest du dir nie träumen lassen, Quinten?« In ihren Worten lag jetzt kein Zorn mehr. »Hast du einfach nur geglaubt, dass alle Sängerinnen Huren sind?«

Ja, das hatte er geglaubt. Jeder sagte das. Aber wer war jeder? Seine neuen, leichtfertigen Londoner Freunde? »Ich weiß nicht, was ich dachte, Viviana«, log er. »Ich wollte ... dich haben.«

»Ohne Rücksicht auf den Preis?«, fragte sie. »Nun, es hat uns beide etwas gekostet, Quinten. Ich war ein wohlerzogenes katholisches Mädchen, aber ich habe nicht damit gerechnet, was für eine schreckliche Versuchung du sein würdest. Mein Widerstand dauerte gerade einmal – wie lange? Zwei Monate?«

»Aber du hast nie etwas gesagt«, brachte er heraus. »Du warst ... ich dachte, dass du mich ebenso sehr wolltest, wie ich dich gewollt habe.«

»Man wünscht sich oft das, was man nicht haben kann«, erwiderte sie leise. »Du warst so wunderschön, *caro mio*, wie der Teufel mit Engelsflügeln.«

Er hatte ihre Zurückhaltung für ein Spiel gehalten. Er hatte geglaubt, dass sie ihn absichtlich reizte und quälte. Mit ihrer sinnlichen Figur und der dunklen, verführerischen Schönheit war ihm Viviana so viel älter als er vorgekommen. So welterfahren und gewandt. Er hatte gedacht, sie wüsste das, was er noch nicht wusste. Wie man liebte, statt nur Sex zu haben.

Großer Gott, das alles kam ihm jetzt unfassbar vor! Waren sie beide noch so grün hinter den Ohren gewesen? Er war so nervös gewesen, hatte sie so verzweifelt gewollt! Danach hatte er sich gefragt, ob sie über ihn gelacht hatte, über sein Unvermögen, zu warten. Ja, er hatte sie auf diesem schäbigen Ledersofa in ihrer noch schäbigeren Garderobe genommen. Sie hatte noch ihr Kostüm und diese lächerliche Perücke getragen.

Quin senkte den Kopf und kniff sich in den Nasenrücken, bis der Schmerz ihn beruhigte. »Es tut mir leid, Viviana«, sagte er dann leise. »Ich war nur ein dummer Junge, der gerade vom Land gekommen war. Das ist keine Entschuldigung, wahrlich nicht, aber ...«

Sie sah ihn jetzt mit einem besorgten Blick an. »*Non importa*. Es ist nur Wasser, das den Fluss hinunterfließt, *sì?*«

Er lachte bitter auf. »Ja, meine Liebe, es ist nur Wasser, das den Fluss hinunterfließt.«

Sie verharrten eine Weile so, ihre Hand ruhte auf seinem Arm, während er blicklos aus dem Fenster starrte. Schließlich holte er tief Luft und richtete sich auf. »Nun, Viviana, es tut mir leid, dass alles so gekommen ist«, sagte er, ohne sie anzusehen. »Es tut mir leid für all die Fehler, die ich gemacht habe. Aber es waren Fehler, die der Jugend und der Unerfahrenheit entsprangen, so weit das zählt.«

»Ich habe auch Fehler gemacht«, gab sie zu.

Er ließ die Schultern sinken. »Wir müssen absprechen, wie wir den Leuten begegnen wollen, wenn sie sich in unsere Angelegenheiten einmischen – so wie meine Schwester es zu tun pflegt. Also ... was wünschst du, soll ich erzählen, Vivie? Sag es mir und ich werde mich danach richten.«

»Ich bin nicht nach England gekommen, um dich in Verlegenheit zu bringen, Quinten«, erwiderte Viviana. »Es hat dir immer freigestanden, alles zu leugnen, wenn das dein Wunsch ist.«

Er wandte sich zu ihr um und sah auf sie herunter. »Ich habe nie gedacht, dass du gekommen bist, um mich in Verlegenheit zu bringen, Viviana«, entgegnete er. »Du bist eine respektable Witwe. Du hast drei Kinder. Ich denke, du hast weitaus mehr zu verlieren als ich.«

Das meinte er genau so, wie er es gesagt hatte. Was hatte er schon zu verlieren? Esmée hatte ihn bereits verlassen. Und traurigerweise hatte er seitdem kaum noch an sie gedacht. In London war sein Ruf bereits so schwarz wie Teer, und er würde noch schlechter werden. Er dachte an diese schrecklichen ersten Tage nach Vivianas Rückkehr zurück als wären sie eine Art Traum. Doch eigentlich fragte er sich, ob er ein wenig verrückt gewesen war.

Soweit er wusste, hatte Viviana in den Jahren seit ihrer Trennung nicht der Hauch eines Skandals gestreift. Warum sollte sie wünschen, ihren guten Namen wegzuwerfen? Sie wollte keine Rache. Genau genommen hatte sie nicht einmal ihn gewollt. Er täte gut daran, sich zu erinnern, dass sie es gewesen war, die gegangen war, und das nicht ohne Grund. Dass sie Bergonzi geheiratet hatte, nagte an ihm. Aber das war ein Schmerz, den er besser für sich behielt.

Er versuchte, sie anzulächeln, aber ihm gelang nur eine verzagte halbe Grimasse. »Wir werden bei der Geschichte bleiben, die wir Tante Charlotte erzählt haben«, sagte er. »Wir sind uns ein- oder zweimal begegnet, und ich habe versucht, dir den Hof zu machen. Du hast mich abgewiesen, und damit war die Sache zu Ende.«

Vivianas Miene war noch immer undurchdringlich.

»Es wird funktionieren«, versicherte er ihr. »Es gibt niemanden, der uns widersprechen kann, abgesehen von Lucy Watson, und ihr kann man vertrauen.«

Endlich nickte Viviana. »*Sì*, es wird funktionieren«, wiederholte sie. »*Grazie*, Quinten. Ich sollte jetzt gehen. Es ist ein langer Ritt zurück zu Chesleys Haus.«

Er trat zur Seite und neigte den Kopf. »Ja, natürlich.«

Sie wandte sich ab, als wollte sie gehen, aber an der Schwelle der Küche blieb sie noch einmal stehen. Im letzten Moment wandte sie sich um, ihre Augen blickten plötzlich groß und kummervoll. »Etwas habe ich mich oft gefragt, Quinten«, sagte sie ruhig. »Nachdem ich dich verlassen hatte, hast du mich ... hast du mich vermisst? Nur ein klein wenig? Oder war ich einfach nur eine Hure mehr für dich?«

Mit zwei großen Schritten war er bei ihr und nahm ihre Hand. »Sag das nicht, Vivie«, stieß er hervor. »Benutze nie wieder dieses Wort.«

Sie blinzelte, als würde sie aus einem Traum aufwachen. »Ja, so hast du mich genannt«, murmelte sie.

Er senkte den Kopf und zog ihre Hand an seine Lippen. Mochte Gott ihm beistehen, aber das hatte er gesagt – und vor gar nicht langer Zeit. Und dann hatte er sie geküsst, gierig und grausam. Er konnte sich glücklich schätzen, dass seine Mutter und sein Onkel den schlimmsten Schaden verhütet hatten.

»Vergib mir, Viviana«, brachte er heraus. »Ich habe es gesagt, aber es war falsch. Ich war wütend. So habe ich dich nie gesehen.«

»Warum?« Ihre Stimme klang jetzt traurig. »Warum, Quinten, warum warst du so wütend?«

Unerforschlicherweise wollte er es ihr erklären. Um sich von der schrecklichen Wahrheit zu befreien. »Weil ich dich vermisst habe, nachdem du mich verlassen hattest, Viviana«, gestand er ihr. »Sehr vermisst.«

»Auf welche Weise?«, fragte sie. »Wie? Ich muss es wissen. Ich muss es wissen, dass jener Teil meines Lebens nicht gänzlich vergeudet war. Dass er etwas ... zu bedeuten hatte. Dass es jemandem etwas bedeutet hat.«

Er ließ ihre Hand los. »Vermutlich war er verschwendet, Vivie.« Er lächelte bitter. »Aber es hat mir etwas bedeutet, wenn es dir hilft. Ich denke nicht, dass ich dich verdient hatte. Und nachdem du gegangen warst, war es, als hätte mir jemand die Seele herausgerissen.«

Sie wollte etwas erwidern, doch er legte einen Finger auf ihren Mund. »Du warst niemals eine Hure, Vivie. Du warst mein Licht und mein Leben.«

Sanft schob sie seine Hand fort. »Oh, Quinten, wäre es für uns beide besser gewesen, wir wären einander nie begegnet?« Ihre

Stimme schwankte plötzlich leicht. »Wäre unser beider Leben einfacher gewesen? Unsere Herzen weniger verletzt?«

Er schüttelte den Kopf. »Du darfst nicht zurückschauen, Vivie«, antwortete er.

Sie überraschte ihn, als sie die Hände um sein Gesicht legte. »Ich weiß«, wisperte sie. »Ich schaue nicht zurück. Ich kann es nicht ertragen, die Entscheidungen infrage zu stellen, die ich getroffen habe. Aber heute … ich – ich weiß es einfach nicht.«

Er schloss die Augen und schmiegte sein Gesicht an ihre Hand. Unter dem feinen Leder des Handschuhs konnte er ihre tröstliche Wärme spüren. »Deine Berührung ist wie ein Traum für mich«, flüsterte er und war sich kaum bewusst, dass er die Worte laut ausgesprochen hatte. »So viele Male bin ich davon aufgewacht – nur, um zu merken, dass … dass ich es nur geträumt hatte.«

»Quin, ich –« Sie verstummte und schüttelte den Kopf. »Ich wollte dir nie wehtun. Ich wusste nicht einmal, dass ich es getan hatte. Es tut mir leid. Ich bedaure, dass wir nicht als Freunde auseinandergehen konnten.«

»Es wäre damals nicht möglich gewesen, Viviana.« Er legte ihr die Hände auf die Schultern und versuchte, gegen den übermächtigen Wunsch anzukämpfen, sie in seine Arme zu ziehen. »Meine Gefühle für dich waren nicht so einfach.«

»Ist es jetzt zu spät?«, fragte sie. »Oh Quin, ich möchte nicht, dass es so ist wie jetzt. Ich will nicht alt und verbittert sterben. Ich will mich voller Glück an meinen ersten Mann erinnern und nicht voller Reue. Gibt es irgendwo einen kleinen Funken von Zuneigung oder Freundschaft, damit wir uns aus diesem Chaos retten können, das wir angerichtet haben?«

Er spürte wieder, wie ein kleines Stück seines Herzens zersprang. Es war nicht Zuneigung oder Freundschaft, was er für sie empfand. Das würde es nie sein.

Später konnte er nicht mehr sagen, ob Viviana sich aus eigenem Antrieb an ihn geschmiegt oder ob er sie in seine Arme gezogen hatte. Aber plötzlich lag seine Hand auf ihrem Rücken, und er tauchte sein Gesicht in ihr Haar. »Ich weiß es nicht, Vivie«, flüsterte er. »Ich weiß nicht, was von meinem Herzen übrig ist. Manchmal fürchte ich, gar nichts.«

»Du hast mich verletzt, Quinten«, wisperte sie. »Ich werde nicht so tun, als hättest du es nicht getan. Aber ich denke, ich hatte nicht verstanden, dass auch ich dich verletzt habe.«

Er holte tief Luft. »Du hast von Glück gesprochen, Viviana, und von Reue.« Seine Stimme zitterte leicht. »Vielleicht haben wir uns unter Bedingungen getrennt, die so bitter waren, dass es uns vergiftet hat. Vielleicht werden wir auf diesen Besuch von dir zurückschauen und wissen, dass wir versucht haben, Frieden zu schließen.«

»Ich würde die schlechten Erinnerungen gern vergessen.« Viviana ließ ihre Augen geschlossen und legte die Wange an seine Brust. »Tausendmal, Quinten, habe ich an dies hier gedacht. Daran, wie es sein würde, wieder in deinen Armen zu sein. Keinen Zorn zu empfinden, sondern stattdessen nur Frieden.«

Er presste den Mund auf ihren Scheitel und atmete den Duft ihres Haares ein. »Ich wünschte, ich könnte die Zeit zurückdrehen, Vivie«, gestand er. »Ich weiß, dass wir das nicht können. Ich weiß, dass unsere Wege sich getrennt haben und sich wahrscheinlich nie mehr vereinen werden. Aber ich kann nicht sagen, dass ich nicht oft an dich denken werde.«

Sie schaute auf, und er spürte, wie sie in seinen Armen erzitterte. Ihre Augen wurden weicher auf diese allzu vertraute Weise, die er einst geliebt hatte. Und plötzlich schien es das Natürlichste der Welt zu sein, sie zu küssen. Doch dieses Mal war er langsam und geduldig. Dieses Mal ließ er ihr jede Möglichkeit, sich ihm zu verweigern. Sie tat es nicht. Stattdessen senkte sie die Lider mit den langen schwarzen Wimpern und hielt mit einem leichten

Seufzen den Atem an. Zart streiften seine Lippen über ihre Unterlippe.

»Vivie, lass mich –«, sagte er rau. »Nein, lass *uns*, Vivie – lass uns die schlechten Erinnerungen vertreiben und ersetzen durch etwas, das süß und gut ist.«

Er fühlte, wie ihre Hände sich zögernd um seine Taille legten, spürte, wie sie dort verharrten, ihn näher zogen. Sein Mund schloss sich über ihrem, und er küsste sie tief, während er den Duft einsog, der ihn so lange verfolgt hatte.

Großer Gott, er hatte gedacht, dass er das hier nie wieder tun würde! Vielleicht sollte er es auch jetzt nicht tun, aber Vivianas Mund wurde weich unter seinem, und ihre Lippen öffneten sich in süßer Einladung. Nach einem Augenblick des Zögerns antwortete er ihr, liebkoste ihre Lippen mit seiner Zunge und glitt dann sanft dazwischen. Für lange Momente hielt er sie, eroberte behutsam ihren Mund und genoss, wie sie sich an seinen Körper schmiegte.

Sie waren beide außer Atem, als sie sich voneinander lösten, und Quin wollte schwören, dass sie beide dasselbe dachten. »Oh, wir sollten das nicht tun«, hauchte sie und sah ihm dabei unverwandt in die Augen. »Quin, du weißt, wohin das führt! Wir haben nie auch nur ein Quäntchen Zurückhaltung gekannt, wenn wir zusammen waren.«

»Nein, das haben wir nicht«, murmelte er und zog sie wieder an sich. Ihr Kopf ruhte an seiner Brust. »Ist das denn so schlimm, Vivie?«

Sie küsste ihn auf den Hals. »Oh, Quin! Oh, Gott, ist das ... ist das klug?«

Er spürte, dass seine Hände zu zittern begannen. »Ich weiß es nicht, Vivie«, gestand er ein. »Aber wer kann das schon wissen? Wie kann es falsch sein, wenn wir beide es wollen? Nur noch einmal, und vielleicht werden wir dann ... wir werden uns in Frieden trennen können. Vielleicht werden wir das Schlechte durch das Gute auslöschen – und die Erinnerung an eine Zeit zurückholen, die so flüchtig und so süß war.«

Vivianas Mund öffnete sich, streifte seinen Kragen. Er spürte, wie sie am ganzen Körper zitterte. Sie wusste also, was er ihr anbot, was er wollte. Und lieber Gott, sie würde es tun. Erleichterung, Freude und Verlangen durchströmten ihn wie ein Blitzschlag. Sie wandte ihren Mund zu seinem und küsste ihn hungrig – der Kuss seiner Träume. Sein Herz setzte buchstäblich einen Schlag lang aus.

»Dann tu es, Quin«, murmelte sie, als sie ihren Mund von seinem löste. »Lass mich zurück mit einer schönen Erinnerung und vertreibe die schlechte.«

Seine Hände glitten auf ihre Schultern und er drückte sie zart. »Vivie, bist du dir sicher? Sei dir sicher! Ich muss wissen, dass es das ist, was du willst.«

»Ich will es«, flüsterte sie mit geschlossenen Augen. »Es ist genau das, was ich will.«

Und dann, irgendwie, lag sie in seinen Armen, ihre langen Röcke flossen über seinen Arm, und er trug sie zurück in die kleine Stube. Das Feuer brannte dort und spendete Wärme. Er ging daran vorbei in die dunkle, enge Schlafkammer. Dort legte er sie nieder und stützte sich mit einem Bein auf die Matratze. Das Bett knarrte unter seinem Gewicht.

Viviana streckte die Arme nach ihm aus und umschloss mit den Händen sein Gesicht. Ihre Handschuhe, bemerkte er, waren fort. »Wir werden es nicht bereuen, *amore mio?*«

»Wir werden nicht zulassen, es zu bereuen«, antwortete er. Er zog seinen Rock aus und ließ ihn zu Boden fallen. Seine Stiefel folgten, dann setzte er sich auf das Bett.

»Vivie, wir werden uns sagen, dass es um der alten Zeiten willen ist«, sagte er und strich mit dem Handrücken über ihre Wange. »Dass wir vor all diesen Jahren etwas nicht zu Ende gebracht haben.«

Sie streckte die Hand nach ihm aus und spürte ihre Finger durch sein Haar gleiten, sanft strich sie es ihm an den Schläfen zurück. Es war eine seiner Lieblingsberührungen, eine, die ihn vor Entzücken zittern machte. Auch jetzt war es so.

»Nur um der alten Zeiten willen, also«, wisperte sie. »Nur noch einmal. Um gute Erinnerungen zu haben statt der schlechten.«

Vivianas schwerer Mantel war auf das Bett gefallen und halb zu Boden geglitten. Seine Hände wanderten zum Kragen ihres Kleides. Langsam begann er, sie auszuziehen. Nicht ein einziges Mal zauderte sie oder machte eine Bewegung, ihn aufzuhalten. Jeder Knopf, jeder Haken enthüllte unbeschreibliche Süße. Ein Zentimeter Spitze. Ein Stück cremefarbene Seide. Ein Duft. Ein Seufzen. Wie winzige Wassertropfen in einer Dürre, löschten sie seinen emotionalen Durst, als wäre er ausgetrocknet bis ins Innerste seiner Seele.

Viviana beobachtete ihn unter halb geschlossenen Lidern, während ihr Körper enthüllt wurde. Ihre Kehle, so zart und so vollkommen. Die sanfte Rundung ihrer Schultern, ihre langen schlanken Arme. Ihre schweren Röcke. Ihre Stiefel, die so klein waren, dass sie in seine Hand passten. Sogar ihre Unterwäsche, die sie selbst aufband, fast verschämt. Alles fiel, bis sie in ihrem dünnen Hemd aus feinem Leinen und Spitze vor ihm lag. Es war so dünn, dass er ihre dunklen Knospen sehen konnte, die sich hart und fest aufgerichtet hatten – ob vor Kälte oder vor Verlangen, das konnte er nicht sagen.

Leicht strich er mit dem Finger über den Stoff, dort, wo er sich erhöhte. Viviana schloss die Augen und ließ ihren Kopf in das weiche Polster sinken. »Quin.« Sie verstummte und schluckte hart. »Quin, quäl mich nicht. Nicht dieses Mal.«

Er lächelte und dachte daran, wie es immer gewesen war; wie er es, nach jenen ersten Wochen ungezügelter Lust, gelernt hatte, langsamer zu sein. So langsam, dass er Viviana dazu bringen konnte, sich zu winden und ihn anzuflehen. Welches Gefühl der Macht es gewesen war; ein Gefühl, das er seitdem bei keiner anderen Frau erlebt hatte – oder es auch nur versucht hatte. In diesen Momenten schließlich hatte es keinen Zweifel daran gegeben, dass Viviana ihn begehrte. Er tröstete sich jetzt mit diesem Gedanken und senkte seinen Mund auf ihre Brust.

Viviana stöhnte auf. Ihre Hüften drängten sich ihm entgegen, als er ihre harte, vollkommene Brustspitze zwischen seine Lippen nahm. Mit tiefer Befriedigung vernahm er, wie ihr Atem heftiger wurde. Sie bewegte unruhig ein Bein, und Quin legte die Hand gegen die Innenseite ihres Knöchels und schob das feine Leinen des Hemdes höher und höher hinauf, bis zu ihren Oberschenkeln. Eine Weile streichelte er deren zarten Innenseite, saugte er sanft mit dem Mund, während seine Handfläche kreiste und streichelte.

Als er spürte, dass die Unruhe in ihr wieder stärker wurde, schob Quin die Hand höher und strich mit einer Fingerspitze tief in die Weichheit, die er dort fand, und entlockte Viviana einen kleinen, schwachen Schrei der Lust. Er zwang sich, sanft zu bleiben, als er sie auf die Weise berührte, an die er sich erinnerte. So, wie sie es mochte, streichelte seine Fingerspitze sanft ihren süßen weiblichen Hügel.

Viviana begann, leicht zu zittern. Ihre Hände, weich und warm, legten sich auf seine Schultern. »Komm zu mir, *caro mio*.« Ihre Stimme klang heiser. »Gib mir deine Wärme und ... gib mir deinen Körper.«

Ruhig stand er vom Bett auf. Er fand es seltsam, dass er nicht den Drang verspürte, sich zu beeilen. Tausende Male hatte er von diesem Augenblick geträumt. Und immer war es ein Traum gewesen, der beim Aufwachen zu einem Albtraum geworden war, denn der Platz neben ihm in seinem Bett war immer leer. Im dämmrigen Licht des Nachmittags, das in die kleine Kammer fiel, zog er sich aus. Viviana war niemals scheu gewesen, aber dieses Mal ließ sie kein Auge von ihm. Als er schließlich auch das Hemd abgelegt hatte und begann, seine Hose zu öffnen, sah er sie hart schlucken. Rasch zog er sie aus, halb befürchtend, dass der offensichtlich erregte Zustand seines Körpers sie vielleicht zögern lassen würde. Vivianas Augen wurden groß, und sie schlug die alte Wolldecke zurück und das schwere Oberbett darunter.

Er legte sich zu ihr und zog ihr das Hemd aus. Der Stoff bauschte sich, enthüllte ihre Brüste und reizte ihre Brustwarzen. Quins Kehle entrang sich ein heiseres Stöhnen. »Oh, heiliger Gott«, wisperte er. »Oh mein Gott, Vivie.«

»Ich – ich bin nicht mehr dieselbe, Quin«, sagte sie. »Ich bin älter geworden.«

Er beugte sich über sie und legte die rechte Hand auf ihre Taille, dann ließ er sie langsam höher gleiten und über ihre Rippen, bis er ihre Brust mit seiner Hand umschloss. »Nein, du bist reifer geworden«, flüsterte er. »Du bist eine wunderschöne, sinnliche Frau, Vivie, statt nur eines hübschen Mädchens.« Sanft liebkoste er ihre Knospe. Aber Viviana wollte mehr. Sie bewegte sich unruhig im Bett, flehte stumm nach ihm. Quin fühlte sich plötzlich überwältigt von all dem. Er schlug die Bettdecke zurück und legte sich neben sie.

Sie spürte die Hitze, die von Quins Körper ausstrahlte, und es zog sie dorthin wie eine Motte zum Licht. Sie wollte sich in ihm verlieren, geborgen in seiner Umarmung sein, bis sie miteinander verschmolzen – für ein paar süße, vollkommene Momente. Sie schmiegte sich an ihn, drängte ihren Körper an seinen von der Brust bis zu den Knien und versuchte, ihre Entscheidung nicht infrage zu stellen.

Sie wollte diesen Mann so sehr! Nichts hatte sich geändert. Bei ihm fühlte sie sich lebendig, mit jeder Faser ihres Seins. Er fand sie sinnlich und wunderschön. Er war die fleischgewordene Versuchung, und seine Berührung sandte ein süßes, heißes Verlangen durch sie, zog sie zu ihm. Sie sehnte sich danach, in das weiche Bett niedergedrückt zu werden vom Gewicht seines Körpers. Sie kämpfte gegen den drängenden, schamlosen Wunsch, ihn in sich zu spüren. Ihr Körper sehnte sich nach der vollkommenen Lust, die nur Quin wecken konnte. Ja, noch lange, nachdem sie von ihm fortgegangen war, hatte sie sich hiernach gesehnt, bis das Verlangen von den Jahren der Bitterkeit betäubt worden war. Wie schnell und heiß es wieder zum Leben erwachte!

Das alte Bett knarrte laut, als er sich auf sie legte. Sein dichtes, dunkles Haar fiel ihm in die Stirn und beschattete sein Gesicht, als sein Mund sich wieder um ihre Brust schloss. Mit jeder Faser seines Bewusstseins nahm Quin alles in sich auf. Seine Beine fühlten sich rau an, sein Bart kratzte an ihrer zarten Haut, als er ihre Brüste liebkoste. Seine muskulösen Arme und Schenkel drückten sie nieder, hielten sie fest, machten sie zur Gefangenen seiner Leidenschaft.

Seine Zunge streichelte und umkreiste ihre Brustspitze, und in ihrem Schoß flammte heißes Verlangen auf. Viviana spürte, dass seine Lippen sich um ihre Knospe schlossen und saugten, bis ihr Verlangen unerträglich wurde. Ungeduldig schob sie ihn weg. Er hob den Kopf, lächelte und erlaubte es ihr, ihn auf den Rücken zu drängen.

Ungeduldig setzte sie sich über ihn, um die Schönheit seines Körpers in sich aufzunehmen. Schon immer hatte sie es geliebt, ihn anzusehen. Und auch daran hatte sich nichts geändert. Oh, er war kräftiger. Muskulöser. Und härter. Das Licht begann jetzt zu schwinden und warf einen wunderbar warmen Glanz auf seine Haut. Obwohl sie es niemals für möglich gehalten hatte, war er als Mann noch attraktiver denn als Junge.

Er war wirklich so sehr, sehr jung gewesen vor all jenen Jahren. Doch jetzt waren die dunklen, oft anklagend blickenden Augen verschwunden. Stattdessen sah er sie warm an, und Viviana entdeckte kleine Fältchen in den Augenwinkeln. In Quins Gesicht lag jetzt nichts Weiches mehr; es war ebenmäßig, kantig. Seine Arme waren stark, fest und kraftvoll, seine Brust muskulös und bedeckt von schwarzen Haaren.

Sie stützte die Hände auf seine breite, stahlharte Brust und beugte sich über ihn. »Ah, *caro mio*, du bist mit dem Älterwerden noch schöner geworden.«

Er lächelte zu ihr hoch. Zum ersten Mal wurde ihr bewusst, dass sie nackt war und mit geöffneten Beinen auf ihm saß, dass jeder ihrer Makel zu sehen war. Es hatte jedoch sein Interesse nicht geschmälert. Das war deutlich zu erkennen. Impulsiv schloss sie die Hand um seine Erektion und erfreute sich an deren seidenglatter, standhafter Kraft. Sein Körper pulsierte von kontrollierter Leidenschaft und versprach ihr die Lust, an die sie sich so gut erinnerte.

Sie streichelte mit beiden Händen seinen Schaft, und Quin erzitterte unter ihr. »Oh, Vivie«, stieß er halb stöhnend, halb lachend hervor. »Du kommst immer gleich auf den Punkt, nicht wahr, Liebes?«

Sie sagte nichts, sondern erhob sich auf die Knie und nahm ihn langsam in sich auf, süßen, heißen Zentimeter um süßen, heißen Zentimeter, bis Quin tief aufstöhnte. Sie spannte ihre Muskeln an und erhob sich wieder auf die Knie. Zweimal. Dreimal. Wieder und wieder, bis Quin die Hände auf ihre Hüften legte und sie drängte, sich langsamer zu bewegen. Sie verringerte das Tempo, aber nicht die Intensität.

»Oh Gott«, keuchte er. »Biest! Hexe! Hör auf!« Ein wenig harsch hob er sie buchstäblich von sich herunter.

»Quin! Nein!«

»Komm her«, stieß er hervor, ernster jetzt. Er zog sie nach vorn.

»Quin, *caro*, was –?«

Seine Hände umschlangen ihre Taille, während er seine Zunge tief in ihre feuchte Mitte hineinstieß. Vivianas Augen wurden groß, ihr Atem stockte. Oh, so lange hatte sie sich danach gesehnt! Quins Zunge neckte sie, liebkoste ihren Schoß, bis ihr Atem laut zu hören war. Er streichelte wieder, tiefer, intimer. Ein Lustschrei entrang sich Vivianas Kehle.

Quin hielt sie unbarmherzig fest, eine Gefangene seiner lustspendenden Zunge, seine Hände um ihren Po geschlungen. Es war verrucht, es war schamlos, so berührt zu werden. Aber sie hatte keine Zeit, darüber nachzudenken, denn sie wurde von der Lust fortgerissen. Sie fühlte ihren Höhepunkt kommen. Oh, zu bald. Zu schnell.

Quin spürte es und zog sich etwas zurück, streichelte sie sanfter, bis ihr Atem etwas ruhiger ging. Dann, mit einem Laut der Ungeduld, ließ er seine Hände heruntergleiten, bis er mit den Daumen ihren Schoß berührte und sie sich ihm öffnete. Dann berührte seine Zunge sie wieder, eine süße, suchende Berührung. Mit seinen starken Händen zwang er ihre Beine auseinander, bis sie sich den verlangenden Forderungen seines Mundes schamlos darbot. Dann zerbarst sie. Eine Welle der Lust überschwemmte ihre Sinne, riss sie mit sich. Und Viviana löste sich in ihr auf.

Als der Rausch abebbte, küsste Quin sie; er küsste ihre Scham, ihren Bauch, dann glitt er höher. Sie bewegte sich, aber er umfing ihre Brust, eroberte sie mit dem Mund wie ein verzweifelter Mann.

»Vivie«, sagte er heiser. »Ich brauche dich. Leg dich auf den Rücken, Liebes. Auf die altmodische Weise.«

Viviana lächelte im Stillen und tat, was er verlangte. Sie liebte es, Quin auf sich zu spüren. Er folgte ihr, legte sich auf sie, und die Jahre verschwanden. Er war wieder ihr wunderschöner Junge, der mit einem leidenschaftlichen Stoß in sie eindrang.

»Ah, Vivie!«, stöhnte er, als er begann, sich in ihr zu bewegen. »Oh, das ist so gut.«

Viviana hob die Hüften an, um ihn tief in sich aufzunehmen. Es war lange her, zu lange, seit sie mit solcher Freude, solch

litten hatte. Und doch half es zu wissen, dass sie nicht die Einzige gewesen war, der es schlecht gegangen war. Zumindest hin und wieder in den vergangenen Jahren hatte er an sie gedacht. Oh, morgen würde sie ohne Zweifel bereuen, was sie heute getan hatte. Aber noch war nicht morgen, und in diesem kleinen, süßen Moment bereute sie gar nichts.

Spontan streckte sie die Hand und streichelte seine Wange, eine Geste aus der Vergangenheit. »Oh, ich habe dich vermisst, Quinten«, wisperte sie. »Von ganzem Herzen.«

Nach einigen Augenblicken bewegte er sich und schaute aus halb geöffneten Augen zu ihr hoch. »Vivie«, flüsterte er. »Komm zu mir, in meine Arme.«

Sie legte die Hand auf seine Brust. »Ich sollte schon längst fort sein«, sagte sie leise. »Es ist ein weiter Ritt. Die Kinder ... Ich werde erwartet.«

Er schlang den Arm um ihre Taille und zog sie ein Stück zu sich herunter. Sie gab sich geschlagen, schmiegte sich an ihn. »Du liebst sie sehr, nicht wahr?«, murmelte er an ihrem Haar. »Das war offensichtlich, als du gestern bei Tante Charlotte über sie gesprochen hast.«

»Ich liebe sie sehr«, stimmte sie zu. »Sie sind jetzt mein Leben.«

»Cerelia ist ein wunderhübsches Mädchen. Ich mag sie, Vivie. Sie erinnert mich an dich.«

Viviana hatte sich in seinen Armen angespannt. »Cerelia?«

Quin küsste sie auf die Schulter. »Ich habe sie gestern Abend nach Hause gebracht, durch den Wald«, murmelte er. »Hat sie dir das nicht erzählt?«

»N-nein, das hat sie nicht.« Viviana versuchte, ihre plötzliche Panik zu bekämpfen. »Sie hätte dort nicht allein sein dürfen. Ich – ich werde mit ihr reden.«

»Sie war nicht allein«, erwiderte er. »Sie war mit Chris und Lottie zusammen. Es ging ihr gut, Vivie.«

»Ja.« Viviana schluckte mühsam. Sie hatte befürchtet, sehr befürchtet, dass er noch etwas ganz anderes sagen würde. Genau genommen hatte sie manchmal Angst vor dem, was Cerelia selbst sagen könnte. Gianpiero war zu oft grausam gegen das Mädchen gewesen, und Cerelia war jetzt alt genug, um unbequeme Fragen zu stellen.

»Wie sehen die anderen aus?« Er lächelte sie unschuldig an. »Die jüngeren beiden«, sagte er. »Cerelia sieht aus wie du – bis auf ihre ungewöhnliche Haarfarbe. Wem sehen die beiden anderen ähnlich?«

»Oh.« Viviana zwang sich, sich zu entspannen. »Felise sieht Cerelia sehr ähnlich, aber sie ist dunkler. So wie ich. Nicolo ... Er sieht aus wie sein Vater.«

»Ich verstehe.« Quin drehte sich auf die Seite, stützte sich auf den Ellbogen und begann mit einer ihrer Haarsträhnen zu spielen, die sich aus ihren Nadeln gelöst hatte. »Vivie, darf ich ... darf ich dich etwas fragen?«

»*Sì?*« Sie sah ihn abwartend an.

»Dein Mann«, sagte er. »Hast du ihn geliebt?«

Sie zögerte. »Nein. Das habe ich nicht.«

»Auch nicht ... auch nicht am Anfang?«

»Nein«, erklärte sie ruhig. »Auch nicht am Anfang. Und jetzt schuldest du mir eine Antwort, *caro*.«

Er schenkte ihr ein leichtes, nachdenkliches Lächeln. »Den Spieß jetzt umzudrehen ist wohl gerecht, nehme ich an.«

Ihr Kopf ruhte tief im Kissen. Quin hatte noch den Ellbogen aufgestützt und schaute auf sie herunter. »Warum wohnst du hier, Quinten, in diesem kleinen Cottage?«

Er zuckte mit der Schulter. »Ich wohne hier nicht.«

»Aber du verbringst hier viel Zeit.«

»Manchmal komme ich erst spätnachts aus Aylesbury zurück«, erwiderte er. »Ich verabscheue es, die Dienstboten um diese Zeit zu stören.«

Das ist eine schwache Ausrede, dachte Viviana. Und Quin sah auch ein wenig verlegen aus, als wüsste er, wie kläglich das geklungen hatte.

»Manchmal, Vivie, will ich einfach mal ein wenig für mich sein«, sprach er weiter. »Buckinghamshire ist nicht wie London. Dort kann ein Mann sich ein wenig Anonymität bewahren, wenn er das will. Hier bin ich der Earl of Wynwood, und jeder weiß das. Ganz besonders meine Mutter vergisst das keinen Augenblick.«

Viviana zog eine Augenbraue hoch. »Ah!«, stellte sie leise fest. »Du versuchst, dich ihr zu entziehen?«

»Ja, und ich habe es geschafft«, erwiderte er. »Wo ich hingehe und was ich tue, geht niemanden etwas an außer mir selbst. Außerdem gefällt mir dieses kleinen Cottage mitten im Nirgendwo. Kein anderer kann es gebrauchen. Wenn ich meinen Frieden und meine Ruhe haben will, kann ich hierherkommen. Herndon weiß, wo er mich im Notfall findet.«

Die tief stehende Nachmittagssonne schien jetzt durch das schmale Fenster und warf ihren matten Schein auf Quins Schulter. Es erinnerte Viviana daran, wie spät es inzwischen geworden war. Sie hatte kein Recht, noch länger hierzubleiben. Bis sie zu Hause wäre, ihr Reitkostüm ausgezogen und gebadet hätte, hatte sie vermutlich das Abendessen der Kinder versäumt.

Viviana lächelte und stützte sich auf die Ellbogen. »Ich muss gehen, Quin«, sagte sie. »Ich muss jetzt wirklich gehen. Es war – ich weiß nicht – wunderschön, denke ich, ist das Wort.«

Er setzte sich auf und stützte einen Ellbogen auf sein Knie. Viviana wandte den Blick ab. Er sah noch immer zu verführerisch aus, mit dem dunklen Bartschatten und dem zerzausten Haar. Aber als sie ihn wieder ansah, sah er sie aus seinen blauen Augen an, als würde er in ihrem Gesicht die Antwort auf eine nicht ausgesprochene Frage suchen.

»Wie lange, Vivie?«, fragte er schließlich. »Wie lange noch, bis du nach Venedig zurück musst?«

Sie zuckte die Schultern. »Die Arbeit an der Oper geht gut voran«, erklärte sie. »Chesley möchte sie so schnell wie möglich aufführen – wahrscheinlich in Paris. Er verhandelt bereits mit einigen Häusern.«

Quin beobachtete Viviana, als sie aus dem Bett stieg und begann, die Falten aus ihren Kleidern zu schütteln. Lieber Gott, er hatte sie nicht angelogen. Die Jahre hatte ihre Schönheit nur reifer gemacht. Und als er zusah, wie sie ihr Hemd überstreifte, hatte er das schreckliche Gefühl, dass etwas Schönes und Kostbares seinen Händen entglitt.

Für einen langen Moment beobachtete er sie, und er begriff, dass, wäre das Leben anders verlaufen – *hätte er sich anders entschieden* –, er in den vergangenen neun Jahren jeden Tag das Glück hätte haben können, ihr beim Ankleiden zuzusehen. »Die Uraufführung der Oper wird in Paris sein?« Seine Stimme klang hohl. »Nicht in London?«

Sie schaute von dem Strumpf auf, den sie gerade geschickt ihr Bein hinaufrollte, und lächelte leicht. »London hat keinen so ausgezeichneten Ruf wie Paris, *caro*«, erinnerte sie ihn. »Nicht in der eitlen Welt der Oper.«

Er sah sie eindringlich an. »Und was ist mit dir, Vivie?«, erkundigte er sich. »Kann ich annehmen, dass du mit ihnen nach Paris gehen wirst? Wirst du die Hauptrolle singen?«

Sie schüttelte rasch den Kopf. »Ich werde nicht singen«, verneinte sie. »*Papà* wird wünschen, dass ich bei der Uraufführung dabei bin, mehr nicht.«

Quin fiel ein seltsamer kleiner Unterton in ihrer Stimme auf. »Und danach?«

»Danach fahren wir nach Hause.« Ihre Stimme klang jetzt fest. »Nach Venedig.«

»Du hörst dich an, als hättest du vor, es nie wieder zu verlassen«, neckte er sie.

»Vielleicht nicht. Ich weiß es noch nicht.«

»Sicherlich wirst du bald wieder irgendwo singen?«

Ihre Augen blitzten auf. *Aber nicht*, dachte er, *vor Freude.* »Nein«, sagte sie rasch und zog sich eilig weiter an. »Ich denke, ich werde nicht wieder singen. Meine Kinder – sie brauchen mich. Eine lange Spielzeit fordert zu viel.«

Quin wandte sich um und setzte sich auf die Bettkante. »Aber es gibt andere Möglichkeiten, nicht wahr? Volle Opernhäuser sind nicht die einzigen Möglichkeiten für eine Sopranistin von deinem Ruhm und deinem Talent.«

»Meine Kinder brauchen mich«, wiederholte sie. Dann sah sie ihn an und schenkte ihm ein Lächeln, das bei allem Strahlen spröde wirkte. *Wunderschön, aber leicht zerbrechlich,* dachte er. »Quinten, dies war ein so besonderer Nachmittag für mich, aber ich muss jetzt gehen. Und bitte, mach unsere neue süße Erinnerung nicht kaputt, indem du von der Arbeit sprichst. Das ist so langweilig, nicht wahr?«

Wie seltsam es sich anhörte, sie so reden zu hören! In der Vergangenheit hatte Viviana die Welt der Oper nicht für langweilig gehalten. Sie hatte sie gelebt und geatmet. Sie hatte gekämpft und gearbeitet und sich selbst bis fast zum Zusammenbruch angetrieben, bis sie die Beste gewesen war. Er wusste das. Er hatte es aus erster Hand miterlebt. Er glaubte keine Sekunde lang, dass sie es aufgegeben hatte. Nicht freiwillig.

Aber offensichtlich war sie der Meinung, dass ihn das nichts anging. Und so war es ja auch, oder etwa nicht? Widerstrebend stand Quin auf und begann, seine Kleider zusammenzusuchen. Dass dabei ihr heißer Blick über seinen Körper glitt, entging ihm nicht.

Nun gut. Vielleicht war dies doch nicht nur der alten Zeiten wegen gewesen. Er würde sehr angestrengt versuchen, in diesem Gedanken Trost zu finden, wenn er sich heute Abend allein in seinem breiten Bett auf Arlington Park hin- und herwälzte. Er würde auf diese Augenblicke der Lust zurückschauen, die er in diesem schäbigen kleinen Cottage erlebt hatte, in diesem alten, roh gezimmerten Bett, und er würde nur daran denken, wie berauschend es gewesen war. Er würde es sich nicht gestatten, an das zu denken, was alles hätte sein können.

Er beobachtete sie, bis sie mit dem Ankleiden fertig war. Ihre Bewegungen waren knapp und flink. Er versuchte, klar zu denken, aber das war schwer, wenn sein Kopf von ihrem Duft noch ganz berauscht war.

Viviana steckte sich vor dem kleinen, zerbrochenen Spiegel, der an der Wand gegenüber dem Bett hing, die Haare wieder fest. »So, das wär's!«, sagte sie, als sie fertig war. »Und wohin habe ich meinen Hut gelegt?«

Quin verließ das Bett und wickelte dabei das Laken um sich, als er den ziemlich schneidigen kleinen Hut holte. »Werde ich dich morgen Abend sehen, Vivie?«, fragte er, als er ihn ihr reichte.

Sie wandte sich um, ihre Augenbrauen fragend hochgezogen. »Morgen?«, wiederholte sie. »Oh, Quin – nein, ich denke nicht, dass wir ... ich meine, dies war doch nur, um ...«

Er legte den Kopf schief. »Mein Onkel hat uns drei nach Hill Court eingeladen, zum Abendessen«, erklärte er ruhig. »Mum, Alice und mich. Wusstest du das nicht?«

Sie wirkte einen Augenblick lang verwirrt, doch dann hellte sich ihre Miene auf. »Eine Dinnerparty! Ja, ja, er hat so etwas erwähnt. Aber ich dachte nicht ...«

»Möchtest du, dass ich die Einladung ablehne, Vivie?« Seine Stimme klang sehr sanft. »Wenn du das wünschst, werde ich das natürlich tun.«

Sie öffnete den Mund und schloss ihn dann wieder. »Sei nicht albern, Quin«, erwiderte sie schließlich. »Ja, ich werde dich morgen Abend sehen.«

Er fühlte sich plötzlich wie der junge Mann, der er einmal gewesen war. Unerfahren. Zornig. Wie konnte sie so kühl sein?

So abweisend? Noch vor wenigen Augenblicken war sie wie Feuer in seinen Armen gewesen. Nun, verdammt noch mal, er würde sie nicht um ihre Gesellschaft anbetteln. Einen Moment lang zog er in Betracht, die Einladung seines Onkels auszuschlagen. Er hatte das Gefühl, dass es wirklich schmerzlich werden würde, Viviana zu sehen, nach allem, was an diesem schicksalhaften Nachmittag zwischen ihnen geschehen war.

Sie hatten eine neue Erinnerung schaffen wollen, um die schlechte zu verdrängen, und das war ihnen perfekt gelungen. Vielleicht zu perfekt. Er stieß einen Seufzer aus und schleuderte das Laken auf das zerwühlte Bett. Und Viviana warf die Haustür hinter sich zu.

Kapitel 10

In dem ein Zauberring ins Spiel kommt

Am darauf folgenden Nachmittag um Viertel nach fünf stand Quin vor dem Zimmer seiner Schwester und lauschte auf das leise Murmeln von Stimmen, das er durch die Tür hörte. Drinnen herrschte, wenn er Alice richtig kannte, ein geschäftiges Treiben wie in einem Bienenkorb. Kleider, die ausgewählt und wieder verworfen worden waren, lagen sicher zu einem Berg aufgehäuft auf ihrem Bett, und Schuhe in allen Farben des Regenbogens waren auf dem Teppich verstreut. Aber sie war doch hoffentlich inzwischen halbwegs angezogen?

Er klopfte mit dem Handrücken leise an die Tür. Alice selbst öffnete ihm, das Haar noch unfrisiert und auf nackten Fußsohlen. »Quin!«, sagte sie erfreut. »Oh, wie gut du aussiehst! Ich sehe dich so selten im Abendanzug.«

Er lächelte trocken, als sie ihn hereinbat. »Sei nicht albern, Allie! Du siehst mich jeden Abend beim Essen.«

»Nun, aber dann siehst du nicht *so* aus«, erwiderte sie und kehrte zur Bank vor ihrem Frisiertisch zurück. »Ich glaube nicht, dass ich schon jemals im Leben so perfekt gestärktes Leinen gesehen habe – und ist das ein neuer Rock?«

Quin antwortete nicht. Niemand hatte ihm jemals auch nur im Entferntesten vorhalten können, eitel zu sein, aber heute Abend hatte er vielleicht doch ein wenig mehr Aufwand mit seinem Äußeren betrieben als es bei ihm üblich war. Ja, er wollte so gut sie möglich aussehen. Über den Grund würde er einfach nicht nachdenken. Hinter ihm war Alice' Zofe Lily damit beschäftigt, die Kleider vom Bett zu räumen und die Falten herauszuschütteln, während sie diese in das Ankleidezimmer zurücktrug.

»Setz dich, Quin«, forderte seine Schwester ihn auf und beugte sich näher zum Spiegel, um ein wenig Puder auf ihre Stirn zu stäuben. »Du machst mich nervös, wenn du so herumstehst. Ist Mum schon heruntergekommen? Bin ich zu spät?«

»Nein, noch nicht.« Quin grinste und setzte sich auf den zierlichen Stuhl, den Alice ihm angeboten hatte. »Ich bin etwas zu früh.«

Alice schaute von ihrer Puderdose auf und grinste. »Nervös?«

Quin fand die Frage nicht witzig. »Sei nicht albern«, wiederholte er. »Wird Herndon heute Abend auch da sein, Allie?«

Ihr Kinn reckte sich um ein kleines Stück in die Höhe und wurde heftig mit Puder bestäubt. »Du großer Gott, Quin, woher soll ich das denn wissen?«

»Ich dachte, du wüsstest es«, erwiderte er ruhig.

Alice lächelte unsicher. »Ich weiß, dass er eingeladen ist, so wie jeder zweite Gentleman und Fast-Gentleman des Dorfes.« Sie nahm einen Teller mit Käse und Apfelscheiben von ihrem Frisiertisch. »Onkel Ches ist ebenso ein Verfechter des Egalitarismus wie Mum ein Snob ist. Ich frage mich manchmal, ob sie wirklich derselben Familie angehören. Hier, möchtest du einen Happen?«, bot sie ihrem Bruder an. »Es ist Mrs. Chandlers bester Käse.«

»Um Himmels willen, Allie!« Quin betrachtete den fast leeren Teller. »Wir essen um acht, und du hast schon ein halbes Pfund Bauernkäse verdrückt?«

»Nur ganz wenig! Ich bin vor Hunger gestorben. Ich hatte kein Frühstück heute Morgen«, verteidigte sie sich.

»Du wirst uns noch dick und rund werden, altes Mädchen, wenn du nicht aufpasst«, neckte Quin sie. »Das Kleid, das du trägst, könnte es vertragen, wenn daran ein oder zwei Nähte ausgelassen werden würden, so wie es aussieht.«

»Vielleicht habe ich ein wenig zugenommen. Was soll's?«

Alice spitzte die Lippen und betupfte sie mit etwas, das sie aus einem kleinen Topf auf dem Frisiertisch genommen hatte.

»Du hast recht«, pflichtete Quin ihr bei. »Du siehst reizend aus – besser als seit Jahren, genau genommen.«

Alice stellte den kleinen Tiegel zurück. »Hör zu, Quin, du bist doch nicht hergekommen, um mich über Mr. Herndon auszufragen und dabei zuzusehen, wie ich mir das Gesicht anmale?«

Quin fühlte, wie sein Mund sich zu einem langsamen, breiten Lächeln verzog. »Eigentlich bin ich genau deswegen hergekommen«, tat er kund. »Deswegen, und um dafür zu sorgen, dass der Kleiderberg auf deinem Bett nicht wie eine Lawine ins Rutschen kommt und die arme Lily lebendig unter sich begräbt.«

Lily versuchte, ein Lachen zu unterdrücken, und griff nach dem letzten Kleid. »Wir müssen Sie noch frisieren, Mylady! Und Sie müssen entscheiden, welche Schuhe Sie tragen wollen.«

»Die rosa Satinschuhe«, sagte Alice und warf Quin einen gereizten Blick zu. Dann wandte sie sich auf der Bank halb um und beugte sich herunter, um ein Paar blassrosa Schuhe aufzuheben. Ihr Haar glitt ihr in einem schimmernden, goldbraunen Schleier über die Schulter, als sie den ersten Schuh anzog.

»Ich hoffe, Mums Laune ist besser als deine, Quin«, sagte Alice und schloss die Schnalle. »Oder es wird ein schrecklicher Abend. Und mach dir keine Gedanken wegen Henry Herndon. Der neue Vikar und seine Schwester werden auch kommen, und die beiden sind todlangweilig. Und dann wird noch –« Alice richtete sich abrupt auf. »Hat es an der Tür geklopft?«

Aber Quin sah noch immer seine Schwester an. Etwas an der Art, wie sich das Licht in ihrem Haar fing, erinnerte ihn an irgendetwas. Aber er hatte Alice schon seit Jahren nicht mehr mit offenen Haaren gesehen. Er verwarf den seltsamen Gedanken wieder und schaute auf. Seine Mutter war ins Zimmer gekommen. Er sprang sofort auf.

»Mum. Bitte nimm hier Platz.«

»Danke, Quinten.« Seine Mutter legte den Handrücken an die Stirn und ließ sich dramatisch auf den Stuhl sinken. »Ich erkläre, dass ich vor Erschöpfung ganz ermattet bin!«, klagte sie. »Was hat mein Bruder sich nur dabei gedacht, um acht Uhr ein Dinner servieren zu lassen? Das ist hierzulande wirklich nicht angebracht.«

Alice hatte sich wieder dem Spiegel zugewandt. »Onkel Ches hält sich an die kontinentalen Zeiten, Mum«, lächelte sie. »Aber zumindest hat er uns eingeladen, um sechs Uhr zum Sherry zu kommen. Ich finde das sehr gastfreundlich von ihm. Nimm doch ein Stück Käse.«

Quin hatte sich einen Stuhl vom Kamin geholt und setzte sich wieder.

»Das hat mit dem Kontinent nichts zu tun«, widersprach Lady Wynwood und schaute argwöhnisch in seine Richtung. »Es ist wegen dieser Frau und ihrem fremden gezierten Auftreten.«

»Nun, sie ist Ausländerin.« Alice tupfte sich eine Art Creme auf die Wangenknochen. »Das sollte das Auftreten erklären, würde ich meinen.«

Ihre Mutter schürzte die Lippen. »Sei bitte nicht frech, Alice. Das steht dir nicht.«

»Außerdem essen die Kinder der Contessa um halb sechs zu Abend«, sprach Alice weiter, als hätte ihre Mutter nichts gesagt. »Und das versäumt sie nie.«

»Eigentlich«, sagte Quin, »habe ich gerade angesprochen, wie gut Alice aussieht. Ich glaube, die Landluft macht ihr Appetit und hat ein wenig Farbe auf ihre Wangen gebracht.«

Alice grinste. »Das Wangenrot kommt aus dem Farbtopf, Quin, für den Fall, dass meine Schönheit dich geblendet haben sollte.«

»Ich habe heute einen interessanten Brief bekommen«, wechselte ihre Mutter das Thema, wie sie es so oft nach ihrem Gutdünken tat.

»Erzähl, Mum«, fragte Alice gutmütig nach. »Gibt es neuen Klatsch aus London?«

»Eher keinen.« Lady Wynwoods Blick streifte Quin. »Er war von der Duchess of Gravenel«, sprach sie weiter. »Sie schreibt, dass es keine Verlobungsankündigung zwischen Sir Alasdair MacLachlan und Miss Hamilton gegeben hat.«

»Nun, hoffentlich nicht, Mum«, sagte Alice. »Es ist noch zu früh. Außerdem wollen sie nicht vor dem Frühjahr heiraten.«

»Sie wollen vielleicht überhaupt nicht heiraten«, schnaubte Lady Wynwood. »Wirklich, Alice! Vielleicht hatte Miss Hamilton noch einmal über ihr voreiliges Handeln nachgedacht. Vielleicht kann Quinten doch noch eine Aussöhnung herbeiführen.«

»Mum, ich dachte, dein Wunsch sei es, jeden weiteren Skandal zu vermeiden«, bemerkte Quin hinter einer Ausgabe von *Ladies' Fashion Quarterly* hervor, die Lily gerade auf Alice' Bett freigelegt hatte. »Zu diesem Zeitpunkt würde eine Aussöhnung die Flammen nur wieder anfachen. Großer Gott, Alice! Kommen diese weiten Röcke etwa wieder in Mode? Es sieht aus, als hätten sie Schirme unter ihren Röcken aufgespannt.«

Alice beugte sich zu ihm und zog die Nase kraus. »Sie sehen komisch aus, nicht wahr?«

Lady Wynwood runzelte die Stirn. »Was sagst du da, Quinten?«

»Dass diese Ballkleider der Figur einer Lady nicht schmeicheln«, erwiderte er trocken. »Und dass diese Sache mit Miss Hamilton und mir vorbei ist. Sie hat mich nicht geliebt, und ich habe sie nie geliebt –«

»Liebe!«, unterbrach seine Mutter ihn. »Was hat denn Liebe damit zu tun?«

»Mum!« Alice warf ihr einen finsteren Blick zu. »Liebe hat *alles* damit zu tun.«

Lady Wynwood presste die Lippen zusammen. »Du hast John

nicht geliebt, und jetzt sieh doch, was Gutes daraus geworden ist.«

»Ja, ich sehe es, in der Tat!«, entgegnete Alice ein wenig bitter. »Ich bin mit zweiunddreißig Witwe, habe drei vaterlose Kinder und nur wenige schöne Erinnerungen, auf die ich zurückschauen kann.«

»Alice!«

»Es ist wahr, Mum«, sagte sie und senkte die Stimme, damit die Zofe im Ankleidezimmer sie nicht hören konnte. »Es war nie mein Wunsch, John zu heiraten. Du weißt das.«

»Aber er war eine hervorragende Partie!«, beharrte ihre Mutter. »Ihr wart einander von der Wiege an bestimmt. Dein Papa hat das alles arrangiert.«

»Das weiß ich auch«, erwiderte Alice. »Und ich habe meine Pflicht erfüllt, so, wie man es von mir verlangt hat. Verweigere mir also jetzt nicht das Recht, mich über den Verlust meiner romantischen Ideale zu grämen.«

»Aber du kannst doch wieder heiraten, Allie«, mischte Quin sich ein. »Du wirst wieder heiraten, und dieses Mal wird es aus Liebe sein.«

»Quinten, sei kein Narr«, widersprach seine Mutter. »Wer, außer irgendeinem zeitungsbekannten Glücksritter, würde eine Witwe mit drei kleinen Kindern schon haben wollen?«

Die Stimmung im Zimmer hatte sich plötzlich verändert. Quin schaute rasch zu seiner Schwester. Er konnte praktisch fühlen, wie ihr Unbehagen wuchs. »Irgendjemand wird es wollen«, sagte Alice ruhig.

»Du sprichst vermutlich von diesem Emporkömmling Henry Herndon«, knüpfte ihre Mutter ungeduldig an. »Er war schon immer viel zu vertraut mit dir, Alice.«

Quin fühlte, wie seine gute Laune verflog. »Ich glaube, dass es keinem von uns zusteht, Alice zu raten, wen sie heiraten sollte.«

Seine Mutter wollte etwas erwidern, aber Quin ließ es nicht zu. »*Keinem* von uns, Mum.« Er legte das Magazin zur Seite und stand auf. »Alice ist alt genug, und sie kann über ein Vermögen verfügen, das sie sich auf dem schwersten aller Wege verdient hat – indem sie ihr Herz auf dem Altar der Familienehre geopfert hat«, sprach er weiter. »Sie hat sich das Recht verdient, jetzt das zu tun, was sie möchte.«

Die Lippen seiner Mutter bildeten einen dünnen, zitternden Strich. Und wenn ihn seine Vermutung nicht trog, blinzelte Alice ihre Tränen zurück. »Einen solchen Gedanken kann ich nicht billigen!«, widersprach seine Mutter. »Wir sind Hewitts, Quinten. Wir können uns nicht so benehmen wie wir es wollen.«

Quin ging zur Tür und legte die Hand auf den Griff. »Ich schlage vor, du gewöhnst dich in dieser Hinsicht an meine Sichtweise der Dinge, Mum«, riet er ihr, den Rücken zum Zimmer gewandt. »Wie du mich so gern daran erinnerst, bin jetzt ich das Oberhaupt dieser Familie. Es obliegt mir, solche Dinge zu entscheiden, und das ist es, was ich entschie-«

»Aber du weißt doch überhaupt nicht, wen sie wählen wird!«, unterbrach ihn seine Mutter. »Was, wenn es ein unpass-«

»Ich kenne Alice«, schnitt Quin ihr das Wort ab und ging auf sie zu. »Ich weiß, dass sie keine Närrin ist. Ich vertraue ihr, dass sie das tun wird, was das Beste für sie und ihre Kinder ist. Und damit ist alles gesagt, Mum.«

»Du hast aus Liebe geheiratet, Mum«, erinnerte Alice sie ruhig. »Es war eine glänzende Verbindung, das ist wahr. Aber es war nichtsdestotrotz eine aus Liebe.«

Lady Wynwood erhob sich. »Es war meine Pflicht, meinen Ehemann zu lieben«, sagte sie. »Und das habe ich getan.«

Alice schüttelte den Kopf. »So war es nicht, Mum«, widersprach sie. »Onkel Ches erinnert sich genau daran. Du hast heimlich das Haus verlassen, um dich mit Papa zu treffen.«

Ihre Mutter errötete. »Vielleicht habe ich das getan, ein- oder zweimal«, gab sie zu. »Wenn ihr mich jetzt entschuldigen wollt, ich denke, ich werde diese Stola gegen etwas Wärmeres austauschen. Quin, du kannst dann die Kutsche vorfahren lassen.«

Und damit, ganz die Countess, die sie war, rauschte Lady Wynwood an ihm vorbei und aus dem Zimmer, das Haupt hoch erhoben. Quin sah seine Schwester an und lächelte. *Wir haben eine Schlacht gewonnen,* dachte er, *aber der Pulverdampf hat sich noch nicht verzogen.*

Sobald Alice' Haar frisiert war, gingen sie nach unten in die große Eingangshalle. »Wo sind die Kinder?«, erkundigte sich Quin. »Kommen sie nicht mit?«

»Miss Bright hat sie um vier mit der Kutsche hinübergefahren«, klärte seine Schwester ihn auf. »Sie werden im Schulzimmer früh zu Abend essen und lange vor uns nach Hause zurückkommen.«

Das war vermutlich vernünftig. Er war ein wenig überrascht gewesen, als Alice ihm gesagt hatte, die Kinder würden auch nach Hill Court fahren. Aber Spielgefährten auf dem Lande waren selten, und die Kinder hatten darum gebeten. Sie würden sich im Kinderzimmer aufhalten, hatte Alice erklärt, um zu spielen und umherzutollen, während die erwachsenen Gäste sich mit langweiligeren Dingen unterhalten würden.

Lady Wynwood zeigte auf der kurzen Fahrt nach Hill Court eine sehr gefasste Haltung. Quin fragte sich, ob er einen Sieg errungen hatte, oder ob seine Mutter einfach abwartete, bis sich ihr eine nächste Gelegenheit bot.

Am hell erleuchteten Eingang wurden sie von Lord Chesley begrüßt, der einen großen Wirbel um seine ältere Schwester machte, was die Spannung ein wenig nahm. Im gegenüberliegenden Salon sah Quin Signor Alessandri und Lord Digleby Beresford, die neben dem Klavier standen und Wein tranken. Viviana konnte er nirgendwo entdecken.

»Die anderen Gäste werden um sieben eintreffen«, erklärte

Lord Chesley. »Ich bin froh, dass die Familie sich schon vorher trifft.«

Signor Alessandri beugte sich tief über Lady Wynwoods behandschuhte Hand, als eine kleine Herde Ponys – oder etwas so Ähnliches – die Treppe heruntergepoltert kam.

»Onkel Quin! Onkel Quin!«, rief Christopher und stürmte ins Zimmer. »Kommst du mit uns nach oben?«

Quin sah Alice fragend an. »Ich glaube, das kann ich tun«, erwiderte er.

Diana hüpfte von einem Fuß auf den anderen und klatschte in ihre pummeligen Hände. »Da ist ein Schwein!«, rief sie. »Ein Schwein! Felise reitet darauf. Komm gucken!«

»Felise muss sehr mutig sein«, sagte Quin und fuhr ihr mit der Hand durch das Haar. »Onkel Ches? Alice? Soll ich gehen und es mir ansehen?«

Chesley befand sich schon in einem Gespräch mit Quins Mutter und Signor Alessandri. Alice winkte ihm zu. »Es ist eine alte Jagdtrophäe«, sagte sie leise. »Aber sie hat noch ihre Stoßzähne und sieht sehr grimmig aus.«

Quin grinste das kleine Mädchen an. »Ich wette, Christopher gefällt das.«

Cerelia lächelte, als freute sie sich, den Witz mit ihm zu teilen. »Er sagt, er wird auch nach Afrika gehen und eins schießen«, vertraute sie ihm an. »Aber im Moment hat er nur seine Steinschleuder.«

»Ich hoffe, er benutzt sie nicht im Haus?«

Cerelia presste die Lippen zusammen, dennoch entschlüpfte ihr ein Kichern. »Er hat es einmal getan«, gab sie zu, als sie sich zur Treppe wandten. »Aber Miss Bright hat ihm was auf die Finger gegeben.«

Als die Kinderschar vor der Tür des Schulzimmers ankam, hörten sie ein schreckliches Jammern von drinnen. Sie stürzten ins Zimmer und trafen auf Miss Bright, die einem kleinen Mädchen den Schmutz vom Rock klopfte – die mutige Felise, unverkennbar. Dem Mädchen liefen die Tränen über die Wangen.

Miss Bright errötete, als sie Quin sah. »Lady Felise ist vom Rücken des Wildschweins gefallen, Mylord«, sagte sie und zeigte auf das grässliche Biest. »Ich habe mich nur für einen Moment umgedreht, und sie hat beschlossen, sich auf seinen Rücken zu stellen.«

»Ich wo-wo-wollte reiten wie ein Akrobat«, jammerte das Kind.

In diesem Moment kam eine junge Frau ins Zimmer. Sie trug ein Tablett, auf dem Becher und eine große Silberkanne mit Schokolade standen, die noch dampfte. »Ach du lieber Himmel! Was ist passiert?«

»Nur ein kleiner Sturz, Miss Hevner«, erwiderte Miss Bright. »Das ist Lord Wynwood, der Onkel der Kinder.«

Die zweite Frau errötete und knickste, mitsamt dem Tablett. »Mylord«, stellte sie sich vor. »Ich bin Miss Hevner, die Gouvernante der Kinder der Contessa.«

Quin lächelte freundlich. »Sie haben heiße Schokolade gebracht«, bemerkte er. »Ich denke, das wird alles wieder richten.«

Miss Hevner stellte das schlanke Mädchen mit den tränenfeuchten Augen als Felise vor und den kleinen, dunkelhaarigen Jungen als Nicolo – jetzt der Conte Bergonzi di Vicenza, vermutete Quin. Quin zog sich in eine Ecke des Schulzimmers zurück, während die Kinder – bis auf Cerelia – sich lärmend an den langen Tisch setzten. Miss Hevner begann, die Becher zu verteilen, während Miss Bright Diana und Nicolo auf zwei hohe Kinderstühle setzte.

Nicolo beachtete die Kanne mit Schokolade nicht und fing sofort an, Holzklötzchen aufeinanderzustellen, die auf dem Tisch lagen. Cerelia ging zu dem alten Klavier an der Wand, wo Quin stand, und setzte sich mit dem Rücken zum Klavier darauf. Ihre Füße reichten kaum bis zum Boden.

Quin nahm in einem alten Schaukelstuhl Platz und betrachtete das Mädchen, das älter zu sein schien, als es von seinem Alter her war. »Spielst du Klavier, Cerelia?«

Sie schüttelte scheu den Kopf. »Ein wenig die Harfe, aber nicht sehr gut.«

Er lachte. »In deiner Familie heißt ›nicht sehr gut‹ vermutlich das, was in meiner ›fast ein Virtuose‹ heißt.«

Cerelia lächelte und senkte dann den Blick. »Miss Hevner sagt, dass Felise eine Begabung für die Musik hat«, bemerkte sie. »Und sie sagt, dass auch ich ganz hübsch spiele.«

»Hmmm«, erwiderte Quin. »Was sagt deine Mamma?«

Das Lächeln des Mädchen blieb. »Oh, sie sagt, dass ich keinen Ton halten kann.«

Quin nickte ernst. »Du hast mein Mitgefühl! Ich kann nicht tanzen. Mein rechter Fuß verheddert sich immer mit meinem linken, und ich weiß nicht, wie ich sie auseinanderhalten soll. Einmal bin ich sogar über das Podium für die Musiker in Onkel Chesleys Ballsaal gefallen.«

Das war kaum geflunkert, auch wenn er im letzten Moment hatte zurückspringen können. Schlimmer, auch er war fast völlig unmusikalisch. Cerelia schien das alles lustig zu finden. Sie kicherte hinter vorgehaltenen Händen.

»Hat deine Mamma das wirklich von dir gesagt, Cerelia?«

»Ja, aber sie hat auch gesagt, dass Gott mir ein Talent für Worte und Sprachen gegeben hat.« Wenn die Ehrlichkeit ihrer Mutter ihr Kummer machte, so verriet Cerelia das nicht. »Mamma hat zu Felise gesagt, dass jeder eine andere Begabung hat, und dass alle gleich kostbar sind, nicht nur die Musik.«

»Worte und Sprache sind sehr wichtig«, stimmte Quin ihr zu.

Cerelia Augen strahlten auf. »Ich kann jetzt vier Sprachen sprechen – Venezianisch, Italienisch, Französisch und Englisch«, sagte sie aufgeregt. »Als Nächstes werde ich Deutsch lernen. Englisch habe ich sehr schnell gelernt, so schnell wie keiner sonst, den sie kennt, sagt Miss Hevner. Aber Felise muss kämpfen.«

Quin dachte über das nach, was Cerelia gesagt hatte. *Es sieht Viviana ähnlich,* dachte er, *bei ihren Kindern kein Blatt vor den Mund zu nehmen.* Und es sah ihr auch ähnlich, dass sie ihnen half, eine Balance in ihrem Leben zu finden. Felise war ein kluges, gut aussehendes Mädchen, aber Cerelias Gesicht versprach, dass sie eine wahre Schönheit werden würde. Viviana schien sich ihrer eigenen Schönheit nie bewusst gewesen zu sein, oder schien sie nicht geschätzt zu haben, wohingegen sie die Musik vor allem anderen geschätzt hatte. Er hoffte, es war keine Enttäuschung für sie, dass eine ihrer Töchter musikalisch war, während die andere es nicht war.

»Du sprichst sehr gut Englisch«, lobte Quin das Kind. »Sogar besser als deine Mutter.«

»Miss Hevner lässt uns nur französisch und englisch miteinander sprechen«, erklärte Cerelia. »Kennen Sie meine Mutter?«

Quin zögerte. »Nun, ja, ich kenne sie.«

»Schon lange?«

Er lächelte sie an. Was sollte es schaden? »Ja, Cerelia, schon sehr lange.«

»Haben Sie sich gekannt, als sie in London gelebt hat?«, fragte das Mädchen. »Waren Sie ein *besonders* guter Freund?«

Auf was, um alles in der Welt, wollte das Kind hinaus? »Nun, ja, ich kann sagen, das war ich«, erwiderte er.

In diesem Moment wandte sich Miss Hevner vom Tisch her an sie. »Cerelia, möchtest du keine Schokolade?«

»Nein danke«, lehnte das Mädchen ab.

»Nun, dann setz dich trotzdem zu uns an den Tisch, mein Liebes, während die anderen austrinken«, tadelte sie. »Du darfst Seine Lordschaft nicht aufhalten.«

Quin folgte Cerelia an den Tisch. »Cerelia hält mich nicht auf«, widersprach er und setzte sich Lottie gegenüber. »Sie bezaubert mich.«

Miss Hevner lächelte zustimmend. »Cerelia bezaubert jeden.«

Später konnte Quin nie ganz sicher sagen, was als Nächstes geschah. Nicolo, so glaubte er, stieß seinen Turm aus Bauklötzen um, der gegen Lotties Becher fiel und ihn umwarf. Das Mädchen sprang auf, streckte die Hand aus, um den Becher festzuhalten, kam dabei jedoch gegen die Kanne mit der Schokolade, die ebenfalls umfiel. Die heiße Flüssigkeit ergoss sich in einem Schwall über den Tisch.

Es folgten Schreie und Lärm. Cerelia, die am Tischende gestanden hatte, bekam das meiste ab. Miss Hevner nahm rasch das Geschirrtuch, das sie zusammen mit dem Tablett hochgebracht hatte. Miss Bright holte zwei weitere Tücher aus einem Schrank. Quin nahm das eine und begann, rasch Cerelias Kleid trocken zu reiben.

»Oh, oh!«, klagte das Mädchen. »Es brennt!«

Quin zog sie ins Licht. »Hast du dich verbrüht?«

Cerelia hatte das Gesicht verzogen, als wollte sie zu weinen anfangen. »Neiiin«, jammerte sie. »Ich – ich weiß es nicht.«

Vorsichtig zog Quin den ruinierten Stoff von ihrer Haut. Ihr Hals war gerötet. »Miss Hevner!«, unterbrach er die Gouvernante. »Lassen Sie das jetzt. Cerelia hat sich verbrüht.«

Miss Hevner warf das Geschirrtuch beiseite. »Schnell, ins Kinderzimmer!«, rief sie, während Quin das Kind auf den Arm nahm. Miss Bright kümmerte sich um die anderen Kinder, während er Cerelia ins Kinderzimmer trug und sie auf den Eichenholztisch setzte, auf den Miss Hevner gezeigt hatte.

»Du bist ein tapferes Mädchen«, lobte sie. »Lass uns dir das schnell ausziehen! Zuerst öffnen wir die Knöpfe.«

Rasch aufeinander wurde Cerelias Kittel beiseitegeworfen und ihr Kleid am Rücken aufgeknöpft. Das Mädchen hielt sein

Schluchzen zurück. Um den runden Ausschnitt ihres Hemdes war die Haut leicht rosa gefärbt. »Ich denke, es ist nicht so schlimm«, beruhigte Miss Hevner sie.

Quin schaute sich nach der Klingelschnur um. »Wie dem auch sei, ich werde nach kaltem Wasser schicken.«

»Ach Kind«, hörte er Miss Hevner hinter sich sagen. »Diese dumme Kette, die du immer trägst! Heißes Metall auf der Haut brennt immer!«

»Es war erst heiß, als die Schokolade daran gekommen ist!«, klagte das Mädchen. Aber es klang, als hätte Cerelia sich schon wieder von dem Schrecken erholt.

Als er sich wieder umwandte, sah er, dass Miss Hevner eine goldene Kette vom Hals des Kindes abmachte. Es war eine Art Taschenuhr oder eine große Kugel, die daran hing und blutrot funkelte, als sich das Licht der Lampe darin brach. Cerelias Blick folgte der Kette, ihre Augen blickten ein wenig ängstlich. Miss Hevner runzelte die Stirn und legte die Kette hinter sich auf den Tisch.

»Sie hat sich nicht schlimm verletzt«, stellte die Gouvernante fest. »Die Haut unter ihrem Hemd ist leicht rosa, aber nicht wirklich verbrüht.«

Jetzt kam eine der Hausangestellten herein. Miss Hevner bestellte kaltes Wasser und ordnete an, dass noch mehr Handtücher nach oben gebracht werden sollten. »Ich sollte jetzt gehen«, murmelte Quin und schaute auf die seltsame Kette, die Miss Hevner Cerelia abgenommen hatte. »Miss Hevner wird wollen, dass du dich umkleidest.«

»In Ordnung«, wimmerte sie.

Quin versuchte, ihr in die Augen zu sehen. »Möchtest du, dass ich deine Mutter zu dir schicke?«

Cerelia starrte auf ihre Hände und schüttelte den Kopf.

Quin legte die Hand auf ihre Schulter und drückte sie leicht. »Wie dem auch sei, ich denke, ich werde ihr Bescheid sagen.«

Ein weiteres Dienstmädchen kam herein. Es brachte Kupferkannen, die mit Wasser gefüllt waren. Im Schulzimmer hörte er das Klirren eines Eimers, der auf den Boden gestellt wurde. Miss Hevner öffnete einen Schrank und nahm saubere Kleidung heraus. Mit einem letzten Blick auf den Rücken des Kinder verließ Quin das Schulzimmer.

Im Salon war die Schar der Gäste inzwischen größer geworden. Der langweilige Vikar und seine ebenso fade Schwester waren eingetroffen, ebenso Henry Herndon. Basham stand im Eingangsbereich und nahm Dr. Gould Mantel und Hut ab. Quin ging an ihnen vorbei und direkt zu Viviana, die allein bei den Fenstern stand, ein Glas Sherry in der Hand.

Er legte die Hand unter ihren Ellbogen und erschreckte sie damit. Ihr Kopf fuhr herum, die Bewegung ließ ihre langen Rubinohrringe tanzen. Der Lichtschein fing sich darin, und das aufstrahlende Funkeln erinnerte ihn an Cerelias Kettenanhänger. Er verdrängte die Erinnerung. »Vielleicht solltest du hinauf ins Schulzimmer gehen«, sagte er leise. »Cerelia geht es gut, aber –«

»Cerelia? Was ist los?«

»Es gab einen kleinen Unfall.«

»Einen Unfall!« Sie riss sich fast von ihm los.

»Nur etwas verschüttete Schokolade«, flüsterte er und drückte beruhigend ihren Arm. »Sie hat sich nicht verbrüht, nur ein wenig erschreckt. Sie ist im Kinderzimmer und kleidet sich um.«

Viviana stellte ihr Sherryglas mit einem lauten Klirren ab. Er ließ ihren Arm los. Sie sah Quin einen Moment lang forschend an, dann eilte sie aus dem Zimmer.

»Ah, da bist du ja, mein Junge!« Quin wandte sich um und sah seinen Onkel, der vom neuen Vikar in Beschlag genommen worden war. »Mr. Finch hat mir gerade verraten, dass er Vögel beobachtet. Schrecklich interessant.«

Viviana lief durch die Halle und die Treppe hinauf. Cerelia. Das arme Kind. Und was noch alarmierender war – was um alles in der Welt hatte Quin Hewitt im Kinderzimmer zu suchen gehabt? Sie ging direkt dorthin und sah Cerelia auf dem Tisch sitzen, ausgezogen bis auf ihre Strümpfe und ihre Unterhosen. Miss Hevner reichte ihr ein frisches Hemd zum Anziehen.

»Sie hat sich nicht verbrannt?«, fragte Viviana und lief zu ihrer Tochter.

»Nein, Mylady«, erwiderte die Gouvernante. »Nur erschreckt. Aber ihr Kleid, fürchte ich, ist ruiniert.«

Viviana fuhr dem Kind mit der Hand durch das Haar und küsste sie leicht auf die Schläfe. »*Mia cara bambina!* War es dein gelbes Musselinkleid?«

»Ja«, gestand das Mädchen niedergeschlagen. »Und es war nicht meine Schuld! Nicolo hat den Topf umgekippt.«

»Es war niemandes Schuld«, erklärte Miss Hevner. »Es war ein Unfall.«

»Felise ist auch vom Schwein gefallen«, sagte Cerelia, während ihr das Hemd übergezogen wurde.

Miss Hevner sah Viviana reumütig an. »Es war ein schrecklicher Abend, Mylady.«

»Das glaube ich.« In diesem Moment sah Viviana die goldene Kette auf dem Tisch hinter Cerelia liegen. Sie nahm sie und schloss die Hand darum. Etwas wie Schmerz durchströmte sie. »Warum war Lord Wynwood hier?«, verlangte sie zu wissen.

Miss Hevner sah plötzlich besorgt aus. »Das kann ich nicht sagen«, bekannte sie. »Ich war unten, um die Schokolade zu machen. Sollte es ihm nicht gestattet gewesen sein, heraufzukommen?«

»Ich kann mir nicht denken, warum er wünschen sollte, das zu tun«, erwiderte Viviana etwas zu scharf.

»Lottie und Diana sind nach unten gelaufen, um ihn zu holen, als sie seine Kutsche gehört haben«, erklärte Cerelia. »Sie haben ihn darum gebeten. Ich war auch mitgegangen. Wir wollten ihm das Schwein zeigen.«

Dio, immer dieses verdammte Schwein! Viviana schloss die Augen und spürte, wie das Gewicht der Kette schwer in ihrer Hand lag. »War Seine Lordschaft hier im Kinderzimmer, Miss Hevner?«, fragte sie leichthin.

»Nun, er hat Cerelia hergetragen«, erwiderte Miss Hevner. »Der arme Mann. Er wurde so blass, als hätte er einen Geist gesehen.«

Viviana sah sie aus großen Augen an. »Blass? Was meinen Sie damit?«

Miss Hevner sah ein wenig ratlos aus. »*Pallido*, bleich, ohne Farbe im Gesicht«, erklärte sie. »Ich nehme an, er hat befürchtet, das Kind hätte sich verbrannt. Aber ich konnte ihm versichern, dass es nicht an dem ist.«

»*Va bene.*« Irgendwie zwang sich Viviana zu einem Lächeln. »Miss Hevner, würden Sie uns bitte entschuldigen? Ich werde Cerelia weiter beim Anziehen behilflich sein.«

Die Gouvernante knickste, senkte den Blick und ging.

Viviana knöpfte ihren Handschuh auf und bemühte sich, ihre Hand ruhig zu halten. »Ich habe das hier auf dem Tisch gefunden, Cerelia.«

Die Kleine sah ertappt aus. »Ich dachte, sie hätte mir die Haut verbrannt«, flüsterte sie. »Die heiße Schokolade ist darüber gelaufen.«

»Hat jemand die Kette gesehen?«, erkundigte Viviana sich und bemühte sich, ruhig zu bleiben. »Miss Hevner? Lord Wynwood?«

»Miss Hevner hat sie abgemacht«, erklärte Cerelia und schlug die Augen nieder. »Aber sie hat sie doch auch schon früher gesehen.«

Viviana schloss für eine Sekunde die Augen. *Dio!* »Cerelia, ich hatte dich gebeten, dass du sie in meinem Schmuckkasten sicher verwahrst.« Ihre Stimme klang sanft, aber fest. »Kann ich dir nicht vertrauen, dass du es auch tust? Muss ich das Kindermädchen und Miss Hevner bitten, sich davon zu überzeugen, dass es geschieht?«

Cerelia stieß zwei zittrige Schluchzer aus. »A-aber sie – sie gehört *mir*«, wimmerte sie.

Viviana strich ihr noch einmal über das Haar. »Cerelia, *bella*, ich will nicht streng sein«, sagte sie. »Aber diese Kette ist etwas, was man nicht einfach so tragen kann. Sie ist sehr wertvoll.«

Dieses Mal brach das Kind in Tränen aus. »Aber du hast gesagt, sie gehört mir!«, rief sie. »Und wie kann sie wertvoll sein? Du hast zugelassen, dass er sie kaputt macht! Sie ist zerstört! Und du hast ihn das machen lassen, Mamma! Du hast nicht einmal versucht, ihn aufzuhalten.«

Viviana kniete sich vor ihre Tochter hin. »Schsch, Cerelia«, sagte sie und trocknete dem Kind die Tränen. »Du weißt nicht, wovon du sprichst, *cara mia*.«

»Das weiß ich doch!«, jammerte das Mädchen. »Du hast gesagt, ich darf sie haben. Du willst ja gar nicht, dass sie repariert wird.«

Viviana nahm das schluchzende Kind in die Arme. »Oh, *cara*, nichts ist so einfach, wie es scheint«, sagte sie leise. »Ich habe gesagt, eines Tages wird sie dir gehören; und bis dahin werde ich sie reparieren lassen. Ich wünsche nur nicht, dass du sie jetzt schon trägst.«

Bitte, Gott, nicht jetzt. Und nicht hier. Von allen Orten der Welt nicht hier.

Aber Cerelia weinte jetzt so herzzerreißend, dass ihre zarten, schmalen Schultern unkontrollierbar zuckten. Viviana hielt sie fester, strich dem Kind tröstend über den Rücken und spürte, wie auch ihr das Herz einmal mehr brach. Wie ungerecht war das Leben zu diesem Kind gewesen! Und zu einem großen Teil war das Vivianas Schuld. Ihre jämmerlich schlechten Entscheidungen und die Grausamkeit eines anderen Menschen hatten sich miteinander verbunden, und Cerelia hatte den Preis bezahlt.

Es schien, als würde die Welt, die sie sorgsam aufgebaut hatte, zusammenstürzen und sie alle unter sich begraben. Als ob alle ihre Opfer und Leiden vergebens gewesen waren. Und bei diesem Gedanken durchströmten Viviana von Neuem Zorn und Verbitterung, und sie war plötzlich froh darüber, dass ihr Mann tot war. Erschreckend froh. Denn wäre er es nicht, dann wäre sie jetzt versucht gewesen, ihn zu töten.

Kapitel 11

In dem Lucy sagt, was sie denkt

Quin fand die Atmosphäre, in der das Dinner stattfand, recht angenehm. Unerklärlicherweise hatte man ihn zwischen Miss Fitch, der altjüngferlichen Schwester des Vikars, und Viviana gesetzt. Der Gegensatz zwischen diesen beiden Frauen hätte nicht größer sein können, und diese Sitzordnung war vermutlich Chesleys Sinn für das Komische entsprungen. Viviana lächelte höflich, als er ihr den Stuhl zurechtrückte, beschäftigte sich dann aber mit Henry Herndon, der ihr anderer Tischnachbar war.

Quins Mutter saß am oberen Ende des Tisches, gegenüber ihrem Bruder und neben Signor Alessandri, der sie völlig für sich eingenommen zu haben schien. Quin war der Handkuss nicht entgangen, den der elegante alte Gentleman seiner Mutter bei deren Ankunft auf die behandschuhte Hand gehaucht hatte. Ebenso wenig entging ihm, wie aufmerksam sich seine Mutter der Konversation mit Alessandri während des Essens widmete. Es war schon lange her, seit ein Gentleman versucht hatte, seiner Mutter so übertrieben zu schmeicheln.

Nach dem Essen öffnete Chesley die Flügeltür, die den Salon mit dem großen Gesellschaftszimmer verband, und wies die Dienstboten an, die Möbel zur Seite zu schieben und die Teppiche einzurollen, um ganz spontan ein wenig tanzen zu können. Lord Digleby Beresford setzte sich sofort an das Klavier und begann, eine fröhliche Melodie zu spielen, während einige der jüngeren Leute sich zu einem Bauerntanz aufstellten. Viviana schien mit ihren Gedanken ganz woanders zu sein. Quin bemerkte, dass sie sich entschuldigte und zur Treppe ging.

Sie würde hinaufgehen, so vermutete er, um ihre Kinder ins Bett zu bringen. Alice hatte des Öfteren erwähnt, dass Viviana sorgfältig auf solche Dinge achtete. Alice' Kinder waren nach Hause gefahren worden, während die Erwachsenen das Dinner eingenommen hatten. Quin hatte gehört, wie Miss Bright sie heruntergebracht hatte, gerade als die Suppe serviert worden war. Sie hatten Lärm für acht oder zehn Kinder gemacht, als sie ihre Mäntel und Handschuhe angezogen und sich endgültig verabschiedet hatten.

Viviana war nicht länger als fünf Minuten fort gewesen, dann kam sie die Treppe wieder herunter und ging durch die Eingangshalle in Lord Chesleys Salon, in dem die Erfrischungen bereitstanden. Sie trug ein Kleid aus schimmernder blauer Seide. Das Blau war so dunkel, dass es fast den Ton ihrer rabenschwarzen Haare hatte. Das Kleid war schulterfrei und ließ viel von ihrer cremefarbenen, leicht olivfarbenen Haut zum Bewundern frei. Und zu seinem Ärger ertappte Quin sich dabei, dass sein Blick fast unkontrollierbar zu ihr wanderte – aber nicht zu ihren Augen, sondern ein wenig tiefer.

Heute Abend wirkte ihr schönes madonnengleiches Gesicht angespannt und blass. Um ihre Augen bemerkte er feine Linien. *Das sind keine Altersfältchen*, dachte Quin. *Sie rühren von etwas Schlimmerem her.* Wie er das hasste! Niemals würde er ihr so etwas gewünscht haben, nicht einmal an seinen schwärzesten Tagen. Er konnte nur hoffen, dass er nicht dazu beigetragen hatte. Aber schließlich war er ungestüm und unsicher gewesen. Vielleicht hatte er ihr sogar Schlimmes gewünscht. Er schämte sich, wenn er daran dachte.

Viviana schien die Musik ebenso wenig wahrzunehmen wie die wenigen Gäste, die sich im Salon aufhielten. Sie ging zum Büfett und schenkte sich ein Glas Wein ein. Er war so dunkel und so rot wie die Ohrringe, die sie trug, und sah weitaus weniger fade aus als der Sherry, an dem sie vorhin genippt hatte.

In diesem Augenblick trafen sich ihre Blicke. »Barolo«, sagte sie. Der Blick, mit dem sie Quin über den Rand des Glases hinweg ansah, war wachsam. »Möchtest du etwas davon?«

Er ging zu ihr. »Du siehst müde aus, Viviana«, sagte er und schenkte sich ein Glas ein. »Stimmt etwas nicht?«

Sie sah ihn ein wenig verunsichert an. In diesem Moment kamen Alice und Henry Herndon zu ihnen. *Heute Abend sehen sie wie ein Paar aus,* dachte Quin, *so, wie Alice' Hand auf Herndons Arm liegt.* Und Herndon hatte dieses angespannte, leicht unbehagliche Aussehen an sich, als würde es ihm widerstreben, Alice und ihren Wünschen nachzugeben. Um Alice' willen war Quin froh, dass seine Mutter mit Signor Alessandri beschäftigt war.

»Da sind Sie ja, Viviana«, freute sich Alice. »Schlafen die Kinder?«

»Fast. Nicolos Kindermädchen liest eine Geschichte vor, aber es fesselt ihn nicht mehr so richtig. Das Buch ist eines, das ihm wohl schon tausendmal vorgelesen worden ist.«

»Das verstehe ich«, nickte Alice. »Meine verlangen ständig nach neuen Büchern. Ich denke, ich werde nachgeben. Schließlich ist bald Weihnachten.«

»Weihnachten!« Viviana klang plötzlich wehmütig.

»Eine wundervolle Zeit, nicht wahr?«, sagte Herndon.

»Ja, meine Lieblingszeit.« Viviana lächelte. »Ich habe so schöne Erinnerungen an die Weihnachten meiner Kindheit in Rom, als meine Mutter noch lebte.«

»Es tut mir leid«, bedauerte Alice. »Wie alt waren Sie, als sie starb?«

Viviana hob die schmalen Schultern. »Ungefähr zwölf. Etwas später führte uns *Papàs* Arbeit nach Venedig, und ab da änderte sich alles.«

Alice sah sie mitfühlend an. »Feiert man in Venedig den zweiten Weihnachtstag?« Dann, ohne die Antwort abzuwarten, wandte sie sich an Quin. »Oh, ich weiß! Wir müssen zu Hatchard's schicken lassen – wegen einiger neuer Bücher zu Weihnachten. Quin wird uns behilflich sein.«

»Hatchard's?«, fragte Viviana.

»Ein Büchergeschäft in London«, erklärte Alice. »Man wird ohne Zweifel jemanden brauchen, der hin- und herfährt, Quin. Du kannst es doch einrichten, dass ein paar Pakete aus London gebracht werden, oder nicht?«

Quin neigte den Kopf. »Es wäre mir ein Vergnügen«, sagte er. »Ihr müsst nur eine Liste machen. Ich werde sie dann selbst abholen.«

Viviana schien zu zögern. »Ich – nein, ich möchte mich nicht aufdrängen.«

»Das tun Sie nicht!«, versicherte Quin ihr. Und das tat sie in der Tat nicht. Wenn Viviana Bücher haben wollte, würde er Bücher holen. Und wenn sie wollte, dass er sich die Pulsadern aufschnitt, würde er vermutlich auch das tun. Genau genommen hatte es ihm in den letzten Tagen langsam zu dämmern begonnen, dass sich sehr wenig geändert hatte, was seine Gefühle für Viviana betraf. Er war noch immer von ihrer Gnade abhängig. Und er liebte sie noch immer. Schlimmer noch: Er begann gerade, zu begreifen, was er vor all diesen Jahren aufgegeben hatte.

Aber seine Schwester und Henry Herndon sprachen noch immer miteinander – über etwas, was mit Stechpalmen und Tannenzweigen zu tun hatte. »Es ist so eine Art Tradition im Dorf«, erklärte Herndon. »Die Kinder hängen überall die Zweige auf, sogar in den Läden. Wir nehmen normalerweise ein paar der Wagen von Arlington.«

Quin musste ihn verständnislos angesehen haben. »Die Kinder freuen sich schon darauf, das Dorf und die Kirche für Weihnachten zu schmücken«, wiederholte Alice. »Und sie haben Mr. Herndon überredet, in der nächsten Woche mit ihnen in den

Wald zu fahren, für das alljährliche Sammeln von Tannenzweigen und Stechpalmenzweigen. Hast du etwas dagegen?«

»Nein, überhaupt nicht«, murmelte Quin. Er hatte gegen gar nichts etwas – bis auf dieses schreckliche Flattern, das sein Herz jedes Mal erfasste, wenn er Viviana anschaute.

Alice musterte ihn neugierig, dann wandte sie sich an Viviana. »Würden Ihre Kinder auch gern mitfahren, meine Liebe?«, erkundigte sie sich. »Es sind alle Kinder aus dem Dorf eingeladen.«

»Ich denke schon«, erwiderte Viviana. »Ich kann Ihnen gar nicht genug danken, Alice, dass Sie sie bei so vielen schönen Dingen einbeziehen!«

Alice lächelte. »Wir machen dann also einen Nachmittag fest. Vielleicht kann mein Bruder überredet werden, uns zu begleiten?«

Quin sah, wie ein wenig Farbe aus Vivianas Gesicht wich. »Ich möchte ihn nicht mit den Ausflügen der Kinder belasten«, sagte sie schnell. »Und ich kann mir nicht denken, dass er Spaß daran haben würde.«

Er überdachte ihre Worte einen Moment lang. Vielleicht hatte sie wirklich gemeint, was sie an jenem Nachmittag im Cottage gesagt hatte. Vielleicht hielt sie es wirklich für das Beste, dass sie einander nicht sahen. Der Gedanke bedrückte ihn plötzlich.

»Ich will mich nicht aufdrängen«, versetzte er grimmiger, als er gewollt hatte.

»Also gut.« Mit einem Schulterzucken ließ Alice von dem Thema ab. »Lassen Sie uns den Donnerstag nehmen, wenn das Wetter sich hält.«

»Ach, Herndon!«, rief eine gut gelaunte Stimme. »Da sind Sie ja! Ich wollte schon den ganzen Abend mit Ihnen über meine feuchte Wiese reden.«

Alice nahm die Hand von Herndons Arm. »Die Pflicht ruft«,

murmelte sie. »Mr. Lawson kann man nicht entgehen, ein schrecklicher Kerl. Ich wünschte, seine Südweide würde sich in ein Torfmoor verwandeln. Aber vielleicht sollte ich jetzt ohnehin einmal nach Mum sehen.«

Mit einem leise gesagten Gruß ging Herndon davon. Auch Alice tauchte in der Menge unter. In einiger Entfernung sah Quin Lord Digleby etwas Atem schöpfen, bevor er den nächsten Tanz zu spielen begann. Eine Schar lachender junger Leute strömte wieder auf die Tanzfläche.

»Möchtest du tanzen?«, fragte Viviana ruhig.

Er wandte sich ihr zu. »Wie bitte?«

»Ich fragte, ob du tanzen möchtest.« Sie sah ihn noch immer aufmerksam an. »Du hast ihnen so sehnsüchtig zugesehen.«

Er schüttelte den Kopf. »Das würdest du schnell bedauern, meine Liebe«, sagte er mit einem schiefen Grinsen. »Ich kann überhaupt nicht tanzen.«

»Oh.« Ihre Stimme klang sanft. »Das wusste ich nicht.«

Er schaute auf ihre Hand, die leicht auf dem Tisch ruhte. »Nein, dass wusstest du nicht, nicht wahr?«, erwiderte er. »Genau genommen gibt es nicht sehr viel, was du über mich weißt, habe ich recht? Nicht wirklich.«

»Vielleicht nicht«, räumte sie ein.

Einen langen Moment schwieg er. »Und hat es dich je gestört, Vivie«, sagte er schließlich, »dass wir diese Art Dinge nicht voneinander wissen? Ärgert es dich nicht, dass es Dinge gibt, die wir miteinander hätten teilen sollen und es nicht getan haben?«

Sie überraschte ihn, indem sie plötzlich kreidebleich wurde. »W-welche Art Dinge genau?«

Er zuckte die Schultern und fühlte sich, als wäre ihm seine Jacke plötzlich zu eng geworden. »Ich kann nicht tanzen«, wiederholte er und senkte die Stimme. »Du liebst Weihnachten. Deine Mutter starb, als du noch ein Kind warst. Wir waren länger als ein Jahr zusammen und wir haben miteinander geschlafen. Du und ich, wir kannten unsere Körper, aber keiner von uns hat je das Herz des anderen kennengelernt, seine Gewohnheiten oder Erinnerungen oder irgendetwas von dem, was, wie ich jetzt denke, wirklich zählt.«

Er schien sie zutiefst verwirrt zu haben, denn sie blieb stumm. Viviana schaute mit großen Augen zu ihm auf, und ihre Lippen bebten leicht. Er begriff, dass er einen Nerv getroffen hatte, und er war sich ganz und gar nicht sicher, dass er das gewollt hatte. Aber es war zu spät.

»Warum, Vivie?«, verlangte er zu wissen. Seine Stimme klang leise, aber drängend. »Warum haben wir nie unsere Herzen miteinander geteilt?«

»Oh bitte, fang nicht damit an«, wisperte Viviana. »Bitte tu mir das nicht an, Quin. Nicht hier, vor all diesen Leuten. Um Gottes willen.«

Quin senkte die Stimme zu einem Flüstern. »Wann dann?«, fragte er rau. Er griff nach ihrer Hand und drehte sich so, dass niemand es sehen konnte. »Wann kann ich dich wiedersehen? Vivie, es gibt Dinge, die ich dich fragen muss. Dinge, die ich verstehen muss.«

Sie schüttelte den Kopf und schloss die Augen. »Es gibt für uns nichts mehr zu besprechen, Quin.«

»Ich denke doch«, sagte er, ein wenig grob. »Ich denke doch. Viviana, komm mit mir in die Bibliothek.«

»*Dio mio*, bist du verrückt?«, hauchte sie. »Wir waren uns einig, Quin. Nur dieses eine Mal.«

»Gott verdammt, Vivie, habe ich dich gebeten, irgendetwas zu tun? Etwas anderes, als mit mir zu reden?«

Sie schüttelte den Kopf, ihre Augen wurden hart. »Nicht hier«, wiederholte sie. »Ich kann nicht. Ich muss gehen.«

Sie hatte sich schon halb abgewandt, als er sie am Arm festhielt. »Dann morgen«, drängte er. »Komm zum Cottage.«

»Nein, Quin. Das werde ich nicht tun.«

Seine Kiefermuskeln spannten sich an. »Dann werde ich nach Hill Court kommen.«

Viviana senkte den Blick. »Und ich kann dich nicht davon abhalten, nicht wahr?«

»Nein, das kannst du nicht«, stimmte er zu. »Dieses Mal nicht. Ich habe ein paar Fragen an dich, Viviana. Und bei Gott, du wirst sie mir beantworten.«

Aber Viviana erwiderte nichts. Sie hatte ihm schon den Rücken zugewandt und ging davon. Ihr Rücken war eine gerade, elegante Linie, als sie durch den Salon zu Tante Charlotte ging. Ihr Lächeln hatte sich bereits wieder gefangen, abgesehen von einem kleinen Zittern, und ihre Hände hatten sich zum Gruß ausgestreckt. Für jeden sonst sah es aus, als wäre sie wieder die abgeklärte Madonna. Viviana, die perfekte Schauspielerin – und die bis ins Mark geübte Schauspielerin. Oder machte er sich einfach etwas vor? Vielleicht hatten sie wirklich nichts miteinander zu bereden. Vielleicht war Viviana wirklich so hart, wie es schien.

Ist das klug, fragte er sich, *sie dazu zu drängen, Fragen zu beantworten, wenn ich mich vor diesen Antworten fürchte? Was will ich nur von ihr? Mehr als ihren Körper,* gestand er sich dann selbst ein, *aber etwas weniger als ihre Seele.* Er wollte das, was er einst weggeworfen hatte: Er wollte eine Chance.

War es zu spät? War noch irgendetwas übrig von Vivianas Herz, auf das er hoffen konnte? Oder von seinem? Vielleicht würde er schrecklich enttäuscht werden. Vielleicht machte er einen furchtbaren Fehler, wenn er nicht abließ. Er hatte schon so viele Fehler in seinem Leben gemacht. Wenigstens würde dies einer sein, bei dem er bereits wusste, dass er ihn machen würde. Und schließlich würde er einfach mit den Konsequenzen leben müssen – wie er es immer tat.

Viviana schaffte es, durch den Salon zu gehen, ohne zu stolpern und zu zittern. Sie schaffte es auch, Lady Charlotte zu begrüßen und sie nach ihrer Gesundheit zu fragen, und das mit der angezeigten Beherrschtheit. Doch während der ganzen Zeit spürte sie Quin Hewitts brennenden Blick in ihrem Rücken.

Nachdem sie sich eine Weile mit Lady Charlotte unterhalten hatte, entschuldigte sich Viviana. Sie suchte den für die Damen reservierten Raum auf und hoffte, dass sie dort einen Moment ungestört sein würde, um ihre Fassung zurückzugewinnen. Quins Fragen hatten sie zutiefst aufgewühlt. Sie wünschte bei Gott, dass er das Schulzimmer niemals betreten hätte.

Doch sie sollte nicht ungestört sein. Alice war bereits da. Sie stand über ein Becken mit Wasser gebeugt, und ihr Gesicht war noch bleicher als Vivianas es zweifellos war. Besorgt berührte Viviana sie leicht am Ellbogen. »Alice, *cara*, was stimmt denn nicht mit Ihnen?«

Alice lachte nervös. »Was für eine Frage!«, sagte sie und griff nach einem Handtuch, um sich die Stirn abzutupfen. »Machen Sie sich keine Sorgen. Mir geht es jetzt wieder gut.«

Viviana sah sie prüfend an. Es ging Alice nicht gut, und selbst ein Narr konnte das sehen. »Was mich angeht, *cara*, so hatte ich immer ziemlich zu leiden – an *nausea mattutina*«, sagte sie ruhig. »*Sì*, die Morgenübelkeit.«

Alice hielt abrupt inne. Das Handtuch fiel zu Boden. »Oh Viviana!«, flüsterte sie. »Oh Gott! Was soll ich nur tun?«

Viviana legte ihr die Hand auf den Rücken. »Weiß Mr. Herndon es, Alice?«

»Nein«, wisperte sie niedergeschlagen. »Bis heute war ich mir nicht sicher. Und jetzt, Vivie, habe ich Angst, es ihm zu sagen.«

»Alice, Sie müssen es tun.« Viviana strich ihr tröstend über den Rücken. »Vertrauen Sie mir. Ich weiß, wovon ich spreche.«

Alice sah sie flehend an. »Es war nur dieses *eine Mal*, Vivie! Ich hatte ihm versichert, dass nichts passieren würde. Und das dachte ich wirklich! Ach, warum bin ich nur so verdammt fruchtbar?«

»Aber Mr. Herndon wird das Richtige tun, oder nicht?«

»Oh ja«, schniefte Alice. »Das wird er. Aber er wird so wütend auf mich sein.«

Viviana war verwirrt. »Er hat … keine Gefühle für Sie, *cara?*«

Alice begann zu weinen. »Er v-v-verehrt mich«, gestand sie zwischen zwei Schluchzern. »Wir lieben uns schon seit einer Ewigkeit – schon lange, bevor ich geheiratet habe. Aber Mum wird ihm das Leben zur Hölle machen, Vivie. Sie wird sagen, dass ich unter meinem Stand heirate.«

»Bedeutet es denn so viel, was sie denkt?«, fragte Viviana. »Sie lieben ihn. Ihr Bruder mag ihn, nicht wahr? Und Ihre Kinder?«

»Ja, ja und ja«, schluchzte Alice. »Ich will nur, dass Mum auch glücklich ist. Ich will doch nur, dass sie es akzeptiert. Das ist – das ist dumm, nicht wahr?«

»Nein, das ist nicht dumm«, erwiderte Viviana. »Aber zu Anfang wird das vielleicht nicht möglich sein. Und Sie haben keine Zeit, Alice, auf ihren Segen zu warten. Versprechen Sie mir, dass Sie es Mr. Herndon noch heute Abend sagen werden, *bella?* Eine Hochzeit zu Weihnachten wäre doch wunderbar.«

Alice' Schluchzen wurde leiser. »Ja, das wäre es, nicht wahr?«, brachte sie heraus. »Die Kinder werden alles mit Tannengrün dekorieren. Es würde perfekt sein – wenn wir die Zeit haben, das Aufgebot zu bestellen.«

»Das Aufgebot?« Viviana kannte dieses Wort nicht. »Gibt es keinen anderen Weg zu heiraten? Ohne dieses Aufgebot?«

Alice zuckte mit den Schultern. »Eine besondere Lizenz

würde es möglich machen, dass wir schnell und privat heiraten«, sagte sie. »Vielleicht würde Mum das ja auch leichter akzeptieren? Aber ich bin mir nicht sicher, ob Henry die Verbindungen hat, die nötig sind, diese Lizenz zu bekommen.«

Viviana strich über Alice' Wange. »Aber Ihr Bruder hätte sie, nicht wahr?«, fragte sie. »Sie müssen ihn um seine Hilfe bitten, *bella*. Ich weiß, dass er es tun wird.«

»Ja, richtig«, sagte Alice. Sie schien sich wieder gefasst zu haben. »Ja, natürlich wird Quin mir helfen. Und er könnte sich für mich bei Mum einsetzen. Heute Nachmittag hat er das jedenfalls getan.«

»*Excellente!* Und jetzt müssen Sie sofort zu Henry gehen, und dann zu Ihrem Bruder. Werden Sie das tun?«

Alice nickte. »Mir bleibt keine andere Wahl, nicht wahr? Ja, ich werde es tun.«

Viviana lächelte. »Gut, dann kündigen Sie die Hochzeit noch heute Abend an«, riet sie. »Warten Sie nicht noch damit. Ihr Onkel muss einen Toast ausbringen und den Anschein erwecken, dass das der Grund für diese plötzliche Dinnerparty ist. Alle werden es für wunderbar romantisch halten.«

Alice lachte. »Ja, das werden sie, nicht wahr?«, stellte sie erstaunt fest. »Oh Viviana, Sie sind so mutig!«

Viviana schüttelte den Kopf. »Ich wünschte, es wäre so.«

Alice fuhr sich mit der Hand über die Augen. »Wie sehe ich aus?«

»Wie eine Braut.« Viviana lächelte. »Eine wunderschöne Braut. Und jetzt gehen Sie! Ich komme gleich nach.«

Alice' Neuigkeiten trugen nur wenig dazu bei, das Gefühl drohenden Unheils zu vertreiben, das Viviana erfüllte. Nach fünf Minuten kehrte sie in das Gesellschaftszimmer zurück und sah, dass Alice und Mr. Herndon bereits miteinander sprachen. Vivianas Aufmerksamkeit wurde jedoch abgelenkt, als sie Lucy an der Tür zum Dienstbotenaufgang stehen sah.

Lucy war von ihrer Tante einbestellt worden, um bei den Vorbereitungen für den Abend zu helfen. Jetzt hob sie die Hand und winkte Viviana ein wenig hektisch zu, dass sie kommen solle.

»Was gibt es denn, Lucy? Braucht Mrs. Douglass mich?«

»Sie lässt Ihnen sagen, dass wir keinen Mandelsirup mehr haben, Miss«, flüsterte Lucy ihr zu. »Becky hat die letzte Flasche in der Speisekammer fallen lassen, und sie ist in tausend Scherben zersprungen! Sie hat sich dabei fast den Finger abgeschnitten.«

»Oh, *Dio!*«, rief Viviana. »Das arme Mädchen! Können wir stattdessen mehr Wein servieren?«

Lucy schüttelte den Kopf. »Lady Charlotte darf keinen trinken, sagt der Doktor«, erwiderte sie. »Und Mrs. Lawson wird ihn nicht anrühren und es auch ihrer Familie nicht gestatten. Sie stammt aus einer strengen Methodistenfamilie. Und keiner von ihnen sieht aus, als würde er bald gehen.«

»Ja, das denke ich auch«, stimmte Viviana trocken zu.

Und wenn erst Alice' Ankündigung erfolgt war – wenn sie denn erfolgte –, würde darauf wahrscheinlich noch eine weitere halbe Stunde mit Zuprosten und Klatsch vergehen. »Was könnten wir denn sonst noch anbieten?«

Lucy sah besorgt aus. »Tante Effie sagt, wir haben Zitronen, obwohl – sie könnten auch schon alle sein.«

»Wir müssen nachschauen.« Viviana war dankbar für die Gelegenheit zur Flucht, die sich ihr damit bot.

In der Speisekammer war ein rotbäckiges Küchenmädchen damit beschäftigt, die letzten Reste des Mandelsirups aufzuwischen. Lucy zog eine der Kisten hervor, in der zwei Dutzend Zitronen in verschiedenen Stadien des Vertrocknetseins lagen.

»*Disgustoso*«, murmelte Viviana.

»Das ist wohl wahr, Miss«, pflichtete Lucy ihr bei.

Dr. Gould steckte in diesem Moment den Kopf zur Tür herein. »Ich hörte, hier unten hat es ein kleines Unglück gegeben. Wie kann ich helfen?«

»Nun, diesen Zitronen kann man nicht mehr helfen«, sagte Lucy. »Nicht mal der wiederauferstandene Herr Jesus könnte sie wieder frisch machen. Aber Becky blutet wie ein angestochenes Schwein. Sie ist im Dienstbotenzimmer.«

»Sie hat sich den Finger geschnitten«, klärte Viviana auf. »Könnten Sie Mrs. Douglass helfen, die Wunde zu verbinden?«

»Ja, natürlich tue ich das.«

Nachdem Dr. Gould gegangen war, wandte sich Viviana wieder den Zitronen zu. »Holen Sie mir ein Messer, Lucy«, entschied sie. »Sie machen das Zuckerwasser. In diesen Zitronen muss einfach noch genug Saft für ein wenig Limonade sein.«

Lucy sah skeptisch aus, holte aber dennoch ein Messer aus einer der Schubladen. »Wir können es ja versuchen, Miss.«

Zehn Minuten später hatte Viviana alle Zitronen aus der Kiste erst geviertelt und dann klein gehackt. Lucy gelang es, sie bis aufs Letzte auszupressen, und so genug Saft für eine Gallone starker, süßer Limonade zu bekommen. Das rotbäckige Küchenmädchen kam zurück und trug auf Vivianas Anweisung hin das Tablett hinauf, damit die Limonade im Gesellschaftszimmer serviert werden konnte.

Viviana ließ sich auf einen Stuhl fallen, der vor dem kleinen Arbeitstisch stand, und stützte den Kopf in die Hand. »*Dio*, was passiert als Nächstes?«, seufzte sie. »Lucy, gibt es hier Wein?«

»Nur den zum Kochen, Miss. Und etwas von Tante Effies Löwenzahnwein. Aber sollten Sie nicht wieder hinaufgehen?«

»Ja«, nickte Viviana. »Das sollte ich. Aber schenken Sie uns trotzdem etwas ein.«

Lucy runzelte missbilligend die Stirn. »Ich werde erst Gläser aus der –«

»Einen Becher«, unterbrach Viviana sie und hob die Hand. »Ein Marmeladenglas. Irgendetwas. Nur lassen Sie diese Tür dort zur Außenwelt noch ein paar Minuten geschlossen, und ich werde für immer in Ihrer Schuld stehen.«

»Ist es so schlimm, Miss?«, fragte Lucy und holte zwei leere Marmeladengläser aus dem Schrank.

Viviana brachte ein Lächeln zustande. »Meine Nerven liegen blank«, gab sie zu. »Aber zum größten Teil kann ich daran niemandem außer mir die Schuld geben.«

Lucy stellte einen dickwandigen, braunen Krug auf den Tisch und zog sich einen Stuhl heran. »Wieder Lord Wynwood, Miss?«

Viviana zuckte mit den Schultern. »Oh, es ist ein wenig von allem, würde ich sagen«, erwiderte sie, während Lucy ihnen einschenkte. »Aber wenn ich gewusst hätte, dass er hier lebt, in dieser Nähe zu Chesley ... nun, ich hoffe, ich hätte Verstand genug gehabt, nicht herzukommen.«

»Sie hoffen, Sie hätten es nicht getan, Miss«, drängte Lucy sanft. »Aber Sie sind sich nicht sicher?«

Viviana nahm ihren Becher und schwenkte ihn nachdenklich, bis der Wein über den Boden wirbelte. »Lucy, ich bin mir in vielem nicht mehr sicher«, gab sie zu. »Aber ja, ich bin sicher, ich wäre niemals hierhergekommmen.«

»Nun, Sie wissen, was ich denke, Miss«, erinnerte Lucy sie. »Außerdem liegt Ihr Ehemann jetzt in seinem Grab, ihm schadet's also nicht mehr.«

Viviana spürte, wie ihr Herz einen Sprung machte. »Ich weiß, was Sie vorschlagen«, sagte sie ruhig. »Aber ich kann es nicht riskieren, meine Tochter zum Objekt des Klatsches zu machen. Und was ist, wenn ... was ist, wenn Wynwood mir nicht verzeihen wird? Was ist, wenn all das, was ich vor Jahren von ihm geglaubt habe, einfach falsch war?«

Lucy tätschelte Viviana die Hand. »Nun, Miss, ich sage ja nicht, dass es falsch war. Ich denke, Sie hatten damals das Recht dazu. Mr. Hewitt war jung, reich und ein bisschen verwöhnt. Er hätte vielleicht nicht das Richtige für Sie getan. Aber ein solches Geheimnis auch heute noch zu wahren? Ich weiß nicht …«

Einen Moment lang schwiegen sie und tranken den Wein. »Ich habe Ihre Älteste letzte Woche im Dorf gesehen, Miss«, begann Lucy nach einer Weile. »Ich habe auch in dieser Richtung Bedenken.«

Viviana sah Lucy mit großen Augen an. »Bedenken? Was für Bedenken?«

Lucy zuckte die Schultern. »Nun, sie sieht Ihnen sehr ähnlich, Miss«, erklärte sie. »Aber dieses auffallend kupferbraune Haar? Es ist nicht braun, und es ist nicht rot, und es ist auch nicht blond. Und von hinten, Miss, sieht sie genauso aus wie Lady Alice als Kind. Es wird vielleicht nicht mehr lange dauern, Miss, bis noch jemandem außer mir das auffällt, wenn Sie meine Meinung wissen wollen.«

Viviana erstarrte. In der Familie ihres Mannes waren dunkles Haar und dunkle Augen so häufig, dass Cerelias ungewöhnliche Haarfarbe oft Anlass zu Bemerkungen gegeben hatte. Und Lucy hatte recht. Cerelias und Alice' Haarfarbe war erschreckend ähnlich.

Lucy sah Viviana aufmerksam an, als diese den Kopf hob. »Ihre Nase sieht nicht mehr so aus wie früher, Miss. Sie war gebrochen, nicht wahr?«, stellte sie fest, als wäre sie entschlossen, das Thema zu wechseln. »Auch eine scheußliche Sache, möchte ich meinen.«

Spontan strich sich Viviana über den Nasenrücken. »Ja, ich habe sie mir gebrochen«, gestand sie. »Hässlich, nicht wahr?«

»Oh nein, Miss!«, widersprach Lucy. »Ich denke, das gibt Ihrem Gesicht –«

»Sagen Sie es nicht!« Viviana hob die Hand. »Ich bitte Sie!«

»Was nicht sagen, Miss?«

»Dass es meinem Gesicht *Charakter* verleiht«, sagte Viviana.

»*Per amor di Dio!* Ich werde den nächsten Engländer, der mir das sagt, in Grund und Boden schreien.«

»Also gut.« Lucy grinste. »Ich werde es nicht sagen.«

Vivianas Mund verzog sich zu einem kleinen Lächeln. »Nein, aber Sie denken es.«

Plötzlich mussten sie beide lachen. *Es fühlt sich gut an,* dachte Viviana. Etwas von der Anspannung fiel von ihr ab. Sie trank den Rest Wein in ihrem Becher und schnitt eine Grimasse. »Was ist das, Lucy? Es schmeckt absolut scheußlich.«

Lucy schmunzelte und schenkte ihr nach. »Ich habe Ihnen doch gesagt, dass es Tante Effies Löwenzahnwein ist.«

»Löwenzahn? Wie die – die kleinen Blumen? Sie hat keine Früchte?«

Lucy schüttelte den Kopf. »Man nimmt nur die Blüten, dazu kommen Wasser, Hefe und Zucker«, erklärte sie. »Zusammen mit Orangen- und Zitronensaft.«

Es schmeckte scheußlich, und doch auch merkwürdig interessant. Viviana schnupperte an dem Wein und schob dann den Becher von sich weg. »*Non più!* Mehr kann ich nicht davon trinken.«

Lucy lächelte. »Nun, zumindest können Sie mit Ihrer Nase noch riechen«, sagte sie. »Es ist kein Schaden angerichtet worden, richtig?«

»Nein«, erwiderte Viviana ruhig. Aber das, wusste sie, war eine Lüge. Denn es war ein großer Schaden angerichtet worden, und sie litt noch heute darunter.

Lucy betrachtete ihr Gesicht. »Was ist mit Ihrer Nase passiert, Miss? War es ein Unfall?«

Vielleicht hatte Viviana ein wenig mehr von dem seltsamen Löwenzahnwein getrunken, als klug gewesen war. Sie wurde es auch langsam müde, die Fassade einer glücklichen Ehe aufrechterhalten zu sollen. »Das hängt davon ab, was man unter Unfall versteht, würde ich sagen«, erwiderte sie.

Ein mitfühlender Ausdruck huschte über Lucys Gesicht. Viviana erkannte, dass sie zu viel gesagt hatte. Und Mitgefühl war etwas, was sie weder wollte noch verdiente. Nicht einmal Lucys.

»War es Ihr Mann, Miss?«, fragte sie ruhig. »War es dieser Gianpiero? Wenn er es war, nun, dann denke ich, es ist gut, dass er tot ist.«

Viviana antwortete nicht. Stattdessen zog sie ihren Stuhl ein wenig näher an den Tisch. »Lucy, es gibt etwas, was ich Ihnen über meinen Mann gern erzählen würde«, sagte sie. »Und dann möchte ich nie wieder darüber sprechen.«

»Wie Sie wollen, Miss. Ich bin niemand, der tratscht, wie Sie hoffentlich wissen.«

Viviana hatte einen Fehler gemacht, dass sie diese Sache über so viele Jahre ungeklärt gelassen hatte. Lucy war eine gute und vertrauenswürdige Kammerzofe gewesen – und ja, auch eine Freundin. Wäre sie geschwätzig, hätte sie alles, was sie wusste, schon vor langer Zeit herumerzählen können. »Gianpiero war der Mäzen meines Vaters, Lucy. Wissen Sie, was das heißt?«

Lucy schüttelte den Kopf.

»Er hat das Geld für die künstlerischen Unternehmungen meines Vaters gegeben«, erklärte Viviana. »Er hatte großen Einfluss in Venedig und auch in ganz Europa. In der Welt der Oper konnte Gianpiero darüber entscheiden, wer etwas zu essen hatte oder wer verhungern musste, Lucy. Verstehen Sie?«

»Wie ein Verwalter oder ein Butler?«, fragte Lucy nach. »Er konnte einem Arbeit geben oder einen entlassen?«

»So in der Art«, erwiderte Viviana. »Wir wohnten auf seinem Besitz, in einer Villa, die etwas abseits von seinem Haus lag. Irgendwann fing es an, dass Gianpiero mir seine besondere Aufmerksamkeit zuteil werden ließ. Er – er machte deutlich, dass er mich als Geliebte wollte. Ich war bestürzt, ebenso wie mein

Vater. Es hat ein fürchterliches Zerwürfnis zwischen Gianpiero und meinem Vater ausgelöst.«

»Oh, das klingt, als sei er ein faules Ei gewesen, Miss.«

»Ein faules Ei?«

»Das sagt man so, Miss«, erklärte Lucy. »Er war ein abscheulicher Kerl.«

»Abscheulich, ja«, nickte Viviana. »Das konnte er sein. Doch wenn er wollte, konnte er mit seinem Charme die Vögel von den Bäumen locken. Aber mein Vater hat mich sehr beschützt. Als Gianpiero anfing, mich zu drängen, seine ... Zuneigung zu erwidern, schickte mein Vater mich fort. Er bat Lord Chesley darum, für mich einen Platz an einer englischen Opernbühne zu finden.«

Lucy nickte. »Ich habe immer gewusst, dass Sie etwas Schweres mit sich herumtragen, Miss.«

»Gianpiero wurde sehr zornig«, fuhr Viviana fort. »Als ihm klar wurde, dass ich fort war, hat er versucht, meinen Vater unter Druck zu setzen. Er hat gedroht, ihm kein Geld mehr zu geben. Aber mein Vater hat nicht nachgegeben. Dann schließlich, nachdem viele lange Monate vergangen waren, kam es zwischen den beiden zu einer Art Aussöhnung. Gianpiero bot an, mich zu heiraten. *Papà* hat mir die Entscheidung überlassen.«

»Und es schien das Beste zu sein, was Sie tun konnten, nicht wahr, Miss?«

»Ich habe dafür gesorgt, dass mein Vater seine Arbeit fortsetzen konnte, die er so liebte«, offenbarte Viviana. »Und deshalb fuhr ich nach Hause und sagte Gianpiero, dass ich ein Kind erwartete. Ich dachte, wenn ich ihm die Wahrheit sage, würde das die Sache auf die eine oder andere Weise beenden.«

»Aber haben Sie ihm von Lord Wynwood erzählt, Miss?«

»Ich habe nur gesagt, dass es ein wohlhabender Engländer war«, erwiderte Viviana ruhig. »Gianpiero war natürlich außer sich, aber er hat mich geheiratet. Und jetzt ist er tot, und deshalb würde ich meinen, dass es keinen Grund gibt, noch länger bei der Vergangenheit zu verweilen, habe ich recht?«

»Aber es tut mir leid für Ihre Kinder, Miss«, sagte Lucy nüchtern. »Meine Kleinen lieben ihren Vater.«

»Meine Töchter haben Gianpiero nur selten gesehen«, sagte Viviana ein wenig hohl. »Er mochte keine Kinder.«

»Aber er hat sich um das Kind gekümmert, mit dem Sie schwanger waren. Zumindest diesen Handel hat er eingehalten.«

Viviana zögerte. »Am Ende schon, ja.«

Lucy zog eine Augenbraue hoch. »Was meinen Sie damit, Miss?«

Viviana schluckte mühsam und sah sich in der ordentlich aufgeräumten Speisekammer um. Überrascht fragte sie sich, ob sie das alles tatsächlich laut ausgesprochen hatte. Aber Lucy war der einzige Mensch, der die Wahrheit kannte – und Viviana würde verrückt werden, wenn sie das alles noch länger in sich verschlossen hielt.

»Kaum dass wir das Ehegelöbnis abgelegt hatten, Lucy, brachte er mich fort«, sagte sie. »In eine Villa in Südfrankreich. Dort sagte er mir, dass er das Kind, sollte es ein Junge sein, verfluchen und zu den Nonnen bringen würde. Sie würden ihn dann großziehen.«

»Oh Miss! Nein.«

Viviana starrte vor sich hin. »Er hat mich während der ganzen Schwangerschaft dort eingesperrt«, flüsterte sie. »Weil er den Gedanken nicht ertragen konnte, dass der Sohn eines anderen Mannes seinen Reichtum und seinen Titel erben könnte. So weit hatte ich gar nicht gedacht. Ich war so naiv! Meine Familie war nicht adelig. Wir entstammten keiner Dynastie, die es zu schützen galt. Und deshalb, Lucy, verbrachte ich die letzten sieben Monate meiner Schwangerschaft damit, auf den Knien zu liegen und um eine Tochter zu beten. Ich hatte Glück. Gott war sehr freundlich.«

Lucy starrte in ihren Becher und schwieg. »Ja, das war er«, sagte sie nach einer Weile. »Die unverhüllte Boshaftigkeit der Menschen hört nie auf, mich zu überraschen, Miss. Es tut mir leid für Sie. Wirklich sehr, sehr leid.«

»Das muss es nicht«, entgegnete Viviana. »Es ist einfach so, wie Sie immer gesagt haben, Lucy. Wenn man sich sein eigenes Bett macht, muss man auch darin liegen, *sì?*«

Lucy lächelte. »So in etwa, Miss«, sagte sie.

Das Klappern von Pferdehufen und das Knirschen von Kutschrädern drang zu ihnen in die Stille der Speisekammer.

Lucy hob den Kopf und schaute hoch zu dem schmalen Fenster, das zu ebener Erde lag. »Das wird die erste Kutsche sein, die von den Ställen herüberkommt, Miss«, sagte sie warnend. »Wahrscheinlich die von Lady Charlotte. Sie sollten besser hinaufgehen. Man wird Sie inzwischen wohl auch schon vermisst haben.«

Sie standen beide auf und sahen sich ein wenig unsicher an. »Ach, Lucy!«, seufzte Viviana schließlich. »Ich habe ein Trümmerfeld aus meinem Leben gemacht, nicht wahr? Und jetzt habe ich Sie damit belastet.«

Lucy berührte kurz Vivianas Hand. »Es ist kein Trümmerfeld, Miss«, widersprach sie. »Sie hatten es nicht leicht, das ist alles. Manchmal ist es einfach Schicksal, dass –«

Ein leises Klopfen ließ sie verstummen. Dr. Gould steckte den Kopf durch die Tür. »Ah, Sie sind noch hier, Contessa Bergonzi! Ich habe Beckys Daumen mit drei Stichen genäht, und alles ist in Ordnung. Und jetzt höre ich, dass unsere Anwesenheit im Gesellschaftszimmer verlangt wird. Seine Lordschaft wird eine wichtige Mitteilung machen.«

Viviana setzte ein Lächeln auf und eilte durch die Speisekammer auf ihn zu. »Eine wichtige Mitteilung?«, wiederholte sie fröhlich. »Wie aufregend! Ich frage mich, was das wohl sein könnte.«

Kapitel 12

In dem Contessa Bergonzi noch einmal lügt

Am frühen Nachmittag des folgenden Tages beschloss Viviana, auszureiten. Sie trommelte mit der Reitpeitsche ein wenig ungeduldig gegen ihren Oberschenkel, während sie den Korridor entlangging, der zum hinteren Ausgang von Hill Court führte. Sie hatte den Vormittag damit verschwendet, unruhig auf die Sonne zu warten, die nicht durch die Wolken brach, und auf den Gast, der nicht kam. Und deshalb hatte sie sich jetzt für einen Ausritt entschieden, für einen harten, donnernden Galopp, trotz des grau verhangenen Himmels und des leichten Schneefalls, der das Gras mit einer dünnen weißen Schicht bedeckte.

Auf halbem Wege zu den Ställen sah sie Quin dort aus den Schatten auftauchen, wo der schmale Pfad den Wald verließ. Er war allein. Sein Pferd, ein großes rotbraunes Tier, warf ungeduldig den Kopf hin und her. Er war also direkt von Arlington Park herübergeritten gekommen.

Sie beobachtete, wie Quin das Pferd mit einer Handberührung besänftigte, dann aus dem Sattel glitt und die Zügel einem von Chesleys Pferdeknechten übergab. Ihr wurde klar, dass sie jetzt nicht mehr verschwinden konnte. Es gab nicht einmal die Möglichkeit, zurück in die relative Sicherheit des Hauses zu fliehen. Trotz des zivilisierenden Einflusses eleganter Möbel würde Quin noch immer genauso kraftvoll und genauso Unheil verkündend wirken.

Aber irgendwie würde sie mit Quin Hewitt und seinen Fragen zurechtkommen. Sie konnte es sich nicht leisten, sich noch einmal von ihm so erschüttern zu lassen, wie er es gestern Abend getan hatte. Also blieb sie stehen und wartete.

Von Ferne sah Quin Viviana auf dem Weg stehen, der zu den Ställen führte. Sie sah so wunderschön und so hinreißend aus wie immer in ihrem schlichten Wollkostüm und diesem lächerlich kleinen Hut. Mit entschlossenen Schritten stieg er den Weg hinauf, auch wenn er noch unsicher ob der Klugheit seiner Entscheidung war. Dennoch war er vollkommen von dem überzeugt, was er zu tun vorhatte.

Sie waren sich einig gewesen über dieses »nur einmal noch«. Nun, einmal war nicht genug. Quin wollte Viviana, und er war entschlossen, sie entweder zu bekommen oder sie für immer aus seinem Herzen zu verbannen. So wie gestern Abend konnten sie nicht weitermachen: höfliche Konversation betreiben und dabei so tun, als wäre nichts mehr zwischen ihnen. Da war mehr, sehr viel mehr. Und wenn sie darauf beharrte, etwas anderes zu behaupten, dann war sie eine verdammte Lügnerin – oder, schlimmer noch, ein Quälgeist.

Quin hielt sie weder für das eine noch für das andere. Er fing an, sich zu fragen, ob sie etwas verbarg. Aber was? Es gab eine Kühle und Distanziertheit an Viviana, die er weder mochte noch wiedererkannte. Selbst seine Schwester schien nicht zu wissen, was in Viviana vorging, und er hatte Alice heute Morgen gründlich darüber ausgefragt.

Nur in seinen Armen schien Viviana sie selbst zu sein. Und dann, wenn die Barrieren zwischen ihnen eingerissen waren, dann war sie wieder das Mädchen, das er geliebt hatte. Deshalb lautete die Lösung, sie in den Armen zu halten, und zwar in seinem Bett. Deshalb würde er das tun, was er schon vor einem Jahrzehnt hätte tun sollen: Er würde sie heiraten. Und es kümmerte ihn dabei absolut nicht, welchen Preis er würde zahlen müssen. Es war ihm egal, ob Arlington Park über ihm zusammenbrach oder ob seine Mutter der Schlag traf.

Aber selbst aus der Entfernung konnte er sehen, dass Viviana bereits ungeduldig mit ihrer Reitpeitsche gegen ihre Röcke trommelte und dass sie ihm mit kaum verhohlenem Misstrauen entgegensah. »Du hast eine Vorliebe für das verdammte Ding, oder?«, sagte er und beäugte die Reitpeitsche, als er vor Viviana stehen blieb.

»Man kann nie wissen, *caro*, wann man sie braucht.«

Bei dieser Antwort warf er den Kopf zurück und lachte. »Du bist eine harte Frau, Viviana Alessandri.«

Viviana senkte bei diesen Worten den Blick und wandte sich ab. »Es tut mir leid«, sagte er sofort. »Habe ich etwas Falsches gesagt?«

»Alessandri«, murmelte sie. »So bin ich schon sehr lange nicht mehr genannt worden. Und wenn ich hart bin, Quinten, dann ist das so, weil das Leben mich dazu gemacht hat.«

Quin bot ihr seinen Arm an. »Komm«, sagte er ruhig. »Geh ein Stück mit mir. Es gibt etwas, was ich dich fragen möchte, Vivie, und ich möchte das nicht im Haus tun.«

Viviana schaute auf Quins Arm, der so fest und unerschütterlich aussah. Sie wusste, dass die bevorstehende Unterredung unvermeidlich war. Sein entschlossener Gesichtsausdruck sagte ihr das, auch wenn seine Augen nicht so unfreundlich blickten. Also nahm sie seinen Arm und raffte mit der anderen Hand ihre Röcke, die Reitpeitsche baumelte von ihrem Handgelenk. »Chesleys Gärten sind im Dezember wunderschön«, schlug sie ironisch vor. »Wollen wir dort hingehen?«

Sein Mund verzog sich amüsiert, und sie schlugen den Weg zu den Gärten ein.

Chesleys Haus war nur ein kleiner Landsitz, aber über seine Gärten sprach man überall in Buckinghamshire. Im Frühjahr und Sommer wurden sie von einer Flut von Besuchern überschwemmt. Seine Mutter, so hatte Chesley einmal erzählt, hatte eine Leidenschaft für die geometrisch angelegten französischen Gärten, für italienische Skulpturen und frisch geschnittene Blumen gehabt. Er hatte das Andenken an sie in Ehren gehalten, indem er alles so erhalten hatte, wie sie es sich gewünscht haben würde. Nur der Irrgarten war nicht ganz perfekt gelungen.

»Großer Gott«, bemerkte Quin, als sie dort ankamen. »Er sieht wie von Motten zerfressen aus.«

Viviana lächelte ein wenig. »Es war irgendein Schädling. Die Gärtner mussten alles zurückschneiden.«

Es war ein großer Irrgarten, und sie wanderten langsam um ihn herum. Schweigend. Er schien seltsam zufrieden damit zu sein, einfach mit ihr spazieren zu gehen, ihre Hand auf seinem Arm. Viviana warf ihm von der Seite einen unbehaglichen Blick zu. Quins jungenhafter Charme war verschwunden, er war von der Unerbittlichkeit und der Kraft eines erwachsenen Mannes ersetzt worden.

Heute sah er nicht schön aus, eher entschlossen. Seine dunkelblauen Augen blickten kühler, bar des Gefühls, das gestern Abend in ihnen geglüht hatte. Genau genommen sah er ganz anders aus als der Mann, der Vivianas Hand genommen und geschworen hatte, sie heute zu sehen.

Sie hatte dieses Treffen nicht gewollt. Sie fürchtete sich zu sehr vor dem, was er fragen könnte und was sie versucht sein könnte zu antworten. Und wenn er die Wahrheit kannte, würde er sie hassen.

Viviana war ein wenig beunruhigt darüber, wie sehr die Jahre Quin verändert hatten. Sie hatte einmal geglaubt, ihn zu kennen; zu wissen, was er wollen und wie er reagieren würde. Vor nicht allzu langer Zeit hatte sie Quin gesagt, dass sie es nicht ertragen konnte, die Entscheidungen infrage zu stellen, die sie getroffen hatte. Und diese Worte wurden mit jedem Tag, der verging, wahrer. Was, wenn sie sich vor all diesen Jahren geirrt hatte? Was, *wenn?*

Es würde bedeuten, dass alle ihre Opfer vergebens gewesen waren. Alles, was sie war, und alles, was sie getan hatte, hatte seinen Ursprung in dieser Entscheidung gehabt. Sie konnte es sich nicht leisten, das jetzt und im Nachhinein anzuzweifeln. Und deshalb wappnete sie sich, wie sie es im Laufe der Jahre so oft getan hatte, und atmete tief durch.

»Du wolltest mich sehen«, drängte sie ihn. »Was möchtest du mich fragen, Quinten?«

Er schaute mit einem leisen Lächeln auf sie herunter. »Ach, Vivie, wie immer gleich auf den Punkt«, erwiderte er. »Was ich sagen möchte? So genau weiß ich es nicht einmal.«

»Dann hast du einen langen Weg vergebens gemacht«, sagte sie.

»Habe ich das?« Er blieb stehen und sah sie an. »Es fühlt sich nicht vergebens an, Viviana, mit dir so zu gehen. Es fühlt sich an ... nun, ein wenig wie in alten Zeiten.«

»Wir sind niemals spazieren gegangen, Quinten«, erinnerte sie ihn kühl. »Wir haben gestritten. Wir haben miteinander geschlafen. Und dann haben wir weitergekämpft.«

»Nun, das ist eine kalte, sehr klarsichtige Einschätzung einer Beziehung, wenn ich je eine solche gehört habe«, räumte er ein. »Hast du dir denn gar nichts von der Romantik bewahrt, meine Liebe?«

»Nur sehr wenig«, erwiderte sie. »Romantik, *caro*, ist etwas für Männer. Frauen können sie sich nur selten leisten.«

Er zog eine Augenbraue hoch und ging weiter. »In der Rückschau, würde ich meinen, dass es gar keine Beziehung gewesen ist«, sagte er. »Und doch hat sie mein ganzes Leben überschattet, Vivie, all diese Jahre. Warum ist das so, was denkst du?«

»Das kann ich nicht sagen.«

»Ich denke, es kommt daher, dass wir die Dinge nicht zu Ende gebracht haben«, meinte er nachdenklich. »Hast du das je so empfunden, Vivie? Oder hast du einfach ... nie zurückgeschaut?«

Viviana sah angestrengt in die Ferne, auf die lange Reihe der Nebengebäude, die den Rand des hinteren Gartens des Hauses säumten. »Ich habe nie zurückgeschaut«, log sie. »Das konnte ich nicht. Ich hatte ein Leben zu leben.«

»Ein Leben ohne mich«, sagte er tonlos.

»Du hattest deine Wahl getroffen, Quinten«, wisperte sie. »Versuche ja nicht, mir einzureden, ich müsste mich jetzt dafür schuldig fühlen.«

»Ah, du sprichst vermutlich von diesem Heiratsantrag, den du mir gemacht hast«, sagte er, seine Stimme klang jetzt dunkler. »Ich habe in letzter Zeit sehr viel darüber nachgedacht. Warum hast du mir nicht einfach gesagt, dass es um alles oder nichts ging, Vivie? Warum konntest du nicht einfach ehrlich sein? Vielleicht hätte ich … vielleicht hätte ich dir eine andere Antwort gegeben.«

Sie riss die Hand von seinem Arm fort. »Wie kannst du es wagen?«, fragte sie mit leiser Stimme. »Wie kannst du es wagen, jetzt hierherzukommen und mich der Unehrlichkeit zu beschuldigen, nach allem, was war? Hätte ich dir eine Pistole an den Kopf halten sollen? Oder mir ein Messer an die Kehle? Und dass ich es nicht getan habe – ist das jetzt alles allein meine Schuld? Sei verdammt, Quinten Hewitt! Sei verdammt und fahr zur Hölle! Da hast du's. Ich habe gesagt, was ich dir schon lange sagen wollte – auf Englisch, damit du es auch verstehst.«

Er hob die Hand. »Viviana, warte«, sagte er. »Ich habe dir nie Unehrlichkeit vorgeworfen.«

»Doch, genau das hast du getan«, erwiderte sie. »Hast du überhaupt eine Ahnung, Quinten, wie demütigend es für mich war, dich so etwas zu fragen? Hast du überhaupt eine Vorstellung davon, wie sehr du mich verletzt hast? Mit diesem Ausdruck in deinen Augen und mit deinen Worten? Und jetzt behauptest du, du hättest es dir gewünscht? Dass ich dich dazu hätte bringen müssen, einzuwilligen?«

Er verlor ein wenig Farbe. »Ich wünsche nur, dass du ehrlich gewesen wärst, Vivie«, sagte er. »Ich wünsche nur, dass du mir gesagt hättest, um was es ging.«

»Oh, *sì*, du wünschst dir, dass ich dich darum angefleht hätte! Ist es das? Und welche Art von Ehemann hätte mir das gebracht? Einen Ehemann, der jeden Morgen kochend vor Groll aufgewacht wäre? Der sich gefühlt hätte, als wäre er in eine Falle gegangen? Den man mit Schmeicheleien dazu gebracht hat, sich selbst zu erniedrigen und seine ach-so-feine englische Familie zu enttäuschen? Eher wäre ich gestorben.«

Sie wandte sich ab, doch er packte sie am Arm. »Jetzt warte doch eine Minute, Viviana.«

»*Andare all'inferno!*«, fauchte sie.

Quin riss sie zurück. »Ich will verdammt sein, wenn ich noch länger hier im Garten herumstehe, wo jeder hören kann, dass wir uns wie die Kesselflicker streiten«, stieß er hervor und zog sie mit sich den Pfad entlang. »Was ist das da vorne? Das Gewächshaus?«

»Woher soll ich das wissen?«, zischte sie. »Lass meinen Arm los, du arroganter Esel!«

»Halt den Mund, Vivie!«, knurrte er. »Wir werden das jetzt ein für alle Mal klären, du und ich. Und ich brauche kein Publikum, das meine Demütigung mit ansieht.«

»Deine *Demütigung?*« Viviana hatte aufgehört, sich zu wehren. Sie sah dabei wie eine Närrin aus, und er hatte offensichtlich nicht vor, sie loszulassen. »Du kennst ja nicht einmal die Bedeutung dieses Wortes!«

Quin zog die schwere Holztür auf und schob Viviana ins Innere das Gebäudes, in eine Welt aus gedämpftem Licht und schwülwarmer Luft. Sie blinzelte und schaute sich um. Der Geruch nach feuchter Erde umhüllte sie. Sie hatten einen lang gezogenen Schuppen betreten, unter dessen gewölbtem Glasdach Reihe um Reihe von Hochbeeten lagen, in denen bunte Blumen blühten und üppig grünes Gemüse wuchs.

»Gott sei Dank.« Er ließ Viviana los und legte seine Handschuhe und seinen Mantel ab. »Wenigstens haben sie hier drinnen die Feuer angemacht.«

Sie stemmte eine Hand in die Hüfte und starrte ihn finster an. Aber selbst in ihrem zornigen Zustand konnte sie sehen, dass, auch wenn der Ärger geblieben war, das meiste seiner Kampfeslust verschwunden war. Als sei er davon angeekelt, warf er seinen Hut auf den Tisch, auf dem auch schon sein Mantel lag, dann fuhr er sich mit der Hand durch das zu lange Haar. »Was ist es, Vivie, dass du mir noch immer so an die Nieren gehst?«, fragte er. Seine Stimme klang frustriert. »Warum ist es auch nach all diesen Jahren noch immer so, dass du mich völlig durcheinanderbringen kannst und ich mich wieder wie ein gottverdammter grüner Junge fühle?«

Sie konnte ihm nicht ganz folgen. »Nun, ich habe nicht den Wunsch, dich durcheinanderzubringen oder grün zu machen«, erklärte sie hoheitsvoll. »Und gewiss habe ich nicht den Wunsch, zu streiten, Quinten. Ich dachte … ich dachte, wir hätten diese Sache vor zwei Tagen abgeschlossen. In dem Cottage. Ich weiß nicht, was du jetzt von mir willst. Sei so freundlich, es mir zu erklären, *per favore*, und lass mich gehen.«

»Ich will nur wissen …« Die Worte schienen ihm in der Kehle stecken zu bleiben.

»Was?«

»Ich will wissen, warum du mich verlassen hast, Vivie.«

Die kindliche Unsicherheit war wieder da. Viviana sah ihn an. Sie musste gegen den fast überwältigend großen Wunsch ankämpfen, zu ihm zu gehen und ihn in die Arme zu nehmen. »Ich habe dich verlassen, *caro*, weil die Zeit dafür gekommen war«, erwiderte sie schließlich. Ihre Stimme klang ein wenig traurig. »Ich hatte ein Leben hinter mir gelassen, und es war die Zeit gekommen, in dieses Leben zurückzukehren. Ich hatte einen Vater, den ich von Herzen geliebt habe. Ich wäre lieber gestorben als ihn wissen zu lassen, zu was ich geworden war: die Geliebte eines reichen Mannes. Ich wollte dich nicht verlassen, Quin. Ich wollte es nicht. Aber es war an der Zeit, eine Wahl zu treffen. Und das habe ich getan. Kannst du das nicht verstehen?«

Er schloss die Augen und kniff sich hart in den Nasenrücken. »Und wenn ich Ja gesagt hätte, Vivie, hättest du mich dann tatsächlich geheiratet?«, fragte er ruhig. »Hättest du dem Zorn meiner Familie standgehalten? Und was wäre gewesen, wenn mein Vater mir die Mittel gestrichen und uns hätte verhungern lassen? Hättest du auch das mit mir durchgestanden?«

»Ich ... ich weiß es nicht«, log sie. »Ich wusste nur eines, *caro*: dass es einfacher ist, einen Mann zu heiraten, den man nicht liebt, als einen Mann zu heiraten, von dem man nicht geliebt wird.«

Er ließ die Hand sinken und versuchte, zu lächeln. Eine lange Zeit schwieg er. »Nun, das ist alles Vergangenheit«, fuhr er dann fort. »Vermutlich gibt es darüber nichts mehr zu sagen.«

Sie schüttelte den Kopf. »Nein. Das gibt es nicht.«

Er verschränkte die Hände auf dem Rücken und begann, hin und her zu gehen. Zwischen den grob gezimmerten Arbeitstischen und den Regalen mit Arbeitsgeräten sah er aus wie ein gefangenes Tier. Sie hätte die Gelegenheit ergreifen, sich entschuldigen und gehen sollen, aber unerklärlicherweise tat sie das nicht.

»War er gut zu dir, Vivie?«, fragte er schließlich. Er stand mit dem Rücken zu ihr. »War Bergonzi ein guter Ehemann? Warst du glücklich?«

»Es war eine Ehe wie jede andere auch. Wir sind zurechtgekommen.«

Er wandte sich um und sah sie an. »Aber ich denke, dass die meisten Ehen glücklich sind, Vivie«, sagte er. »Oder zumindest sollten sie das sein. Bin ich der Einzige auf der Welt, der das glaubt? Bin ich einfach nur ... erbärmlich naiv?«

Viviana verschränkte die Hände fest ineinander. »Ich weiß nichts über die meisten Ehen«, antwortete sie. »Ich weiß nur, dass ich versucht habe, aus meiner das Beste zu machen.«

»Er muss dich geliebt haben«, vermutete Quin. »Er muss sehr stolz auf dich gewesen sein.«

Sie zuckte gleichmütig die Schultern. »Vielleicht.«

Quin wandte keinen Blick von ihr. »Warum sonst würde ein Mann von seinem Reichtum und seiner Stellung es seiner Frau erlauben, öffentlich als Sängerin aufzutreten?«, fragte er. »Er hat es erlaubt, weil er dich vorzeigen wollte. Weil er der Welt zeigen wollte, dass er dich gewonnen hatte.«

Viviana unterdrückte ein Zusammenzucken. Quins Worte kamen der Wahrheit näher, als es ihr gefiel. »Gianpiero war von der Oper besessen«, bekannte sie. »Ich war für ihn nur ein weiteres Mittel zum Zweck. Und ja, es gefiel ihm, mich vorzuzeigen.«

»Und jetzt hast du drei Kinder«, sagte er ruhig. »Drei wunderbare Kinder. Ich komme einfach nicht darüber hinweg, Viviana.«

»Hast du dir mich nie als Mutter vorgestellt?«, fragte sie. »War ich nie mehr für dich als irgendeine Frau, mit der man ins Bett gegangen ist?«

Er lächelte ein wenig schief. »Ich habe mir dich oft als Mutter vorgestellt«, gab er zu. »Du hattest so etwas an dir, Vivie. Als wäre eine Madonna aus Marmor zum Leben erweckt worden, so heiter und so schön. Manchmal ... manchmal, Vivie, wenn du durch das Zimmer gegangen bist, nackt und wunderschön, dann habe ich mir vorgestellt ... ich habe mir vorgestellt, dass –« Er verstummte. »Aber wir sprechen von deinen Kindern, nicht wahr? Sie sind reizend. Du musst stolz auf sie sein.«

Irgendwie schaffte sie es zu lächeln. »*Sì*, sehr.«

Er hatte wieder damit begonnen, auf und ab zu gehen. Sie wünschte bei Gott, er würde stehen bleiben. In ihrem Magen brannte ein besorgniserregendes Gefühl der Ungewissheit. Ein Zweifel – nein, eine Furcht, die ihr Herz umspannte wie ein trügerisches Spinnennetz. Was, wenn sie all diese Jahre falsch von ihm gedacht hatte? Und warum blieb sie jetzt hier? Warum war sie nicht gegangen? Offensichtlich würde Quin sie nicht davon abhalten, zu gehen. Und doch war es, als würde er sie mit seinen fast schicksalhaften Fragen hypnotisieren, in einen Bann schlagen.

»Ich erinnere mich jetzt wieder, Viviana, was ich dich gestern Abend fragen wollte«, sagte er wie aus dem Nichts. »Ich wollte dich nach dieser Kette mit dem Anhänger fragen, die Cerelia trägt.«

Viviana versteifte sich vor Angst. »Wie bitte?«

Ihr Wunsch wurde ihr erfüllt. Er hörte auf, hin- und herzugehen. »Erinnerst du dich an den Ring, den ich dir einmal geschenkt habe?« Er wandte sich zu ihr um. »Mit dem großen Rubin?«

»Ich fürchte, ich habe viele Rubinringe, Quinten«, erwiderte sie. »Ich kann mich nicht an jeden einzelnen erinnern.«

Sein Lächeln verblasste. »Ja, ohne Zweifel schwimmst du in ihnen. Und wie könnte es auch der Ring von damals sein? Schließlich hast du jedes Schmuckstück verkauft, das du je von mir bekommen hast.«

Sie wahrte ihren undurchdringlichen Gesichtsausdruck. »Sie gehörten mir, und ich konnte damit machen, was ich wollte, oder nicht?«

Er zuckte die Schultern. »Aber dieser unförmige Goldklumpen mit dem eingesetzten Stein«, sprach er weiter. »Der, den Cerelia um den Hals trägt. Ich dachte, dass er ein wenig so aussieht wie der Ring, den ich dir einmal gegeben habe.«

»Tatsächlich?« Ihre Stimme klang überraschend ruhig. »Welcher?«

Sein Mund verzog sich verbittert. »Der, den ich dir an unserem letzten gemeinsamen Nachmittag geschenkt habe«, erinnerte er sie. »Wie ich schon sagte, war es ein recht ungewöhnlicher Stein – ein quadratisch geschliffener Rubin. Sie werden meistens rechteckig oder oval geschliffen, nicht wahr?«

»Das ist möglich«, erwiderte sie. »Ich habe darüber noch nie nachgedacht.«

»Dann ist es also nicht jener Ring?«, drängte er.

Sie schüttelte den Kopf. »Ein falscher Stein und höchstwahrscheinlich vergoldetes Metall. Cerelia hat ihn gefunden, aber ich kann mir nicht erklären, wo. Sie hat eine unerklärliche Vorliebe dafür. Kinder mögen so etwas, weißt du.«

Er zuckte mit den Schultern und schien die Antwort zu akzeptieren. »Du hast ihn also verkauft?«, hakte er nach. »Den letzten Ring, den ich dir geschenkt habe?«

Quin war nicht so grausam, sie daran zu erinnern, dass er ihr das Versprechen abgenommen hatte, diesen Ring niemals zu verkaufen. Und deshalb zuckte Viviana mit den Schultern und erfand eine weitere Notlüge. »Ich kann mich nicht erinnern«, schwindelte sie. »Möchtest du ihn zurückhaben? Wenn ja, kannst du gern kommen und meine Schmuckschatulle durchsehen und ihn dir nehmen, wenn du ihn findest.«

Er schüttelte den Kopf. »Nein, ich bin sicher, es gibt ihn nicht mehr, so, wie die vielen anderen.«

Sie hatte nicht den Wunsch, ihm wehzutun. Nicht wirklich. Und doch wollte sie – nein, musste sie ihn dazu bringen, es zu verstehen. »Zweifellos hast du recht«, nickte sie ruhig. »Aber für dich waren diese Geschenke die Bezahlung für die erbrachten Dienste deiner Geliebten. Wenn ich sie so behandelt habe, ist es dann fair von dir, dich jetzt darüber zu beklagen?«

»So war es nicht«, widersprach er. »Ich habe sie nie als Bezahlung gesehen, Vivie. Sie waren Geschenke, die von Herzen kamen. Und ich beklage mich nicht.«

Sie milderte ihren Ton. »Wie nennst du es denn?«

»Viviana, wenn du Rechnungen für deine Schneiderin oder Spielschulden zu begleichen hattest, warum bist du damit nicht zu mir gekommen?«, wollte er wissen. »Ich hätte mich um dich gekümmert. Ich hätte sie für dich bezahlt.«

Sie wandte den Kopf ab und schaute in die Weite des gläsernen Gewächshauses. »Ich wollte dir nicht noch mehr verpflichtet sein, Quinten«, entgegnete sie. »Davon einmal abgesehen hatte ich keine Schulden. Ich habe nicht über meine finanziellen Möglichkeiten gelebt. Das konnte ich mir nicht leisten.«

»Was war es dann?«, drängte er. »Warum kannst du es mir nicht sagen? Was kann es denn jetzt noch ausmachen?«

Aber es schien ihm sehr viel auszumachen, erkannte sie. Ja, nach all diesen bitteren Jahren, die vergangen waren, vielleicht zählten da so einfache, dumme Dinge noch immer.

Viviana stieß einen langsamen Atemzug aus, um sich zu beruhigen. Sie wusste schon jetzt, dass sie es bereuen würde. »Ich habe das Geld *Papà* geschickt«, antwortete sie schließlich. »Jeden Monat habe ich ihm das Wenige geschickt, das ich entbehren konnte. Und es war erbärmlich wenig. Besonders anfangs.«

»Aber, Vivie, das macht keinen Sinn. Wieso brauchte er Geld? Dein Vater war ein bekannter Komponist.«

»Oh, *sì*, ein bekannter Künstler!«, bestätigte sie. »Und wie die meisten von ihnen war er abhängig vom Willen seines Mäzens.«

»Bergonzi, richtig?«, vergewisserte sich Quin scharfzüngig. »Sprichst du von ihm?«

Viviana nickte angespannt.

»Aber Bergonzi hat ihn doch viele Jahre lang unterstützt, oder nicht?«

»Nachdem ich Venedig verlassen hatte, haben sie sich zerstritten«, erklärte Viviana. »*Papà* wurde mitgeteilt, dass es dort keine weiteren Aufträge für ihn gäbe. Nicht vom einflussreichen Conte Bergonzi – und dessen Ungnade hieß natürlich, dass kein anderer sich mehr traute, *Papà* zu beschäftigen.«

»Aber später haben sie sich ausgesöhnt?«

»Ja, später haben sie sich ausgesöhnt.«

»Jesus Christus!«, sagte Quin. »Das ist unglaublich.«

»Unglaublich?«, wiederholte Viviana leise. »Was davon glaubst du nicht, Quinten? Warum, glaubst du, habe ich mir Abend für Abend die Seele aus dem Leib gesungen? Warum, glaubst du, habe ich um jede Rolle gekämpft und gerungen, um sie zu bekommen? Es war wegen des Geldes, *caro*. Um etwas aus mir zu machen.«

Quin konnte den Schmerz in ihrer Stimme nicht überhören. »Ich glaube dir, Vivie«, erwiderte er. »Und hättest du mir das vor neun Jahren gesagt, hätte ich es dir auch damals geglaubt. Ich – ich hätte irgendetwas unternommen.«

»Hättest du das, Quin?«, flüsterte sie. »Ich frage mich, ob das so ist. Ich frage mich das wirklich.«

Quin sagte auf diese Bemerkung nichts. Sie hatte vielleicht Gründe für ihre Zweifel. Als junger Mann war seine vorrangigste Sorge der fast bockige Wunsch gewesen, seine eigenen Bedürfnisse zu befriedigen und seine eigenen Unsicherheiten loszuwerden. Er hatte Viviana geliebt, ja. Aber er war unfähig gewesen, über diese Tatsache hinaus und weiter zu sehen. Vielleicht hätte er auch darüber hinaus keine Verpflichtung gesehen oder gefühlt.

»Warum haben sie sich entzweit, Vivie?«, fragte er herausfordernd. »Hatte es etwas mit dir zu tun?«

Sie warf ihm einen finsteren kurzen Blick zu und schwieg.

»War es deinetwegen, Vivie?«, wiederholte er. Seine Stimme klang dieses Mal noch fordernder.

Fast wie erschöpft legte sie die Hand an ihr Haar und lehnte sich gegen die raue Holzwand des Schuppens. »Ich möchte darauf wirklich nicht antworten«, sagte sie ruhig. »Und offen gesagt, *caro*, geht dich das nichts an.«

Er machte einen Schritt auf sie zu. »Ich bin nicht sicher, ob ich das noch länger glaube«, erwiderte er, sein Ton klang dunkel und unheilvoll. »Ich fange an zu glauben, Viviana, dass es vieles gibt, das du mir nicht sagst, und ich will die ganze Wahrheit von dir hören.«

Viviana spürte ihre Panik wie einen Messerstich. »Ich muss deine Fragen nicht beantworten«, brachte sie hervor, stieß sich von der Wand ab und ging zur Tür. »Du bedeutest mir nichts. Nichts als eine Erinnerung.«

Er war schneller. Er wandte sich um und verhinderte, dass sie an ihm vorbeiging. »Es ist noch nicht zu Ende, Viviana.«

»Fahr zur Hölle«, fauchte sie.

Irgendwie riss er ihr die Peitsche vom Handgelenk. »Du nutzt diesen Ausdruck zu sehr ab, meine Liebe, und das in zwei verschiedenen Sprachen«, erwiderte er. »Warum nennst du mich nicht einfach wieder ein Schwein?«

Sie starrte ihn an. »Du *bist* ein Schwein«, schnaubte sie. »Du bist abscheulich.«

»Oh, spiel mir nicht die Unschuld vor, Viviana!«, entgegnete er. »Ich habe ein wenig mehr verstanden als du denkst, an jenem Tag in meinem Arbeitszimmer. Und ich habe noch etwas verstanden, meine Liebe. Ich habe verstanden, dass dein Mund nicht völlig unempfänglich für meinen Kuss war, ganz egal, was deine Reitpeitsche gesagt hat.«

Sie machte eine Bewegung, danach zu greifen, aber er zog sie abrupt aus ihrer Reichweite. »Oh, ich verschwende meine Zeit mit dir!«, rief sie. »Es muss hier doch noch eine andere Tür geben.« Mit diesen Worten wandte sie sich um und trat in die nach Moschus duftende Wärme des Gewächshauses.

Sie ging den mit Streu bedeckten Gang zwischen den Hochbeeten mit Lilien und Astern entlang. Weiter den Gang hinunter standen die Tische mit den grünen, in Töpfen gezogenen Pflanzen und wurzelnden Gemüseschößlingen, und dahinter lag, fast versteckt von einem Wäldchen aus üppigen Palmen, ein anderer Ausgang. Aber sie war noch lange nicht dort. Und plötzlich packte Quin sie am Ellbogen und riss sie herum, damit sie ihn ansah.

Sie holte mit der Hand aus, doch er fing den Schlag ab und zog Viviana an sich. Sein Mund senkte sich auf ihren, heiß und unbeherrschbar. Er hielt sie fest an sich gepresst, einen Arm um ihre Taille geschlungen, und beugte ihren Kopf weit zurück, als er sie küsste. Vivianas Schlacht endete, wie sie begann: rasch, in einem Aufblitzen unkontrollierbaren Gefühls. Sie ergab sich. Ihre Lippen öffneten sich.

Quin drängte hinein, vereinte seine Zunge mit ihrer, bis ihr wortwörtlich die Knie schwach wurden. Sie spürte, dass sie ihren Hut verlor und er ins Stroh fiel. Quins Mund glitt zu ihrer Wange, strich dann mit einem leisen Stöhnen heiß über ihr Kinn. Ihr war schwindelig vom Duft der warmen feuchten Erde, der Blumen und von Quin.

»Lass mich«, flüsterte er. »Lass mich, Vivie.«

Sie versuchte, den Kopf zu schütteln. »Nein.«

Seine Hand war unter ihren Reitmantel geglitten, suchte drängend. Durch die Schichten von Leinen und Seide umschloss er ihre Brust mit seiner warmen Hand. Ihre Brustwarze richtete sich unter dieser Berührung verräterisch auf, und ein kleiner Laut entrang sich Vivianas Kehle.

Quin streichelte mit dem Mund ihren Nacken, und sie erbebte. »Nicht, Quin. Bitte. Ich – ich kann nicht. Nicht … bitte.«

Ganz leicht strich er mit dem Daumen über ihre Brustwarze. »Magst du das, Vivie?«, flüsterte er. »Sag es mir.«

»Du – du weißt, dass es so ist«, antwortete sie. »Bitte. Nicht hier.«

»Wo dann?« Seine Stimme war ein verführerisches Flüstern.

»Heute Abend«, brachte sie heraus und versuchte, Zeit für sich herauszuschlagen – und Vernunft. »Ich werde – ich werde heute Abend zu dir kommen – irgendwohin. Überall hin.«

»Wirst du das?« Seine Hand öffnete die Verschlüsse ihres Mantels und schob ihn dann weg. »Überall hin?«

»Überall«, sagte sie, und ihr Widerstand fiel in sich zusammen. »Alles.«

»*Alles*«, wiederholte er. »Das gefällt mir, Vivie.«

Sein Mund wanderte zu ihrer Brust. Er ließ seine große Hand über ihren Po gleiten und beschrieb langsame, träge Kreise durch ihre Röcke, sodass sie sich enger an ihn drängte. Er liebkoste ihre Knospe durch den Stoff, saugte daran, nicht zu sanft. Aber das war zu viel. Viviana fühlte wieder die vertraute Flamme der Lust in ihrem Schoß aufbrennen. Ihr Atem ging heftiger. Zu schnell. Zu flach.

Sein hungriger Mund gab ihre Brust frei, doch nur, um ihn durch seine Hand zu ersetzen. »Muss ich warten, Viviana?«, flüsterte er, seine heißen Lippen an ihrem Ohr. »Muss ich das?«

Viviana murmelte etwas Unverständliches. Er zog sie aus dem Gang fort und herunter auf die Strohballen, die zwischen den Beeten lagen. Ungeduldig streifte er den Mantel von ihren Schultern. Sie ließ ihn heruntergleiten, eifrig bestrebt, frei von ihm zu sein in der heißen, moschusduftenden Luft. *Wahnsinn. Oh, das war Wahnsinn!*

Aber sie ließ sich von ihm herunterziehen, ließ sich wieder küssen, langsam und süß. Seine Zunge tauchte langsam in ihren Mund ein, als hätte er alle Zeit der Welt. Sie erwiderte seinen Kuss, unfähig, ihrem Verlangen nach Quin zu widerstehen. Oh, sie wollte ihn! Wollte und wollte ihn. In all den Jahren schien die verzehrende Leidenschaft nie aufgehört zu haben. Sie erwiderte seinen Kuss, öffnete den Mund heiß über seinem, war sich bewusst, dass dies unbeschreiblich dumm war. War sich bewusst, dass sie es bereuen würde.

Seine Finger glitten in ihr Haar, besänftigten ihre Bewegungen, sodass er sie intensiver küssen konnte. Ihr Haar löste sich und floss über ihre Schulter. Ihre Hände fanden sein Hemd und zerrten es aus der Hose.

»Guter Gott«, wisperte er, als ihre Handflächen über seinen Bauch glitten, hinauf zu seiner Brust und über seine starken breiten Schultern, und sie sich auf ihn legte. »Guter Gott, Vivie.«

Sie fühlte seine Hand zwischen ihnen, fühlte ihren Druck, als er an den Knöpfen zerrte. Sie richtete sich auf und sah zu, wie er sich anschickte, den letzten zu öffnen. Noch nie hatte sie sich so schamlos gefühlt. Hatte sie sich so verzweifelt gewünscht, etwas Dummes zu tun. »Lass mich«, sagte sie und öffnete ihn. Sie streifte seine Hose herunter. Seine pochende Erektion sprang hervor, und sie nahm sie in die Hand. Sie legte ihre Finger um seine Länge, staunte über die Hitze und die Härte.

Quin versuchte, ein Stöhnen zu unterdrücken. Viviana schloss die Augen und streichelte ihn wieder. Sie war zu berauscht von ihm, um aufzuhören. Sie war sich bewusst, dass sie jeden Augenblick überrascht werden konnten. Dass sie auf einem Strohballen lagen, mit nichts außer einem gläsernen Baldachin zwischen sich und dem Himmel. Und dennoch hörte sie nicht auf. Stattdessen setzte sie sich zurück, strich mit einer Hand wieder über Quins Brust und senkte den Kopf, um seinen Schaft in den Mund zu nehmen.

Quin stöhnte auf. Schon perlte Schweiß auf seiner Stirn. Die Hitze der Sonne schien auf sie beide herunterzuschlagen, schien den Dunst aus den feuchten Beeten aus Grün aufzuwirbeln. Sie hielt seine pochende Hitze in einer Hand und strich mit ihrer Zunge über seine Länge.

Quin selbst hatte sie das gelehrt, an einem trägen, verregneten Nachmittag; wie sie einen Mann fast zum Wahnsinn treiben konnte mit ihren Händen und mit ihrem Mund. Offensichtlich war es eine Lektion gewesen, die sie nicht vergessen hatte. Quin erbebte unter ihr. »Jesus Christus, Vivie«, keuchte er. »Hör auf. *Hör auf.*«

Sie tat, um was er bat. Seine Hände glitten zu ihren Röcken, schoben sie hoch. Er fand ihre Mitte, spielte mit ihr. Viviana spürte ihre Lust anwachsen und stöhnte, als sie sich an seiner Hand rieb.

»Setz dich auf mich«, befahl er, während er sie mit dem Daumen reizte. »Jetzt, Vivie.«

Sie öffnete die Augen und schaute auf ihn herunter, halb verrückt vor Lust. »Man könnte uns sehen«, wisperte sie. »Quin, man könnte uns ertappen.«

»Großer Gott, Vivie, das ist mir *egal*«, erwiderte er. »Lass sie es doch sehen. Lass sie uns beneiden.«

»Ich bin verrückt, ich weiß es«, wisperte sie und nahm ihn in beide Hände. »Aber ich brenne danach. *Dio*, Quin! Wir sind wie Tiere, wenn wir zusammen sind. Wir können das nicht tun, so nah –«

»Später«, unterbrach er sie. »Wir reden später über alles. Komm, Liebes. Nimm mich tief in dir auf.«

Noch in ihren Stiefeln und Röcken bestieg sie ihn, nahm ihn mit einer einzigen gleitenden Bewegung in sich auf. »Du schlimmes, schlimmes Mädchen«, sagte er mit einem Stöhnen. »Oh, heiliger Gott.«

Sie kniete über ihm und ließ sich vom Rhythmus seines Körpers führen. Niemals in ihrem Leben hatte sie sich so lüstern gefühlt. Niemals hatte sie etwas so sehr gewollt. Der üppige, erdige Geruch des Gewächshauses umhüllte sie und wurde heißer. Sie schob den Stoff seines Hemdes beiseite, während sie auf ihm ritt, und beobachtete das Spiel seiner Bauchmuskeln. Sie schloss die Augen, lieferte sich dem Rhythmus aus, bis die Zeit alle Bedeutung verlor und die Reue so weit entfernt schien.

Oh, dies würde nicht von Dauer sein. Für keinen von ihnen beiden. Es war zu schnell, zu heiß. Noch ein paar Stöße und sie schrie auf, fühlte vollkommene Ekstase näher kommen. Unter sich fühlte sie Quin drängen, fühlte, wie er die Hände auf ihre Hüften legte und diesen letzten vollkommenen Stoß machte. Viviana erbebte, als er unter ihr zitterte, ihre Stimme schluchzte leise in der Hitze.

Als ihr Rausch verebbte, lag sie zusammengesunken auf ihm, ihr Kopf ruhte an seinem feuchten Hals. Sie holte tief und zitternd Luft, die gefüllt war von dem Geruch nach Schweiß, Seife und Bergamotte. Quin. Immer und immer Quin.

»Oh Gott, Vivie«, flüsterte er, und seine Stimme klang weich vor Staunen. »Du bist eine gefährliche Frau.«

Viviana zwang sich, aus dem sinnlichen Rausch zu erwachen. »Das bin nicht ich«, wisperte sie. »Das … das sind *wir*, glaube ich. Zusammen sind wir wie … wie *polvere nera*. Wie Schießpulver.«

»Ja«, nickte er ernst. »Und mag es immer so sein, Vivie. Ich würde dein Temperament und deine Reitpeitsche abertausendfach ertragen, nur um einen Moment wie diesen mit dir zu haben.«

Sie antwortete nichts, sondern presste nur ihre Lippen auf seine Stirn und betete darum, dass er nichts mehr sagen würde.

Er neigte den Kopf und sah sie an. »Es könnte noch viele Tage wie diesen geben, Vivie«, flüsterte er. »Hast du je daran gedacht? Hast du dich je gefragt, ob … ob es für uns wirklich zu spät ist?«

Sie hatte gedacht, dass jene neun Jahre mit Gianpiero Bezahlung genug für ihre Sünden gewesen waren. Aber sie hatte keine Ahnung, was wirklich ein angemessener Preis dafür wäre. Einen Augenblick lang erwog sie, ihm alles zu sagen. Doch mit dem nächsten Atemzug begriff sie, dass es ein unverzeihlicher Fehler wäre. Die Wahrheit würde dazu führen, dass er sie hasste. Und deshalb schwieg sie. Stattdessen löste sie sich von ihm und wandte sich ab, um ihre Kleider zu ordnen.

»Vivie?« Er berührte ihre Wange. »Vivie, sieh mich an! Ist es so? Ist es zu spät?«

Sie wandte sich zu ihm und sah ihn an, wie er sie gebeten hatte. »Es ist zu spät«, flüsterte sie. »Zu spät für mehr als das hier, Quin.«

»Warum?« Er stützte sich auf den Ellbogen. Sein Gesicht war plötzlich kalkweiß geworden. »Warum muss es so sein?«

Sie konnte seinen Blick nicht länger erwidern. Wie blind zog sie ihre Jacke an. »Wir führen jeder sein eigenes Leben, Quin«, erwiderte sie. »Deines ist ... hier. Meines dort.«

»Vivie, du kannst nicht das leugnen, was zwischen uns ist«, begann er.

»Chemie«, sagte sie. »Reine, körperliche ... Magie, Quin. Ja. Ich weiß, was zwischen uns ist. Was wir immer schon gehabt haben. Aber das Leben ist nicht so einfach, wie du es darstellst. Im Leben wird man immer wieder vor eine schwere Wahl gestellt.«

»Meine Wahl ist, wie und wo ich mein Leben lebe, Vivie«, erwiderte er. »Ich bin es müde, es zu verschwenden. Ich will mit dir zusammen sein.«

»Das ist nicht möglich.«

»Doch, das ist es«, widersprach er mit fester Stimme. »Ich habe nie etwas anderes gewollt, Viviana. Das weiß ich jetzt. Ich bin bereit, das zu tun, was ich tun muss, um das zu erreichen. Verstehst du mich?«

Sie erhob sich auf dem Strohballen auf die Knie und schloss sorgfältig ihre Jacke und ihren Mantel. »In ein paar Wochen oder Monaten muss ich mit meinen Kindern nach Venedig zurückkehren, Quin«, sagte sie. »Du wirst mich vergessen, wie du mich all die Jahre über vergessen hast. Und ich werde dich vergessen.«

In seinen Augen blitzte Zorn auf. »Wirst du das, Vivie?«

»Ich werde es versuchen, *sì*.«

»Und das ist so einfach für dich?«, stieß er hervor. »Nun, für mich ist es das verdammt noch mal nicht.«

Als sie ihn ansah, lag Schmerz in ihren Augen. »Wie viele Tränen hast du in diesen letzten neun Jahren um mich geweint, Quin?«, fragte sie.

»Darauf werde ich dir nicht antworten.«

Sie berührte ihn leicht an der Wange und milderte ihren Ton. »Quin, *caro*, dein Leben ist *hier*«, sagte sie. »Du bist jetzt Lord Wynwood. Du hast viele Verpflichtungen.«

»Keine, mit denen Herndon nicht fertig werden würde«, entgegnete er. »In weniger als einer Woche werden er und Alice verheiratet sein. Er wird Teil meiner Familie sein.«

Viviana sah ihn ungläubig an. »Du würdest tatsächlich mit mir fortgehen?«

»Ich bin bereit zu tun, was immer notwendig ist«, erwiderte er. »Das habe ich gesagt, und das habe ich so gemeint. Ich will dieser Narretei, die uns all diese Jahre getrennt hat, eine Ende machen. Viviana, ich ... ich will, dass wir heiraten.«

Viviana musste die Tränen zurückblinzeln, die ihr plötzlich in die Augen stiegen, und sie wandte sich rasch ab. Sie hatte lange darauf gewartet, diese Worte zu hören – und jetzt klangen sie bittersüß. Wie konnte sie Quin heiraten? Sie wusste um das Unvermeidliche: dass er dann das herausfinden würde, was sie so lange vor ihm verborgen gehalten hatte. Das wagte sie nicht. Und deshalb würde sie es auch nicht tun.

Sie sprang auf. »Ich bin zu alt für dich, *caro mio*. Ich habe drei Kinder und viele Pflichten. Finde jemanden in deinem Alter und werde glücklich.«

Er stieß einen scharfen, ungläubigen Ton aus. »Zu *alt*? Oh

Vivie, komm mir nicht mit diesem Einwand! Und ich verehre deine Kinder.«

Sie schüttelte den Kopf. »Denk an deine Mutter, *caro*«, gab sie zu bedenken. »Würden wir heiraten, würde sie das umbringen. Nein, Quin, ich werde dich nicht heiraten. Hör auf, mich darum zu bitten.«

Er drehte sich herum, stützte sich auf beide Ellbogen und sah ihr zu, wie sie die Strohhalme von ihren Kleidern pflückte. Sein Hemd war noch offen und enthüllte seinen flachen, muskulösen Bauch. Sein Haar war zerzaust wie das eines kleinen Jungen. Aber seine Miene – oh, sie kannte diesen Gesichtsausdruck gut.

Fast lässig stand Quin auf. »Was bist du doch für eine Lügnerin, Viviana«, sagte er, während er sich das Hemd in die Hose stopfte. »Ja, ich habe alles über diesen kleinen Ansporn gehört, den du meiner Schwester gestern Abend gegeben hast. Ich glaube, du hast ihr gesagt, dass Mums Wünsche nicht an erster Stelle stehen könnten. Dass es wichtigere Dinge gäbe.«

»Alice erwartet ein Kind.«

»Was auch bei dir der Fall sein könnte.« Quin runzelte die Stirn. »Hast du je daran gedacht, Viviana. Hast du das?«

Viviana spürte, wie ihr das Blut aus dem Gesicht wich. Bitter wie Galle schmeckte sie die Panik in ihrer Kehle.

Quin beugte sich zu ihr. »Was, wenn du es wärest, Viviana?«, fragte er heiser und hielt sie am Arm fest. »Was dann?«

Viviana riss sich los. »Ich würde nicht heiraten, wenn da keine Liebe ist«, wisperte sie. »Diesen Fehler habe ich ein Mal gemacht. Ich werde ihn nicht wiederholen.«

»Empfange mein Kind, Viviana, und du wirst ihn noch einmal machen.« Er packte sie wieder am Arm. »Abgesehen davon, Vivie, glaube ich keinen Moment lang, dass du mich nicht liebst. Ein Frau kann nicht mit einem Mann schlafen, wie du es tust, ohne dabei auch Liebe zu empfinden.«

»Glaube es nur, Quin«, erwiderte sie und stieß seine Hand weg. »Was uns verbindet, ist pure Lust. Ich liebe dich nicht, und du liebst mich nicht.«

»Da sind sie wieder, Viviana«, entgegnete er. »Diese zwei kleinen Lügen, die unser Leben ruiniert haben. Ich war nicht selbstbewusst genug, sie beim ersten Mal nicht zu glauben. Aber ich weiß verdammt genau, dass ich sie dir jetzt nicht abnehme.«

»Dann bist du ein sehr arroganter Mann«, erwiderte sie und hob ihren Hut auf. »Ich gehe jetzt. Und wenn du auch nur etwas von einem Gentleman in dir hast, Quin Hewitt, wirst du mir nicht nachkommen. Und du wirst dich nicht dort sehen lassen, wo es nicht erwünscht ist. Du wirst dich von mir, meinen Kindern und von Hill Court überhaupt fernhalten. Habe ich mich klar genug ausgedrückt?«

Seine Augen verengten sich zu schwarzen Schlitzen. »Sehr klar.«

»Dann wünsche ich dir noch einen guten Tag, Quin, und alles Gute.« Sie neigte steif den Kopf. »Ich werde jetzt gehen. Du findest ja wohl allein hinaus.«

Kapitel 13

In dem eine Ausfahrt in den Wald gemacht wird

Quin Hewitt hielt sein Wort. In den Tagen, die auf diese Begegnung folgten, sah Viviana ihn nur das eine Mal, als er auf seinem großen kastanienbraunen Pferd durch das Dorf ritt. Vor dem Black Lion stieg er ab, übergab die Zügel einem wartenden Dienstboten und verschwand in den Schatten des Taverneneingangs. Falls er sie gesehen hatte, was fast sicher der Fall gewesen war, so nahm er ihre Anwesenheit noch nicht einmal mit einem kurzen Gruß zur Kenntnis. Viviana sagte sich, dass sie darüber erleichtert war.

»Was um alles in der Welt haben Sie mit meinem Bruder angestellt?«, fragte Alice sie zwei Tage später.

Sie saßen vor dem Kamin im Schulzimmer, Alice mit ihrer Stickerei und Viviana mit einer Näharbeit. Sie warteten darauf, dass die Kinder ein Brettspiel beendeten, das Lottie von Arlington Park mitgebracht hatte. »Ich habe keine Ahnung«, murmelte Viviana. »Warum? Was hat er gesagt?«

Alice verzog den Mund zu einem wissenden Lächeln. »Sehr wenig.« Sie zog den Stickfaden fest. »Aber er ist so mürrisch wie ein alter Maulesel, und wir wagen es nicht, Ihren Namen in seiner Gegenwart auszusprechen. Mum ist schon ganz argwöhnisch.«

Viviana zuckte innerlich zusammen. »Es tut mir sehr leid, das zu hören.«

»Nun, mir nicht«, erklärte Alice. »Es lenkt ihre Aufmerksamkeit von meinem kleinen Fauxpas ab.«

»Ja«, erwiderte Viviana trocken. »Mr. Herndon am Busen der Familie willkommen heißen zu müssen ist das eine. Aber einen

Sohn zu haben, der mit einer italienischen Opernsängerin verbandelt ist, wäre absolut inakzeptabel, nicht wahr?

Alice erstarrte mitten in der Bewegung und sah Viviana direkt an. »*Sind* Sie denn mit meinem Bruder verbandelt?«

Viviana senkte den Blick. »Ich bin es nicht«, sagte sie fest.

»Wünscht er denn, dass Sie es wären?« Alice hatte ihre Stickarbeit noch nicht wieder aufgenommen.

Viviana schüttelte den Kopf. »Es liegt nur daran, dass Ihr Bruder auf dem Lande festhängt und Langeweile hat, würde ich meinen«, erwiderte sie. »Ich bin sicher, dass er an ein sehr viel aufregenderes Leben gewöhnt ist.«

Alice lachte. »Oh, in London ist Quin für sein aufregendes Leben berüchtigt«, räumte sie ein. »Aber nein, ich glaube nicht, dass das sein Problem ist. Genau genommen scheint er London überhaupt nicht zu vermissen. Henry sagt, dass Quin endlich seinen Platz auf Arlington Park gefunden zu haben scheint.«

Viviana lächelte. »Da wir gerade von Ihrem Verlobten sprechen – wie hält er sich?«

»Mum hat ihn aufgefordert, jetzt alle Mahlzeiten mit uns einzunehmen«, erwiderte Alice. »Und sie lässt den armen Mann keine Sekunde aus den Augen.«

»Warum nicht?«

»Ich glaube, sie befürchtet, er könnte den Eierbecher mit der Fischgabel verwechseln oder irgendetwas in der Art und uns alle unwiderruflich blamieren«, gestand Alice. »Und das ist alles so unnötig, Vivie. Henry stammt aus einer guten alten Familie aus Oxfordshire. Er ist jeder Zoll ein Gentleman.«

»Das muss seine Gefühle sehr verletzen.«

Alice biss den Faden ab. »Seltsamerweise kein bisschen«, lächelte sie. »Er sagt, dass Mum ein Recht darauf hat, nur das Beste für mich zu wollen.«

»Aber Mr. Herndon *ist* das Beste für Sie«, rief Viviana empört. »Weil Sie ihn lieben.«

»Und weil ich das schon immer getan habe«, bekannte Alice und steckte die Nadel im Stoff fest. »In drei Tagen werden wir verheiratet sein, und dabei wird es nicht viel ausmachen, was Mum denkt. Was mich an etwas erinnert – ich hoffe, das Wetter wird ihn heute Abend nicht daran hindern, heimzukommen. Ich hörte Basham sagen, dass sein schlimmes Knie sich wieder ganz steif anfühlt, und dass es deshalb morgen schrecklich kalt werden wird.«

»Für diejenigen von uns, die südländisches Blut in den Adern haben, ist es jetzt schon seit Wochen schrecklich kalt.« Viviana schauderte. »Wohin ist Mr. Herndon denn gefahren?«

»Mit Quin nach London«, erklärte Alice. »Um diese besondere Heiratslizenz zu bekommen, und um bei Hatchard's einige Weihnachtseinkäufe zu machen. Übrigens habe ich Quin gebeten, auch für Ihre Kinder ein paar Dinge mitzubringen.«

»Das hätten Sie nicht tun sollen, Alice«, tadelte Viviana. »Sie verwickeln sich in Dinge, die Sie nicht verstehen.«

Alice schob ihre Stickarbeit zurück in den Handarbeitskorb. »Oh, ich denke, ich habe die Situation erfasst«, lächelte sie. »Aber machen Sie sich deshalb keine Gedanken. Was ist mit unserem kleinen Abenteuer morgen? Ich hoffe, Sie haben ein paar alte Kleider – warme vor allen Dingen, möchte ich hinzufügen.«

»Was für ein Abenteuer ist das?«

»Unsere Fahrt in den Wald, um Tannengrün zu schneiden, vorausgesetzt, Henry kommt heim«, erinnerte Alice sie. »Wir werden den halben Nachmittag lang mit den Dorfkindern durch den Wald laufen. Ich hoffe nur, dass es nicht regnet. Weihnachten ist nur noch drei Tage hin.«

»Es wird höchstwahrscheinlich Schnee sein.« Viviana fröstelte bei dem Gedanken. »Oder Schneeregen.«

»Nun, Schnee ist hinnehmbar, vielleicht sogar schön«, stimmte Alice zu. »Aber Regen wäre das nicht. Unglücklicherweise sieht es schon grau draußen aus, und Bashams schlimmes Knie irrt sich nie.«

Aber Viviana stand am darauf folgenden Morgen nach einer wieder fast schlaflosen Nacht auf und stellte fest, dass es nicht geschneit hatte, obwohl der Himmel bleigrau war und eine seltsame, erwartungsvolle Stille schwer in der Luft lag. Unerklärlicherweise fühlte sie sich, als würde das Schwert des Damokles über ihr schweben und nur darauf warten, auf sie niederzusausen.

Alles wurde noch schlimmer, als während des Frühstücks eine Nachricht von Alice überbracht wurde. Sie schrieb, dass die Gentlemen in London aufgehalten worden waren und sich um einen Tag verspäten würden. Der Ausflug der Kinder musste also verschoben werden. Viviana konnte ihre Enttäuschung kaum verbergen. Sie sehnte sich nach Alice' Gesellschaft und, erbärmlicherweise, nach einer Nachricht von Quin. Stattdessen war sie ins Musikzimmer verbannt, wo sie den größten Teil des Tages an ihrer Harfe verbrachte und die melancholischsten Melodien spielte, die sie kannte.

Quins bittersüßer Vorschlag verfolgte sie in jedem wachen Moment – und auch in den vielen schlaflosen Nächten. War das also ihre Strafe? Jede Nacht aufzuwachen und die leidenschaftlichen Worte ihres Geliebten in ihrem Kopf widerhallen zu hören? Zu wissen, dass sie, abgesehen von der Tatsache, dass sie eine Lügnerin war, eine letzte Chance darauf gehabt hatte, glücklich zu werden? Und das mit Quin, dem Mann, den zu lieben sie nie aufgehört hatte?

Viviana war erleichtert, als sie am folgenden Nachmittag aus dem Fenster des Schulzimmers schaute und Alice und Henry Herndon vorfahren sah. Sie kamen mit dem Einspänner und zwei großen Wagen, von denen der eine bereits von den Dorfkindern besetzt worden war. Aber Vivianas Erleichterung war nur von kurzer Dauer, als sie sah, wer die beiden unerwartet begleitete.

Lady Wynwood saß so hoheitsvoll in der einspännigen, offenen Kutsche, als wäre es der eleganteste Landauer. Sie war in etwas eingehüllt, das wie eine dicke Wolldecke aussah, und sie trug einen Hut, der mit Bändern geschmückt war und sehr viel passender für eine Nachmittagsgesellschaft gewesen wäre.

Hinter Viviana im Schulzimmer stritten sich Nicolo und Felise um ein Paar roter Handschuhe, während Cerelia sich ihren Mantel anzog. Schließlich waren alle drei angezogen. Viviana griff nach ihrem Wollschal und folgte ihnen.

»Sind Sie sicher, Mylady, dass Sie nicht wünschen, dass ich mitfahre?«, fragte Miss Hevner.

Viviana schüttelte den Kopf. »Es besteht kein Grund, dass wir beide uns zu Tode frieren«, erwiderte sie und zog ihre Handschuhe an. »Außerdem möchte ich mit den Kindern zusammen sein. Warum genießen Sie nicht ein paar Stunden der Ruhe?«

Miss Hevner sah erleichtert aus.

Draußen liefen die Kinder um die Wagen herum und versuchten zu entscheiden, bei wem und auf welcher Seite des Wagens sie sitzen wollten. Die älteren Jungen saßen hinten und ließen die Beine herunterbaumeln. Cerelia sah sehnsüchtig zu ihnen hinüber, dann quetschte sie sich vorsichtig zwischen ihnen hindurch und ging nach vorne zu Lottie.

»Wollen Sie mir nicht Gesellschaft leisten, Contessa Bergonzi?«, rief Lady Wynwood von ihrem Einspänner.

Es wäre unhöflich gewesen, es abzulehnen. Alice saß bereits bei Mr. Herndon, der den ersten Wagen lenkte. »Ja, sehr gerne«, erwiderte Viviana und erklomm die Trittstufe, die heruntergeklappt worden war. Lady Wynwood reichte ihr die Hand und schon bald darauf saßen sie behaglich eingehüllt auf der Bank, mit dem Rücken zur Fahrtrichtung. Der Pferdeknecht schnalzte mit der Zunge, und das Pferd zog an. Der zweite Wagen bildete die Nachhut.

»Was für eine angenehme Überraschung, Sie zu sehen,

Ma'am«, begann Viviana das Gespräch. »Dies muss eine recht bedeutende Tradition hier im Dorf sein.«

Lady Wynwood stieß einen abschätzigen Laut aus. »Papperlapapp! Ich fahre sonst nie mit!«, erklärte sie. »Aber dieses Jahr hat meine Tochter mir keine andere Wahl gelassen.«

Eine Brise erhob sich jetzt und fuhr unter die Krempe von Lady Wynwoods Hut. Viviana wickelte ihren Schal fester und versuchte, ihre Ungläubigkeit zu verbergen. »Sie – Sie sind also hier, um dem Anstand genüge zu tun?«

»Oh Himmel, nein!«, rief Lady Wynwood und hielt mit einer Hand ihren Hut fest. »Nicht einmal ich bin eine so kleinliche Prinzipienreiterin. Ich bin hier, um mein Einverständnis mit dieser Heirat zu demonstrieren. Die Gesellschaft wird nach dem leisesten Anzeichen eines familiären Zerwürfnisses suchen. Und diese Genugtuung werde ich niemandem geben.«

Viviana brachte ein Lächeln zustande. »Ich bin überzeugt, dass Sie das Richtige tun, Ma'am.«

Lady Wynwood brachte es irgendwie fertig, die Nase zu rümpfen. »Ich tue stets das Richtige«, erklärte sie spitz. »Ob ich das nun möchte oder nicht.«

Genau in diesem Moment, als hätten ihre eisigen Worte es berufen, wirbelten Schneeflocken vom Himmel. Im Wagen vor ihnen jubelten die Kinder vor Freude.

»Mamma! Mamma!«, schrie Felise vom vorderen Wagen. »*Neve umida!* Schnee! Richtiger Schnee!«

Der Schnee war in der Tat sehr real, denn er war schwer und nass. Auf der Straße wurde er zu Matsch, aber nachdem sie um Hill Court und Arlington Park herumgefahren waren, eine Entfernung von zwei Meilen, war etwas Schnee auf den Hecken liegen geblieben. Eine weitere Meile später, auf der Straße nach Wendover, kamen sie am Cottage der Watsons vorbei. Sie sahen Lucy, wie sie in den kleinen Nebenhof lief und hastig bretttharte Wäsche vom Zaun und von den Sträuchern riss. Als sie die

Wagen sah, winkte sie mit einer steif gefrorenen Unterhose und rief den Kindern einen Gruß zu.

Bald darauf erreichten sie den großen Wald von Arlington Park. Mr. Herndon verlangsamte die Fahrt und lenkte jetzt einen Hügel hinauf, mitten hinein unter den Baldachin der Bäume. Sie fuhren etwas weniger als eine Meile weit, denn die Straße war wenig benutzt und nicht sehr breit. Hier gab es keine kahlen Winterzweige, die über ihren Köpfen knarrten. Stattdessen herrschte ein kaltes, starres Schweigen, nur durchbrochen vom Wind und seinem Rauschen in den üppigen dunklen immergrünen Tannen.

»Es ist wie in einem Zauberwald«, rief Cerelia und kletterte vom Wagen. »Schau, wie der Schnee durch die Bäume fällt!«

»Habt ihr in Venedig keinen Schnee?«, fragte Lottie.

»Ein bisschen.« Cerelia verzog das Gesicht. »Aber er schmilzt immer gleich wieder.«

»*Sì*, und das hier ist wunderschön, nicht wahr?« Viviana schloss Cerelia für einen Moment in die Arme. »Nimm Nicolo an die Hand, *cara*, und lass ihn nicht aus den Augen.«

Die Diener und zwei der älteren Jungen bekamen Sägen und wurden angewiesen, die Äste abzusägen. Die jüngeren Kinder sollten das Tannengrün dann zu den Wagen tragen, wo es aufgeladen wurde. Schon bald liefen alle aufgeregt zwischen den Bäumen umher, ihr fröhliches Rufen hallte durch die Stille des Waldes. Alice begleitete die Kinder, während Herndon ein Feuer mit dem trockenen Holz entfachte, das er mitgebracht hatte. Dann bedeckte er einen Baumstumpf mit einem großen, dicken Teppich und bat Lady Wynwood, darauf Platz zu nehmen.

Bald schon kamen die ersten Kinder zurück, die Arme voll beladen mit Tannenzweigen oder Körben mit Stechpalmenzweigen. Jedes Kind durfte so viel Tannengrün sammeln, wie nötig war, sein Zuhause oder die Dorfläden zu schmücken. Viviana beaufsichtigte die Kinder und achtete darauf, dass keines stolperte und auf den rutschigen Tannennadeln ausglitt.

Binnen kurzer Zeit waren die Böden beider Gespanne mit Tannenzweigen bedeckt. Es fiel noch immer Schnee, viel schneller jetzt, und Viviana spürte, dass es kälter geworden war. Sie waren jetzt schon eine Stunde im Wald, und der Wind war rauer geworden. Der wirbelnde Schnee wurde zu einem dichten Schneeregen. Das Feuer brannte noch immer hell, doch als trotz dessen Lady Wynwood mit den Zähnen zu klappern begann, waren schließlich auch beide Wagen mit Tannenzweigen und Stechpalme beladen. Mr. Herndon und die Diener riefen die Kinder zusammen, und Alice und Viviana begannen, sie durchzuzählen.

Mit rosa Wangen und roten Nasen kletterten die Kinder wieder auf die Wagen und plapperten dabei alle durcheinander. Es gab ein großes Hin und Her darüber, wer wie viel gesammelt hatte und wer von ihnen am härtesten gearbeitet hatte. Lady Wynwood beendete diesen Streit, indem sie auf ihre herrische Art Ben, den vierzehnjährigen Bäckerssohn, zum Sieger erklärte.

»Ich will hinten auf dem Wagen sitzen«, erklärte Lottie, als die Kinder auf den ersten Wagen kletterten. »Cerelia, Hannah und ich sind die Ältesten. Wir sollten am Ende sitzen, damit die Zweige nicht herunterfallen.«

»Also gut.« Herndon nickte zustimmend. »Die Jungen steigen auf diesen Wagen hier, die Mädchen auf den hinteren.«

Mit lautem Jubelgeschrei teilten die Mädchen und Jungen sich auf, die kleinsten Mädchen kletterten über Berge von Tanne und Stechpalme, um sich genau in die Mitte des Wagens zu setzen, wo sie wie die Hühner in einem Nest aus Grün saßen. Am offenen Wagenende sah Lottie sehr zufrieden mit sich aus und ließ ihre Beine triumphierend vor und zurück baumeln.

Herndon löschte das Feuer und schob Erde darüber. Der

Schneeregen würde sicherlich den Rest besorgen. Viviana wandte sich um und sah Christopher, der Nicolo an der Hand hielt, während er mit den Jungen auf den Wagen stieg.

»Ihr Enkel Christopher hat das Benehmen eines wahren Gentleman«, sagte sie zu Lady Wynwood, während sie ihr in den Einspänner half.

Lady Wynwood nahm dieses Kompliment mit einem leichten Neigen des Kopfes entgegen. »Alice hat ihre Kinder gut erzogen.« Dann fügt sie fast widerstrebend hinzu: »Ihre Mädchen zeigen aber auch ein ausgezeichnetes Benehmen. Aber was ist mit Ihrem Jüngsten? Ist er noch ein wenig schwierig?«

Nicolo war eine Herausforderung, und Viviana hatte kein Problem damit, dies zuzugeben. Sie verbrachten die Rückfahrt damit, sich über die Schwierigkeit auszutauschen, Jungen großzuziehen und sich ihres gegenseitigen Mitgefühls zu versichern. Lady Wynwood begann, ein wenig aufzutauen.

Am Fuß des Hügels lenkte Herndon den Wagen wieder auf die Hauptstraße. Doch als der Einspänner es ihm nachtat, verspürte Viviana plötzlich einen Schlag, als das Wagenrad unter ihr in den Matsch rutschte. Der Wagen hinter ihnen verlangsamte seine Fahrt. Viviana schaute hoch, um sich zu vergewissern, dass er ihnen folgte. Nach einem Moment sah sie ihn wieder in Sicht kommen, als er langsam um die Kurve bog.

Lady Wynwood neben ihr zitterte. Ihr Mantel und ihre schwere Decke reichten nicht, sie warm zu halten. Viviana schaute sich um, womit sie sich noch zudecken könnte. »Ach herrje«, sagte sie. »Ich glaube, wir haben diesen Teppich vergessen, auf dem Sie gesessen haben, Ma'am.«

Lady Wynwood schien von ihrer Fürsorge sehr angetan zu sein. »Wir hätten ihn uns jetzt gut über die Beine legen können, nicht wahr?«, bemerkte sie. »Wollen Sie die Decke mit mir teilen, Contessa?«

»Danke, es geht mir gut.« Aber die Erwiderung klang recht

kläglich angesichts des Schneeregens, der weiter auf sie herunterfiel, halb Eis und halb kalter, gefrierender Regen. Schließlich begann auch der dickste Wollmantel, feucht zu werden. Auf den Hecken und Bäumen entlang ihres Weges begann sich eine Eisschicht zu bilden, und Viviana fragte sich, ob sie den Hügel hinauf zu Lord Chesleys Haus würden bewältigen können.

Sie war erleichtert, als sie schließlich auf die geschwungene Einfahrt einbogen. Der älteste Junge sprang vom Wagen und begann, einen Teil der Tannenzweige vor der Haustür aufzutürmen. Herndon trug einem der Diener auf, die Köpfe der Pferde zu halten; dann sprang er ab, um Nicolo vom Wagen zu heben.

»Warum kommen Sie nicht herein und setzen sich für eine Weile ans Feuer«, schlug Viviana Lady Wynwood vor. »Chesley ist nicht zu Hause, aber bei seiner Rückkehr kann er Sie in einer geschlossenen Kutsche mit einem heißen Ziegelstein unter Ihren Füßen nach Hause fahren lassen.«

»Oh, ich denke nicht«, lehnte Ihre Ladyschaft ab. »Ich sollte die Heimfahrt lieber gleich hinter mich bringen.«

In diesem Augenblick fiel Vivianas Blick auf Alice, die sich zu Lottie hinunterbeugte, die vom letzten Wagen geklettert war. Viviana eilte zu ihr. »Ich denke, Sie sollten wieder einsteigen«, riet sie ihr. »Fahren Sie schnell nach Hause, bevor die Kinder sich noch den Tod holen.«

Dann fiel ihr Blick auf Lottie, die sich an die Hand ihrer Mutter klammerte und sehr blass aussah. Auch Alice sah besorgt aus.

Plötzlich traf es Viviana wie ein Blitz. »Lottie! Wo ist Cerelia?«

Alice legte Viviana die Hand auf den Arm. »Oh, Vivie, sie ist sich nicht sicher!«

»Was?« Panik ergriff Viviana. »Was meinen Sie damit? Was ist passiert?«

Alice' Griff wurde fester. »Oh, Viviana, ich glaube, sie ist noch im Wald!«, rief sie. »Henry! Henry! Komm schnell!«

Sogar Lady Wynwood war aus dem Einspänner gestiegen. »Was ist geschehen?«, fragte sie in schrillem Ton. »Wer ist nicht da?«

Die Kinder redeten wild durcheinander, die meisten stiegen von den Wagen, um zu sehen, was die Aufregung zu bedeuten hatte.

»Cerelia ist zurückgelaufen, Mummy«, sagte Lottie weinerlich. »Sie ist auf den Wagen gestiegen, ist dann aber wieder heruntergesprungen.«

Viviana kniete sich hin und nahm das Kind an den Armen. »Aber warum, Lottie?«, fragte sie und bemühte sich, ihre Stimme ruhig klingen zu lassen. »Und wo?«

Sie konnte spüren, dass Herndon jetzt voller Sorge auf sie herunterschaute. Lottie schniefte jämmerlich. »Es … es war unten beim Hügel«, flüsterte sie. »Ehe wir auf die Straße nach Wendover eingebogen sind. Sie hat gesagt, dass sie etwas verloren hat.«

»Du lieber Gott!«, erschrak Alice. »Was denn?«

»Ich weiß es nicht«, jammerte Lottie. »Sie hat nur gesagt, dass sie es wiederfinden muss. Dass sie zurückgehen muss und uns dann einholt.«

»*Dio mio!*«, flüsterte Viviana.

»Ich – ich dachte, sie würde das schaffen«, schluchzte das Kind. »Cerelia kann so schnell rennen. Aber – aber wir sind die ganze Straße nach Wendover gefahren, und dann – dann die Dorfstraße, und sie ist nicht gekommen, und ich wusste nicht, was ich tun sollte!«

Lottie schluchzte jetzt herzzerreißend. Viviana versuchte, ihre Angst niederzukämpfen, und zog das Kind an sich und umarmte es rasch. »Es ist nicht deine Schuld.« Dann stand sie auf. »Ich brauche ein schnelles Pferd.« Ihr Blick fiel auf einen von Chesleys Dienstboten, der einen Schirm über Lady Wynwood hielt. »Wardell, gehen Sie zu den Ställen. Sagen Sie dort, man soll Champion satteln, und bringen Sie ihn sofort her.«

Wardell schaute zögernd auf Lady Wynwood. Diese riss ihm den Schirm aus den Händen. »Grundgütiger! Mann!«, befahl Ihre Ladyschaft. »Gehen Sie! Nun gehen Sie schon!«

Ohne den Schirm rannte Wardell den Hügel hinunter.

»Ich werde die Kinder hierlassen«, sagte Herndon hastig. »Ich muss sofort zurück in den Wald.«

»Ein Wagen ist zu langsam«, widersprach Viviana. »Bringen Sie alle rasch nach Hause, Mr. Herndon. Die Kinder sind durchnässt, und ihnen ist kalt. Ich werde zurückreiten und Cerelia holen.« Sie versuchte mit aller Kraft, ihrer Panik Herr zu werden, aber selbst sie konnte sehen, dass ihre Hände zitterten. »Ich brauche nur eine Decke und – und ein –«

»Was, wenn Cerelia sich verirrt hat, Contessa?«, unterbrach Herndon sie. »Sie kennen sich hier nicht aus.«

»Und was ist, wenn sich eines der anderen Kinder erkältet?«, fragte Viviana. »Sie müssen ihre nassen Sachen loswerden und brauchen etwas Warmes zu trinken. Außerdem ist ein Pferd schneller. Aber Sie kommen mir nach, Herndon, so schnell Sie können, *sì*?«

Herndon nickte. »Wir müssen die Kinder aufteilen«, mischte Alice sich ein. »Henry, du übernimmst die Kinder aus dem Dorf.«

»Wo ist Lord Chesley?«, wollte Herndon wissen.

»Er und die anderen Gentlemen sind den Nachmittag über nicht zu Hause«, erklärte Viviana. »Sie werden nicht vor dem Abendessen zurückerwartet.«

Aber Alice hatte schon das Heft in die Hand genommen und scheuchte die Kinder zurück auf die Wagen. »Alle wieder auf die Wagen! Schnell! Ganz schnell jetzt! Wir müssen zurück nach Arlington Park und Quin holen.«

Quin. Alice sprach den Namen aus, als wäre das selbstverständlich. Gott sei Dank! Quin würde wirklich wissen, was zu tun war. Viviana spürte, wie eine Welle der Erleichterung sie durchströmte.

»Danke, Alice!« Sie blickte über die Schulter, während sie Felise zur Tür hineinschob. »Sagen Sie ihm ... oh bitte, sagen Sie ihm, er muss sich beeilen! Ich treffe ihn an der Straße nach Wendover.«

Alice nickte angespannt. »Cerelia holt sich da draußen sonst den Tod.«

Herndon gab seinem Pferd die Peitsche und der Wagen fuhr los.

Während Viviana trockene Kleider anzog und sich einen von Chesleys alten Mänteln überwarf, brachte man ihr Pferd. Der Schneeregen war in einen kalten, dichten Regen übergegangen, der in Schwaden über die Auffahrt getrieben wurde.

»Es wird bald dunkel, Mylady«, rief Wardell ihr durch den Regen zu, als sie in den Sattel stieg.

Viviana nickte. »Halten Sie nach Lord Wynwood Ausschau«, rief sie. Dann wendete sie das Pferd in einem kleinen Kreis und galoppierte die Auffahrt herunter.

Quin saß in seinem Arbeitszimmer und versuchte, die alten Geschäftsbücher seines Vaters zu verstehen. Sein Denken war vom gleichmäßigen Geräusch des Regens fast eingeschläfert, als Henry Herndon durch die Terrassentür hereinstürmte. Wasser tropfte von seinem Mantel und von seinem Hut.

»Verdammt, Mann!«, sagte Quin und sprang von seinem Stuhl auf. »Was treiben Sie denn bei dem Wetter draußen?«

Herndon brauchte nur einen Augenblick, es zu erklären. Quin war sofort von tiefer Sorge erfüllt. »In weniger als zwei Stunden wird es stockfinster sein«, sagte er besorgt. »Wir dürfen keine Zeit verschwenden. Klingeln Sie nach jemandem, der dafür sorgt, dass mir mein Pferd gebracht wird.«

»Ich habe beim Stall schon Bescheid gesagt«, erklärte Herndon. »Man wird Ihr Pferd und meines bringen.«

Quin warf ihm einen raschen, abwägenden Blick zu. »Dann ziehen Sie sich vorher was Trockenes an«, riet er. »Sie nehmen den Weg durch das hintere Tor. Ich werde die Dorfstraße entlangreiten und dann am Cottage der Watsons vorbei.«

»Ein guter Plan«, stimmte Herndon zu. »Wenn wir aus entgegengesetzten Richtungen kommen, wird einer von uns sie bestimmt finden.«

Quin war schon dabei, seinen Gehrock abzustreifen, während er zur Tür ging. »Wenn Sie sie zuerst finden, Herndon, bringen Sie sie in das nächste Haus«, befahl Quin. »Hierher. Oder nach Hill Court. Zu den Watsons. Wo am schnellsten heißes Wasser und ein Feuer zur Verfügung stehen.«

»Ja, Sir.«

Quin hatte seine Hand schon auf der Türklinke, als Herndon weitersprach. »Mylord, ich sollte Sie darüber in Kenntnis setzen, dass Contessa Bergonzi uns vorausgeritten ist«, teilte er ruhig mit. »Die Gentlemen waren nicht zu Hause. Als ich Hill Court verlassen habe, hat sie sich gerade ihr Pferd satteln lassen.«

Quin fluchte laut. »Was zum Teufel denkt sie sich dabei? Eine Frau hat in einem solchen Unwetter da draußen nichts verloren! Sie kennt sich hier nicht einmal aus.«

»Ich habe versucht, sie davon abzuhalten, Mylord«, erwiderte Herndon. »Aber sie wollte nichts davon hören.«

Quin ging jetzt den schmalen Korridor hinunter auf die Treppe zu. »Verdammt starrsinnige Frau«, knurrte er.

Herndon tippte ihm auf die Schulter, gerade bevor Quin die erste Stufe betrat.

Quin fuhr herum. »Was noch?«

Herndon wich nicht zurück. »Haben Sie Nachsicht mit Contessa Bergonzi, Mylord«, sagte er leise, die Hand noch auf Quins Schulter. »Das kleine Mädchen ist schließlich ihr Fleisch und Blut.«

»Na und?«, schnappte Quin. »Cerelia ist deshalb noch immer nicht gefunden. Sie ist noch immer in ernster Gefahr.«

Herndon zuckte die Schultern. »Ich habe keine Kinder«, sagte er ruhig. »Ich kann mir die Angst nicht vorstellen, die diese arme Frau jetzt aussteht. Können Sie das?«

Quin kämpfte einen Moment lang gegen seine eigene Panik an. Für ihn fühlte sich das sehr nach Angst an. Draußen war es bedrohlich kalt und nass, und zudem würde es auch bald dunkel werden. Es gab nur wenig Schutz an der Straße nach Wendover, es sei denn, Cerelia hätte den Weg zu Lucy Watsons Cottage gefunden oder wäre sechs Meilen in die entgegengesetzte Richtung gelaufen und auf das verlassene Cottage gestoßen. Wie standen die Chancen dafür? Er befürchtete bereits das Schlimmste. Mandelentzündung. Rippenfellentzündung. Lungenentzündung. Empfand Viviana diese Ängste noch stärker? Wenn ja, mochte Gott ihr beistehen. »Nein, Herndon«, sagte er mit einem Seufzen. »Nein, vermutlich können wir uns das nicht vorstellen.«

Der Ritt zurück zur Straße nach Wendover führte nur zwei Meilen über vertraute Wege. Vor Sorge um Cerelia ganz krank, trieb Viviana ihr Pferd an, und es gehorchte ihr bereitwillig. Sie ritt viel zu schnell für dieses Wetter, das wusste sie. Aber Cerelia würde inzwischen nass bis auf die Haut und wahrscheinlich halbtot vor Angst sein. Vivianas mütterlicher Instinkt trieb sie immer weiter und schneller durch den strömenden Regen. Sie hoffte nur, dass Champion die Straße vor sich ein wenig besser erkennen konnte als sie.

Plötzlich tauchte eine Kreuzung vor ihnen auf, die Hinweisschilder waren im dichten Regen nicht zu lesen. Viviana wandte sich nach rechts und trieb das Pferd hügelan. Aber nach weniger als einer halben Meile wurde ihr klar, dass sie diese Gegend nicht kannte. Die Hecken waren höher und wuchsen zu dicht. Der Weg war zu schmal. Panik schoss in ihr Herz. Die falsche Abzweigung? Lieber Gott, hatte sie den falschen Weg genommen? Sie war erst zwei Mal auf diesem Weg gewesen, ein Mal davon zu Fuß mit Lucy.

Abrupt ließ sie das Pferd halten und drängte es scharf herum. Champion versuchte zu gehorchen, aber es war sinnlos. Auf der nassen Straße war die Wegbefestigung zu rutschig geworden. Zwischen nassem Laub und losen Steinen verlor das Pferd den Halt und musste kämpfen, auf den Beinen zu bleiben. Vivianas Gebete, dass sie im Sattel bleiben möge, blieben unerhört. Sie verlor das Gleichgewicht und fiel in den Graben. Bei dem Versuch, den Sturz abzufangen, verstauchte sie sich Hand- und Fußgelenk.

Mit einem leisen Fluchen versuchte sie, sich aus dem Graben zu ziehen, doch ein greller Schmerz stach durch ihren Arm. Einen Augenblick lang lag sie einfach nur da, verwirrt, sich kaum des kalten Wassers bewusst, das durch Chesleys Mantel und sogar ihr Wollkleid drang.

Cerelia! Ihr armes Baby! Das Kind war ganz allein in diesem schrecklichen, unnachgiebigen englischen Wetter – und es war alles Vivianas Schuld. Sie richtete sich mühsam zum Sitzen auf und lockte Champion mit einem Schnalzen zu sich. Das große Pferd gehorchte, kam an den Graben und schnaubte nervös. Der Steigbügel baumelte nur ein paar Zentimeter von Vivianas Reichweite entfernt.

Aber was würde sie tun, wenn sie ihn zu fassen bekam? Sie würde nicht aufsteigen können. Und ihr Handgelenk war zu nichts zu gebrauchen. Wie sollte sie Cerelia tragen? Heiße Tränen sprangen ihr in die Augen. Der Fuß war verstaucht, wenn nicht sogar gebrochen. Sie würde auf dem unverletzten Bein stehen und sich an Champion abstützen müssen. Und sie würde zu Fuß nach Hill Court zurückgehen müssen; sie musste ihnen sagen, dass sie versagt hatte und dass jemand anderer hinausgehen und tun musste, wozu sie nicht fähig gewesen war.

Und dann dachte sie an Quin.

Erleichterung durchströmte sie. Herndon war losgeritten, um ihn zu holen. Er würde jeden Moment zu Cerelia eilen; daran hatte sie keinen Zweifel. Und er würde auch nach ihr sehen. Er würde nicht auf diesem gottverlorenen kleinen Pfad suchen, aber er würde sich antreiben, und er würde Cerelia schließlich finden. Er war unnachgiebig, wenn er etwas wollte. Ja, Quin würde sie finden. Daran musste sie glauben.

Viviana begann, zu zittern. *Dio*, sie musste irgendetwas tun! Welchen Nutzen würde sie schon für Cerelia haben, wenn Quin sie nach Hause gebracht hatte? Wenn sie dann einfach nur dalag und an Cholera litt – oder was auch immer man von kaltem, schmutzigem Wasser bekam?

Gerade in diesem Moment kam Champion noch ein paar Zentimeter näher zum Rand. Viviana packte den Steigbügel und zog sich irgendwie daran hoch. Der Schmerz war schlimm. Mit Champions Zügeln in der Hand und sich mit der unverletzten Hand auf dem Steigbügel abstützend schaffte sie es, den Weg ein paar Meter entlangzuhumpeln. Sie schlug die Richtung nach Hill Court ein und begann, stumm zu beten.

Kapitel 14

In dem Lucy fast ein Geheimnis preisgibt

Als Quin das Torhaus von Arlington Park erreichte, war er bis auf die Haut durchnässt. Durch die Abenddämmerung sah er den Lichtschein durch die Fenster der Häuser des Dorfes fallen, auch aus Tante Charlottes Salon. Die Häuser und Läden entlang der schmalen Straße zu seiner Linken lagen still da. Das Schild des *Black Lion* schwang wild in seiner schmiedeeisernen Halterung hin und her, das Geräusch hallte schrill in Quins Ohren wider. Er wandte sich um und ritt in die entgegengesetzte Richtung.

Der Regen ließ nicht nach und strömte in kleinen Sturzbächen von seiner Hutkrempe. Entlang der Hauptstraße konnte er keine Menschenseele entdecken, und er gelangte ohne Zwischenfall an den schmalen Weg, der zum Tannenwald von Arlington führte. Hier stieg er ab, um zu Fuß weiterzugehen. Dabei rief er immer wieder laut nach Cerelia. Er hielt es für möglich, dass sie in den Hecken, die den Pfad säumten, Schutz gesucht hatte.

Ein Teil von ihm fragte sich, warum er das hier tat. Sicherlich hätte er auch seine Dienstboten losschicken und von ihnen die Hügel und Wälder durchkämmen lassen können – und vermutlich würde er das auch noch tun, wenn das Kind jetzt nicht zu finden war. Doch ein weitaus größerer Teil von ihm war aufrichtig besorgt. Er mochte das kleine Mädchen. Das lag zum einen gewiss in seiner Liebe zu Viviana begründet. Und doch ging es darüber hinaus – auf eine Weise, die er nicht einmal sich selbst erklären konnte.

Er fragte sich, wie weit voraus Viviana ihm sein mochte, und betete darum, dass der heftige Regen sie veranlasst hatte, zum Haus von Lucy Watson oder zum verlassenen Cottage zu reiten. Dort lag alles für ein wärmendes Kaminfeuer bereit. Er hoffte, sie würde daran denken, es anzuzünden.

Das Herz tat ihm weh, wenn er daran dachte, mit wie viel Bitterkeit er und Viviana nach ihrer letzten Begegnung auseinandergegangen waren. Aber welche Wahl hatte sie ihm gelassen? Sie war auf der Hut, was ihre Gefühle betraf, und das aus einem Grund, den er nicht verstehen konnte. Er glaubte keinen Augenblick lang, dass Viviana sich von seiner Mutter eingeschüchtert fühlte. Nein, es war etwas anderes. *Etwas, was weitaus schmerzlicher ist als das,* dachte er. Vielleicht hatte es mit ihrer ersten Ehe zu tun?

Ich weiß nur eines, caro, hatte sie zu ihm gesagt, *dass es einfacher ist, einen Mann zu heiraten, den man nicht liebt, als einen Mann zu heiraten, von dem man nicht geliebt wird.*

Seit jenem schrecklichen Tag hatte Quin sehr viel über ihre seltsame Äußerung nachgedacht und war zu dem Schluss gekommen, dass es in der Tat kluge Worte waren. Auch auf ihn hatte das zugetroffen, oder nicht? Quin war vollkommen zufrieden gewesen, Miss Hamilton zu heiraten, die er nicht geliebt hatte. Aber wenn Viviana jetzt auf den Knien zu ihm käme und ihn anflehen würde, sie zu nehmen, ihn anflehen würde, der Vater für ihre Kinder zu sein und sie mit seinem Namen und seiner Ehre zu beschützen bis in alle Ewigkeit – nein, er würde es nicht tun. Nicht, bis sie ihm sagte, dass sie ihn liebte. In dieser Hinsicht hatte er noch nicht aufgegeben. Während seiner Fahrt mit Herndon nach London hatte er lange und intensiv über Viviana nachgedacht. Und er hatte jetzt, wie Alasdair so gern sagte, noch einen Trumpf im Ärmel.

Aber das alles muss im Moment zurückstehen, sagte er sich. Cerelia war alles, was jetzt wichtig war. Er ging weitere zwei Meilen zu Fuß, rief zuerst nach Cerelia, dann nach Viviana.

Schließlich erklomm er einen hohen Hügel und schaute herunter auf das Cottage der Watsons, das behaglich hinter seiner Steinmauer lag und dessen Licht hinter dem Fenster wie ein Leuchtturm der Hoffnung schimmerte.

Dort, so betete er, würde er Cerelia finden. Lucy war eine vernünftige Frau. Sie würde die Kleine vor dem Kamin in eine Wanne mit heißem Wasser stecken und ihren Magen mit heißem Haferbrei füllen. Er fühlte sich von einer seltsamen Hoffnung erfüllt, als er rasch den Hügel hinunterschritt.

Auf sein lautes Klopfen hin kam Lucy selbst an die Tür. Sie machte große Augen, als Quin das Wasser von seinem Hut schüttelte und sich unter dem niedrigen Türsturz hindurchbückte und das Haus betrat.

»Mylord!« Sie machte rasch einen Knicks. »Was um alles in der Welt ...«

Durch die breite Küchentür konnte er die Kinder am Tisch sitzen sehen. Cerelia war nicht dabei. Er sah Lucy an, aber sein Gesicht musste seine Enttäuschung verraten haben. »Ich bin wegen Cerelia gekommen«, sagte er. »Lucy, was können Sie mir über sie sagen? Irgendetwas?«

Lucys wurde blass. »Ich – ich bitte um Verzeihung, Sir?«

»Sie haben doch inzwischen sicherlich Viviana gesehen?«, sprach er weiter. Es machte ihm Angst, dass Lucy ihn so seltsam ansah. »Sicherlich wissen Sie es schon?«

Die Verwirrung in Lucys Augen löste sich. »Oh, sie hat Ihnen endlich alles gesagt, nicht wahr?« Ihre Stimme wurde plötzlich ganz leise. »Nun, dem Himmel sei Dank, Mylord. Es war mir in all diesen Jahren eine schwere Bürde.«

Einen Moment lang stand Quin nur da. Das Wasser tropfte von seinem Mantel auf Lucys Fußboden. »Es tut mir leid«, sagte er schließlich. »Wir ... wir scheinen aneinander vorbei zu reden.«

Lucy wurde plötzlich kalkweiß im Gesicht. »Ich – ich bitte um

Verzeihung«, wiederholte sie. »Ich fürchte ... ich fürchte, ich habe Sie missverstanden. Weshalb sind Sie gekommen, Sir?«

Quin sah sie fragend an. »Cerelia hat sich heute Nachmittag von den anderen Kindern getrennt«, erklärte er ruhig. »War Viviana nicht hier, um nach ihr zu suchen?«

Noch immer sehr blass, schüttelte Lucy den Kopf. »Es ist niemand hier gewesen, Mylord, seit Mr. Herndon heute Nachmittag mit den Wagen vorbeigekommen ist«, flüsterte sie. »Was kann dem armen Kind nur geschehen sein?«

»Ja, und was ist mit Viviana?«, erwiderte er grimmig. »Sie sollte vor mir hier entlanggekommen sein. Ich hatte gehofft, sie wäre hier.«

Lucy berührte ihn leicht am Ellbogen. Die Farbe war in ihr Gesicht zurückgekehrt. »Kommen Sie herein und ans Feuer, Mylord. Sie holen sich in den nassen Sachen noch den Tod.«

Er schüttelte den Kopf und setzte sich den Hut wieder auf. »Ich muss Cerelia finden, und jetzt auch Viviana. Wir können von Glück sagen, wenn das Kind sich keine Erkältung oder Schlimmeres holt.«

Lucy nickte und öffnete die Tür. »Ich werde eine Lampe ins Fenster stellen, Mylord«, versprach sie. »Wenn Sie sie finden, bringen Sie sie sofort hierher, und ich werde dafür sorgen, dass sie sich hier aufwärmen kann.«

Jenseits der Tür hörte man noch immer den strömenden Regen. Quin nickte angespannt, duckte sich, als er durch die Tür hinaus in den Regen trat. Vage fragte er sich, was mit Lucy Watson los gewesen war. Sie hatte vorhin irgendetwas gesagt – etwas Wichtiges, das ihm wieder entfallen war. Aber er konnte jetzt nur an Cerelia und Viviana denken, und an den brennenden Wunsch, beide zu finden.

Als die Dunkelheit näher gekrochen kam, ließ der Regen etwas nach, und Quin fand sich am Fuß des alten Waldweges wieder. Das war der Weg in den Tannenwald, den Herndon vermutlich gefahren war. Dort, so hatte Lottie berichtet, war Cerelia vom Wagen gesprungen und zurück in den Wald gelaufen. Einen Versuch würde es sicherlich wert sein. Die Straße war so gut markiert, dass auch ein Kind, das Angst hatte, den Weg aus dem Wald wiederfinden würde. Aber irgendetwas, vielleicht sein Instinkt, trieb ihn weiter vorwärts.

Quin stieg wieder aufs Pferd und überließ es ihm, sich seinen Weg den schmalen, von Tannennadeln bedeckten Pfad entlang zu suchen. Wenigstens hatte der Regen nachgelassen. Er nahm den Geruch von nasser Asche wahr, noch bevor er die Feuerstelle sah. Es gab eine alte Feuerstelle in der Nähe der Wegbiegung, erinnerte er sich. Und jemand hatte sie vor Kurzem benutzt. Höchstwahrscheinlich Herndon. Noch immer trieb Quin die Hoffnung den Hügel hinauf, dabei rief er immer wieder Cerelias Namen in die Dämmerung.

Auf der Lichtung lag neben der rauchenden durchnässten Feuerstelle etwas, das wie ein Bündel alter Kleider aussah. Er sprang vom Pferd, band die Decke los, die er mitgenommen hatte, und lief den Rest des Hügels hinauf. »Cerelia?«

Das Bündel bewegte sich, richtete sich auf. Eine Flut bronzefarbener Haare quoll darunter hervor, und zwei blaue Augen schauten zu ihm hoch. Quin fiel auf die Knie und zog das Kind heftig an sich. »Cerelia, Gott sei Dank!«, flüsterte er. »Oh Kind! Wo warst du nur?«

Cerelia brach in Tränen aus. Quin wusste nicht, was er tun sollte, und zog sie noch enger in seine Arme. Ihr ganzer Körper schien zu beben. Quin drückte die Lippen auf ihren Scheitel und schaute sich dabei um.

Das Kind hatte unter einer Art altem Teppich oder alter Pferdedecke gehockt, wie es schien. Das Feuer war aus dicken, schweren Scheiten gemacht worden, die kaum gebrannt hatten, und dann ausgetreten worden. Herndons Werk, vermutete er. Aber es sah so aus, als wäre Cerelia so gescheit gewesen, es für eine Weile wieder zum Brennen zu bekommen. Ein wenig Wärme strahlte vom Boden ab, und der Rauchgeruch lag dick in der Luft.

»Das war sehr klug von dir, Cerelia, das Feuer wieder anzufachen.« Sanft tätschelte er ihre schmalen Schultern. »Geht es dir gut, meine Kleine?«

Ihre Schluchzer klangen jetzt wie Schluckauf. Sie fühlte sich wie ein zerbrechliches, fast flüchtiges Wesen in seinen Armen an. Wie etwas Kostbares, das jeden Moment seinen Händen entgleiten konnte. In seiner Kehle saß ein fürchterlicher Knoten, und alles in ihm wünschte, sie zu beschützen. Schließlich hob sie den Kopf.

»Ich – ich dachte, jemand w-würde zurückkommen und mich holen!«, schluchzte sie.

Er küsste sie auf die Stirn. »Das sind wir auch, Mäuschen«, erwiderte er. »Es tut mir leid, dass wir so lange gebraucht haben.«

»Ich hab versucht, die anderen einzuholen«, wimmerte sie zwischen zwei Schniefern. »Aber als ich zur Straße kam, da – da wusste ich nicht mehr, ob ich nach links oder nach rechts gehen musste. Ich habe Angst bekommen. Ich wusste nicht, was ich tun sollte.«

Quin neigte den Kopf zu ihr. »Und deshalb bist du hierher zurückgegangen und bist hier geblieben, nicht wahr? Das war sehr klug«, tröstete er sie. »Und jetzt lass uns dich in eine Decke wickeln und ein schönes warmes Feuer finden.«

Cerelia schniefte laut und entzog sich ihm. Erst jetzt bemerkte er, dass sie eine Hand fest zur Faust geschlossen hielt. »Bekomme ich – bekomme ich jetzt Schelte?« Sie starrte auf ihre Faust.

Quin legte den Finger unter ihr Kinn und hob ihr Gesicht an. »Unfälle geschehen nun mal, Mäuschen. Warum solltest du Schelte bekommen?«

Langsam öffnete Cerelia die Faust. Im schwindenden Tageslicht erkannte Quin etwas Metallenes in ihrer Hand. Sie hatte die Finger so fest darum gepresst, dass der große, eckige Stein einen tiefen Eindruck in ihrer Handfläche hinterlassen hatte. Quin nahm den Gegenstand und betrachtete ihn. Das Schmuckstück wirkte im Dämmerlicht leblos, doch er erkannte sofort den seltsamen Anhänger wieder, den Cerelia an einer Kette um den Hals getragen hatte.

»Ist das der Anhänger, den du verloren hattest, Cerelia?«, fragte er ruhig. »Bist du wegen des Anhängers zurückgegangen? Um ihn zu suchen?«

Das Kind nickte stumm.

»Sollst du ihn nicht tragen?«

Sie schüttelte den Kopf.

»Dann gehört er also nicht dir?«

»Nein, er … er gehört mir«, gestand sie. »Mamma hat ihn mir gegeben. Vor langer Zeit. Das ist mein Zauberring. Er hat eine besondere Macht. Aber sie möchte nicht, dass ich ihn trage.«

Ihre Mutter hatte ihn ihr gegeben?

Warum hatte Viviana gelogen? Cerelia hatte ihn also nicht »gefunden«. Und er schien echt zu sein. Ein seltsam unwirkliches Gefühl ergriff Quin, während er den Stein betrachtete. Eine Art von Betäubung – und wiederum doch eine prickelnde Lebendigkeit. Als wäre ihm das Bein eingeschlafen, und jetzt kehrte das Gefühl zurück, Nerv um Nerv, und der Schmerz dabei war größer als zuvor. Nur dass es nicht sein Bein war, das wehtat, sondern sein ganzer Körper. Sein Verstand. Sein Herz. Eine Flut von Gefühlen und ein Verdacht, die ihn atemlos machten. Und dann eine marternde Gewissheit. Er fühlte sich wie erstarrt, wie festgewachsen auf dem Waldboden. Er hielt Cerelia noch immer in seinen Armen.

Es ist nur etwas, was Cerelia gefunden hat. Vivianas tonlos gesprochene Worte hallten in seinem Kopf wider. Lügen. Lauter Lügen.

Er hielt den großen Rubin in das, was vom Tageslicht noch übrig war. Er fühlte sein Herz in der Brust pochen. »Was ist damit passiert, Cerelia?«, fragte er gepresst. »Wie … wie ist er kaputt gegangen?«

Ein Ausdruck, der nur Angst genannt werden konnte, huschte über ihr Gesicht. »Mein – mein *Papà* – Gianpiero – er war sehr wütend«, flüsterte sie.

»Was hat er getan?« Quins Stimme war nur noch ein raues Flüstern.

Ihre großen unschuldigen Augen schauten ihn traurig an. »Das darf ich Ihnen nicht sagen.«

Irgendwie brachte er ein Lächeln zustande. »Es ist in Ordnung, Cerelia. Du musst es mir sagen.«

Das Kind befeuchtete sich unschlüssig die Lippen. »Ich glaube, er – er wollte nicht, dass Mamma ihn trägt«, bekannte sie. »Er – er hat ihn ihr vom Finger gerissen. Und dann hat er mit einem – mit einem *martello* darauf geschlagen. Das ist so ein Ding, mit dem man schlagen kann.«

Quin versuchte, sich zu erinnern. »Ein – ein Hammer?«

»Ein Hammer«, bestätigte sie. »Ein ganz großer, für den Garten. Um Steine zu zerschlagen.«

Großer Gott! Ein Vorschlaghammer?

Cerelias Blick war von Entsetzen verschleiert, als ob sie nicht mehr die Gegenwart sähe, nur noch die Vergangenheit. »Er hat ihn zerschlagen«, flüsterte das Kind. »Und hat sehr schlimme Worte gesagt. Er hat gesagt, er liebt mich nicht. Und dass Mamma eine … eine … Oh, ich weiß das Wort nicht! Etwas ganz Hässliches. Sie hat geweint und ihn gebeten, ihr den Ring zurückzugeben, damit ich ihn statt ihrer haben kann. Aber das hat ihn nur noch wütender gemacht, und dann hat er … er hat –«

»Er hat was, Cerelia?«

Das Kind schaute zu Boden. »Ich – ich kann mich nicht erinnern«, wisperte er.

Quin schaute in das Gesicht der Kleinen. Er glaubte keine Sekunde lang, dass sie sich nicht erinnerte. Ihr Gesicht trug den Ausdruck von jemandem, der sich nur allzu gut erinnerte. Aber an was? Lieber Gott, was hatte dieses Kind ertragen müssen? Einen Augenblick lang fürchtete er, ihm würde schlecht werden. Er fühlte sich im Innern buchstäblich zittern, vor Zorn und Furcht und von dem übermächtigen Wunsch beben, Cerelia für immer so zu halten und sie nie wieder loszulassen. Er schloss die Arme fester um sie, und sie schmiegte sich an ihn.

»Du musst dich nicht erinnern, Cerelia«, beruhigte er sie leise. »Und ich werde dich nicht mehr danach fragen. Denk nie wieder daran. In Ordnung?«

»In Ordnung.« Die Worte, voller Erleichterung, wurden an seine Brust gemurmelt.

Cerelia. Armes, wunderbares Kind! *Sein* Kind – ausgeliefert der Gnade eines wahnsinnigen Irren! Gott verdamme Viviana Alessandri dafür in die Hölle. Und *ihn* auch.

Der Wind frischte plötzlich auf und brachte Quin zurück in die Realität. Er musste sich zusammenreißen. Er musste Cerelia aus der Kälte bringen. Es war seine Pflicht, im wahrsten Sinne des Wortes. Eine seit Langem überfällige Pflicht. Vorsichtig steckte er den Anhänger und die Kette in seine Manteltasche. Von hier aus gab es eine Abkürzung quer durch den Wald, die ihn direkt nach Hill Court bringen würde. Er betete darum, dass er sich an den Weg erinnerte.

»Komm, Mäuschen«, flüsterte er und entfaltete die Decke, die er mitgebracht hatte. »Lass uns dich sicher nach Hause bringen.«

Ihre Unsicherheit kehrte zurück, aus großen Augen sah sie ihn an. »Ich w-will meine Mamma«, jammerte sie. »Ich-ich will nicht, dass sie böse auf mich ist.«

Mit Cerelia in seinen Armen stand Quin stand auf. Noch immer zitterte er vor Zorn. »Keine Angst, Süße«, beruhigte er sie, während er sie den Hügel hinunter zu seinem Pferd trug. »Sie wird nicht böse auf dich sein.«

Cerelia kuschelte sich tiefer in die Decke. »Sind Sie – auch ganz sicher, Mylord?«

Irgendwie brachte Quin noch ein Lächeln zustande. »Ich verspreche es dir, Cerelia«, erwiderte er und gab ihr einen Kuss auf die Nasenspitze. »Und ich halte meine Versprechen immer. Glaub mir – dieser verlorene Ring wird bald die geringste Sorge deiner Mutter sein.«

Viviana war in Tränen aufgelöst, als ihr Vater und Lord Chesley nach Hause zurückkehrten. Sie hatte sich in der letzten halben Stunde mit Signora Rossi, der alten Kinderfrau auseinandergesetzt, aber ohne Erfolg. Basham hatte jeden Dienstboten und jeden Knecht mit Laternen hinaus in die Dunkelheit geschickt, aber das alles hatte Viviana nicht beruhigen können. Sie verlangte, in einen Wagen gesetzt zu werden, um weiter nach Cerelia suchen zu können, aber Basham und Signora Rossi hatten sich gegen sie verschworen und sie nicht aus dem Haus gelassen. Sie wäre eine Närrin, hatte die alte Amme beharrlich wiederholt, das Haus zu verlassen, wenn Cerelia jeden Augenblick zurückgebracht werden könnte, zu Tode verängstigt und nach ihrer Mutter weinend.

Viviana war zutiefst entsetzt. Die Gentlemen fanden sie im Salon, wo sie auf dem Diwan lag, in der Faust ein nass geweintes, zerknülltes Taschentuch. Ihr Vater wurde blass, als er den Stock neben dem Diwan liegen sah. »Viviana, *bella, che cosa è quello?*«

»Du lieber Gott, Vivie. Wozu der Stock?«, dröhnte Chesley, der zusammen mit Lord Digleby hereinkam. »Und Basham sieht aus, als wäre seine Mutter gerade gestorben.«

Irgendwie richtete sich Viviana auf dem Diwan auf. Sie hatte es aufgegeben, stark zu sein und zu versuchen, die Situation unter Kontrolle zu halten, wenn sie sie doch so offensichtlich nicht hatte. »Oh *Papà!* Oh Chesley! *Non ci credo!* Es ist etwas Schreckliches geschehen!« Während ihr Vater ihre Hand hielt, berichtete Viviana unter Tränen von den Ereignissen des Tages, einschließlich ihres unüberlegten Rittes und des demütigenden Sturzes, der diesem ein Ende gesetzt hatte.

»Und jetzt fahren sie mich nicht hinaus!«, rief sie. »Chesley! Chesley, *affrettarsi, per favore!* Du wirst mich in deine Kutsche bringen, *sì?*«

»Arme kleine Cerelia«, murmelte Chesley. »Und arme Vivie. Aber hab keine Angst, mein Mädchen. Quin wird unsere Cerelia nach Hause bringen, daran habe ich keinen Zweifel. Es ist wirklich besser, wenn du hierbleibst.«

Viviana begann, in einem Durcheinander von gebrochenem Englisch und überdrehtem Italienisch heftig zu widersprechen, aber Chesley wurde vor dem Schlimmsten bewahrt, als von der Auffahrt her Hufschlag vor dem Haus zu hören war. Viviana griff nach ihrem Stock und humpelte ans Fenster. Ein einzelner Reiter mit einem durchnässten, breitkrempigen Hut tauchte im Lichtkreis einer Lampe jenseits der Treppe zum Eingang auf. Er trug jemanden oder etwas in den Armen. »Oh!« Sie presste die Hand auf ihr Herz. »Oh, kann es denn sein?«

»Schau doch, Vivie!«, sagte Chesley. »Alles ist gut. Quin hat Cerelia gefunden.«

Aber Viviana war schon zur Eingangshalle gehumpelt. Die Haustür stand weit offen, die kalte Luft strich kühlend über ihr erhitztes, tränennasses Gesicht. Basham war vor das Haus geeilt, um zu helfen, aber Quin war schon vom Pferd gestiegen. Als er zur Tür hereinkam, trug er Cerelia auf dem Arm. Sie war in eine dicke Wolldecke gehüllt.

»Oh, *mia cara bambina!«* Viviana schlug die Hände vor das Gesicht, das so kalt war wie der Tod. »Oh, *grazie a Dio!*«

»Mamma«, flüsterte Cerelia. »Ich … ich hatte mich verirrt.«

»Aber jetzt bist du zu Hause.« Viviana unterdrückte ein Schluchzen. »Zu Hause, und in Sicherheit, mein Liebling. Oh, *grazie*, Quin. Danke. Vielen, vielen Dank. Wo war sie? Ist sie verletzt?«

Hinter ihr begannen auch Chesley und ihr Vater damit, Fragen zu stellen. Digleby hielt auch mit. Aber Quin wollte nichts davon wissen. »Cerelia war noch an der Feuerstelle«, erklärte er knapp. »Und jetzt, wenn Sie mich entschuldigen, muss ich sie sofort nach oben bringen.«

»Sie zittert ganz schrecklich«, murmelte Viviana. »Oh, *Dio mio!* Ist sie krank?«

»Ich hoffe nicht«, entgegnete Quin. »Basham, schicken Sie jemanden zu Dr. Gould. Er soll sich beeilen.« Er warf einen Blick auf Vivianas Stock. »Was ist mit dir passiert? Du siehst aus, als würdest du auch einen Arzt nötig haben.«

Erst später fiel ihr auf, wie kalt und barsch sein Ton gewesen war. Aber in diesem Moment war ihre Erleichterung einfach noch zu stark, ihre Dankbarkeit zu groß. »Ich bin vom Pferd gefallen, aber das ist nicht wichtig. Lass sie uns sofort ins Warme bringen.«

»Ja, ja«, nickte Chesley. »Richtig! Geht sofort nach oben. Ich werde auf Dr. Gould warten.«

Viviana hörte ihn kaum. Ihre einzige Sorge galt Cerelia. Ihre Hände waren blau vor Kälte, ihre Augen halb geschlossen. »In mein Zimmer«, bat sie und humpelte zur Treppe. »Dort brennt ein Feuer im Kamin und Mrs. Douglass hat ein Reisebett aufstellen lassen.«

»Geh voraus!«, befahl er.

Auf dem Treppenabsatz schaute Viviana besorgt zu ihm zurück. »Wie lange zittert sie schon so?«

»Seit ich mit ihr losgeritten bin«, erwiderte er angespannt. Dann berichtete er ihr, dass Cerelia für eine Weile das Feuer wieder in Gang hatte bringen können und dass sie sich mit dem Teppich zugedeckt hatte, um sich warm zu halten. Viviana schickte ein Dankesgebet zum Himmel, weil sie ihn in ihrer Vergesslichkeit dort zurückgelassen hatten.

»Zuerst schien sie ganz in Ordnung zu sein«, berichtete Quin weiter. »Aber sobald ihr etwas wärmer war, wurde sie ganz still und begann zu zittern. Ich fürchte, sie hat sich erkältet.«

»Lieber Gott!« Viviana stieß die Tür auf.

Im Zimmer schoben zwei der Hausmädchen eine Wanne vor das Kaminfeuer. »Ich habe nach heißem Wasser geklingelt, Ma'am, wie Mrs. Douglass es angeordnet hat«, erklärte die eine. »Ein heißes Salzbad wird die Erkältung ganz schnell vertreiben. Und die Kinderfrau sagt, sie soll eine Tasse Hühnerbrühe bekommen.«

Quin wickelte Cerelia aus der Decke. »Wo ist Signora Rossi?«, fragte Viviana.

In diesem Moment kam die alte Frau ins Zimmer. Sie arbeitete seit fünfundvierzig Jahren für die Bergonzi-Familie, wenn ihre Pflichten inzwischen auch sehr viel weniger geworden waren. Heute Abend jedoch wurde ihre große Erfahrung ganz besonders gebraucht.

Ohne sich um Quin und Viviana zu kümmern, ging sie sogleich zu Cerelia, die leise zu wimmern begonnen hatte. Sanft begann die Kinderfrau, ihr die Kleider zu öffnen, während sie in einer Mischung aus Italienisch, Venezianisch und Englisch sanft mit ihr sprach. Die Worte schienen das Kind zu beruhigen. Quin machte eine knappe Verbeugung in Vivianas Richtung.

»Ich werde mich jetzt zurückziehen«, erklärte er. »Kann ich irgendwo warten, bis Cerelia wohlbehalten im Bett liegt? Ich wünsche mit dir zu sprechen.«

Viviana sah ihn unsicher an. »*Sì, certamente*«, sagte sie dann. »Im großen Salon? Es ist zwei Türen weiter.«

Er verbeugte sich erneut und verließ das Zimmer.

Viviana wartete, bis Cerelia ihr wärmstes Nachthemd übergezogen bekommen hatte und in das kleine Reisebett gelegt worden war. Signora Rossi ließ Hühnerbrühe kommen, und Viviana flößte sie Cerelia ein. Das Mädchen hatte aufgehört, so schrecklich zu zittern, und schien wieder ein bisschen mehr sie selbst zu sein.

Nach weiteren zwei Minuten fiel das Kind in einen tiefen Schlaf. Jetzt gab es nichts mehr zu tun, als um Cerelias Gesundheit zu beten. Signora Rossi hatte schon ihren Rosenkranz hervorgeholt. Viviana konnte Quin jetzt nicht länger warten lassen. Sie küsste Cerelia noch einmal auf die Wange und ließ sie mit Signora Rossi allein, die am Bett die Nachtwache hielt. Ihre blinde Angst um Cerelia ließ allmählich nach und machte so Platz für eine durchaus folgerichtige Art von Beklommenheit. Mit einem Gefühl des Unbehagens schickte sie sich an, zu Quin zu gehen.

Sie fand ihn im großen Salon, der von der Familie als Wohnzimmer genutzt wurde. Im Kamin war ein Feuer entfacht worden, vermutlich von Quin, war Viviana sich sicher. Er war bemerkenswert selbstständig. Er hatte nicht Platz genommen, sondern ging im Zimmer auf und ab. Er trug noch immer seine nassen Kleider. Wenn ihm kalt oder unbehaglich war, so ließ er es sich nicht anmerken. Genau genommen schien er so tief in Gedanken versunken zu sein, dass er sie nicht einmal das Zimmer betreten hörte.

Als er sich umwandte und das Zimmer erneut der Länge nach durchschritt, betrachtete Viviana seine festen, breiten Schultern und seine langen muskulösen Beine, die in jetzt beklagenswert nassen Reitstiefeln steckten. Nein, er war kein Junge mehr. Sie fragte sich, ob er es je gewesen war. Aber ob Junge oder ob

Mann, er hatte sich immer ehrenhaft verhalten. Und plötzlich, trotz all ihrer Furcht, erfasste sie ein fast atemberaubendes Gefühl der Dankbarkeit.

Quin hatte Cerelia nach Hause gebracht. *Er hatte sie nicht im Stich gelassen.*

Sie räusperte sich, und er fuhr herum. »Was sagt Gould?«, wollte er sofort wissen. »Wie geht es ihr?«

Viviana schüttelte den Kopf. »Cerelia schläft tief und fest. Dr. Gould war unterwegs zu einem Notfall, aber ist jetzt auf dem Weg hierher. Warum wolltest du mich sprechen?«

Quin zögerte nicht, sondern kam sogleich auf den Punkt. »Du hast vor Kurzem von deiner Rückkehr nach Venedig gesprochen, Viviana.« Seine Stimme klang kalt. Gefühllos. »Ich muss dich bitten, das noch einmal zu überdenken.«

Viviana blinzelte unsicher. »Es überdenken, nach Hause zu fahren?«, fragte sie. »Aber da gibt es nichts zu überdenken.«

Sein Blick glitt abschätzend über sie, aber darin lag keine Spur von Verlangen oder auch nur Bewunderung. »Du bist also dazu entschlossen«, stellte er fest. »Kannst du genauer sagen, wann du abreisen wirst?«

»Ich – ich bin nicht sicher«, erwiderte sie. »Spätestens zu Beginn des Frühjahrs, nehme ich an.«

Seine Augen waren hart und dunkel. »Wenn du darauf beharrst abzureisen, Viviana, dann muss ich dich davon in Kenntnis setzen, dass Cerelia dich nicht begleiten wird«, fuhr er fort. »Ich wünsche, dass du sie schonend mit dieser Tatsache vertraut machst. Ab morgen.«

»*Scusa?*« Sie sah ihn verblüfft an, während ihr Herz, so glaubte sie, ihr stehen bleiben wollte. »Ich – ich verstehe dich nicht ganz.«

Er neigte den Kopf zur Seite und betrachtete Viviana aufmerksam. »Ich glaube, Sie verstehen mich sehr gut, Ma'am«, entgegnete er in einem so unbeteiligten Ton, als unterhielten zwei Fremde sich über das Wetter. »Du hattest nicht vor, ihr jemals die Wahrheit zu sagen, nicht wahr? Und sicherlich wolltest du sie auch *mir* niemals sagen. Du hast das Leben dieses armen Mädchens auf einer Lüge aufgebaut, Viviana, ohne eine Spur von Gewissen. Ohne eine Spur von Reue oder Bedauern. Hast du gedacht, ich würde die Wahrheit niemals erraten? Hast du mich für einen solchen Dummkopf gehalten?«

Im Zimmer war es plötzlich totenstill. Die Realität dessen, was hier geschah – ihre schlimmste Angst wurde Wirklichkeit –, kam Viviana langsam zu Bewusstsein. Sie suchte nach einer weiteren überzeugenden Lüge, doch stattdessen sackten ihr die Beine weg. Zwei französische Armstühle standen in der Nähe. Sie griff nach dem einen, als wäre er eine Rettungsleine, ihre Fingernägel gruben sich in die Polsterung.

Quin blieb ungerührt. »Ja, setz dich, Viviana«, befahl er barsch. »Setz dich um Gottes willen hin, bevor du in Ohnmacht fällst.«

Sie gehorchte, nachdem sie vorsichtig die wenigen Schritte um den Stuhl herum geschafft hatte. Sie hatte keine Wahl. Sie nahm nur verschwommen wahr, dass Quin näher kam. Dann stand er vor ihr. Er schob eine Hand in die Tasche und nur einen Augenblick später tanzte der Rubinring an der Kette vor ihrem Gesicht hin und her. Er funkelte blutrot, als er sich langsam im Lampenschein drehte.

Viviana schloss die Augen und wandte den Kopf ab.

Sie spürte Quins Hand unter ihrem Kinn, als er sie zwang, ihn wieder anzusehen. Sie machte die Augen auf, und in ihrem Magen breitete sich Angst aus. Oh, *Dio!*

»Sieh mich an, Viviana.« Seine Stimme klang rau. »Und versuch nicht, meinen Fragen auszuweichen. Du hast lange genug betrogen, hörst du? Es wäre besser für dich, wenn du mir jetzt ganz genau zuhörst.«

Viviana wandte abrupt den Kopf ab, wich seinem Blick aber

nicht aus. »Das tue ich«, entgegnete sie. »Ich weiß nur nicht, was du von mir willst. Was du von mir erwartest. Du sprichst in Rätseln, Quin. *Per favore*, ich ... ich möchte jetzt wieder zu meiner Tochter gehen.«

Er beugte sich zu ihr herunter und lachte ihr ins Gesicht. »So wie ich zu *meiner* Tochter gehen möchte«, stieß er hervor, wobei seine Stimme mit jedem Wort lauter wurde. »Aber dabei gibt es ein lästiges kleines Problem, das mir im Wege steht, nicht wahr? Jemand hat vergessen, dem armen Kind zu sagen, wer sein Vater ist!«

»Hör auf, Quin!« Viviana streckte die Hand aus, als wollte sie ihn abwehren. »Du weißt nicht, was du da sagst!«

Sein Gesicht verzog sich vor Wut. In einer blitzschnellen Bewegung und mit fast übernatürlicher Kraft stieß er mit dem Fuß gegen den anderen Stuhl, der gegen die Wand flog. »Lüg mich verdammt noch mal nicht an!«, brüllte er, während der Stuhl krachend zu Boden fiel und dabei eines seiner Beine verlor. »Noch eine Lüge, Viviana, und ich nehme Cerelia noch heute Nacht mit nach Arlington, das schwöre ich dir!«

Viviana kämpfte gegen ihre Angst an. »Sei kein Narr, Quinten«, beschwor sie ihn. »Beruhige dich, um Himmels willen, bevor jeder Dienstbote in diesem Haus mit dem Ohr an der Tür lauscht.«

»Ich glaube, du hast den Ernst der Situation nicht ganz verstanden, Viviana«, knurrte er. »Es ist mir verdammt egal, ob es das ganze Dorf mit anhört! Ich schäme mich ihrer nicht. Und was habe ich auch schon zu verlieren? Was schon? Du hast mein Kind. Du hast sie mir weggenommen. Und jetzt will ich sie zurückhaben.«

Nervös befeuchtete Viviana sich die Lippen. Quin sah aus wie ein Wahnsinniger, und er sprach auch so. Konnte er so etwas tun? Konnte er Cerelia einfach zu seinem Eigentum erklären und sie – einfach mitnehmen?

»Wie ich sehe, arbeitet dein hinterhältiger Verstand auf Hochtouren«, lachte er höhnisch. »Vermutlich fragst du dich gerade, ob ich damit durchkomme. Nun, wir sind hier in England, Viviana. Und in diesem Land haben die Peers, die Angehörigen des Hochadels, gewisse Rechte – genau genommen machen *wir* die Gesetze, nach denen wir alle leben. Ausländer dagegen haben nahezu keine Rechte. Dieses Kind gehört mir. Und acht Jahre lang – nein, warte, schon neun Jahre lang? – hast ausschließlich du ihre Gesellschaft genossen. Du hast ihr Lügen aufgetischt und ihr das gesagt, was dir angenehm war, du hast ihre Rechte ignoriert. Du hast ignoriert, dass sie zur Hälfte Engländerin ist. Aber jetzt hat das Lügen ein Ende.«

»Du … du kannst mir nicht mein Kind wegnehmen!« Vivianas Hände begannen zu zittern. »Das kannst du nicht! Ich bin … ich bin ihre Mutter, Quin!«

»Und ich bin ihr Vater.« Er hob wieder den zerstörten Ring in die Höhe und ließ ihn im Licht kreisen; winzige, blutrote Funken blitzten bei jeder Bewegung auf, als bargen sie wirklich Zauberkräfte in sich. »Leugne es vor Gott, Viviana, wenn du dich traust. Ich glaube nicht, dass du das könntest.«

Zu ihrer unsterblichen Schmach brach Viviana in Tränen aus. »Cerelia ist *mein Kind*«, schluchzte sie. »Du … du kannst sie mir nicht wegnehmen.«

»Ich denke, das kann ich«, entgegnete er kalt. »Und ich werde es verdammt noch mal tun, wenn du mich dazu zwingst. Ich verlange das Recht, der Vater für mein Kind zu sein. Ich verlange das, was richtig ist für Cerelia. Ich habe nicht die Absicht, ein Kind seiner Mutter für immer vom Busen zu reißen – ich bin kein Ungeheuer, Viviana –, aber wenn du nach Venedig zurückkehren musst, dann ist das dein Problem. Du wirst sie nie wieder aus England fortbringen.«

»Du hast den Verstand verloren«, flüsterte sie. »Cerelia gehört zu *mir*.«

»Cerelia gehört zu dir?«, wiederholte er ungläubig. »Zu der Frau, die sie um ihr Geburtsrecht betrogen hat? Zu der Frau, die ihren Vater um sein Kind betrogen hat? Zu der Frau, die ihren Ehemann in die Ehe gelockt hat? Oh nein, Viviana! Ich bin großzügig. Ich bin dir gegenüber weitaus großzügiger, als du es jemals zu mir warst.«

Doch jetzt gewann sehr schnell Vivianas Zorn die Oberhand über ihre Angst. »Ich habe meinen Mann niemals angelogen!« Ihre Stimme bebte vor Wut. »Was zwischen mir und Gianpiero war, geht dich nichts an. Na los, Quinten! Versuch, sie dir zu nehmen. Ich werde alles leugnen. Alles. Und du kannst nichts beweisen.«

»Noch eine Lüge!«, knurrte er. »Das ist immer deine Lösung, nicht wahr?«

»Ich habe getan, was ich tun musste«, fauchte sie. »Cerelia ist meine Tochter, und ich bin damit umgegangen, so gut ich konnte. Ich musste so handeln. Wenn du dich recht erinnerst, hast du mir keine andere Wahl gelassen, Quinten.«

Jeder Muskel in seinem Gesicht schien sich anzuspannen. Seine Augen blitzten Feuer. »Du herzlose Hexe«, zischte er und trat näher zu ihr. »Wie kannst du es wagen, mir wieder diesen halbherzigen Heiratsantrag vorzuhalten? Hättest du mir die Wahrheit gesagt, Viviana, hätte ich das Richtige getan.«

»Oh, *sì*, du hättest mich *geheiratet?*« Ihre Worte klangen bitter und sarkastisch. »Deine Geliebte, diese ausländische, nicht gesellschaftsfähige Opernsängerin? Warum nur, Quin, bezweifle ich das?«

Die Linien um seinen Mund spannten sich an, und er schwieg einen langen Moment. »Ich will, dass Cerelia die Wahrheit erfährt, Viviana«, sagte er schließlich. »Ich will nicht, dass sie denkt, dass dieser ... dass dieses *Ungeheuer* ihr Vater war.«

»Ein Ungeheuer kann viele Gesichter haben«, entgegnete sie

scharf. »Was mich betrifft, so habe ich viele davon kennengelernt.«

»Halt den Mund, Viviana«, knurrte er. »Cerelia hat Bergonzi gehasst. Sie hatte Angst vor ihm. Und jeder, der länger als fünf Minuten mit ihr darüber spricht, kann das sehen. Alles, was ich möchte – nein, was ich verlange – ist, dass du ihr die Wahrheit sagst.«

»Sie kennt die Wahrheit.« Vivianas Stimme klang jetzt erschöpft, selbst für ihre Ohren. »Glaub mir, Quinten. Sie kennt die Wahrheit.«

»Was weiß sie?«, verlangte er zu wissen. »Was genau?«

Viviana sackte in sich zusammen und wandte den Blick ab. »Cerelia weiß, dass Gianpiero nicht ihr Vater ist«, erklärte sie ruhig. »Er … er hat es ihr selbst gesagt und hat dabei große Befriedung empfunden. In der Hinsicht musst du dir also keine Gedanken machen.«

»Er selbst hat es ihr gesagt?«, wiederholte Quin. »Und du – was hast du ihr gesagt?«

Der überwältigende Kummer überfiel sie erneut wie eine heranstürmende Flutwelle, zerrte an ihrem Körper, ließ ihre Schultern heruntersacken und ihr Herz sinken. »Ich habe ihr gesagt, dass ihr Vater Engländer ist«, gestand sie mit gefasster Stimme. *Und dass ich ihn von ganzem Herzen geliebt habe, so wie er mich geliebt hat.*

»Weiter«, drängte er.

Sie machte einen tiefen, zittrigen Atemzug. »Und ich habe ihr gesagt, dass er sehr gut aussah und sehr reich war, aber dass seine Eltern uns nicht heiraten lassen wollten, und dass ich deshalb nach Italien zurückgegangen bin.«

Er starrte sie ungläubig an. »Aber – aber, Viviana, das ist einfach nicht wahr!«

»Das ist absolut wahr«, entgegnete sie, ihre Stimme klang jetzt sehr sanft. »Du hast gesagt, sie würden es ablehnen, dich vielleicht sogar enterben. Du hast gesagt, sie wünschten eine arrangierte Ehe für dich, mit einem passenden englischen Mädchen. Quin, *per amor di Dio*, lass uns jetzt nicht darüber streiten. Oder habe ich dich vor all diesen Jahren etwa missverstanden?«

Einen Augenblick lang zögerte er. »Ich – ich weiß nicht, was meine Eltern getan hätten«, gab er zu.

Aber Viviana konnte ihn nicht so leicht vom Haken lassen. »Habe ich dich missverstanden, Quinten?«, wiederholte sie ihre Frage.

Schließlich senkte er den Blick. »Nein, jedenfalls nicht ganz«, erwiderte er. »Es wäre sehr schwierig geworden. Aber vielleicht hätten wir es durchgestanden, Vivie.«

»Vielleicht«, wiederholte sie leise. »Aber leider, Quin, kann man Kinder nicht mit einem ›Vielleicht‹ großziehen. Sie brauchen Gewissheit. Sie brauchen Sicherheit. Und sie brauchen, wenn das möglich ist, eine Familie. Cerelia hatte all das, Quinten. Und um ihr all das geben zu können, habe ich Opfer gebracht – aber ich würde eher sterben, als darüber zu reden. Also sprich mir nicht von ›vielleicht‹, *caro*. Dieses Wort darf es in Cerelias Leben nicht geben.«

»Also gut.« *Er klingt immer noch schroff*, dachte Viviana, *aber seine Kampfesstimmung hat ihn wohl verlassen, vielleicht sogar seine Wut*. Quin öffnete jetzt die Hand und ließ die Kette durch seine Finger auf ihren Schoß gleiten. »Aber jetzt spreche ich nicht von *vielleicht*«, sagte er dabei. »Ich spreche von einer Gewissheit. Ich habe vor, eine Rolle im Leben meines Kindes zu spielen. Ich habe vor, ihr Vater zu sein. Ich werde dir Zeit lassen, Viviana, dass auch du dich an diesen Gedanken gewöhnen kannst.«

Sie zog eine Augenbraue hoch. »Wie außerordentlich freundlich von dir.«

Er nickte knapp. »Ich sage dir Lebewohl für die Zeit, die du noch hier sein wirst«, sagte er. »Schick mir morgen eine Nachricht, wenn Cerelia aufgewacht ist. Ich wünsche, sie zu besuchen.«

Widerstrebend erwiderte Viviana sein Kopfnicken. Wie es schien, würde er ihr keine Wahl lassen. »Ich werde jemanden schicken, *sì*.«

Und bevor sie noch etwas hinzufügen konnte, hatte Quin Hewitt die Tür hinter sich zugeschlagen und war gegangen.

Kapitel 15

In dem Lady Alice vom Fluch der Zigeunerin erfährt

Quin befand sich in einer aufgewühlten Gemütsverfassung, als er nach Arlington Park zurückkehrte. Er bemerkte nicht, dass der Regen aufgehört und der Wind sich gelegt hatte. Er nahm weder die beißende Kälte noch den Geruch nach Schnee wahr, der in der Luft lag. Er hatte nichts übrig für die reine und unerwartete Stille einer heiligen Nacht, die das Land um ihn herum einhüllte.

Er konnte an nichts anderes denken als an Viviana. An das, was er als ihren Verrat empfand – nicht nur an ihm, sondern auch an Cerelia. Sie schnitten ihm bis ins Mark, seine Wut und das quälende Gefühl des Verlustes. Und doch war er klug genug, zu begreifen, dass er auf einem schmalen gefährlichen Grat wandelte – auf dem Grat zwischen seiner Wut über das, was Cerelia widerfahren war, und seinem Hass auf Viviana.

Er hasste sie, weil sie ihn nicht geliebt hatte. Lief nach neun langen Jahren des Leidens alles auf etwas hinaus, was so simpel war, so belanglos? Ein klügerer Mann hätte das vielleicht zugegeben und losgelassen. Aber er war kein klügerer Mann. Er war erfüllt von einem brennenden Verlangen nach Rache.

Was er für Viviana empfand, würde niemals aufhören. Stattdessen würde Verbitterung sein Herz verschlingen. Der Gedanke quälte ihn auch noch, als er sein Pferd dem Stallknecht überließ und die Treppe zu seinem Haus hinaufstieg. Zu seinem sehr großen, so leeren Haus.

Alice fand ihn viele Stunden später in seinem Zimmer, wo er vor dem Kamin saß und Brandy trank. Sie klopfte leise an seine Tür und trat ohne Aufforderung ein. Er wandte sich um und sah sie finster an. Alice trug schon ihr Nachthemd und ihr Nachtjäckchen. Ihr Haar war offen, und das Licht der Lampe schimmerte seidig auf den langen bronzefarbenen Locken. Es erinnerte ihn an Cerelia. Wie um alles in der Welt hatte er all diese Anzeichen übersehen können?

»Ist es neuerdings Mode, einen Gentleman in der Zurückgezogenheit seines Schlafzimmers zu stören, Alice?«, fragte er.

Alice setzte sich auf den Stuhl ihm gegenüber, ohne seine Aufforderung abzuwarten. »Das ist nicht dein Schlafzimmer«, erwiderte sie und zog ein Bein an, um ihren Fuß darunter zu schieben, wie es schon seit ihren Kindertagen ihre Gewohnheit war. »Du bist nicht zum Dinner heruntergekommen. Mum hat sich Gedanken gemacht.«

Irgendwie brachte er ein Lächeln zustande. »Und du dir nicht?«

Alice schüttelte den Kopf. »Nur ein wenig«, gab sie zu. »Du bist in letzter Zeit weitaus härter, als Mum es je von dir gedacht hat – zu ihrem großen Schrecken.«

Quin lächelte schwach. Sie sprach natürlich von Henry Herndon und davon, dass er ihrer Mutter in diesem Punkt die Stirn geboten hatte. Nachdenklich schwenkte er den Brandy in seinem Glas hin und her und fragte sich dabei, ob er nicht schon früher mehr Entschlossenheit hätte zeigen sollen. Vielleicht hätte er sich schon vor Jahren für Alice starkmachen sollen. Als seine Eltern für sie die Ehe mit John arrangiert hatten, sie vor vollendete Tatsachen gestellt und ihre Tränen ignoriert hatten.

Aber er hatte sich nicht getraut, sich einzumischen, ebenso wie er sich nicht getraut hatte, ihnen von Viviana zu erzählen. Und was seine Feigheit sie alle gekostet hatte, war nicht zu übersehen: Alice hatte ein Jahrzehnt ihres Lebens damit verbracht, mit einem Mann verheiratet zu sein, den sie nicht lieben konnte. Sie war zu einem Leben voller Sehnsucht verpflichtet gewesen –

nach dem Mann, den sie liebte. Viviana hatte sich gezwungen gesehen, einen Mann zu heiraten, den sie nicht nur nicht geliebt hatte, sondern laut ihren Worten über die Maßen verabscheut hatte – zumindest war das der Schluss, zu dem Quin jetzt kam. Und Cerelia – ach, Cerelia. Sie von allen hatte vielleicht den höchsten Preis bezahlt.

»Quin?« Die Stimme seiner Schwester drang wie aus weiter Ferne an sein Ohr. »Quin, geht es dir gut?«

»Einigermaßen.« Er führte das Glas zum Mund und trank es leer. »Ich bin nur müde.«

Sie sah ihn prüfend an. »Ich glaube dir nicht«, erklärte sie dann. »Was ist heute Abend passiert, nachdem du Cerelia heimgebracht hattest? Du scheinst nicht du selbst zu sein. Hat es … hat es etwas mit Viviana zu tun?«

Quin konnte es nicht ertragen, sie anzusehen. »Lass es gut sein, Alice, und misch dich nicht in meine Angelegenheiten.«

Aber für einen Augenblick erwog er doch, ihr alles zu erzählen. *Die Wahrheit ist,* dachte er und starrte ins Feuer, *dass Alice' Mitgefühl alles noch schlimmer machen würde.* Er fühlte sich erbärmlich, fühlte sich wieder wie ein Kind, fühlte sich, als wäre er gefallen und wartete darauf, dass seine große Schwester ihn aufhob und den Staub aus seinen Kleidern klopfte. Aber Alice konnte ihm jetzt auch nicht helfen. Niemand konnte das. Seine Wut auf Viviana Alessandri wurde nur noch von seiner Selbstverachtung in den Schatten gestellt.

Alice spürte sein Unbehagen und wechselte das Thema. »Hast du ein heißes Bad genommen?«, fragte sie leichthin. »Hast du etwas gegessen? Das solltest du nämlich. Auch verwegene Helden müssen auf sich aufpassen, Quin.«

»Mrs. Prater hat mir eine Schale Suppe heraufschicken lassen.« Quin hörte auf, ins Feuer zu starren, und sah Alice an. »Ich habe mein ganzes Leben lang mit meinem Körper Raubbau getrieben, meine Liebe – man könnte sagen, ich habe ihn im

Höllenfeuer gestählt –, also braucht es ein wenig mehr als einen Ritt durch den Regen, um mir zu schaden. Aber daran ist ganz und gar nichts Heldenhaftes.«

Alice stützte das Kinn in die Hand und beobachtete ihren Bruder, als er den Stöpsel aus der Glaskaraffe zog. Er konnte ihre Missbilligung spüren, als er sich noch einen Brandy einschenkte. »Wir feiern ein wenig früh, oder?«

Er zog eine Augenbraue hoch und schenkte sich weiter ein. »Guter Gott, Alice«, sagte er leise. »Was haben wir schon zu feiern?«

Alice sah ein klein wenig gekränkt aus. »Oh, nur meinen Hochzeitstag!«, tadelte sie ihn. »Ich hoffe, du hast morgen Vormittag keinen Brummschädel, wenn du mich zu Henry führst. Und sollte das so sein, Quin, dann lass es dir nicht anmerken. Wage es nicht, mir meine Trauung zu ruinieren, hörst du?«

Heiliger Gott! Quin stellte die Karaffe mit einem vernehmlichen Knall auf den Tisch. Alice würde morgen heiraten?

Alice sah jetzt etwas irritiert aus. »Quin, heute ist Heiligabend«, sagte sie vorwurfsvoll. »Du scheinst in letzter Zeit nichts von dem mitzubekommen, was wir sagen oder tun.« Sie schob die Hand in die Tasche ihres Nachtjäckchens und zog ein kleines Päckchen heraus. »Hier, ich habe ein Weihnachtsgeschenk für dich. Ich habe Henry gebeten, es aus London mitzubringen – obwohl ich mir diese Mühe vielleicht gar nicht hätte machen müssen.«

»Nein, die hättest du dir nicht machen müssen«, pflichtete er ihr bei und nahm das Päckchen, das sie ihm hinhielt. »Aber ich danke dir, Allie. Es tut mir sehr leid, dass ich vergessen habe, was morgen ist.«

Alice wirkte besänftigt. »Na los, mach es auf.«

Er hob den Deckel von der kleinen Schachtel. Drinnen lag ein Streichholzbehälter aus ziseliertem Silber, in den das Familienwappen eingraviert war. Vorsichtig öffnete er ihn mit dem Daumen. Er war mit Streichhölzern gefüllt.

»Das sind die neuen Zündhölzer, die, die nicht so schrecklich riechen«, sagte Alice stolz. »Man bekommt sie nur in London und in Paris, musst du wissen. Viviana hat mir davon erzählt. Deine alte Schachtel ist im Vergleich dazu nicht sehr attraktiv, oder?«

Quin brachte ein Grinsen zustande. »Sie hatte ein hartes Leben«, gab er zu. »So wie ihr Besitzer. Diese neue wird mir sehr viel Freude machen, Alice. Ich danke dir.«

Sie entspannte sich und lehnte sich zufrieden auf ihrem Stuhl zurück.

»Ich habe auch etwas für dich, Allie«, sagte er, stand von seinem Stuhl auf und ging an seinen Schreibtisch. Er kam mit einer kleinen Kiste zurück, deren Intarsien aus Rosenholz gemacht waren. »Das ist ebenso ein Hochzeitsgeschenk wie auch ein Weihnachtsgeschenk, würde ich sagen«, erklärte er. »Ich habe sie gesehen, und … nun, ich wollte, dass du etwas Besonderes an deinem Hochzeitstag bekommst.«

Mit strahlenden Augen nahm Alice die Kiste entgegen. Sie stieß ein ungläubiges Keuchen aus, nachdem sie sie geöffnet hatte. Auf einem Bett aus schwarzem Samt lag eine dreireihige Perlenkette. Es waren sehr große Perlen, jede Reihe ein wenig länger als die darüber. Der schwere Verschluss aus Gold war zwei aneinandergelegten Hände nachgeformt, die jeder einen Brillanten trugen. »Du liebe Güte!«, wisperte Alice. »Das ist … nun, das ist was, Quin! Und dieser Verschluss! Wie wunderschön! Da weiß man ja kaum, ob man ihn vorne oder hinten tragen soll.«

»Ich dachte mir, dass die Brillanten gut zur Geltung kommen, wenn dein Haar hochgesteckt ist«, erklärte er. »Es tut mir leid, Allie. So sehr leid, dass du so lange auf ein Leben mit Henry warten musstest. Vielleicht – vielleicht hätte ich es schon früher tun sollen.«

»Was denn?« Alice schien verwirrt. »John erschießen? Er war aufgeblasen, Quin, aber selbst er hatte es nicht verdient zu sterben.«

Quin lächelte, aber das Lächeln verschwand gleich wieder. »Ich meinte, ich hätte deine Ehe mit ihm verhindern sollen«, erklärte er. »Ich hätte mich für dich einsetzen sollen, Allie. Ich hätte irgendetwas ... tun müssen.«

»Oh Quin.« Ihre Stimme klang weich. »Oh, mein Lieber, du darfst dich deswegen nicht quälen. Johns Vater war Papas bester Freund. Schon von der Wiege an wollten sie uns verheiraten, und sie haben sich dabei nicht aufhalten lassen. Quin, das weißt du doch. Sag mir, dass du das weißt.«

Sein Lächeln wirkte verkrampft. »Ich weiß das nicht«, sagte er ruhig. »Weil ich mir nie die Mühe gemacht habe, darüber nachzudenken. Und sobald ich in der Lage war, mich Papas Einfluss zu entziehen, bin ich ... einfach gegangen und habe in London mein eigenes Leben geführt.«

Alice schloss den kleinen Kasten aus Rosenholz und legte ihre Hände darauf. »Quin, ich habe keine Ahnung, was in deinem Kopf vorgeht, aber du scheinst heute Abend an einer Art von Selbstverachtung zu leiden. Das ist etwas, was ich noch nie zuvor an dir erlebt habe. Ich ... ich mag das nicht. Bitte hör auf, dich zu quälen, und denk daran, wie die Dinge wirklich sind.«

Quin schwieg einen Moment und trank sein Brandyglas zur Hälfte leer. Er hatte schon mehr getrunken, als klug war, vielleicht wegen seiner seltsamen melancholischen Stimmung heute Nacht. Einen Augenblick lang zögerte er noch. »Alice, ich möchte dir etwas sagen.« Die Worte klangen abrupt, selbst für ihn. »Im allergrößten Vertrauen. Etwas, was ich dir anvertrauen möchte.«

Alice sah überrascht aus. »Gewiss.«

Für einen kurzen Moment schloss er die Augen. »Es geht um Viviana«, begann er. »Sie ... sie und ich –«

Alice hob die Hand. »Du musst nicht mehr sagen, Quin«, unterbrach sie ihn sanft. »Ich habe es bereits vermutet. Jeder, der Augen im Kopf hat, kann sehen, dass du sie liebst. Sogar Mum hat Verdacht geschöpft.«

»So leicht bin ich also zu durchschauen«, lachte er spöttisch. »Aber nein, das ist es nicht. Das Wenige, das es zwischen Viviana und mir gab, ist zu Ende gegangen, und das auf sehr bittere Weise. Mum muss keine Angst davor haben, noch jemand Unerwünschten als Schwiegerkind aufgebürdet zu bekommen.«

Plötzlich fasste Alice nach seiner Hand und drückte sie fest. »Vielleicht beurteilst du Mum falsch, Quin«, sagte sie ruhig. »Sie … nun, ihr Verhalten Henry gegenüber hat sich geändert. Und auch wenn sie Viviana gegenüber einen gewissen Argwohn hegt, so heißt das nicht, dass sie sie nicht mag. Genau genommen hat sie in letzter Zeit ein oder zwei sehr freundliche Bemerkungen über sie gemacht, und auf Onkel Chesleys Dinnerparty war sie war sehr eingenommen von Signor Alessandri.«

»Das ist nicht wichtig«, entgegnete er und entzog ihr die Hand, um sich wieder seinem Brandy zu widmen. »Es ist nur das Kind, um das es mir jetzt geht. Cerelia, meine ich. Sie ist … nun, sie ist meine Tochter, Alice.«

»Großer Gott!« Alice legte die Perlen zur Seite und beugte sich zu ihm. »Wie um Himmels willen ist das passiert?«

Quin brachte ein schiefes Lächeln zustande. »Auf die übliche Weise.«

»Oh, Quin«, flüsterte Alice. »Oh, Quin, du hast sie doch nicht … du hast sie doch sicherlich nicht –«

»Sie verlassen?«, unterbrach er. »Zum Teufel, Alice! Ich hoffe, so gut kennst du mich. Viviana hat mich verlassen und ist nach Venedig zurückgekehrt. Ich hatte gedacht, wir würden für immer zusammenbleiben – wenigstens war das der Gedanke, den ich mir in meinem jungen, nicht sehr erfahrenen Verstand zurechtgelegt hatte. Aber Viviana wollte heiraten. Ich habe es abgelehnt. Deshalb hat sie mich verlassen, ohne mir zu sagen … ohne mir die Wahrheit zu sagen. Die Wahrheit über alles.«

Alice wurde blass und legte eine Hand auf ihren Bauch. »Nun, du wirst das nicht hören wollen, Quin«, sagte sie dann ruhig. »Aber ich weiß genau, wie sie sich gefühlt haben muss. Ich wusste, dass Henry mich liebt, und trotzdem hatte ich Angst, ihm die Wahrheit zu sagen. Und jetzt, Quin, jetzt wünschte ich, wir würden nur heiraten, weil wir uns dazu entschieden haben, nicht, weil wir es müssen. Denn bis ich dieses Kind empfangen habe, hat er es abgelehnt, zu heiraten. Es wird also immer einen kleinen Teil von mir geben, der … sich diese Frage stellen wird. Kannst du das nicht verstehen?«

»Zumindest ist Henry vor die Wahl gestellt worden, Alice.« Quins Stimme war rau von unterdrückten Gefühlen. »Zumindest hattest du den Anstand, es ihm zu sagen und ihm die Chance zu geben, sein Kind großzuziehen. Viviana hat einfach jemand anderen geheiratet und das Kind als zu jemand anderem gehörend ausgegeben.«

Alice sah ihn fragend an. »Es war eine arrangierte Ehe, Quin«, entgegnete sie. »Viviana hat mir erzählt, dass ihr Vater alles arrangiert hat. Und ich kann mir nicht denken, dass Viviana jemanden so hintergehen würde. Ich bin sicher, ihr Mann wusste, worauf er sich einließ, Quin.«

»Er muss sie sehr begehrt haben«, erwiderte Quin. »Aber er ist Cerelia kein Vater gewesen. Das Kind ist tief verletzt, Alice. Ich denke … ich denke, er war sehr grausam zu ihr. Ihre Augen, wenn sie von ihm spricht … oh Gott. Es ist fast mehr, als ich ertragen kann.«

Alice war noch immer sehr blass. Trotz seiner aufgewühlten Gefühle wünschte Quin fast, er hätte sie nicht damit belastet. »Was – was möchtest du von mir, Quinten?«, fragte sie. »Ich nehme nicht an, dass es hier nur um eine kleine belanglose Plauderei geht.«

Er schüttelte den Kopf. »Ich weiß es selbst nicht, Alice«, erwiderte er. »Ich dachte nur ... nun, ich dachte nur, dass jemand aus der Familie es wissen sollte. Ich habe Cerelia gegenüber jetzt eine Verpflichtung. Es sei Gott davor, dass mir etwas geschehen sollte, ich ... ich wollte nur, dass jemand außer mir die Wahrheit kennt.«

Alice berührte ihn leicht an der Schulter. »Vielleicht, mein Lieber, sollten wir nicht daran rühren und alles so lassen, wie es ist.«

Ihre Worte und deren Bedeutung waren klar. »Oh, dafür ist es zu spät«, sagte er grimmig. »Bergonzi hat das Kind offen abgelehnt. Aber ich weiß nicht, ob er sie auch enterbt hat. Ich weiß nicht, ob Geld für ihre Erziehung zurückgelegt wurde oder – oder für ihre Mitgift. Für irgendetwas. Ich weiß es einfach nicht. Und das macht mir Sorge, Alice.«

»Ich vermute, dass Viviana eine wohlhabende Witwe ist, Quin«, sagte Alice. »Eine außerordentlich wohlhabende, auch wenn sie nicht so vulgär ist, darüber zu reden. Bergonzi hat bei der Eheschließung zweifellos sehr großzügigen Regelungen zugestimmt. Oder sind ihre Gesetze anders als unsere? Vielleicht erbt eine Witwe dort alles. Oder das Singen ist lukrativer, als man vermuten mag. Auf jeden Fall musst du dir zumindest in dieser Hinsicht keine Sorgen um Cerelia machen. Und falls Bergonzi das Kind von seinem Erbe ausgeschlossen hat, wird Viviana sehr gut für sie sorgen.«

Quin fuhr sich mit der Hand durchs Haar. »Ja, natürlich«, sagte er. »Natürlich hast du recht. Ich fühle nur diesen Wunsch, dem Kind etwas Gutes angedeihen zu lassen, weil es scheint, als sei ihm schon so viel Schlechtes widerfahren.«

»Das ist eine Überlegung, die ich zutiefst respektiere«, nickte seine Schwester. »Und du kannst darauf vertrauen, dass Henry und ich uns um Cerelias Wohlergehen kümmern werden, sollte alles andere versagen. Du weißt, dass wir das tun werden, nicht wahr?«

Er nickte ernst. »Ich weiß, dass du das tun wirst, Allie«, erwiderte er ruhig. »Ich vertraue dir, das Richtige zu tun.«

Alice lachte leise. »Du lieber Gott, Quin!«, seufzte sie. »Warum ist das Leben so kompliziert? Wie kommt es, dass wir unserer Wege ganz sicher sind, bis Gott die Karten unseres Lebens nimmt und sie alle durcheinanderwirft?«

Irgendwie gelang es auch Quin, zu lachen. »Es ist, als ob ein Glücksspiel ganz schrecklich schiefläuft, nicht wahr?« Dann, auch wenn er wusste, er sollte es nicht tun, goss er sich noch einen Brandy ein. »Erinnerst du dich an diese alberne Geschichte, die Merrick letzten Monat auf Mums Dinnerparty erzählt hat?«

Alice zog eine Augenbraue hoch. »Auf deinem Verlobungsdinner, meinst du?«, murmelte sie. »Ich erinnere mich daran, dass sich Onkel Ches über etwas schiefgelacht hat, was Merrick ihm erzählt hat, aber worum es ging, weiß ich nicht.«

»Genau genommen konnte Chesley mit dem Lachen gar nicht mehr aufhören«, stimmte er zu. »Eine Zigeunerin hat uns verflucht, musst du wissen.«

»Wie bitte?«

»Alasdair, Merrick und mich«, erklärte Quin. »Das war im September. Wir drei waren irgendwo in Surrey, bei einem illegalen Boxkampf.«

»Merrick hat sich einen Boxkampf angesehen?«, fragte Alice ungläubig. »Alasdair und du, ihr beiden Halunken, ja, das ist mir klar. Aber Merrick? Niemals.«

»Nun, er wird das wohl auch nie wieder tun, da bin ich mir sicher«, sagte Quin. »Jedenfalls nicht zusammen mit seinem Bruder. Alasdair ist dabei erwischt worden, als er der Frau des Dorfschmieds ein wenig zu intensiv unter den Rock gegangen ist, und der hatte beschlossen, uns alle totzuschießen – mit zwei Pistolen.«

Alice grinste. »Wie schrecklich aufregend! Ich darf nicht vergessen, Mum davon zu erzählen!«

Quin sah sie finster an. »Ich kann mir nicht denken, dass du das ernst meinst«, brummte er. »Jedenfalls hat diese Zigeunerin uns erlaubt, uns in ihrem Zelt zu verstecken.«

Alice fing an zu kichern. »Ihr musstet euch *verstecken?*«

»Ja, aber als Gegenleistung wollte sie uns aus der Hand lesen – natürlich gegen Bezahlung.« Er schwieg einen Moment und lächelte schief. »Zu der Zeit schien alles noch recht lustig zu sein.«

»Oh, auch jetzt scheint es ganz lustig zu sein«, sagte seine Schwester. »Also? Was hat diese Frau dir prophezeit?«

Quin schwieg einen Augenblick, und als er weitersprach, klang seine Stimme sehr ernst. »Sie sagte, dass ich in der Vergangenheit oft leichtsinnig gehandelt hätte«, gab er zu. »Und zu schnell mit meinen Worten gewesen bin. Sie sagte, dass ich dafür bezahlen würde, und das auf sehr schmerzliche Weise. Dann sagte sie noch, dass jemand kommen würde, um ein Küken mit mir zu rupfen.«

»Sie meinte wohl, um ein Hühnchen zu rupfen, oder?«

Er zuckte die Schultern. »Ich habe sie danach gefragt, aber sie hat nicht reagiert«, erwiderte er. »Zum Schluss sagte sie noch, dass wir drei uns durch unsere zügellose Lebensweise selbst verflucht hätten, und dass die Vergangenheit zurückkommen würde, um uns zu quälen. Irgendetwas in der Art. Sie sagte auch noch, dass von uns jetzt verlangt würde, ›die Dinge in Ordnung zu bringen‹, was immer das auch bedeuten mochte.«

»Du liebe Güte«, murmelte seine Schwester. »Du wirst in der Tat ziemlich beschäftigt sein, wenn du für alle deine Sünden noch auf dieser Seite des Grabes Sühne leisten sollst.«

Quin bedachte sie mit einem leicht ärgerlichen Lächeln. »Ja, es ist dumm, nicht wahr? Dennoch bringt es einen zum Grübeln.«

»Du denkst zu viel, Quinten!«, warnte Alice ihn. »Du musst sofort damit aufhören! Und geh zu Bett, so wie ich es jetzt tun werde. Und ja, das mit Mum, das war ein Witz.«

In diesem Augenblick schlug irgendwo in den Tiefen des Hauses eine Uhr Mitternacht, jeder Glockenschlag ein langsamer, fast klagend klingender Ton.

Alice stand auf, nahm ihre Perlen und lächelte. »Nun!«, sagte sie mit einer Begeisterung, die nur leicht unecht klang. »Mein lang ersehnter Hochzeitstag ist endlich da. Wünschst du mir Glück?«

Ein Lächeln erschien auf Quins Gesicht. »Von ganzem Herzen und mehr, als du je wissen wirst, Allie«, sagte er leise. »Mögest du mit deinem Henry ein langes und glückliches Leben haben.«

»Danke, ich glaube, das werde ich.« Sie beugte sich zu ihm herunter und küsste ihn auf die Wange. »Frohe Weihnachten, Quin.«

Kapitel 16

In dem Contessa Bergonzi und Lord Wynwood Krankenwache halten

Alice' Hochzeitstag zog mit einem fast magisch strahlenden blauen Himmel über einer schneebedeckten Landschaft herauf. Der Schnee lag nicht hoch und würde auch nicht lange bleiben. Er war nur ein Hauch über dem wintersteifen, braunen Gras und verbarg die matschigen, zerfurchten Straßen unter sich wie ein weißer Teppich in einem Feenmärchen.

Der Vikar war gleich nach dem Frühstück eingetroffen. Alice und Henry sprachen ihr Ehegelübde im Salon von Arlington Park. Es war eine kleine, sehr private Zeremonie, der nur Quin, seine Mutter, die Kinder und drei der ältesten Dienstboten des Haushalts beiwohnten. Alice war eine wunderschöne Braut in einem dunkelblauen Seidenkleid und ihrer neuen Perlenkette. Henry sah Zoll für Zoll wie ein Gentleman aus, in Kleidern, die so elegant waren und ihn so gut kleideten, wie Quin es bislang kaum je bei ihm gesehen hatte. Zweifellos war das ein weiteres Ergebnis ihrer Fahrt nach London.

Danach weinte Mrs. Prater und küsste Braut und Bräutigam. Auch Quins Mutter tupfte sich verstohlen die Augenwinkel, als sie glaubte, niemand würde es bemerken. Quin schüttelte Henry die Hand und küsste seine Schwester auf die Wange. Der Vikar strahlte, als wäre das alles seine Idee gewesen. Dann war die Aufregung vorüber, und es war Zeit, sich zur Kirche von St. Anne und damit in die Öffentlichkeit zu begeben. Schließlich war Weihnachten.

Quin saß neben seiner Mutter in der winzigen Dorfkirche und versuchte, die Botschaft der Predigt in sich aufzunehmen, aber seine Gedanken waren ganz woanders. Er hoffte, dass kein Blitz vom Himmel niederfahren und ihn erschlagen würde, aber er konnte nur an Cerelia denken. Cerelia, seine Tochter, kalt und blass und zitternd. Obwohl väterliche Sorge eine ganz und gar neue Erfahrung für Quin war, passte sie ihm wie ein eingelaufener Schuh. Er schlüpfte mit Leichtigkeit hinein.

Als der Gottesdienst zu Ende war, strömte die Gemeinde aus dem Gotteshaus in den kristallklaren Sonnenschein, die Erwachsenen, um ein paar Worte miteinander zu wechseln, und die Kinder, um ihre aufgestaute Energie in den Versuch umzuwandeln, Schneebälle zu formen aus dem, was rasch zu Matsch wurde. Die Kunde von der Hochzeit, die am Morgen stattgefunden hatte, machte die Runde, und Alice und Henry waren bald von Gratulanten umgeben. *So viel zu ihrem Wunsch nach völliger Privatheit,* dachte Quin. Aber dafür war Arlington Green wohl ein zu kleines Dorf. Er gesellte sich zu seiner Mutter, die neben dem frischgetrauten Paar stand, und er versuchte, erfreut auszusehen – was er höchstsicherlich auch war. Doch die Sorge um Cerelia ließ ihn nicht los.

Schon bald und zu seiner großen Erleichterung löste sich die Menschentraube um Alice und Henry auf. Quin schaute sich um und stellte fest, dass niemand von Hill Court am vormittäglichen Gottesdienst teilgenommen hatte, nicht einmal jemand aus der Dienerschaft. Wie seltsam. Doch er sah Lucy Watson, die sich ihren Weg durch die Menschenmenge bahnte, in ihrem Schlepptau zwei rothaarige Tunichtgute. Und sie kam unverkennbar direkt auf ihn zu.

»Frohe Weihnachten, Lucy«, sagte er.

»Eure Lordschaft.« Sie grüßte ihn mit einem angedeuteten Knicks. »Ich dachte mir, dass Ihnen aufgefallen ist, dass niemand von Lord Chesleys Haushalt gekommen ist.«

Er sah sie neugierig an. »Ja, das ist mir aufgefallen.«

»Nun, zufällig war ich heute früh dort, um Tante Effie ihr

Weihnachtsgeschenk zu bringen.« Lucy sah ihn unverwandt an, als wollte sie beurteilen, wie sie ihr Anliegen am besten vorbringen sollte. »Dort oben herrscht etwas Unruhe. Lady Cerelia ist es in der Nacht plötzlich schlechter gegangen.«

Panik durchschoss ihn. »Schlechter?«, sagte er rau. »Du lieber Gott! Wie ernst ist es?«

Lucy sah ernst aus. »Sie hat Fieber bekommen«, erwiderte sie. »Es kam ganz plötzlich. Man hat nach Dr. Gould geschickt, das ist alles, was ich weiß. Aber eine bestimmte Person könnte vielleicht wünschen, gleich nach Hill Court hinaufzugehen, falls – nun, falls Sie es wünschen, Mylord. Das ist alles, was ich sage.«

Bevor Quin etwas erwidern konnte, knickste Lucy rasch und war gegangen.

Er brauchte nur einen Moment, um Alice etwas ins Ohr zu flüstern, Henry die Hand zu schütteln und den Kirchplatz zu verlassen. Er hatte den ganzen Morgen angespannt auf eine Nachricht von Viviana gewartet. Nur seine Sorge um Cerelia überwog seinen Zorn darüber, dass sie ihr Versprechen nicht gehalten hatte.

Als er auf Hill Court eintraf, ließ Basham ihn ohne weitere Erklärung ins Haus. »Man hat mir mitgeteilt, dass das Kind gegen Mitternacht Fieber bekommen hat, Mylord«, sagte er. »Dr. Gould ist jetzt bei ihr.«

Quin lief die beiden Treppen zu Vivianas Schlafzimmer hinauf. Er klopfte nicht an, sondern trat gleich in das Zimmer. Der Raum selbst war voller Frauen. Die Gouvernante – Miss Hevner, wenn er sich richtig erinnerte – stand allein in einer Ecke, ihr Gesicht zeigte ernste Sorge. Cerelia war in das Bett ihrer Mutter gelegt worden. Viviana beugte sich über sie, die alte italienische Kinderfrau stand neben ihr.

Gegenüber den beiden beugte sich Dr. Gould über Cerelia. Er schaute auf und zog eine Augenbraue hoch, als er Quin erblickte. Dann wandte er seine Aufmerksamkeit wieder dem

Holzrohr zu, das er auf Cerelias Brust gesetzt hatte, und legte ein Ohr daran. Mit der freien Hand hielt er sich das andere Ohr zu. Von Zeit zu Zeit verschob er das Rohr, wobei er ständig das Ohr daran hielt. Schließlich richtete er sich auf, steckte ein sorgfältig ausgearbeitetes Stück Elfenbein über das Ende des Rohres und verstaute es in seiner Ledertasche.

»Das Herz schlägt kräftig, aber die Lungen verstopfen sich weiter«, verkündete er. »Ihr Puls geht viel zu schnell.«

Cerelia warf sich unruhig im Bett hin und her, öffnete aber nicht die Augen. »Was können wir für sie tun?«, wisperte Viviana. Sie sah erschrocken aus.

Dr. Gould legte die Hand auf Cerelias Stirn. »Geben Sie den Saft aus Birkenrinde öfter als bisher«, sagte er. »Jede Stunde. Flößen Sie ihn ihr ein, wenn es sein muss. Wenn sie aufwacht, geben Sie ihr Wasser oder Brühe, so viel, wie sie möchte. Sollte es ihr schlechter gehen, schicken Sie nach mir. Wenn das Fieber bis morgen nicht sinkt, müssen wir einen Aderlass machen.«

Viviana nickte ernst. Gould sagte ihr einige ruhige, aufmunternde Worte, dann ging er. Falls er sich über Quins Kommen gewundert hatte, ließ er sich das nicht anmerken.

Langsam ging man im Zimmer zum »Normalen« über, was auch immer das unter diesen bedrückenden Umständen heißen mochte. Die Hausmädchen, die vermutlich gekommen waren, um die Bettwäsche zu wechseln, machten sich an dem kleinen Reisebett zu schaffen und gingen dann. Miss Hevner entschuldigte sich und murmelte etwas davon, dass sie sich um die anderen Kinder kümmern wollte. Signora Rossi, die alte Amme, entkorkte eine braune Flasche, die neben dem Bett auf einem Tablett stand, und gab etwas daraus in einen Becher mit Wasser.

Viviana setzte sich auf einen Stuhl am Bett; sie blickte Quin nicht an. Schockiert stellte er fest, dass man ihr heute jedes ihrer dreiunddreißig Jahre ansah. Obwohl Viviana eine große, verführerische Frau war, wirkte sie jetzt gerade schrecklich zerbrechlich. Tiefe Schatten lagen unter ihren Augen; ihre Hand umklammerte die Stuhllehne wie eine Kralle. Sie trug ihr kohlrabenschwarzes Haar zurückgekämmt, und Quin bemerkte einen feinen Silberhauch, der an ihren Schläfen schimmerte. Er fragte sich, ob das über Nacht gekommen war. Solche Dinge geschahen.

Vielleicht war es Vivianas entkräftete Erscheinung, die ihn besänftigte. Vielleicht war es auch der Anblick von Cerelia, die so klein und reglos in dem großen Bett lag. Was immer der Grund war: Sein Zorn schwand. Er strömte aus ihm heraus wie ein schreckliches, greifbares Etwas und ließ ihn zurück, um nur noch schreckliche Sorge zu empfinden. Was immer Viviana ihm auch angetan hatte: Das hier verdiente sie nicht.

Er sah sich nach einem Stuhl um und zog ihn neben ihren. Vivianas Hand lag noch auf der Stuhllehne. Impulsiv bedeckte er sie mit der seinen. »Wie lange ist sie schon in diesem Zustand?«

»Sie fing zu husten an, kurz bevor Dr. Gould heute Nacht gekommen ist«, berichtete Viviana ausdruckslos. »Dann hat das Fieber begonnen, und sie fing an zu stöhnen. Gegen Morgen hatte sie so etwas wie … wie *una convulsione?*«

»Eine Art Anfall?«

Viviana nickte, ohne dass sie den Blick von Cerelia wandte. »*Sì*, einen Anfall«, sagte sie ruhig. »Nicolo hatte einen als Baby. Es war so ähnlich.«

Quin versuchte, ruhig zu klingen, auch wenn er das nicht war. »Sie scheint jetzt ruhiger zu sein. Ist sie nicht aufgewacht?«

»Nur ein wenig«, erwiderte Viviana. »Aber sie hat wirr geredet und sich wild hin und her geworfen, wenn wir versucht haben, sie zu beruhigen.«

Signora Rossi hielt eine zweite braune Flasche hoch und sagte in schnellem Italienisch etwas zu Viviana. »*Sì, grazie*«, erwiderte

Viviana und stand auf. Die alte Frau verließ das Zimmer und nahm das Tablett mit, das neben dem Bett stand.

Quin folgte Viviana, als sie auf die andere Seite des Bettes humpelte. Sie ergriff den Becher, in den die Amme etwas aus der braunen Flasche getan hatte, und rührte den Inhalt mit einem Löffel um.

»Was tust du?«, wollte er wissen.

»Signora Rossi hat den Saft vorbereitet.« Sie strich sich mit dem Handrücken über die Stirn. »Wir müssen ihn Cerelia löffelweise eingeben, *un po' per volta* – in Schlucken, *sì?* –, damit sie sich nicht daran verschluckt.«

Er sah Viviana zu, wie sie weiterhin den Saft umrührte. Ihre Hand zitterte deutlich, und das Handgelenk der anderen war bandagiert, höchstwahrscheinlich eine Folge ihres Sturzes am vorhergehenden Abend. »Viviana, hast du heute Nacht überhaupt geschlafen?«

»*Non molto*«, murmelte sie. »Aber genug.«

Quin runzelte die Stirn. »Kein Schlaf und du kannst dein eines Bein kaum belasten.« Sanft nahm er ihr den Becher aus der Hand. »Zeig mir, was zu tun ist«, wies er sie an. »Dann setz dich hin und ruh dich aus.«

Sie sah ihn überrascht an, ihre Augen blickten fragend.

»Ich habe das Recht, ihr zu helfen, Viviana«, sagte Quin leise. »Verweigere mir nicht diese Chance.«

Viviana schluckte hart und nickte. »Nimm nur wenig auf den Löffel«, sagte sie. »*Sì*, das reicht. Und drück ihn an ihre Unterlippe, sie wird es schlucken. Wenn nicht, gib es ihr tröpfchenweise.«

Es war wirklich ein mühevoller Prozess, auch wenn Quin sich nicht beklagte. Viviana sah ihm zu, sie sagte nur wenig. Zuerst lief Cerelia die Flüssigkeit das Kinn herunter und musste rasch abgetrocknet werden. Manchmal konnte er nur die Löffelspitze gegen Cerelias Zähne drücken und das Beste hoffen. Zwischen den Medizingaben legte er die Finger auf ihre fieberheiße Stirn. Es waren diese Momente, in denen man wirklich begriff, dass die Krankheit sie fest im Griff hatte. Quin begann, darum zu beten, dass das Fieber endlich sinken möge.

Irgendwann begann Cerelia, auf Italienisch zu fantasieren und sich unruhig hin und her zu werfen.

Viviana sprang von ihrem Stuhl auf und griff nach der Bettdecke. »So war es auch heute früh.« Sie klang ängstlich. »Signora Rossi sagt, dass wir damit rechnen müssen, aber es ist so ... *Dio*, es macht mir Angst.«

»Mir auch«, gab Quin zu und sah sie direkt an. »Aber Signora Rossi kennt sich doch aus, nicht wahr? Du vertraust ihr?«

Viviana nickte und sank zurück auf ihren Stuhl. »Sie ist sehr weise«, sagte sie. »Aber sie ist viel zu alt für so etwas hier. Sie ist ... sie ist *stanchissima*. Sehr erschöpft.«

Quin versuchte zu lächeln. »So wie du«, stellte er fest. »Aber was ich denke, ist nebensächlich, auch wenn es nach dem Gegenteil aussieht.«

Sie lächelte ihn leicht an, als er das sagte, dann lehnte sie sich zurück und verschränkte die Arme vor der Brust. Er war nicht sicher, ob er diese Geste als Zeichen der Widerspenstigkeit oder großer Müdigkeit werten sollte.

Quin nahm seine Aufgabe wieder auf. Zum Ende hin war sein Rücken ein wenig steif davon, immer wieder über dem Bett gebückt zu stehen, aber zumindest hatte er Cerelia den ganzen Saft – nun, das meiste davon – eingeflößt.

»*Bene*«, sagte Viviana erleichtert, als er den Becher abstellte.

Er sah sie über das Bett hinweg an. Die Vormittagssonne schien hell durch eines der Fenster und badete sie in kaltem Winterlicht. Selbst in ihrem Kummer war Viviana wunderschön. Aber der Heiligenschein der madonnenhaften Heiterkeit war verschwunden; sie war zu der gequälten Mutter geworden, die das Schlimmste für ihr Kind befürchtete.

Guter Gott, wie er es hasste, sie so zu sehen! Niemals hatte er gewünscht, dass sie leiden sollte. Plötzlich wollte er jeden gehässigen Gedanken, den er je gegen sie gehegt hatte, ungedacht machen. Er war noch immer zornig, fühlte noch immer, dass er getäuscht worden war. Aber wenn er Cerelia so sah, dann verstand er ein wenig besser, was Viviana angetrieben hatte.

Er stellte den Becher ab und setzte sich wieder neben sie. »Viviana, heute ist Weihnachten«, sagte er ruhig. »Warum gehst du nicht zu Felise und Nicolo und verbringst ein wenig von diesem Tag mit ihnen? Ich werde hierbleiben. Ich hole dich, wenn es auch nur die leiseste Veränderung gibt.«

»Wir haben Weihnachten aufgeschoben«, erwiderte sie. »Wir werden erst feiern, wenn ... wenn Cerelia wieder gesund ist. Es war Felises Idee.«

Quin verstand. »Ich habe aus London einige Dinge für die Kinder mitgebracht«, gestand er. »Ich – ich habe sie vergessen. Ich bin von der Kirche direkt hierhergekommen. Soll ich Basham bitten, jemanden nach Arlington Park zu schicken, um sie zu holen? Für alle Fälle?«

Sie zuckte mit den Schultern. »*Sì*, wie du es wünschst.«

Aber Quin stand nicht auf, um hinauszugehen, nach einem Diener zu klingeln oder sonst irgendetwas zu tun. Es widerstrebte ihm, Cerelia zu verlassen, sei es auch nur für einen Moment. Auch Viviana empfand so. Ein Gefühl von Vergänglichkeit lag im Zimmer: der widersinnige Glaube, dass man, solange man wachsam blieb, solange man das Heben und Senken von Cerelias Brustkorb beobachtete, solange man auf das leichte Rasseln ihres Atems lauschte, das Leben dazu zwang, weiterzugehen. Aber wenn man es wagte, den Rücken zuzukehren ...

Viviana strich sich durch das Haar und senkte ihre Stimme zu einem Flüstern. »Es tut mir leid, Quinten.« Sie starrte auf den opulenten Orientteppich. »Das ist alles meine Schuld. Ich hätte besser auf sie aufpassen müssen.«

»Viviana, nun sei nicht zu hart mit dir selbst«, ermahnte er sie. »Wie viele Kinder waren dort? Fünfzehn? Sechzehn?«

Ihre Augen blitzten vor Ärger auf. »*Sì*, aber nur drei davon waren meine«, erwiderte sie. »Und ihnen muss meine ungeteilte Aufmerksamkeit gelten. Stattdessen habe ich –« Sie verstummte und schüttelte den Kopf, ihre Lippen waren fest zusammengepresst.

»Stattdessen hast du was?«, drängte er.

Ein Ausdruck von Abscheu huschte über ihr Gesicht. »Geplaudert«, gab sie zu. »Ich habe die ganze Zeit mit deiner Mutter geplaudert, wie eine dumme – dumme – oh, wie heißt dieses dumme Ding, dieser Vogel?«

Quin zog eine Augenbraue hoch. »Eine Gans?«

»*Sì*, wie eine dumme Gans«, fauchte sie. »Ich habe nicht aufgepasst, sondern nur daran gedacht, wie ich ...« Sie verstummte wieder und Tränen traten in ihre Augen.

»Wie du was, Vivie?« Er war unbewusst wieder dazu übergegangen, sie bei ihrem Kosenamen zu nennen.

Viviana presste die Lippen aufeinander und schüttelte wieder den Kopf. »Wie ich sie beeindrucken könnte«, wisperte sie. »Wie ich – wie ich sie dazu bringen könnte, mich für eine Frau zu halten, die ihres ... ihres Respekts würdig ist.«

»Oh, Vivie! Vivie, du brauchst die Bestätigung meiner Mutter nicht, aus keinem einzigen Grund. Und außerdem glaube ich, dass du sie schon lange hast. Ich glaube, du hast es sogar geschafft, sie ein wenig einzuschüchtern, was nicht das Schlechteste ist. Aber mach dir darüber keine Gedanken, Viviana.« Dann stand er auf und berührte Cerelias Stirn. »Wie wäre es, sie kalt abzureiben?«, schlug er vor. »Könnte es nicht sein, dass es ihr danach besser geht?«

Viviana nickte. »Vielleicht.«

Quin ging zum Waschtisch und kam mit einem Waschtuch und einer Schüssel mit kaltem Wasser zurück. Er wusch Cerelia das Gesicht, ihren Hals und sogar ihre Arme. Es schien sie in der Tat ein wenig ruhiger zu machen. Irgendwann dabei schlug Cerelia plötzlich die Augen auf. Sie sah ihn an, ohne ihn zu erkennen. »Mamma – ?«, keuchte sie.

Viviana sprang auf und legte die Hand um das Gesicht ihrer Tochter. »Ich bin hier, *mia cara bambina*«, flüsterte sie. »Mamma ist hier. Mamma wird dich nie verlassen.«

Mamma wird dich nie verlassen.

Quin dachte wieder an die Drohungen, die er ausgestoßen hatte. Er hatte jedes Wort davon gemeint, oder? Aber während er auf Vivianas Hand schaute, die sich um die fieberheiße Wange des Kindes schmiegte, und an den Schmerz in ihren Augen, dann war er sich plötzlich gar nicht mehr sicher. Würde er Viviana wirklich zwingen, sich zu entscheiden? Zwischen ihrem Zuhause und ihrem Kind?

Quin schüttelte den Kopf und stellte die Schüssel zur Seite. Er konnte es nicht ertragen, jetzt darüber nachzudenken. Er war seit noch nicht einmal einem Tag Vater, und die Gefühle, die dieses Wissen ausgelöst hatte, waren überwältigend. Alles, was jetzt zählte, alles, um was es jetzt wirklich ging, war, dass Cerelia gesund wurde. Alles andere musste warten. Seine Bedürfnisse, seine Wünsche, selbst seine Rachegelüste, wenn er sie denn noch hatte, mussten an die zweite Stelle rücken.

Cerelia fiel in einen etwas ruhigeren Schlaf, auch wenn die helle Röte des Gesichtes nicht abklingen wollte. Viviana setzte sich wieder auf ihren Stuhl, und die Minuten verstrichen langsam. Irgendwann kam Signor Alessandri ins Zimmer. Während er Cerelias Hand hielt und streichelte, stellte er Viviana auf Italienisch Fragen, die sich drängend anhörten. Er schien zu angespannt, um sich darüber zu wundern, warum Quin anwesend war.

Auch Chesley kam kurz herein, um Viviana aufzumuntern und dem Kind freundlich die Wange zu tätscheln. Signora Rossi brachte noch mehr Wasser, eine warme Brühe und die unvermeidlichen braunen Flaschen. Viviana hielt das Kind im Arm, als es ihnen gemeinsam gelang, dem Kind etwas Brühe einzuflößen. Cerelias Augen aber waren noch immer blicklos und glasig. Sie war nicht wirklich wach.

Als das vollbracht war, sprach Viviana in ihrem schnellen Italienisch mit der Kinderfrau. Sie schickte die Frau fort, so viel verstand Quin. Signora Rossi sah Viviana finster an und verließ das Zimmer.

»Sie wird jetzt schlafen«, sagte Viviana. »Wenigstens für ein oder zwei Stunden.«

Quin zeigte auf das leere Reisebett. »Das solltest du auch tun«, riet er ihr. »Wenn Cerelia dich braucht, werde ich dich sofort wecken, das verspreche ich dir.«

Viviana schüttelte den Kopf. »Es ist wieder Zeit für ihren Saft.«

Quin versuchte, ihr die Medizinflaschen abzunehmen. Ein kleiner Streit entbrannte, der damit endete, dass Viviana zustimmte, sich auf das Bett zu setzen, um ihr verletztes Bein zu entlasten. Sie waren beide erschöpft, sie beide hatten Angst. Und so kam der Nachmittag heran. Als hätten sie sich abgesprochen, wechselten sie einander dabei ab, Cerelia zu waschen und ihr die Medizin zu geben. Ihr unruhiges Hin-und-her-Werfen hörte auf, dann kam es wieder. Als es ganz schlimm wurde, schrie Cerelia nach ihrer Mutter und schlug dabei wild um sich.

Als es endlich aufhörte, setzte Viviana sich hin und legte den Kopf auf das Bett. »Oh, *Dio*, mein armes Baby!«, schluchzte sie. »Warum habe ich nicht auf sie aufgepasst? Was hat sie sich dabei gedacht, allein zurück in den Wald zu gehen?«

»Sie hatte ihren Ring verloren«, erklärte Quin ruhig. »Sie wollte ihn unbedingt wiederfinden.«

»Sie sollte ihn nicht tragen!«, klagte Viviana. »Warum war ich nicht strenger? Warum, in Gottes Namen, habe ich ihn ihr überhaupt gegeben? Hätte ich das nicht getan, wäre nichts von alldem passiert.«

Wieder legte er die Hand auf ihre. »Ihr Zauberring, so hat sie ihn genannt. Ich denke, dass er sie getröstet hat, Viviana.«

»*Sì*, er hat sie getröstet«, erwiderte Viviana bitter. »Aber im Leben widerfährt einem nicht immer Trost, nicht wahr? Ich habe ihr ein Märchen erzählt und habe sie das glauben lassen. Es wäre besser gewesen, ich hätte ihr die Wahrheit gesagt.«

Quin lehnte sich zurück und wandte sich auf seinem Stuhl ihr zu, um sie anzusehen. »Warum hast du ihr den Ring gegeben, Viviana?«, fragte er. »Darf ich es nicht wissen?«

Sie schüttelte den Kopf. »Es ist so sehr schwer zu erklären, Quinten«, antwortete sie. »Du hast das Gefühl, ich hätte dich getäuscht, und vielleicht habe ich das getan. Ich ... ich weiß es nicht. Aber wenn ich es getan habe, dann musst du wissen, *caro*, dass Gott mich bereits dafür bestraft hat. Du musst dir diese Mühe nicht mehr machen.«

»Vivie, du redest Unsinn«, entgegnete er. »Hier geht es nicht um Bestrafung.«

Aber Viviana hörte ihm nicht zu. Ihr Blick hatte sich nach innen gewandt. »Vielleicht bedeutet Cerelias Krankheit, dass er mich noch immer straft«, flüsterte sie. »Ich dachte, es wäre vorbei, aber sieh sie dir an, so zerbrechlich und so klein, und ich kann nicht anders, als mich das zu fragen.«

Er legte die Hände auf ihre Schultern und schüttelte sie leicht. »Vivie, wovon sprichst du, um Himmels willen? Gott bestraft dich doch nicht. Und was hat das alles mit dem Ring zu tun?«

Sie sah ihn an, offen und eindringlich. »Quinten, du hast mich einmal gefragt, ob *Papà* sich meinetwegen mit Gianpiero entzweit hat«, wisperte sie.

»Und ich würde es noch immer gern wissen«, gab er zu.

Sie schluckte hart und nickte. »Vor vielen Jahren wünschte Gianpiero, dass ich seine Geliebte werden sollte.« Ihre Stimme war so leise, dass er sich anstrengen musste, sie zu verstehen. »*Papà* und ich wohnten auf seinem Besitz, und ich konnte seinen Aufmerksamkeiten nicht entgehen. Er war … unbarmherzig. Mein Leben wurde zur Qual. Wohin immer auf dem Kontinent ich reiste, wo immer ich gesungen habe, da war er auch. Und immer lächelte er so charmant. *Papà* begann, sich Sorgen zu machen, und schließlich schickte er mich fort.«

»Du meinst, zu Onkel Ches?«

Sie nickte wieder. »*Sì*, nach England. Dorthin, wo Gianpiero so gut wie keinen Einfluss hatte.«

Er wartete darauf, dass sie weitersprach. Als sie schwieg, drängte er sie: »Sprich weiter, Viviana. Bitte.«

Sie seufzte laut. »Gianpiero war außer sich, als er herausfand, dass ich fort war. Er hat *Papà* von allem abgeschnitten – nicht nur finanziell, sondern auch, was seine Arbeit anging. Aber *Papà* hat nicht nachgegeben. Viele Monate verstrichen. Während die Zeit verging und keiner seiner Tricks ihm das einbrachte, was er wollte, wurde Gianpiero plötzlich wieder freundlich. Er schlug eine Heirat vor. Er bat *Papà* um Vergebung. Und deshalb bin ich nach Hause zurückgegangen, und ich habe ihm die Wahrheit gesagt. Dass ich ihn nicht liebte und es niemals tun würde, und dass ich ein Kind erwartete. Aber ich habe versprochen, eine gute und treue Ehefrau zu sein, wenn er dafür meinem Kind seinen Namen geben würde. Den Rest, *caro*, kennst du.«

Quin fühlte einen leichten Schwindel, als würde sich das Zimmer um ihn drehen. »Guter Gott, Viviana«, raunte er. »Warum bist du nicht zu mir gekommen und hast es mir gesagt?«

»Du wolltest mich nicht«, sagte sie einfach. In ihren Worten lag kein Zorn.

Er fasste sie härter an den Schultern. »Viviana, du weißt, dass das nicht so ist.«

»Du wolltest mich nicht heiraten«, korrigierte sie sich. »Sag jetzt nicht, dass du es wolltest, Quinten. Das wäre eine Lüge.«

Er sah sie grimmig an, aber er schwieg.

Viviana sprach weiter. »Du wolltest mich nicht heiraten – aber hättest du dich um mich gekümmert?«, fragte sie leise. Ihre Stimme kam wie aus weiter Ferne. »*Sì, caro*, höchstwahrscheinlich. Aber wie hätte ich meinem Vater die Schmach antun können, ein uneheliches Kind zu haben? Nach allem, was er für mich geopfert hatte? Er hatte seine Sicherheit aufgegeben, seine Karriere – und das alles nur, damit ich meine kostbare Ehre behalten konnte. Damit ich mehr sein konnte als nur die Geliebte eines reichen Mannes. Oh Quinten, wie konnte ich ihn sehen lassen, dass ich sein Geschenk an mich weggeworfen hatte?«

Der Schmerz in ihrer Stimme schnitt ihm ins Herz. »Ich ... ich weiß es nicht, Viviana«, sagte er. »Es tut mir so leid.«

Unter seinen Händen sackten ihre Schultern herunter. »Letzten Endes war meine Entscheidung vielleicht nicht klug«, sprach sie weiter und presste den Handrücken an ihre Stirn. »Vielleicht wäre es besser gewesen, ich hätte mein Kind allein auf die Welt gebracht, als mich auf diesen Teufelspakt mit Gianpiero einzulassen. Gefallene Frauen werden nicht unbedingt gemieden – nicht in der Welt der Oper. *Papà* hätte es überlebt. Wir hätten keinen Platz mehr in der Gesellschaft gehabt, aber wir wären auch nicht verhungert.«

Wir wären nicht verhungert? Grundgütiger Gott, wie nah waren sie daran gewesen? Er hasste es, sie darüber reden zu hören, hasste es, daran zu denken, zu welchen Entscheidungen seine blinde Dummheit sie gezwungen hatte, auch wenn diese nicht klug gewesen waren.

Gott im Himmel, wie sehr wünschte er, er hätte nie mit ihr geschlafen! Sie nie berührt. Kein einziges Mal. Er würde eher seine süßesten Erinnerungen aufgegeben haben und sogar

Cerelia, als zu wissen, was Viviana hatte durchstehen müssen. Männer zeugten Kinder und gingen fort – wenn sie das wollten. Frauen brachten die Kinder auf die Welt und waren für den Rest ihres Lebens durch die Pflicht an sie gebunden. Das waren die schrecklichen, hässlichen Wahrheiten.

Unruhig und erschöpft stand er auf und begann, im Zimmer hin- und herzugehen. Viviana saß reglos auf ihrem Stuhl am Bett. Einmal stieß Cerelia einen Laut aus, und er ging zu ihr, bevor Viviana mit ihrem verletzten Fuß aufspringen konnte. Die Bettdecken waren zerwühlt. Er zog sie wieder glatt, dann wusch er ihr erneut das Gesicht und den Hals mit kaltem Wasser. Etwas in seinem Herzen zog sich jedes Mal zusammen, wenn er sie ansah. Sie war so klein und so wunderschön.

Er ließ den Blick über sie schweifen und fragte sich wieder, wie er all die Anzeichen hatte übersehen können. Im Gesicht sah sie Viviana sehr ähnlich, das wohl, aber ihre dunkelblauen Augen – ja, die waren von ihm. Und ihr Haar? Unbestreitbar wie das seiner Schwester; nicht genau die gleiche Farbe, aber deren Glanz, Aussehen und Üppigkeit. Sie hatte auch Alice' schmale Schultern und langen Beine. Ihre reizende Fohlenhaftigkeit würde bleiben, auch wenn sie eine erwachsene Frau sein würde, dessen war er sicher, so, wie es auch bei seiner Schwester war. Cerelia würde nie Vivies üppige, exotische Sinnlichkeit haben, aber sie würde eine Schönheit sein. Eine unmusikalische Schönheit. Quin wusste nur zu gut, von wem ihr diese Talentlosigkeit in die Wiege gelegt worden war.

Herr im Himmel! Solche Gedanken rückten einen wichtigen Aspekt der Vaterschaft in den Blick, über den er noch nie nachgedacht hatte. Er hatte Cerelia Eigenschaften von sich mitgegeben. Er hoffte bei Gott, dass es überwiegend die guten sein mochten. Er hoffte, dass Cerelia nicht sein erstaunlich schlechtes Urteilsvermögen geerbt hatte. Er hoffte, dass sie nicht die Vorliebe seiner Mutter für Naschwerk oder das harte Herz seines Vaters geerbt hatte. Er hoffte, dass sie aufgeweckt und neugierig bleiben würde bis in ihr hohes Alter, wie seine Tante Charlotte. Er hoffte, dass sie wie Onkel Ches die feinen Qualitäten des Nachdenkens und seine Freundlichkeit geerbt hatte. Er betete zu Gott, dass sie niemals aufwachen würde, wie es bei ihm der Fall gewesen war, noch bevor er dreißig Jahre alt gewesen war, und sich in einem Leben aus Leere und Bitterkeit gefangen fühlen würde.

Mit langsamen, bedachten Bewegungen faltete er das Waschtuch zusammen und hängte es über den Rand der Schüssel mit dem kalten Wasser. Ein Hausmädchen trat ein, nachdem es leise an die Tür geklopft hatte, und brachte ein Tablett mit Broten und Obst. Viviana bedankte sich, und das Mädchen ging wieder. Keiner von ihnen beiden schenkte dem Essen Beachtung.

»Du hast mir von dem Ring erzählt, Viviana«, sagte er ruhig. »Cerelia hat mir erzählt, dass Bergonzi ihn zerstört hat. Darf ich fragen warum?«

Geistesabwesend begann Viviana an dem Ring zu spielen, den sie trug; ein breites Band aus Gold mit kleinen Brillanten besetzt.

»Vivie?«, sagte er wieder.

Ihr Kopf fuhr hoch, in ihren Augen schimmerten Tränen. »Gianpiero hat immer gewusst, woher der Ring kam«, begann sie leise zu sprechen. »Ich habe es ihm nicht gesagt, Quin, und er hat nicht gefragt. Aber er wusste es. Ich habe ihn behalten, so, wie du es dir gewünscht hast.«

»Hast du ... hast du ihn je getragen, Vivie?« Das war nicht die Frage, die ihm unter den Nägeln brannte – *Hast du mich je vermisst?* –, aber er würde sie nicht stellen.

Sie schüttelte den Kopf und begann wieder, den Brillantring an ihrem Finger hin- und herzudrehen. »Ich habe ihn weggelegt, denn zu Beginn habe ich versucht, meinen Ehemann zu lieben. Ich habe es wirklich versucht. Aber die Jahre kamen und gingen, und ich konnte ihn nicht auf die Art lieben, die er wünschte. Er wurde verbittert, und seine Verbitterung wurde so groß, dass sie ihn verrückt gemacht hat. Am Ende hat er sich Geliebte genommen und sich Mätressen gehalten. Mir … mir war das egal. Und das hat ihn nur noch wütender gemacht.«

Quin ging zu ihr. »Oh Viviana, das tut mir sehr leid.«

Sie zuckte mit den Schultern. »Es hat mich nicht umgebracht«, sagte sie. »Nach der Geburt von Nicolo begannen wir, mehr oder weniger getrennt zu leben. Cerelia und ich waren glücklicher, denke ich, Felise hingegen nicht. Ich lebte mein eigenes Leben. Und eines Tages habe ich dann … ich habe den Ring auf den Finger gestreift. Ich kann nicht sagen, warum. Ich wollte einfach etwas Schönes, Strahlendes tragen. Ich habe ihn über Monate immer mal wieder getragen. Ich glaube nicht, dass Gianpiero es bemerkt hatte oder dass es ihm etwas ausgemacht hat. Gesagt hat er nichts.«

»Aber es hat ihm etwas ausgemacht?«, fragte Quin ruhig.

Sie nickte kaum merklich. »An einem Sonntagnachmittag saß ich mit Cerelia im Garten auf einer Bank. Gianpiero kam aus dem Haus, um mir zu sagen, dass er wieder verreisen würde. Er wollte mit seiner Geliebten zwei Wochen in unserer Villa am Comer See verbringen. Sein Ton war kalt, sehr hässlich. Aus irgendeinem Grund hatte sich bei Cerelia der Gedanke festgesetzt, er würde dieses Mal nicht zurückkommen. Felise hat immer sehr stark unter seiner Abwesenheit gelitten, aber Cerelia hat er nie beachtet. Und doch war sie es, die zu weinen begann und ihn bat, nicht fortzugehen. Ich glaube … ich glaube, sie hat es für Felise getan.«

»Was ist geschehen, Vivie?«

»Gianpiero wurde rasend vor Wut.« Viviana hob die Hände, als wollte sie den Himmel um Beistand anflehen. »Wie ein Tier. Ich hatte ihn noch nie so erlebt. Er spuckte vor Cerelia aus und schimpfte sie eine kleine *monella – sì*, einen habgierigen kleinen Balg. Er sagte noch viel Schlimmeres. Und je heftiger sie weinte, umso hässlicher wurden seine Beleidigungen.«

»Dieser Bastard!«

»Schließlich packte er mich am Arm, zerrte mich von der Bank hoch und sagte: ›Oh, das arme kleine Balg! Sie weint nach ihrem *papà!*‹ Dann riss er mir den Ring vom Finger und warf ihn ihr vor die Füße. ›Da, Cerelia!‹, schrie er. ›Da hast du deinen *Papà*. Denn ich bin es nicht. Fahr mit diesem kostbaren Ring nach England, *cara mia*, und versuch, ihn dort zu finden!‹«

»Du lieber Gott!«

»Zuerst hat Cerelia es gar nicht verstanden«, sagte Viviana leise. »Sie kniete sich ins Gras und nahm den Ring und versuchte, ihn mir wieder anzustecken. Gianpiero drehte sich in dem Moment um. Sein Gesicht – *Dio mio*, sein Gesicht! Es war eine Maske der Wut. Er kam zurück, entriss ihr den Ring und warf ihn auf den Boden. Im Garten hatten Steinmetze eine Mauer ausgebessert. Sie hatten einen Hammer zurückgelassen, einen … großen Hammer. Er packte ihn und schlug damit auf den Ring ein. Wieder und wieder schlug er zu, und das mit solcher Kraft, wie du sie noch nie erlebt hast. Dabei schrie er Cerelia die ganze Zeit über an, schrie, dass er nicht ihr *Papà* sei. Und dass ich eine treulose Hexe sei. Dass er uns alle hasste.«

Ihre Worte verklangen. Sie würde ihn nicht ansehen. Quin neigte den Kopf und versuchte, ihren Blick zu finden. »Was ist danach passiert, Vivie?«

Viviana schwieg. Sie schaute zu Boden und blinzelte einige Male heftig.

Quin nahm ihre Hand. »Wenn du nichts mehr sagen möchtest, werde ich das verstehen.«

Ihr Kinn straffte sich und ihr Blick traf seinen, voller Kummer und dennoch wütend. »Ich habe ihn gebeten, mir den Ring zurückzugeben, damit Cerelia ihn haben kann«, flüsterte sie. »Und dann hat er mich getroffen.«

Zuerst dachte Quin, er hätte sie missverstanden. »Was meinst du mit, er hat dich *getroffen?*«

Viviana sah ihn entschlossen an. »Er hat mich geschlagen«, erwiderte sie. »Aber dieses Mal war es nicht mit dem Handrücken oder einem Ledergurt, wie er es üblicherweise getan hat. Dieses Mal war es seine Faust. Und dieses Mal hat es Spuren hinterlassen, die ich nicht verbergen konnte.«

»Großer Gott!« Quin fühlte Hass in sich aufwallen und auch ein Gefühl drohenden Entsetzens.

Viviana sprach noch immer sehr leise, aber auch fest. Es war, als würde sie eine Geschichte erzählen, die sie schon tausendmal erzählt hatte. Leidenschaftslos, als wäre sie weit entfernt von jenem Leben, jener Zeit und jenem Ort. »Als ich wieder zu mir kam, lag ich auf dem Gartenweg und alles war voller Blut«, sprach sie weiter. »Cerelia kniete neben mir und weinte. Sie war erst sechs Jahre alt. Sie wusste nicht, was sie tun sollte.«

»Großer Gott!«, sagte Quin wieder und drückte ihre Hand. »Was hast du dann gemacht?«

»Was gab es da schon noch zu tun?«, fragte sie ruhig. »Ich bin aufgestanden und habe sie ins Haus gebracht. Ich habe die Haushälterin gebeten, einen Arzt zu holen. Ich habe ihr gesagt, dass Gianpiero mich geschlagen hat und dass ich vermutete, dass meine Nase gebrochen wäre. Und so war es. Und man könne nichts tun, sagte der Arzt. Also habe ich meine blutbefleckten Kleider weggeworfen, habe ein heißes Bad genommen und bin wieder zu Cerelia gegangen.«

»Sie muss zutiefst verstört gewesen sein.«

Viviana zögerte. »Das war sie«, gab sie zu. »Und sie hat mich gefragt, ob es wahr sei, was Gianpiero gesagt hatte – dass er nicht ihr Vater ist. Ich – ich habe ihr gesagt, dass es die Wahrheit ist.

Was sonst hätte ich ihr sagen sollen? Sie war so traurig. Sie hat es auch kaum verstanden, denke ich. Sie hat mich gefragt, ob Gianpiero sie fortschicken würde, und ich habe ihr gesagt, dass das nicht wichtig wäre. Denn was immer auch geschehen würde, wir würden uns niemals trennen. Und dann habe ich ihr den Ring gegeben. Ich habe ihr gesagt, dass Gianpiero den Ring zerschlagen hat, weil es ein Ring wäre, der Zauberkraft hätte.«

»Zauberkraft?«, wiederholte er.

»Die Kraft der Liebe«, sagte Viviana ruhig. »Ich sagte ihr, dass ihr *papà*, ihr ... leiblicher Vater ihn mir gegeben hatte für sie, und dass er das Zeichen seiner ewigen Liebe für sie wäre. Ich habe ihr gesagt, dass ihr die Liebe ihres *papàs* gehört, solange sie diesen Ring besitzt. Das klingt jetzt so ... dumm. Aber in jenem Moment brauchte sie irgendetwas. Etwas, was ich ihr nicht geben konnte. Und deshalb habe ich ... sie angelogen.«

»Nein, du hast nicht gelogen, Viviana«, flüsterte er. »Du hast genau das Richtige getan.«

»Ich habe versucht, das Richtige zu tun«, murmelte Viviana bedrückt. »Aber wie meine Ehe mit Gianpiero hat es sich als das Falsche herausgestellt. Cerelia hat ... sie hat eine übertriebene Einstellung zu diesem Ring entwickelt. Verstehst du, warum sie ihn immer tragen wollte? Warum sie etwas so Dummes getan hat, wie in den Wald zurückzulaufen, um nach ihm zu suchen?«

»Natürlich verstehe ich das«, brummte er grimmig.

Und es war erst recht der Grund, fürchtete er, warum es klüger gewesen wäre, dem Kind die ganze Wahrheit zu sagen. Dann hätte sie zumindest ein wenig mehr als einen Ring, an den sie ihre Hoffnungen und Träume knüpfen könnte. Vielleicht war er nicht viel besser als ein toter Klumpen Metall – sicherlich war das Vivianas Eindruck –, aber zumindest könnte er Cerelia das Gefühl geben, geliebt zu werden, im wahrsten Sinne des Wortes.

Viviana seufzte wieder und stand auf. Vorsichtig ihr verletztes Bein belastend, ging sie erst zum Fenster und dann zum Schreibtisch, ihre Bewegungen wirkten trotz ihrer humpelnden Schritte unruhig. Sie ging wieder zum Fenster, legte die Fingerspitzen auf das Glas und schaute hinaus, als könnte das sie in eine glücklichere Zeit oder an einen besseren Ort bringen.

»Jetzt weißt du, was ich getan habe, Quinten«, sagte sie ruhig. »Und du sollst wissen, welchen Preis Gott dafür verlangt hat. Meine Nase … sie ist nicht gerade hässlich. Aber sie ist ruiniert.«

»Es ist noch immer eine sehr hübsche Nase«, widersprach er und meinte es auch so.

Sie wandte sich vom Fenster ab und sah ihn an. »Aber sie ist ruiniert«, sagte sie wieder. »Die … die *cavità*. In meinem Kopf … dort, wo die Luft nachhallt. Es ist … nicht in Ordnung. Etwas ist kaputtgegangen. Hat sich verändert.«

»Verändert?« Quin furchte die Stirn. »Was bedeutet das, Viviana? Ist es schwierig, zu atmen?«

Sie schüttelte langsam den Kopf. »Nein, nein, das ist es nicht. Es ist schwierig zu *singen*. Meine Stimme, *caro* … Ich habe sie verloren.«

Verloren? Sein Herz setzte einen Schlag lang aus. »Vivie, wie kann das sein? Du – du klingst ganz gesund für mich.«

Sie kam langsam zu ihm, die Hände ausgestreckt, als flehte sie darum, dass er es verstand. »Zu reden, *caro*, ist nicht dasselbe«, flüsterte sie. »Ich kann nicht singen. Ich kann die Töne nicht mehr so lange halten wie zuvor. Mein Vibrato, es kommt nicht so, wie es sein müsste, das Volumen, die Resonanz, es ist … nun, vielleicht nicht verloren. Aber es ist bestenfalls mittelmäßig.«

»Aber was sagt Onkel Ches dazu?«, fragte er. »Und dein Vater?«

Sie schüttelte den Kopf. »Sie haben es noch nicht gemerkt«, antwortete sie ruhig. »Aber ich habe es gemerkt – und auch sie werden es bald merken. Im richtigen Saal, mit dem richtigen Musikstück.«

»Oh, Vivie!« Er sah sie betroffen an. »Oh, Vivie. Bist du sicher?«

»É certo«, wisperte sie.

Und für sie konnte es keine schlimmere Strafe geben, das wusste er, außer der, ihren Vater oder eines ihrer Kinder zu verlieren. Ja, er konnte verstehen, warum sie glaubte, dass Gott sie strafte. Für Viviana war ihre Stimme ihre Freude gewesen. Ihr größter Schmerz und ihr größtes Glück. Sie hatte gelebt, um zu singen, und die Welt hatte sie dafür verehrt.

»Vivie«, flüsterte er. »Könntest du nicht unterrichten? Könntest du nicht ... nicht komponieren?«

Sie schüttelte wieder den Kopf. »Ich bin noch nicht bereit, über diese Dinge nachzudenken«, erwiderte sie. »Lass mich um meinen Verlust trauern, Quinten.«

Die Verwendung des Wortes »trauern« war so absolut richtig. Viviana sah aus, als sei ein Mensch gestorben, den sie über alles geliebt hatte.

Und wenn er tausend Jahre darüber nachdächte, er würde nicht fähig sein zu begreifen, was diese Frau während ihrer Ehe erlitten hatte. Man konnte es nicht, war er sicher, wenn man diesen Schrecken nicht selbst erlebt hatte. Sogar jetzt war da ein eiskaltes Entsetzen in seinem Magen, und in seinem Herzen brannte ein gerechter Zorn. Aber wenn Viviana auch so empfand, so merkte man es ihr nicht an. Ihr stolzes, stoisches Schweigen erstaunte ihn; ihre unmissverständliche Akzeptanz dessen, wie das Schicksal mit ihr umgegangen war, war mehr als tapfer.

Viviana sah ihn ruhig an, als wollte sie seine Stimmung herausfinden. »Ich möchte dein Mitleid nicht, Quinten«, betonte sie. »Ich erzähle dir das nur, damit du weißt, dass nichts von allem leicht für mich gewesen ist. Ich habe gelernt, dass es keine richtigen Antworten gibt. Und wenn ich mich falsch entschieden habe, so habe ich dafür bezahlt.«

Es schien nichts mehr zu sagen zu geben. Offensichtlich glaubte Viviana an einen gerechten und strafenden Gott. Vielleicht war das ihre Art gewesen, das alles zu überstehen.

Aber egal, wie sehr er sich etwas anderes wünschte: Er hatte nicht die Macht, die Vergangenheit zu ändern. Hätte er sie, hätte Gianpiero Bergonzi niemals existiert. Hier, in der realen Welt, der Welt der Gegenwart und der Probleme, war es jetzt Zeit, Cerelia ihre Medizin zu geben. Sie hatten auch kein kaltes Wasser mehr. Und Viviana hatte ganz offensichtlich nicht den Wunsch, getröstet zu werden, auf jeden Fall nicht von ihm.

Er klingelte nach einem Diener. Als das Hausmädchen kam, bat Viviana darum, sowohl noch Brühe als auch frisches Wasser zu bringen. Aus dem Inhalt der beiden braunen Flaschen bereitete sie den Medizintrank vor. Quin strich Cerelias Bettdecke glatt und brachte ihr ein frisches, kühles Kissen. Sie arbeiteten gut und entschlossen zusammen, als hätten sie es schon seit Jahren so getan und nicht erst seit ein paar Stunden.

Signora Rossi kam und trug ein schweres Tablett herein. Zusammen gelang es ihnen, Cerelia etwas von der Brühe und der Medizin einzuflößen. Das Kind wirkte ein wenig wacher, schlief gleich danach aber wieder ein.

Die alte Kinderfrau betrachtete das Kind vom Fußende des Bettes aus. »*Addormentato*«, sagte sie, die Hände in die Hüften gestützt. »Und jetzt, Contessa, schlafen Sie auch. Ich bringe Ihnen warme Milch.«

Viviana schüttelte den Kopf. »*Grazie*, Signora Rossi«, sagte sie. »Aber ich kann nicht schlafen.«

Quin zog seine Uhr aus der Tasche und schaute darauf. Halb vier. Es würde bald dunkel werden. Er fragte sich, wie viele Stunden Viviana jetzt schon wach war. Signora Rossi verließ das Zimmer, kehrte aber nach zehn Minuten zurück mit einem dampfenden Becher. »Das trinken Sie jetzt«, sagte sie und reichte ihn Viviana. »Sofort.«

Als wollte sie die alte Frau besänftigen, nahm Viviana den Becher und nippte vorsichtig daran. Quin wusste schon jetzt, dass eine Tasse warmer Milch keine Chance haben würde, Vivianas starken mütterlichen Instinkt zu überwältigen. Sie würde nicht schlafen, ehe sie zusammenbrach, dessen war er sicher.

Die alte Amme ging im Zimmer umher, prüfte die braunen Flaschen, steckte die Bettdecke fest und ordnete und faltete ganz allgemein alles, was sich ordnen und falten ließ. Während der ganzen Zeit ließ sie Viviana dabei nicht aus den Augen. Vielleicht war es die Stille im Zimmer, oder vielleicht auch nur seine überreizten Nerven, aber plötzlich fand Quin es irgendwie beruhigend, der alten Frau bei ihrer Arbeit zuzusehen.

Ein seltsamer kleiner Laut an seinem Ellbogen lenkte ihn bald ab. Er schaute überrascht auf und sah, dass Viviana eingeschlafen war. Ihr Kopf war zur Seite gefallen, und das brachte sie dazu, einen leisen, sehr süßen schnarchenden Ton bei jedem Ausatmen zu machen.

Die alte Kinderfrau kam durch das Zimmer zu ihnen und schaute Viviana abwägend an. »*Buono*«, sagte sie zufrieden. »Jetzt schläft sie.«

»Gott sei Dank!«, seufzte Quin.

Die alte Frau sah ihn an, dann zog sie noch eine dritte braune Flasche aus ihrer Schürzentasche. »Sie schläft lange, *signore*«, wiederholte sie und schüttelte die Flasche. »Tragen Sie sie zu dem Bett dort, *per favore*.«

Es war keine Bitte. Quin stand gehorsam auf und hob Viviana behutsam hoch. Vorsichtig trug er sie zu dem Reisebett. Sie rührte sich nicht, als er sie darauf legte. Quin fragte sich, was die alte Frau ihr wohl gegeben hatte. Nichts, was sie nicht gebraucht hatte, höchstwahrscheinlich.

Die Kinderfrau sah ihn aufmerksam an. »Sie, nach Hause gehen, jetzt«, sagte sie.

Quin lächelte ein wenig und schüttelte den Kopf. Die Amme schüttelte ihren, als hielte sie ihn für einen Dummkopf, dann setzten sie sich beide an das Bett. Und so hielten sie zusammen Krankenwache, er und die alte Frau, bis es Abend wurde. Signora Rossi war nicht sonderlich gesprächig, stellte er bald fest, aber sie konnte unglaublich schnell Strümpfe stopfen. Erstaunt sah er zu, wie sie sich bis zum Boden eines Korbes voller Strümpfe nähte und dann einen zweiten in Angriff nahm.

Irgendwann schließlich ging der Mond auf und Quin begann, die Lampen anzuzünden und das Feuer zu schüren. Viviana rührte sich noch immer nicht. Cerelia aber schien ruhiger zu sein, und ihre Wangen glänzten nicht mehr ganz so rot. Irgendwann stand er auf und legte den Handrücken auf ihre Stirn. War sie nicht mehr so heiß? Oder war das nur seine Einbildung?

»*Sì*«, sagte Signora Rossi und schaute von ihrer Stopfarbeit auf. »Sie wird gesund.«

Sie wird gesund. Großer Gott, er betete darum, dass die alte Frau recht behielt.

Gegen acht Uhr wurde leise an die Tür geklopft und Miss Hevner kam herein. Sie trug Nicolo auf dem Arm und Felise ging neben ihr. Beide Kinder waren fertig fürs Zubettgehen. »Oh, ich bitte um Entschuldigung, Eure Lordschaft«, sagte die Gouvernante, als sie ihn sah. »Die Kinder wollte Cerelia und ihrer Mutter Gute Nacht sagen.«

Signora Rossi wies mit einem Kopfnicken zum Reisebett. »*Stare tranquillo*«, warnte die alte Frau. »Eure Mamma, sie braucht Schlaf.«

Gehorsam gingen die Kinder auf Zehenspitzen durch das Zimmer und knieten sich hin, um ihre Mutter auf die Wange zu küssen. Nachdem das geschehen war, ging Felise zu dem großen

Bett, legte sich neben Cerelia und begann, mit einer Haarlocke ihrer Schwester zu spielen.

Die alte Amme schaute von ihrer Näharbeit auf. »Sei vorsichtig, *carissima*.«

Das Kind sah sie ernst an. »Geht es ihr besser, *Tata*?«

»Oh, *sì*«, sagte Signora Rossi. »Es geht ihr besser. Am Montag werdet ihr euer Weihnachten feiern. Und am Donnerstag wird sie dich ums Haus jagen und dich an deinen Haaren ziehen.«

Felise lachte leise. Auch Nicolo war jetzt in das breite Bett gekrabbelt. Er rollte sich dort zusammen, wo Cerelias Knie sich unter der Decke befinden mussten, und steckte den Daumen in den Mund.

»Kommt, Kinder!«, sagte Miss Hevner rasch. »Wir sollten jetzt in unsere Zimmer zurückgehen.«

Felise schüttelte skeptisch den Kopf. »Was ist, wenn Cerelia schlechte Träume hat?«, fragte sie. »Wir schlafen immer zusammen, wenn wir schlecht träumen.«

Signora Rossi wies mit dem Kopf zur Tür. »Geh jetzt, *carissima*«, befahl sie. »Ich werde bei dir schlafen, wenn die schlechten Träume kommen.«

Das kleine Mädchen kicherte. »Aber *Tata*, du passt doch gar nicht in mein Bett!«

Die alte Frau zuckte mit den Schultern. »Dann wird es unter mir zusammenbrechen«, erwiderte sie. »*Rumms!* Und wir schlafen dann auf dem Fußboden.«

Beide Kinder brachen in Lachen aus, aber schlugen sich gleich mit der Hand auf den Mund. Miss Hevner öffnete die Tür und winkte mit dem Finger. Nicolo kroch auf allen vieren über das Bett, um seiner Schwester einen Kuss auf die Wange zu geben. Dann rutschte er in offensichtlichem Widerstreben vom Bett herunter und tapste durch das Zimmer. Er hatte die Unterlippe trotzig vorgeschoben.

Sie waren eine Familie, begriff Quin. Felise und Nicolo empfanden eine beständige und unschuldsvolle Liebe für ihre große Schwester. Er bezweifelte sehr, dass es sie kümmerte, wie Cerelia gezeugt worden war oder wer ihr Vater war. Sie waren eine Familie, und sie liebten einander. Sie waren eine verschworene Gemeinschaft.

Seine eigene Kindheit wäre ohne seine ältere Schwester ein in der Tat jämmerliches Dasein gewesen. Sie waren im Alter nicht weit auseinander und die besten Freunde. Vielleicht war es das, was Viviana gemeint hatte, als sie gesagt hatte, dass Cerelia eine Familie gebraucht hatte?

Deshalb war es an ihm, sich zu fragen, ob dies die Menschen waren, von denen er Cerelia willentlich trennen wollte. Selbst wenn das Gesetz dies erlaubte – wessen er sich trotz seiner kühnen Worte ganz und gar nicht sicher war –, war das ein so dummer, dummer Gedanke. Die Familie stand an erster Stelle. Die Familie war alles.

Quin mochte blutsverwandt sein, aber er war nicht Teil ihrer Familie. Er war nur ein Außenstehender, der darauf schaute. Und ganz egal, wie sehr er es auch versuchte, ganz egal, welche Arten von Drohungen er gegen Viviana richtete, er könnte dies nicht ersetzen. Er könnte nicht ersetzen, was Cerelia verlieren würde. Er wäre ein selbstsüchtiger Bastard, würde er auch nur den Versuch unternehmen. Dabei hatte sein Egoismus schon genug Schaden angerichtet.

Überrascht stellte er fest, dass er wieder ans Bett gegangen war und jetzt Cerelia über das Haar strich. Signora Rossi sah ihn wieder aufmerksam an. »Gehen Sie jetzt nach Hause, *signore*«, sagte sie wieder, aber ihr Ton klang jetzt freundlicher. »Kommen Sie *domattina*. Morgen früh, *sì?*«

In diesem Augenblick gab Viviana einen leisen Ton von sich, es war ein leises Stöhnen, das er hinter sich hörte. Er wandte sich um und sah, dass sie ihren Arm streckte. Vielleicht wachte sie bald auf. Die Kinderfrau würde sicherlich bei Cerelia wachen. Es gab wirklich keinen Grund für ihn zu bleiben.

Er fragte sich wieder, was die alte Frau über seine Anwesenheit in diesem Zimmer denken mochte. Es kümmerte ihn nicht wirklich. Er beugte sich herunter und küsste Cerelia leicht auf die Stirn. Seine Lippen fühlten … keine Kühle. Aber auch keine Fieberhitze mehr.

»*Domattina*«, sagte die alte Frau wieder. »Sie wird dann wach sein.«

Quin sah sie unsicher an. »Sie … Sie sind ganz sicher?«

Die alte Frau nickte. »*Di sicuro*«, erwiderte sie. »Schwach wird sie sein, *signore*, wie ein Kätzchen. Aber wach für alles um sie herum.«

Quin betete zu Gott, dass sie recht hatte. Er ging zur Tür, blieb dort stehen und verbeugte sich zu ihr. »Dann also *grazie*, Signora Rossi«, sagte er. »Ich wünsche Ihnen eine *buona notte*.«

Kapitel 17

In dem Wynwood der Contessa ein Geschenk macht

Kaum dass der Morgen graute, stand Quin am darauf folgenden Tag auf und klingelte nach Blevins. Er wünschte, sich rasch fertig zu machen, damit er so schnell wie möglich nach Hill Court zurückkehren konnte. Er hatte nur sehr wenig geschlafen, und das bisschen Schlaf, das er bekommen hatte, war von beunruhigenden Träumen von Cerelia und Viviana beeinträchtigt gewesen. Er betete, dass es dem Kind wenigstens etwas besser ging. Er hatte Angst, Signora Rossis Vorhersage einer Genesung zu glauben, bis er Cerelia nicht mit eigenen Augen gesehen hatte.

Sobald Blevins letzte Hand an Quins Kleidung gelegt hatte, ging dieser zur Tür. Im letzten Moment jedoch erinnerte er sich an das Päckchen, das er vor vier Tagen aus London mitgebracht hatte. Er ging an seinen Schreibtisch, um es zu holen. Dort lag auch das Bücherpaket für die Kinder. Es war vielleicht besser, mit der Kutsche nach Hill Court zu fahren.

In der Halle informierte er einen Diener über seinen Wunsch und eilte dann in das Frühstückszimmer, in dem er Henry zu treffen hoffte. Zu seiner Überraschung stieß er dort auf seine Mutter und seine Schwester. Er zwang sich zu einem Lächeln.

»Guten Morgen, Mum«, sagte er und küsste sie flüchtig auf die Wange. »Alice, du bist für eine Braut aber sehr früh auf. Wo ist Henry?«

Sie zog einen kleinen Schmollmund. »Schon auf dem Weg zu Squire Lawton«, klagte sie. »Von deinem Besitz fließt noch immer Wasser auf Lawtons Weide, glaube ich, und macht sie zu einer Moorlandschaft.«

Quin schenkte sich Kaffee ein. »Henry hat es erwähnt«, murmelte er vage. »Wir haben einen Hügel abgeholzt und jetzt hatte sich ein zu nasser Herbst gegen uns verschworen. Ich denke, wir werden Gräben anlegen müssen.«

»Nun, ich weiß nicht, warum das nicht noch ein oder zwei Tage hätte warten können«, zürnte Alice verärgert. »Schließlich haben wir gestern geheiratet.«

Lady Wynwood stellte ihre Teetasse mit einem Klirren ab. »Dein Mann ist ein Angestellter, Alice«, erinnerte sie ihre Tochter säuerlich. »Es war deine Entscheidung, ihn zu heiraten.«

Alice verdrehte die Augen. »Nun, er wird nicht mehr lange hier angestellt sein, nicht wahr, Mum?«, entgegnete sie. »In ein paar Wochen müssen wir nach Melville zurück. Henry wird Melville Manor führen, bis Chris alt genug dafür sein wird. Gott weiß, dass ich ein ziemliches Durcheinander dort zurückgelassen habe.«

Quin schob seinen Teller zurück, auf dem nur drei Scheiben trockener Toast lagen. »Eigentlich, Alice, wollte ich genau darüber mit dir sprechen«, sagte er. »Es könnte sein, dass ich dich und Henry noch ein paar Monate hier brauchen werde. Könntet ihr das, wenn es erforderlich werden würde?«

Alice sah angenehm überrascht aus. »Ich denke doch«, erwiderte sie. »Warum?«

Quin zuckte mit den Schultern und stand vom Tisch auf. »Ich werde vielleicht für eine Weile fort sein.«

»Aber muss das denn gerade jetzt sein, Quinten?«, fragte seine Mutter pikiert. »Du wirst doch sicherlich noch Zeit für eine Scheibe Toast haben?«

Er wandte sich um und schaute auf den Teller. Er konnte sich kaum daran erinnern, ihn zum Tisch getragen zu haben. »Nein, danke, Mum. Ich muss gehen.«

Aber Alice sah ihn noch immer neugierig an. »Fort sein?«, fragte sie. »Was meintest du mit *fort sein?*«

Quin zögerte einen Moment. »Ich denke daran, für einige Monate nach Venedig zu gehen.«

»Venedig!«, rief seine Mutter. »Ach du lieber Himmel, Quinten! Das kannst du nicht machen. Du hast Pflichten. Und Verantwortung. Nun, du hast Arlington Park!«

Er schüttelte den Kopf. »Henry kann sich um Arlington Park kümmern, oder er kann jemanden dafür einstellen.«

Seine Mutter wirkte gereizt. »Das hat etwas mit der Contessa zu tun, habe ich recht?«

Quin nickte fest. »Zum Teil, ja«, räumte er ein. »Ich fahre jetzt hinüber nach Hill Court, Mum, um nach Cerelia zu sehen und um Viviana zu bitten, mich zu heiraten.«

Lady Wynwood erhob sich halb von ihrem Stuhl, dann setzte sie sich wieder. »Nun!«, sagte sie schroff. »Nun! Und ich bin sicher, es gibt nichts, was ich sagen kann, um dich davon abzubringen.«

»Oh, ich bezweifle sehr, Mum, dass du dir darüber Gedanken machen musst«, entgegnete Quin grimmig. »Ich glaube nicht, dass Viviana dumm genug sein wird, mich zu nehmen. Aber wie auch immer ihre Antwort sein wird, ich werde auf jeden Fall für eine Weile fortgehen.«

»Nun!«, sagte seine Mutter wieder.

»Nun!«, wiederholte Alice spöttisch. »Wer nicht wagt, der nicht gewinnt, lieber Bruder. Vielleicht kannst du sie ja überzeugen. Was mich angeht, so wünsche ich dir Glück.«

»Danke«, erwiderte er. »Und was ist mit dir, Mum? Wünschst du mir auch Glück?«

Lady Wynwood hatte ihre Serviette zu einer festen Kugel zusammengeknüllt. Einen Augenblick lang saß sie einfach nur da und zitterte. Dann entrang sich ihr ein gepresstes Stöhnen, als müsste sie mit aller Macht einen Ausbruch unterdrücken.

»Mum!«, sagte Alice warnend.

Lady Wynwoods Gesicht färbte sich rosa. »Nun! Also gut!«, lenkte sie schließlich ein. »Tu, was du willst. Ja, ja, ich wünsche dir Glück. Ich hoffe, dass du etwas gefunden hast, was dich endlich glücklich machen wird.«

Er sah sie ernst an. »Es würde mich vor Glück ganz schwindelig machen, Ma'am, wenn Viviana Ja sagen würde«, entgegnete er.

Alice lachte. »Schwindelig vor Glück, hmm? Nun, Quinten, das würde ich wirklich allzu gerne sehen.«

Viviana stand mit einer Tasse Kaffee am Fenster und sah zu, wie die Morgensonne hinter rosarot gefärbten Wolken aufging, als sie die Kutsche des Earl of Wynwood die Auffahrt hinauffahren sah. Es war nicht zu verkennen, auch aus der Entfernung. Ihr Herz machte einen kleinen Sprung, als ein seltsames Gefühl sie durchströmte. Hoffnung, vielleicht. Oder vielleicht etwas noch Dümmeres.

Sie hatte jedoch keine Zeit, darüber nachzudenken. Denn schon im nächsten Augenblick hörte sie das leise Rascheln der Bettdecke hinter sich.

»Mamma?«, kam das schwache kleine Krächzen.

Mit einem überraschten Schrei wandte Viviana sich sogleich um und lief zum Bett. »Cerelia!«, rief sie. »Oh, *mia cara bambina!* Oh, Cerelia!«

Durch diesen Lärm wachte Signora Rossi auf ihrem Stuhl auf. »*Che cosa! Che cosa!*« Sie richtete sich so rasch auf, dass ihr die Brille von der Nase rutschte.

»Mamma ...« Die Stimme des Kindes war ein heiseres Flüstern. »Ich bin so durstig.«

Viviana strich mit einer Hand über Cerelias zerzauste Locken. »Armer Engel!« Sie sah ihrer Tochter in die Augen. »*Tata* wird nach jemandem schicken. Was möchtest du gern?«

Das Mädchen sah sie bittend an. »Limonade«, wisperte es. »Haben wir welche?«

Die alte Kinderfrau war aufgestanden und fühlte jetzt die Stirn des Kindes. »*Sia Gloria a Dio!*«, rief sie. »Das Fieber ist gesunken!«

»Sie fühlt sich ganz normal an!« Viviana war den Tränen nah. »Sie ist wach. Sie möchte Limonade. Das ist doch ein gutes Zeichen, oder nicht?«

Die alte Amme lächelte. »*Sì*, ich werde sie selbst holen!«, erklärte sie und kniff Cerelia liebevoll in die Wange. »Komm, lass *Tata* deinen Hals anschauen. Mach auf!«

Cerelia gehorchte und öffnete weit den Mund. »Er ist gerötet«, stellte Signora Rossi fest. »Aber nicht allzu schlimm, denke ich. Aber heute musst du im Bett bleiben, *cara*, und noch einige Tage länger, das ist gewiss.«

»Kannst du etwas essen, Cerelia?«, fragte Viviana. »Hast du Hunger?«

Aber Signora Rossi schüttelte schon den Kopf.

»Nein«, sagte das Kind. »Nur etwas trinken, *per favore*.«

Viviana hatte sich neben ihre Tochter auf das Bett gesetzt. »Oh, Cerelia, *carissima*, wie sehr hast du uns alle erschreckt!«, sagte sie und zog das Mädchen an sich. »Wie fühlst du dich?«

»Müde«, kam es mitleiderregend heiser. »Mamma, hab ich Weihnachten verpasst?«

Viviana schüttelte den Kopf. »Nein, wir haben uns Weihnachten aufgespart, *cara.* Wir werden es feiern, wenn du wieder ganz gesund bist.«

»Ich glaube, ich fühle mich gut genug, um die Geschenke aufzumachen«, sagte Cerelia hoffnungsvoll.

In diesem Augenblick öffnete Signora Rossi die Tür, um das Tablett hinauszutragen. Sie blieb abrupt stehen. »*Buon giorno, signore.*«

Viviana schaute auf und sah Quin. Seine breiten Schultern

füllten den Türrahmen. Auf der Schwelle zögerte er jedoch fast schüchtern. »Guten Morgen, Signora Rossi«, grüßte er. »Wie geht es unserer Patientin?«

Die alte Frau strahlte ihn an und trat zur Seite, damit er sich selbst ein Bild machen konnte. »Sie sind wieder da, *signore*, und alles ist gut, wie ich gesagt habe.«

Viviana fühlte sich plötzlich so ungelenk. Sie stand da und strich sich mit der Hand glättend über ihre Röcke. Sie fragte sich flüchtig, wie sie aussehen mochte. Wie eine Vogelscheuche, zweifellos. »Cerelia geht es viel besser, Mylord!«, sagte sie. »Kommen Sie und sehen Sie selbst.«

Er betrat das Zimmer und stellte eine Ledertasche am Fußende des Bettes ab. »Nun, Mäuschen, du hast uns einen ziemlichen Schrecken eingejagt«, lächelte er. »Wie geht es dir?«

»*Buon giorno*, Lord Wynwood«, wisperte Cerelia. »Ich bin müde.« Dann schwieg sie einen Moment und schaute rasch zu ihrer Mutter. »Aber nicht zu müde, denke ich.«

Quin setzte sich auf die Bettkante und nahm ihre Hand in seine. »Alle haben sich Sorgen um dich gemacht, mein Liebes!« Seine Erleichterung war unbeschreiblich groß, und sie war ihm deutlich anzusehen. »Deine Mamma und Signora Rossi haben dir einen ganz abscheulichen Zaubertrank eingeflößt. Erinnerst du dich daran?«

Die Kleine schüttelte den Kopf. Ihre bronzefarbenen Locken tanzten auf dem Kissen. »Nein, Mylord. Ich ... ich glaube nicht.« Cerelias Stimme verlor langsam ihren heiseren Klang.

Quin strich mit dem Handrücken über ihre Wange, eine überaus zarte Geste. Viviana hatte noch nie einen so sanften Ausdruck in seinen Augen gesehen. »Das ist gut, dass du dich nicht erinnerst, nicht wahr?«, sagte er ruhig. »Man sollte sich nie an unangenehme Dinge erinnern müssen.«

Vivianas Vater tauchte auf dem Flur auf. Er ging mit einem freudigen Ausruf zu Cerelia. Bald folgte ihm Lord Chesley.

Dann begannen die Dienstboten vorbeizugehen, spähten ins Zimmer und lächelten, wenn sie vorbeigingen. Viviana beobachtete aus dem Augenwinkel, dass Quin sich zurückzog. Er stellte sich in die Nähe des Fensters und blieb dort stehen. Schweigend beobachtete er von dort aus das Treiben an Cerelias Krankenlager. Er vermittelte jedem den Eindruck, als stünde er dort Wache, als könnte er jeden Augenblick herbeispringen und allen befehlen, das Zimmer zu verlassen. *Er könnte das auch ohne Weiteres tun,* dachte sie. Er hatte so eine Art an sich, herbeizukommen und die Führung zu übernehmen.

Signora Rossi kehrte mit einem frischen Nachthemd und frischer Bettwäsche zurück. Ihr folgten ein pflichtbewusstes Küchenmädchen, das ein Tablett mit einem Krug Limonade und mehreren Bechern trug. Die Gentlemen verabschiedeten sich, und Miss Hevner erschien mit Nicolo und Felise, die sich von der Hand ihrer Gouvernante frei machte und mit ungezügelter Freude auf das Bett ihrer Schwester sprang.

»Sie ist wach!«, krähte Felise. »Schau doch, Mamma! Cerelia, du hast einen ganzen Tag lang geschlafen! Jetzt können wir Weihnachten feiern! Wir können unsere Geschenke aufmachen und spielen und *panettone* essen!«

»Ich weiß nicht, ob das klug wäre«, bremste Viviana sie, während sie sich herunterbeugte, um Nicolo auf den Arm zu nehmen. Der Junge hatte ungeduldig an ihren Röcken gezupft. »Deine Schwester ist noch nicht gesund, Felise. Wir müssen ihr noch Ruhe gönnen.«

»Ich glaube nicht, dass ich müde bin, Mamma«, widersprach Cerelia.

»Bah!«, rief Signora Rossi, die die Kissen aufschüttelte, damit Cerelia im Bett sitzen konnte. »Hier, *carissima*, hier ist deine Limonade. Wenn deine Augen nach dem Trinken noch offen sind, dann …?« Sie zuckte geheimnisvoll mit den Schultern.

Die Mädchen hatten sich im Bett zusammengerollt und kicherten verschwörerisch. Viviana hatte sofort bemerkt, dass Cerelia kräftig genug war, ihren Becher selbst zu halten. Felise hatte eine Hand voll Dominosteine aus ihrer Tasche gezogen und legte diese auf der Bettdecke zu einem Spiel aus, das nur sie und Cerelia kannten. Doch binnen weniger Augenblicke wurden Cerelia die Augenlider schwer.

Viviana fühlte, dass Quin sie am Ellbogen berührte. »Sie wird rasch müde«, murmelte er.

Viviana hasste es, zugeben zu müssen, dass er recht hatte. »Ich denke, Nicolo und Felise sollten jetzt in das Kinderzimmer gehen«, sagte sie widerstrebend. »Ich glaube nicht, dass wir schon heute an die Weihnachtsfeier denken können.«

»Vielleicht darf ich einen Kompromiss vorschlagen?«

Sie zog die Augenbrauen hoch und wandte sich ihm zu. »*Sì?* Welcher Art?«

Quin rieb sich nachdenklich das Kinn. Auch seine Augen sahen müde aus. Ihr Herz flog ihm zu, dann verkrampfte es sich ihr in der Brust. Wie konnte sie solch verwirrte Gefühle haben? Wie konnte sie seine hässlichen Forderungen vergessen, die er vor zwei Tagen gestellt hatte?

Sie hatte es nicht vergessen. Und sie konnte nur darum beten, dass *er* nicht mehr daran dachte.

Quin nahm die Ledertasche, die er am Fußende des Bettes abgestellt hatte. »Ich habe hier drei Bücher, die ich aus London mitgebracht habe«, erzählte er. »Bücher sind eine Unterhaltung, die nicht anstrengt, nicht wahr? Jedes Kind wird also ein wenig Ablenkung haben. Danach wird Cerelia dann schlafen, ich bin ganz sicher.«

»Das ist sehr freundlich«, erwiderte Viviana steif.

Nicolo kniff die Augen zusammen und sagte etwas auf Italienisch zu seiner Mutter. Sie stellte ihn auf den Boden, und er marschierte sofort zu seinen Schwestern.

»*Cara*, wir können jetzt noch nicht Weihnachten feiern.« Viviana ging zum Bett und küsste Felise auf die Wange. »Aber bald, das verspreche ich dir. Bis dahin, denke ich, hat Lord Wynwood eine Kleinigkeit, die dir über die Wartezeit hinweghelfen wird.«

»Was ist *hinweghelfen?*«, fragte Felise. Aber ihre Augen waren auf Quin gerichtet, der in seine Tasche griff.

Quin reichte ihr ein Buch, das reich bebildert war und nur wenig Text enthielt. »Das ist ein Buch über Fabelwesen, Felise«, erklärte er. »Über Seeschlangen und Einhörner und noch andere erstaunlichen Dinge. Ich habe es in London entdeckt, und ich dachte mir, es könnte dir gefallen. Wir werden es ein verfrühtes Weihnachtsgeschenk nennen – oder ist es ein verspätetes?«

Felises Augen strahlten, als sie das Buch aufschlug und die Seiten mit den kunstvollen Abbildungen betrachtete. »*Grazie, signore«,* bedankte sie sich höflich. »Es ist wunderschön.«

»*Io voglio!«,* rief Nicolo und versuchte, es ihr aus der Hand zu reißen.

»Nicolo, *no!*«, ermahnte ihn seine Mutter und schob seine Hand weg.

Rasch gab Quin ihm ein Buch, das genauso groß und noch bunter war. »*Buon natale*, Nicolo«, sagte er. »Viviana, magst du ihm erzählen, dass das Buch von einem Hund handelt? Ich glaube, er erlebt eine Menge Abenteuer. Es ist eher ein Bilderbuch. Leider sind nur wenige englische Worte darin.«

Aber Nicolo schien gegen das Buch nichts einzuwenden zu haben. Er schnappte sich das Buch recht gierig und schlug es sofort in der Mitte auf.

Quin wandte seine Aufmerksamkeit Cerelia zu, die jetzt sehr still und ruhig war. Er gab ihr das Buch, das ganz unten in seiner Ledertasche gelegen hatte. Es war ziemlich dick und in feines marokkanisches Leder gebunden. Viviana legte den Kopf schief und versuchte, den Titel zu entziffern. *Kinder- und Hausmärchen der Gebrüder Grimm.* Wie seltsam!

»Dies ist ein Buch von Jacob und Wilhelm Grimm«, erklärte Quin. »Hast du schon von ihnen gehört?«

Cerelia schüttelte den Kopf.

»Sie sind Professoren an der Universität von Göttingen«, fuhr er fort. »Und es gibt noch einen dritten Bruder, Louis mit Namen, der die wunderbaren Zeichnungen angefertigt hat, die du in dem Buch siehst. Das Buch enthält eine Sammlung von Märchen, die, so hat man mir glaubwürdig versichert, einmal weltberühmt sein werden. Ich dachte mir, dass du es gern haben würdest.«

Cerelia blätterte durch die Seiten und betrachtete die fein ausgeführten Zeichnungen. »Es sieht herrlich aus! Und auch ein wenig gruselig.«

»Nun, nur ein bisschen, hoffe ich«, lächelte Quin. »Und es ist natürlich in Deutsch geschrieben. Deshalb, mein Liebes, fürchte ich, mache ich dir damit auch ein wenig Arbeit.«

Viviana schaute Cerelia über die Schulter auf das wunderschöne, fantasiereich gestaltete Buch. »Cerelia wird anfangen, Deutsch zu lernen, wenn wir im Frühjahr nach Venedig zurückkehren«, bemerkte sie leicht überrascht. Dann ging ihr auf, was sie gesagt hatte, und sie warf Quin einen schnellen, unsicheren Blick zu.

»Ja, ich habe mich daran erinnert, dass sie das gesagt hat«, erwiderte Quin ruhig. »Ich bin sicher, sie wird es schnell lernen.« Aber er sah Viviana dabei nicht an, weil er damit beschäftigt war, Nicolo beim Umblättern einiger Seiten zu helfen, die nicht sauber auseinandergeschnitten waren. »Siehst du«, sagte er, als die Seiten sich öffnen ließen. »Jetzt kannst du weiterblättern.«

»Mamma, sieh doch, ein Drache!«, rief Felise und hielt das Buch hoch. »Aus seinem Mund kommt Feuer!«

»Himmel, was für eine angsteinflößende Kreatur«, schmunzelte Viviana.

Sie sah zu Cerelia, die das Buch mit den Märchen geschlossen hatte, es aber immer noch fest an ihre Brust drückte. Es war offensichtlich, dass sie sich freute, ein so schönes Geschenk zu bekommen. Und ebenso offensichtlich war, dass die Aufregung sie erschöpft hatte.

»*Va bene*, Kinder!« Viviana scheuchte Felise und Nicolo vom Bett. »Ihr beide geht jetzt. Miss Hevner wird euch jetzt wieder ins Kinderzimmer bringen, damit Cerelia etwas schlafen kann.«

»Aber sie schläft doch schon *tage*lang«, beklagte sich Felise.

»Nein, noch nicht so lange, *bella mia*.« Viviana beugte sich herunter und küsste Felise auf die Stirn.

»Ich würde gern einen Augenblick allein mit Cerelia sein, Viviana. Ist dir das recht?«, fragte Quin ruhig.

Viviana zögerte, und die Ablehnung der Bitte lag ihr auf der Zunge. Cerelia war müde. Und dies, sie wusste es instinktiv, war ein Punkt, nach dem es keine Umkehr mehr geben würde. Aber die Entscheidung lag nicht länger nur bei ihr. Schließlich nickte sie angespannt. »Natürlich«, antwortete sie. »Signora Rossi und ich werden mit den Kindern gehen und die neuen Bücher bewundern.«

Quin sah ihnen nach, als sie Felise und Nicolo aus dem Zimmer führten. Signora Rossi sah nicht gerade aus, als wäre sie allzu gewillt, zu gehen, aber Viviana nahm die alte Amme entschlossen am Arm und schob sie durch die Tür.

Cerelia gähnte und reckte sich. Quin setzte sich auf die Bettkante und legte seine Hand auf ihre. »Ich möchte mit dir reden, Mäuschen, bevor du wieder einschläfst.«

Sie sah ihn erwartungsvoll an. »Über das Buch?«

Er lächelte und schüttelte den Kopf. »Über deinen Zauberring.«

Ein Schatten glitt über ihr Gesicht. »Ist Mamma sehr böse?«

»Nein, aber sie hat sich deinetwegen sehr große Sorgen gemacht«, entgegnete er. »Sie möchte, dass du den Zauberring hast, Liebes. Sie hat ihn dir gegeben, weil ... nun, weil er von deinem Vater ist. Das hat sie dir doch gesagt, nicht wahr?«

Cerelia machte große Augen, als wäre sie überrascht, dass er davon wusste. »Hat Mamma Ihnen das gesagt?«

Er schüttelte den Kopf und drückte ihre Hand. »Nein, Liebes, sie hat es mir nicht gesagt«, erwiderte er. »Das ist es, warum ich mit dir reden muss. Cerelia, *ich* bin dein Vater. Ich habe deiner Mamma den Ring vor langer Zeit gegeben. Ich ... ich möchte, dass du das weißt.«

»Sind Sie wirklich mein *papà?*« Da war ein leichtes Stocken in ihrem Atem. »Wirklich richtig?«

»Wirklich richtig«, bestätigte er. »Und ich bin sehr glücklich, dass das so ist.«

Mit strahlenden Augen richtete Cerelia sich auf und stützte sich auf einen Ellbogen. »Sie haben gesagt, dass Sie vor langer Zeit Mammas Freund waren. Seit wir in England sind, habe ich mich gefragt, wer er wohl ist. Ich dachte, dass ich ihn vielleicht finden könnte, wenn ich überall nach ihm suche.«

»Du wolltest ihn sehen, nicht wahr?« Er hob ihr Kinn sanft an. »Nun ... hier ist er, Cerelia. Leibhaftig und besser spät als nie, hoffe ich.«

Sie nickte ernst. »Oh, das *ist* besser.«

Quin verspürte ein seltsames Gefühl in seiner Kehle. Es gab so vieles, was er sagen wollte, aber im Augenblick war es so genug. Cerelia war krank, und sie war noch sehr jung. Also beugte er sich zu ihr und küsste sie auf die Wange. »Ich bin dir bisher kein Vater gewesen, Cerelia«, sprach er. »Die Umstände hatten sich gegen deine Mutter und mich verschworen. Aber in der Zukunft will ich mir große Mühe geben, es besser zu machen als bisher.«

»Ich glaube, Sie werden ein sehr guter Vater sein«, erwiderte die Kleine ernst. »Es tut mir leid, dass die Umstände sich ver... schwört haben, auch wenn ich nicht weiß, was das bedeutet.«

Das bedeutet, dass er und ihre Mutter Dummköpfe gewesen waren. Die schlimmste Sorte Dummköpfe, die es gab: die stolzen, starrsinnigen. Aber es ging jetzt nicht darum, das auszusprechen. Und deshalb sagte er nur das, was ihm sein Herz vorgab, nachdem er sich geräuspert hatte, um den Kloß in seinem Hals zu vertreiben. »Ich liebe dich, Cerelia«, flüsterte er. »Was immer auch noch geschehen wird, niemals, niemals wieder sollst du denken, dass dein Vater dich nicht liebt. Du bist jetzt acht Jahre alt, deshalb –«

»Ich bin fast neun!«, unterbrach sie ihn.

»Richtig, das bist du«, murmelte er. »Du bist schon ein großes Mädchen. Und deshalb weißt du auch, dass es Dinge gibt, über die wir außerhalb der Familie nicht sprechen können, nicht wahr?«

»Das weiß ich.« Sie nickte sehr ernst. »Mamma hat mir gesagt, dass einige Dinge nur die Familie etwas angehen.«

»Aber zwischen uns muss es nicht länger ein Geheimnis sein«, erklärte er. »Und wer weiß, was die Zukunft bringen wird, Mäuschen? Aber was immer dir das Leben auch bescheren mag, ich werde dabei der sichere Hafen für dich sein. Du wirst mich von nun an öfter sehen. Ich werde dich zumindest in Venedig besuchen. Und vielleicht wirst du ja auch hierher zurückkehren von Zeit zu Zeit?«

Mit überraschender Kraft schlang sie die Arme um seinen Nacken. »Oh, das würde mir mehr als alles andere gefallen!«

»Mir würde es auch sehr gefallen, Kind.« Er hielt sie eine lange Weile fest und schob sie dann sanft von sich, um sie anzusehen.

Fast scheu strahlte ein Lächeln auf ihrem Gesicht auf. »Ich … ich bin sehr froh, *signore*, dass Sie es sind.«

»Bist du das?«, fragte er überrascht.

Sie nickte. »Meine Mamma hat Sie sehr gern«, sagte sie und gähnte dabei herzhaft. »Und Sie sind so schön. Der schönste Vater, den es gibt, glaube ich.«

Er lächelte gerührt. »Nun, jetzt aber genug davon, Mäuschen«, sagte er zärtlich. »Du bist noch immer sehr krank. Wenn es dir wieder besser geht, wirst du viele Fragen haben, und deine Mutter und ich werden versuchen, sie so gut zu beantworten, wie wir können. Aber ich konnte es nicht ertragen, dass noch ein Tag vorbeigeht, ohne dass du die Wahrheit kennst. Und ohne dass du weißt, wie viel du mir bedeutest.«

Cerelia gähnte wieder und lächelte schläfrig.

Quin drückte sie sanft in die Kissen und zog die Bettdecke bis an ihr Kinn hoch. Cerelia waren die Augen zugefallen.

Er wusste nicht, wie lange er dort sitzen blieb, auf der Bettkante, das schlafende Kind betrachtete und sich fragte, was die Zukunft ihnen bringen mochte. Er hörte nicht einmal, dass die Tür geöffnet wurde und Viviana und die Kinderfrau das Zimmer betraten. Signora Rossi riss ihn aus seinen Gedanken, als sie zur Frisierkommode ging und die Falten aus einem frischen Nachthemd für Cerelia schüttelte.

Viviana entging nicht der Ausdruck großer Zärtlichkeit, der auf Quins Gesicht lag, als sie an Cerelias Bett trat. Sie ging auf die andere Seite des Bettes und beobachtete die beiden schweigend. Vater und Tochter. Zusammen. *Dio*, wie sehr das Leben sich verändert hatte. Zum Guten, hoffte sie. Zumindest für Cerelia.

»Es ist zu spät«, flüsterte sie, als Signora Rossi kam, um Cerelia das frische Nachthemd anzuziehen. »Sie schläft schon.«

Mit einem Achselzucken legte die Amme das Nachthemd beiseite, dann legte sie die Hand auf die Stirn des Kindes. »Es ist ein gesunder Schlaf, Contessa«, beruhigte sie Viviana. »Sie hat kein Fieber mehr.«

Viviana schluckte mühsam und nickte dann. Cerelia schien in der Tat ganz ruhig zu schlafen. »Sind Sie so gut, sich eine Weile zu ihr zu setzen, *Tata*?«, bat sie die Amme. Sie benutzte den Kosenamen, den ihre Kinder der alten Signora Rossi gegeben hatten. »Ich habe noch etwas zu erledigen.«

Die alte Frau machte eine Handbewegung, als wollte sie aus dem Zimmer scheuchen. »Gehen Sie, gehen Sie! Ruhen Sie sich aus. Schlafen Sie.«

Aber Viviana hatte seit zwei Tagen kaum geschlafen und hatte auch jetzt gewiss nicht die Absicht, das zu tun. Stattdessen richtete sie sich auf, nahm ihren ganzen Mut zusammen und wandte sich an Quin. »Mylord, kann ich mit Ihnen sprechen?«

Er schien nicht überrascht zu sein. »Aber natürlich.«

»Du hast es ihr gesagt?«, fragte sie leise, nachdem sie die Tür hinter sich zugezogen hatte.

»Das habe ich«, bekannte er. »Aber ich habe nur das gesagt, was nicht warten konnte.«

Viviana warf ihm einen seltsamen Blick zu. »Wie hat sie es aufgenommen?«

Er lächelte. »Ich glaube, es hat ihr gefallen. Aber ich rede mir nicht ein, dass sie später nicht einige unangenehme Fragen stellen wird. An uns beide.«

Viviana wusste, dass es schon vorher viele unangenehme Fragen zu beantworten galt. Genau genommen: Sie hatte auch einige. Sie ging voraus in den Salon der Familie und öffnete die Tür. Hier war heute kein Feuer im Kamin angezündet worden, aber den zerbrochenen Stuhl hatte man fortgeräumt, wie Viviana feststellte. Es schien eine Ewigkeit her zu sein, seit sie zuletzt hier gewesen waren. Eine Ewigkeit, seit sie Quins Zorn ausgehalten und sich mit ihrem fast zehn Jahre währenden

Betrug auseinandergesetzt hatte. Sie betrat das Zimmer und versuchte, ihre Gedanken zu sammeln.

»Viviana, ich ...« Quin sprach sie an, aber seine Worte erstarben.

Sie ging in die Offensive und wandte sich zu ihm um. »Ich danke dir für deine Freundlichkeit gestern, Quin. Und auch für die heute.«

»Schon gut.«

Sie legte den Kopf schief. »Es ist *nicht* schon gut«, widersprach sie. »Und ich bin froh – denke ich –, dass du mit Cerelia gesprochen hast. Aber ich möchte auch sagen, dass ich sehr viel über deine ... über deine Forderungen nachgedacht habe, die du vor zwei Tagen genannt hast.«

»Das habe ich auch, Vivie«, entgegnete er ruhig.

Viviana hob die Hand, um ihn am Weiterreden zu hindern. »Und ich muss dir hier und jetzt sagen, dass ich das nicht tun *kann*, Quinten. Ich werde es *nicht* tun, um es deutlich auszusprechen. Aber das wusstest du schon, nicht wahr? Du hast gewusst, dass ich bis zum Letzten gegen dich kämpfen würde. Und ich glaube auch, dass du dich auf diese Auseinandersetzung sogar gefreut hast.«

Er lächelte reumütig. »Zuerst, Vivie, habe ich dabei an Cerelia gedacht«, erwiderte er. »Oder zumindest habe ich mir das eingeredet.«

Aus reiner emotionaler und körperlicher Erschöpfung setzte Viviana sich auf das Sofa. »Ich – ich kann meine Tochter nicht verlassen, Quin.« Sie fuhr sich mit der Hand durchs Haar, das sich mehr oder minder ganz aus seiner Frisur gelöst hatte. »Ich kann Cerelia nicht verlassen ... aber ich denke nicht, dass es irgendeinen Weg gibt, der mich dazu bringen kann, hierzubleiben. Der Schmerz über das, was wir einmal hatten ... was wir fast hatten ... er ist zu groß. Aber ich habe niemals Cerelias englisches Erbe verleugnet, Quin. Ich habe die beste englische

Gouvernante für sie eingestellt, habe sie die Sprache gelehrt und alles getan, was ich konnte unter den Beschränkungen, unter denen ich gelebt habe. Aber es tut mir leid. Mehr kann ich nicht tun.«

Quin setzte sich neben sie. »Mir tut es auch leid«, gestand er ein. »Und mir tut es leid, Viviana, dass du mir vor all den Jahren nicht vertraut hast, dass ich das Richtige getan hätte. Es tut mir leid, dass ich dir wehgetan habe.«

Sie wollte widersprechen, aber er legte ihr einen Finger auf die Lippen. »Ich wünschte, ich hätte dich davon überzeugen können, dass ich das Angemessene für das Kind getan hätte, das du unter dem Herzen getragen hast, Vivie«, sagte er. »Aber du hattest Zweifel, und ich verstehe, warum du sie hattest. Aber eines musst du wissen, Vivie: Ich habe dich immer geliebt. Und an jenem schrecklichen Tag war ich nur einen Wimpernschlag davon entfernt, es dir zu sagen. Nur einen Wimpernschlag davon entfernt, Vivie, *dich* zu bitten, *mich* zu heiraten.«

Sie schüttelte den Kopf. »Oh, Quin. Bitte tu das nicht.«

Seine Hände ballten sich jetzt zu Fäusten, als müsse er um Beherrschung ringen. »Nein, es ist an der Zeit, die Wahrheit zu sagen.« Seine Stimme klang rau. »Ich habe dich immer geliebt, Viviana, und das hat sich nie geändert. Aber vor all diesen Jahren konnte ich nicht glauben, dass du mich auch liebtest. Du hast es mir nie gesagt. Und als ich endlich meinen Mut zusammengenommen hatte, dich zu fragen, hast du mir gesagt, dass du es nicht tust, und es hat mich … bei Gott, es hat mich vernichtet. Und dazu brauchte es auch gar nicht viel, um ehrlich zu sein. Ich hatte kein richtiges Selbstvertrauen – oder nichts hinter jener arroganten Fassade der Prahlereien eines jungen Mannes.«

»Du hattest eine sehr feine Art des Prahlens«, flüsterte sie mit einem leichten Lächeln. »Und eine außerordentlich arrogante Fassade.«

Seine dunkelblauen Augen wurden weich vor Schmerz. »Es war mein Untergang.«

Unfähig es zu ertragen, lehnte sich Viviana an ihn und legte die Hand auf seine Schulter. »Und ich habe dich geliebt, Quin«, flüsterte sie. »Sehr geliebt. Aber mein Stolz ließ es nicht zu, das zuzugeben.«

»Aber warum nicht, Vivie?«, fragte er. »Warum nicht?«

Sie wandte den Blick ab. »Ich habe mich gefühlt, als wäre ich gekauft und bezahlt worden, Quin«, sagte sie leise. »Und sogar damals wusste ich, dass ein englischer Gentleman niemals seine Mätresse heiratet. Stattdessen wird er ihrer überdrüssig und nimmt sich eine neue. Alles, worauf man also hoffen konnte, war, sich seinen Stolz zu bewahren und stark zu bleiben, wenn das Ende kommt.«

»Ich wäre deiner nie überdrüssig geworden, Viviana«, widersprach er. »Es hätte nie ein Ende gegeben.«

Sie schüttelte langsam den Kopf. »Das glaube ich nicht.«

»Und du glaubst auch nicht, dass ich dich liebe«, stellte er fest. »Deshalb werde ich es dir beweisen. Ich werde dir das größte Geschenk überhaupt machen. Ich werde –«

»Ich will kein Geschenk«, unterbrach sie ihn.

Er legte ihr wieder den Finger auf die Lippen. »Ich werde dir unser Kind geben, Vivie«, sagte er ruhig. »Und das Recht, so weiterzumachen wie in der Vergangenheit, das Recht, sie so zu erziehen, wie du es für angemessen hältst.«

Viviana sah ihn traurig an. »Oh, Quin …«

Er überraschte sie, als er dann ihre Hand ergriff und sie an seine Lippen führte. »Aber bitte, Viviana«, sprach er weiter. »Lass mich sie sehen, ohne dass wir uns streiten. Sie braucht ihren Vater – ihren richtigen Vater. Einen Vater, der sie liebt und der mit ihr zusammen sein will. Irgendwann, Vivie, wird Cerelia den Wunsch haben zu heiraten und eine eigene Familie zu gründen. Ich werde ihr helfen, sich zu erinnern, dass sie das

Kind zweier Menschen ist, die sich sehr geliebt haben. Ich würde gern ... Viviana, ich möchte, dass meine Tochter an die Liebe glaubt.«

Viviana fühlte sich, als würde das Zimmer um sie herum schwanken. Sie war mit der Absicht hierhergekommen, um ihr Kind zu kämpfen. Und jetzt, einfach so, war der Kampf vorüber. Doch der Zorn und die Müdigkeit und die Sorge brannten noch in ihrem Herzen. »Du ... du überlässt es mir, das zu tun, was ich möchte?«

Er hielt noch immer ihre Hand. »Ich überlasse es dir, Vivie, zu tun, was du für das Beste hältst«, entgegnete er. »Genauso wie ich an die Liebe glaube, glaube ich an dein gutes Urteilsvermögen.«

Sie lachte auf, es war ein bitteres Lachen. »*Dio mio!*«, rief sie. »Ich verstehe wirklich nicht warum! Es war mein gutes Urteilsvermögen, das Cerelia Gianpiero aufgebürdet hat.«

Er drückte beruhigend ihre Hand. »Du hast getan, was du für das Beste gehalten hast«, sagte er. »Und auf deine Weise, Vivie, warst du genauso naiv und unerfahren wie ich. Du hast es nur besser verborgen.«

Sie verdrehte die Augen. »Oh, ich wusste gar nichts!«, offenbarte sie. »Ich habe mit dem Feuer gespielt, als ich deine Geliebte wurde, Quin, und ich habe es nicht einmal gemerkt.«

Sein Gesicht umwölkte sich leicht. »Auch dafür tut es mir leid! Dafür, dass ich dich für erfahren gehalten habe, obwohl du es nicht warst. Dafür, dass ich dich zu etwas gedrängt habe, was du nicht wolltest.«

Ihre Hand flog zu seinem Gesicht, streichelte seine Wange. »Es war nicht, weil ich dich nicht gewollt hätte, Quin«, flüsterte sie. »Und es war nicht, weil ich dich nicht geliebt hätte, warum ich dich verlassen habe, *caro*. Denk das niemals.«

»Als du mich verlassen hattest, wusste ich nicht, was ich denken sollte«, bekannte er. »Als junger Mann habe ich mich deinetwegen selbst gequält. Dich zu umwerben, dich zu gewinnen; Vivie, es war für mich wie eine Besessenheit. Ich habe tatsächlich geglaubt, ich wüsste, wie die Welt funktioniert und was so weltkluge Frauen wie du erwarteten. Ich habe diese langen Jahre gebraucht zu erkennen, dass ich überhaupt nichts verstanden habe.«

»Ah, *caro!*«, wisperte sie. »Zu jung. Wir waren zu jung.«

Langsam schüttelte er den Kopf. »Ich habe dich für erfahren und weltgewandt gehalten, Viviana, weil ich es nicht war«, gestand er. »Alle unsere Monate zusammen verbrachte ich damit, halb zu befürchten und halb zu glauben, dass du mich jeden Moment verlassen könntest, für einen älteren oder reicheren oder in der Gesellschaft angeseheneren Mann. Und das Schlimmste war, dass ich dachte, es wäre dir peinlich, meine Geliebte zu sein – was ja auch der Wahrheit entsprach, wie sich herausgestellt hat. Aber nicht aus den Gründen, die ich angenommen hatte.«

Für einen kurzen Augenblick schloss Viviana die Augen, dann sah sie Quin an. »Wie sehr wir einander verletzt haben«, flüsterte sie. »Auf so dumme Weise haben wir einander wehgetan – und ich, nun, ich habe es vielleicht am schlimmsten gemacht. Ich habe Cerelia wehgetan. Und jetzt würde ich alles tun – *alles*, Quin –, um ihr ein glückliches Leben zu ermöglichen.«

Er berührte ihre Wange und küsste sie dann auf die alte, vertraute Weise. »In dem Fall habe ich noch zwei weitere Fragen, Vivie«, sagte er schließlich leise. »Die erste betrifft einen Gefallen, um den ich dich bitten möchte.«

Sie nickte und blinzelte die Tränen zurück. »*Certamente*«, brachte sie mühsam hervor. »Ich werde tun, was in meiner Macht steht.«

»Ich möchte dich begleiten, wenn du nach Venedig zurück musst.«

Sie konnte nicht glauben, dass er das ernst meinte. »Nach –

nach Venedig?«, hauchte sie. »Oh, *caro*. Das ist – oh, das ist so sehr … *lontanissimi*. So sehr weit weg von England.«

Seine Augen blitzten auf. »Ich erinnere zumindest noch ein bisschen von dem, was ich im Geografieunterricht gelernt habe, Vivie«, schmunzelte er. »Ich glaube, ich weiß, wo Venedig liegt.«

»Verzeih mir.« Sie spürte, wie sie errötete. »Natürlich weißt du das.«

Er lehnte sich gegen die Sofalehne zurück und sah Viviana aufmerksam an. »Und dort werde ich mir ein Haus nehmen – eine Villa? Aber kein großes Anwesen. Etwas kleines. Wie nennt man das?«

»*Casa.*« Sie lachte nervös. »Oder *appartamento*.«

»Dann also ein *casa*«, sagte er lächelnd. »Und dann möchte ich gern etwas Zeit damit verbringen, Cerelia kennenzulernen. Natürlich auch Felise und Nicolo. Sie können mich als einen lieben Onkel oder einen Paten sehen, oder … Nun, such dir irgendeine höfliche Umschreibung aus, die dir gefällt. Ich möchte Zeit mit ihnen verbringen, aber ich möchte mich nicht in dein Leben einmischen, Vivie. Nicht, wenn du mich nicht darin haben möchtest.«

Ihre Röte vertiefte sich. »Das habe ich nicht gesagt, Quinten«, flüsterte sie. »Ich habe nicht gesagt, dass du nicht erwünscht bist.«

Quin lächelte wieder, und dieses Mal erreichte das Lächeln auch seine dunkelblauen Augen. »Dann habe ich etwas für dich, Vivie.« Er gab ihre Hand frei, griff in seine Rocktasche und reichte ihr eine Schmuckschatulle.

Viviana schob sie zur Seite. »*Grazie*«, sagte sie. »Aber keine Geschenke. Und *per amore di Dio*, keinen Schmuck mehr. Niemals.«

»Es ist kein Schmuck.« Er schüttelte die Schachtel leicht. »Auch wenn es dir vielleicht nicht so gut gefallen wird.«

Viviana lehnte sich zurück und betrachtete die Schatulle

skeptisch. Sie nahm sie aus seiner Hand und öffnete den Deckel. Darin lag nichts als ein zusammengefaltetes Stück Kanzleipapier, dessen Ecken dort in dem Samtbett steckten, wo sonst ein Armband oder eine Halskette gelegen hätten. Sie sah Quin an. Seine blauen Augen funkelten. »Quinten, ich verstehe das nicht.«

»Lies es«, forderte er sie auf.

Sie faltete das Papier auseinander und las es. »Ich … Quinten, ich verstehe noch immer nicht …« Aber ein Gefühl der Hoffnung begann in Viviana zu keimen, ein Gefühl, das so schnell kam und so intensiv war, dass ihre Hand zu zittern begann. »Dort steht mein Name«, flüsterte sie. »Und deiner auch.«

Er lächelte fast wehmütig. »Das ist der Grund, warum Herndon und ich einen Tag später aus London zurückgekommen sind«, erklärte er.

»Was … was sagst du da, Quinten?«, fragte sie unsicher. »Was … was bedeutet dieses – dieses *documento?*«

»Herndon brauchte eine Speziallizenz, um Alice zu heiraten«, sagte Quin. »Und es kostet schon ein bisschen Arbeit, eine solche Erlaubnis zu bekommen. Aber es ist uns gelungen. Und dann – nun, ich kann es nicht erklären, Viviana. Du hattest mir keine Hoffnungen gemacht. Genau genommen, hast du das noch immer nicht getan. Aber ich konnte London nicht verlassen, ohne dass ich auch mein kleines Stück Papier dabei hatte. Nur für den Fall, dass … verstehst du? Einfach weil ich dich ein ganzes Drittel meines Lebens geliebt habe und jetzt weiß, dass sich das nie ändern wird. Deshalb bin ich am nächsten Tag noch einmal dorthin gegangen, um auch für mich eine solche Heiratslizenz zu holen. Für *uns*, Viviana.«

Viviana legte die Fingerspitzen an die Stirn in dem vergeblichen Versuch, ihre wirbelnden Gedanken zu ordnen. »Quinten, ich bin ganz durcheinander.«

»Ich nicht«, sagte er. »Zum ersten Mal in meinem Leben bin ich vollkommen klar, Vivie.«

»Aber – aber, Quinten, ich habe dir etwas Schreckliches angetan, dir und Cerelia«, protestierte sie. »Und ich bin zu alt für dich. Und zu katholisch. Und ich bin Mutter von drei kleinen Kindern. Und dann ist da noch *Papà*, der –«

Er brachte sie mit einem raschen, entschlossenen Kuss zum Schweigen. »Genug! Nichts davon lasse ich gelten! Was mich betrifft, so ist nichts davon ein Hindernis. Das sind nur Kleinigkeiten, und Kleinigkeiten können geklärt werden, wenn es *das* ist, was wir beide wollen. Diese Lizenz gibt uns sechs Monate Zeit, genau das zu tun, Vivie. Alles zu klären. Aber *du*, Vivie – wirst du uns diese sechs Monate geben? Kannst du vielleicht lernen, mich wieder zu lieben?«

Sie schaute zu Boden. »Ich habe nie damit aufgehört«, bekannte sie schließlich. »Quin, du musst doch wissen, dass ich das immer getan habe.«

Er erschreckte sie damit, dass er ihre Hand ergriff und vor ihr niederkniete. »Also, Viviana Alessandri, Liebe meines Lebens, Frau, die ich nicht im Mindesten verdiene, willst du mich trotz allem nehmen? Willst du mich heiraten und eine Familie mit mir haben? Und sei gewarnt, meine Liebe, dass die Gültigkeit dieses kleinen Stückes Papier irgendwann zu Ende sein wird, meine Beharrlichkeit aber nicht. Ich werde warten, ein Jahr oder einen Monat oder zwei Wochen – oder vielleicht sogar noch einmal zehn Jahre – und dich dann wieder fragen.«

Viviana legte das Dokument beiseite. »Du verzeihst mir also, Quinten?«, fragte sie leise. »Das, was ich Cerelia angetan habe? Das, was ich uns angetan habe?«

Er schüttelte den Kopf. »Wir müssen uns selbst vergeben, Vivie«, flüsterte er. »Wir müssen nur noch an die Zukunft denken, und an die Kinder – und an die Kinder, die vielleicht noch kommen werden. Und wir müssen Cerelia sagen, dass wir sie lieben, dass sie gewollt ist, und dass von heute an wir beide für sie da sein werden. Entweder zusammen. Oder getrennt. Ich werde beides akzeptieren. Wie wäre es dir lieber, Vivie?«

»Zusammen«, wisperte sie. Sie warf sich in seine Arme und landete mit ihm zusammen auf dem Boden. »Ja, Quinten, ja, ich will dich heiraten. Abertausendmal ja.«

Quintens Gesicht strahlte vor Glück. »Nur ein Mal, Vivie«, versprach er. »Wenn ich dich nur dieses eine Mal zum Altar führen kann, wird es für tausend Leben reichen.«

Epilog

Eine Opernprobe

Die Nacht war warm und schwer von Regen, als Lord Wynwood sein Haus in der Curzon Street verließ und mit raschen Schritten Richtung Haymarket ging. Es war nur ein kurzer Fußweg, aber kein ruhiger. Jenseits der eleganten Abgeschiedenheit Mayfairs keuchten die Straßen und Bürgersteige vom Verkehr und die Arbeiter der Stadt drängten vorwärts, um in letzter Minute ihre Einkäufe auf den Märkten zu machen oder in eines der Kaffeehäuser oder in eine der Kneipen zu kommen.

Vor der Oper, seinem Ziel, bahnte er sich seinen Weg durch die Menge und ging auf den Bühneneingang zu, als die Tür aufgestoßen wurde und vielleicht ein Dutzend fröhlicher, lachender Menschen in den gedämpften Schein des Gaslichtes ausspuckte. Zuerst beachteten sie ihn nicht. Aber als sie ihn im Schatten sahen, flüsterte einer von ihnen: »Psst, leise, *er* ist es.«

Quin trat zur Seite, lüftete seinen Hut und ließ die Leute vorbeigehen. »Guten Abend«, sagte er. »Ist die Probe zu Ende?«

»Ja, endlich, Mylord«, erwiderte einer der Tenöre respektvoll. »Werden wir Sie bei der Premiere sehen?«

»Ich würde das nicht verpassen wollen«, sagte er. Ihm entgingen weder das Lächeln noch die Seitenblicke, die ihm galten, besonders von einigen der Frauen in der Gruppe.

»Ah, Wynwood, sind Sie das?« Lord Digleby Beresford bahnte sich seinen Weg nach vorn, das Gesicht halb verdeckt von einem Notenblatt, das einer der anderen direkt vor ihm weitergab.

»Ich würde nicht lesen, während ich am Haymarket herumlaufe, alter Knabe«, riet Quin ihm. »Eine dieser Brauereikutschen könnte Sie mit seiner Ladung Porter unterpflügen und die Welt Ihres Genies berauben.«

Lord Digleby grinste. »Nun, was die Welt von meinem Genie hält, werden wir morgen Abend sehen können, nicht wahr?«, erwiderte er. »Ich nehme an, Sie wollen zu Ihrer Frau?«

»Richtig, das will ich.«

»Sie hat Signorina Fabiano nach der Probe noch dabehalten«, sagte er. »Das Orchester probt auch noch. Fühlen Sie sich wie Zuhause.«

Quin ging durch die Bühnentür und den langen schmalen Korridor dahinter entlang. Ein Geiger kam ihm entgegen, der Mann machte eine finstere Miene, weil eine gerissene Saite von der Schnecke der Geige herunterhing wie eine zerzauste Haarsträhne. »Lady Wynwood?«, fragte Quin und lüftete den Hut, als sie aneinander vorbeigingen.

»In Fabianos Garderobe«, brummte der Musiker und wies mit einem Kopfnicken auf einen anderen Korridor.

Doch eigentlich war das nicht nötig. Denn über den abgehackten, disharmonischen Tönen, die entstanden, wenn Orchestermusiker ihre Instrumente stimmten, konnte Quin bereits die Melodie von *Nel Pomeriggios* schwierigster Arie hören, deren hohe Töne die Luft wie das Stakkato eines Gewehrfeuers durchschnitten.

Nachdem er die Tür erreicht hatte, spähte er in das Zimmer. Viviana ging vor Signorina Fabiano hin und her, die Augen fast geschlossen, ihre Augenbrauen zusammengezogen. Quin hörte zu, wie das Stück sich seinem Ende näherte. Die junge Dame traf ihre letzten Töne perfekt – zumindest soweit er das beurteilen konnte.

Schweigen breitete sich in dem schäbigen kleinen Zimmer aus. Vivianas gefurchte Stirn glättete sich. *»Brava! Brava!«*, sagte sie und öffnete die Augen. »*Grazie*, Maria. Das war ausgezeichnet!«

Die jüngere Frau errötete und senkte das Kinn. In diesem Augenblick entdeckte Viviana Quin, der an der Tür stand. »Quinten, *caro mio!*«, rief sie und ging mit ausgestreckten Armen auf ihn zu, um ihn zu begrüßen.

»Ich hoffe, ich störe nicht, meine Liebe?«

»Nein, überhaupt nicht.«

Signorina Fabiano knickste. »Wir sind gerade fertig geworden, Mylord«, sagte sie und sammelte ihre Notenblätter zusammen. »Ich wünschen Ihnen beiden eine gute Nacht.«

»*Buona notte*, Maria«, lächelte Viviana. »Ich sehe Sie dann morgen.«

Quin beobachtete den Abgang der jungen Frau kritisch. »Du denkst, sie ist dem wirklich gewachsen?«

Viviana nickte. »Oh, Maria ist so weit«, entgegnete sie zuversichtlich. »Sie wird vielleicht nie die beste Sopranistin der Welt sein, aber sie ist sehr gut.«

»Mit anderen Worten, Vivie, sie wird nie so gut wie du sein«, bemerkte er.

»Das habe ich nicht gesagt«, behauptete seine Frau.

Quin lächelte auf sie herunter. »Das musstest du auch nicht«, erwiderte er. »Dein Vater hat es für dich gesagt. Ebenso wie Lord Digleby und Onkel Ches. Sie sind noch immer beleidigt, weil du dich geweigert hast, die Hauptrolle zu singen. Schließlich lassen sie die Uraufführung nur dir zuliebe in London stattfinden.«

»Nur mir zuliebe?«, rief sie. »Ich habe nie vorgeschlagen, das zu tun!«

»Man kann es ihnen kaum verdenken, dass sie darauf gehofft hatten«, sagte er und küsste sie leicht auf die Nase.

Sie schüttelte den Kopf. »Meine Stimme ist nicht gut genug«, widersprach sie. »Und außerdem habe ich jetzt noch andere Pflichten.« Auf diese Worte folgte ein verschmitztes Lächeln.

»Andere Pflichten, hmm?« Quin zog seine Frau an sich. »Und welcher Art sind diese Pflichten?«

»Von sehr angenehmer Art«, erwiderte sie mit einem Lachen. »Ach, Quinten, ich bin froh, dich zu sehen. Es war ein sehr langer Nachmittag. Wie haben die Kinder sich betragen?«

Er bettete ihren Kopf an seine Brust. »Oh, Cerelia hat Mr. Schmitt heute Nachmittag auf Herz und Nieren geprüft«, sagte er. »Sie fängt schon an, deutsche Verben zu konjugieren. Und Nicolo hat ein Glas mit Felises Lieblingsfarbe zerbrochen und die Farbe im ganzen Schulzimmer verteilt. Und – nun, über die Frösche werde ich dir nichts sagen.«

»Die Frösche?« Sie presste die Lippen aufeinander und schüttelte den Kopf. »Nein, bitte sag mir nichts davon. Ich bin sicher, dass Nicolo und eine Menge Matsch bei der Geschichte eine Rolle spielen.«

Quin warf den Kopf in den Nacken und lachte. »Die Stimme der mütterlichen Erfahrung!« Dann wurde seine Miene ernst und er küsste sie gründlich.

»Aber zurück zu deiner jämmerlichen Entschuldigung«, sagte er, als er seinen Mund von ihrem löste. »Onkel Ches besteht darauf, dass du selbst an deinen schlechtesten Tagen immer noch besser warst als jede andere Sängerin an ihren besten. Er behauptet, du machst zu viel Aufhebens um diese Sache mit deiner Nase, und dass er den Unterschied kaum hören kann.«

»Ah, kaum!«, wiederholte sie. »Was für ein beziehungsreiches Wort das ist, *amore mio*. Die Oper verlangt – nein, sie *fordert* – totale Perfektion. Aber noch wichtiger ist, dass ich gemerkt habe, dass ich das Unterrichten vorziehe, Quinten. Von all meinem Schimpfen und Klagen einmal abgesehen, habe ich diese letzten Monate sehr genossen. Zu unterrichten, beansprucht nicht meine äußerste Hingabe und all meine Zeit.«

Quin setzte sich auf den zerschlissenen Diwan, das alte Leder knarrte unter seinem Gewicht. Spielerisch zog er seine Frau zwischen seine Beine und legte die Lippen auf ihren Bauch. »Und dann ist da noch das andere kleine Problem«, murmelte er gegen die Seide ihres Rockes. »Diese ärgerliche kleine Sache, sich in all diese Kostüme zu zwingen, Abend für Abend – und Monat für Monat.«

Viviana zog sich ein Stück weit von ihm zurück und lachte. »Schuft! Wirst du wohl still sein!«

»Nein, wirklich. Ich glaube, du hast mindestens zehn Pfund zugenommen«, sagte er und betrachtete ihre Taille. »Diese Nähte sitzen ziemlich stramm.«

Seine Frau strich ihm durch das Haar und zog seine Wange gegen die Seide ihres Kleides. »Das ist noch unser kleines Geheimnis, *caro mio*«, erinnerte sie ihn. »Es ist zu früh.«

Er zog sie noch fester an sich. »Es ist zu früh«, stimmte er zu und seine Stimme klang heiser vor Glück. »Ich will es jetzt mit noch niemandem teilen, Vivie. Nur mit dir. Ich bin noch immer überwältigt. Ich fühle mich wie der glücklichste aller Männer.«

Viviana machte eine Drehung und setzte sich auf sein Knie. Sie lächelte sanft. »Und ich, Quinten, ich bin die glücklichste aller Frauen.«

Er hielt sie für eine Zeit dort, hielt sie mit seinen Armen umschlungen, das Gesicht in ihrem Haar verborgen. Er hörte, dass die Orchestermusiker jetzt den Bühnengraben verließen, er hörte das unmissverständliche Scharren von Stuhlbeinen und das Klappen von Instrumentenkästen, die geschlossen wurden. Nach und nach senkte sich Stille über das alte Theater, und noch immer bewegte er sich nicht. Er hatte Angst, den Zauber zu zerstören. Den Zauber von vollkommenem, höchstem Glück. Und doch hatte es in diesen letzten Monaten Hunderte solcher Momente gegeben. Alles schien so perfekt. Und mehr als nur ein bisschen zerbrechlich.

Aber es war keine Zeit für seine sentimentalen Gedanken. Es

war Zeit, seine Frau sicher nach Hause zu bringen, wo sie noch eine Stunde oder auch länger mit den Kindern verbringen würden, und dann mit Signor Alessandri zu Abend essen würden. Danach würde er darauf drängen, dass Viviana und sein Schwiegervater früh zu Bett gingen, denn morgen hatten sie einen sehr großen, sehr wichtigen Tag vor sich.

Er verlagerte sein Gewicht, als wollte er aufstehen, was den alten Diwan wieder zum Ächzen brachte. Plötzlich durchfuhr ihn ein merkwürdiger Gedanke. »Vivie?«

»Ja, *amore mio?*«

»Ist das ...« Er sah sich um und blinzelte. »Ist das deine alte Garderobe?«

Sie lachte leise. »Ja, das ist sie. Bringt sie dir Erinnerungen zurück?«

Quin schaute auf den schäbigen, abblätternden Lederbezug des Diwans. »Und dieses alte Stück Gerümpel – ist das derselbe Diwan? Der, auf dem wir – nun, schon gut. Aber *ist* er das?«

Viviana schaute herunter. »Nun, er könnte es sein«, vermutete sie. »Alt und schäbig genug sieht er ja aus, nicht wahr?«

Er presste den Mund auf die weiche Stelle unter ihrem Ohr und küsste sie wieder, es war ein langer, verweilender Kuss, der langsam zu ihrer Kehle hinunterwanderte. Sie zitterte in seinen Armen, ganz leicht. »Vivie«, murmelte er, »denkst du, was ich denke?«

»Ich – ich weiß es nicht.« Die Worte kamen rau und ein wenig atemlos. »Was denkst du denn, *caro?*«

»Ich denke, dass die Musiker alle gegangen sind«, sagte er. »Und dass dieser alte Diwan vielleicht doch noch nicht seine letzte Belagerung erlebt hat.«

Lady Wynwood kicherte. »Nun, was kannst du wohl damit meinen?«

Er lächelte. »Ich meine damit, dass ich dir, was diese Garderobe und dieses spezielle Möbelstück betrifft, vielleicht eine

»Eine fesselnde, verführerische Erzählung«

Romantic Times

Andrea Pickens
GELIEBTE SPIONIN
Roman
Aus dem amerikanischen
Englisch von
Jutta Nickel
400 Seiten
ISBN 978-3-404-18750-8

Die Begabteste dieser Spionninen ist Siena, die sowohl scharfe Klingen als auch ihre unwiderstehliche Sinnlichkeit einzusetzen weiß. Sie soll als Kurtisane die feine Londoner Gesellschaft aufmischen und in einer exklusiven Gruppe von Büchersammlern einen Verräter entlarven. Ihr Hauptverdächtiger ist Lord Kirtland, der sich jedoch als ebenso geheimnisvoll wie verführerisch erweist. Und schon bald sieht Siena sich vor die Wahl gestellt: Entweder folgt sie ihrem Verstand – oder ihrem Herzen …

Bastei Lübbe Taschenbuch